Rye Curtis

CLORIS

Rye Curtis

CLORIS

Roman

Aus dem Englischen
von Cornelius Hartz

C.H.Beck

Titel der englischen Ausgabe:
Kingdomtide
Copyright © 2020 by Rye Curtis
Erschienen bei Little, Brown and Company.
Little, Brown and Company is a division of Hachette Book Group, Inc.,
New York, 2020

4. Auflage. 2020
Für die deutsche Ausgabe:
© Verlag C.H.Beck oHG, München 2020
www.chbeck.de
Umschlaggestaltung: geviert.com, Nastassja Abel
Umschlagabbildung: Composing aus Bildern von Trevillion Images,
© Dirk Wustenhagen und Shutterstock, © Hekunechi
Satz: Fotosatz Amann, Memmingen
Druck und Bindung: Pustet, Regensburg
Gedruckt auf säurefreiem, alterungsbeständigem Papier
(hergestellt aus chlorfrei gebleichtem Zellstoff)
Printed in Germany
ISBN 978 3 406 75535 4

myclimate
klimaneutral produziert
www.chbeck.de/nachhaltig

Für Mimi

I

Ich habe mir abgewöhnt, allzu vorschnell über andere zu urteilen. Die Leute sind halt, wie sie sind, ich glaube, mehr gibt es dazu nicht zu sagen. Vor zwanzig Jahren mag ich anderer Meinung gewesen sein, aber damals war ich auch noch eine andere Cloris Waldrip. Und jene Cloris Waldrip, die ich zweiundsiebzig Jahre lang gewesen war, wäre ich wohl auch geblieben, wäre nicht am Sonntag, dem 31. August 1986, das kleine Flugzeug, in dem ich saß, vom Himmel gefallen. Es ist schon erstaunlich, dass eine Frau den Herbst ihres Lebens erreichen kann, nur um festzustellen, dass sie sich selbst bislang im Grunde gar nicht recht gekannt hat.

Ich saß am Fenster, und zu meiner Rechten saß mein werter Gatte, Mr Waldrip. Seine Finger waren damit beschäftigt, an einer eingerissenen Nagelhaut herumzuspielen. Mein Gatte war ein freundlicher Mann mit einem Vogelgesicht, und er trug eine Brille mit dicken Gläsern. Er war in Amarillo, Texas, zur Welt gekommen, als Sohn eines Vertreters für Sonnensegel und einer Hebamme. Ich hatte ihn im Sommer 1927 bei einer Tanzveranstaltung im örtlichen Rathaus kennengelernt. Damals war seine Familie gerade aus der großen, lauten Stadt Amarillo ins beschauliche Clarendon gezogen, das rund sechzig Meilen östlich lag und wo ich geboren und aufgewachsen bin. Er war ein furchtbar hübscher Knabe, hochgewachsen, mit dunklem Haar. Allerdings trug er ständig eine kleine blaue Kappe, und damit sah er mächtig albern aus. Wir waren beide noch Kinder. Ich war gerade dreizehn geworden. Er schenkte mir eine leider schon arg verwelkte Rose, die er aus Mrs McKees Garten stibitzt hatte.

An diesem Morgen, im August 1986, hatte er ein wenig Jalapeñogelee am Kinn. Offenbar klebte es dort seit unserem Frühstück, das im Preis für die Übernachtung im Big Sky Motel in Missoula, Montana, inbegriffen gewesen war. Ich wollte ihm gerade sagen, er möge doch bitte das Taschentuch benutzen, das ich ihm zu Weihnachten vor elf Jahren geschenkt hatte und in das ich seine Initialen gestickt hatte, da hob er an, dem Piloten einen Vortrag über Niederschlagsmengen zu halten. Das tat er bei allen Männern, die ihm über den Weg liefen.

Mr Waldrip hatte für uns einen Rundflug über den Bitterroot National Forest arrangiert, zu einem Flugplatz in der Nähe einer Hütte, die wir gemietet hatten. Der Pilot, den er angeheuert hatte, war ein kräftiger, gepflegter junger Mann namens Terry Squime. Terry war höchstens dreißig Jahre alt und frisch verheiratet. Er zeigte uns ein Foto seiner Braut. Sie war hübsch und sah fast aus wie Catherine Drewer, eine frustrierend unhöfliche Brünette aus unserer Kirchengemeinde, der First Methodist, nur dass Mrs Squime ein paar Jahre jünger war und ihre Kinnlade weniger einem Schuhlöffel und ihre Nase weniger einem verschrumpelten Pilz glich. Als ich Mrs Squime später persönlich kennenlernte – ich habe sie wohlweislich davor gewarnt, bestimmte Passagen dieses Berichts zu lesen –, stellte ich zu meiner großen Freude fest, dass sie eine durchaus angenehme und selbstlose junge Frau ist. In dieser Hinsicht ähnelt sie Catherine Drewer überhaupt nicht.

Mr Waldrip schwadronierte also über Regenfälle und die lästigen Biber, und ich wandte mich wieder meinem Fensterchen zu. Die Cessna 340 ist ein kleines Flugzeug mit zwei Propellern und sechs Sitzen, und unsere Maschine war von einem Flugplatz bei

Missoula gestartet und flog gen Süden über die Bitterroot Mountains. Das sind Berge, die einen daran erinnern, dass wir, wie alt wir auch sein mögen, verglichen mit unserer Erde unendlich jung sind. Von der Form her erinnerten mich die Gipfel an die Pfeilspitzen, die mein kleiner Bruder Davy – möge seine kleine Seele in Frieden ruhen – immer im Palo Duro Canyon ausgrub, als wir Kinder waren. Ich hatte zweiundsiebzig Jahre lang in der Panhandle-Region im äußersten Norden von Texas gelebt, und dort gehören Berge nicht zu den ortsüblichen geologischen Spezialitäten. Das Land ist so flach, wie es flacher nicht sein kann, und entsprechend bodenständig sind die Menschen dort. Wir, die Bewohner der Great Plains, sind ein geerdetes Völkchen, das nur selten einen Berg zu Gesicht bekommt. Aber falls Sie so viel Gebirge gesehen haben wie ich seither, dann werden Sie mir recht geben, wenn ich behaupte: *Das* waren Berge.

Ich war damals seit vierundfünfzig Jahren mit Mr Waldrip verheiratet. Wir wohnten in einem kleinen steinernen Ranchhaus im Schatten des Wasserturms, der die rund zweitausend durstigen Seelen von Clarendon versorgte. Tags zuvor hatten wir unsere Haustür abgeschlossen und waren mit dem Pick-up-Truck zum Flughafen von Amarillo gefahren, von wo aus wir mit kurzem Zwischenstopp in Denver per Düsenflugzeug nach Missoula geflogen waren. Wir entfernten uns sonst kaum jemals allzu weit von unserem kleinen Haus, und dies war seit langer Zeit die erste Reise, die wir unternahmen. Wir hatten die erste Nacht bei Vollmond im Big Sky Motel an der I-90 verbracht, einem Etablissement mit feuchten Teppichen und Laminatholz. Mr Waldrip war kein armer Mann, aber Extravaganzen lagen ihm nicht. Ich hatte mich damit schon früh in unserer Ehe abgefunden.

Mr Waldrip hielt bei seinem Vortrag beim Thema Niederschlagsmesser eine halbe Sekunde inne, und Terry nutzte die Gelegenheit, uns zu fragen, wie lange wir in Montana zu bleiben gedachten.

Nur ein paar Tage, sagte Mr Waldrip. Unser Pastor und seine Frau fanden es mächtig schön dort oben. Da dachten wir, besorgen wir uns da auch mal eine Hütte, gehen ein bisschen angeln und legen die Füße hoch. Aber Donnerstag müssen wir unbedingt zurück sein.

Mr Waldrip tut gern so, als sei er gar nicht im Ruhestand, sagte ich.

Terry drehte sich zu ihm um. Was waren Sie von Beruf, Sir?

Ich hab 45 eine Rinderfarm gekauft. Vor einem Jahr im September haben wir sie wieder verkauft.

Ich wette, Ihnen beiden wird es da oben gefallen, sagte Terry.

Das wollen wir hoffen, sagte Mr Waldrip und kratzte sich die Nagelhaut vom Daumen. Ein Tropfen Blut tauchte unterhalb des Nagels auf, und er drückte ihn gegen seine Jeans.

Wer Mr Waldrips Wäsche wäscht, stößt unweigerlich auf mehrere Paar Bluejeans, die solche Blutflecken aufweisen. Wer ihn nicht kennt, könnte ihn für einen Kämpfer halten. Aber die einzige physische Auseinandersetzung seines Lebens hatte er, soweit ich weiß, mit einem boshaften alten Opossum, das unter unserer Veranda an einem Nagel hängen geblieben war. Mr Waldrip hatte mehrere solcher nervöser Angewohnheiten. Ich nehme an, das lag daran, dass er sich selbst gedanklich immer ein paar Schritte voraus war, und das machte den Rest von ihm nervös – es fiel seinem Körper schwer, mit seinem Geist mitzuhalten.

Haben Sie auch gearbeitet, Mrs Waldrip?, wollte Terry wissen.

Ich hatte in der Grundschule Englisch unterrichtet und war vierundvierzig Jahre lang Bibliothekarin gewesen, wie ich ihm mitteilte. Vor zwei Jahren bin ich in Rente gegangen, sagte ich.

Jetzt haben wir nur noch Zeit für die schönen Dinge, sagte Mr Waldrip und tätschelte mir das Knie.
Kinder?, fragte Terry.
Sind wir nie zu gekommen, sagte Mr Waldrip.
Ich wandte mich wieder meinem kleinen Fenster zu. Der blaue Himmel und die Scheibe warfen mein Spiegelbild zurück. Ich musste an das ovale Porträt meiner Urgroßmutter June Polyander denken, das über ihrem Bett hing, bis sie mit Mitte neunzig starb. Ich richtete meine Frisur. Wie viele Damen in der First Methodist hatte ich eine Dauerwelle. Als ich eine junge Frau war, hatte ich schönes rotbraunes Haar, und ich trug es damals länger. In meinen Vierzigern wurde es langsam grau. Je grauer und weißer es wurde, desto öfter sagte Mr Waldrip, ich sähe aus wie eine Löwenzahnblüte, kurz bevor sie ihre Samen abwirft.

Ich war nie besonders hübsch – meine Nase sieht allzu männlich aus, als dass ich dieses Attribut verdient hätte –, aber ich tat stets mein Bestes, um präsentabel zu sein. Eine Frau mit Stachelfrisur namens Lucille Carver sah immer aus, als habe man sie aus einer Kanone abgefeuert, wenn sie in die Kirche kam. Ich konnte nie verstehen, was jemanden dazu trieb, in solch einem Aufzug das Haus zu verlassen. Ich nahm an, dass es ihr an Respekt vor dem Gottesdienst und dem Wesen der Frau als solcher mangelte, aber mittlerweile bin ich mir da gar nicht mehr so sicher. Ich selbst trug an diesem warmen Sonntag im August einen dunkelgelben Faltenrock und eine weiße Bluse und hatte meine schöne lederne Handtasche dabei. Im Nachhinein war ich heilfroh, dass ich dazu mein bequemstes Paar Wanderschuhe angezogen hatte.

Frauen wie ich sind wohl ein Relikt der Vergangenheit. In Dallas sah ich einmal eine junge Frau mit ungewaschenem langen Haar, die einem Mann die Tür zum Restaurant aufhielt, und dachte: Dieses junge Ding hat keinerlei Sinn für Schicklichkeit und Anstand.

Heute glaube ich, dass es ein Zeichen der Zeit war. Dass das vielleicht gar keine so schlechte Entwicklung ist.

Ich habe mein ganzes Leben mit Frauen verbracht, die so dachten wie ich. In der First Methodist saßen wir gemeinsam in der vierten Reihe von vorne. Ich weiß, dass jede von ihnen ihre eigenen Sorgen und Nöte hatte und auf die eine oder andere Weise leiden musste. Mary Martha war mit einer verformten Niere zur Welt gekommen, die nicht so funktionierte, wie sie sollte, und ihr starke Schmerzen verursachte und das Weiß in ihren Augen gelb wie Eidotter machte. Sara Mae verlor ihren kleinen Jungen bei einem Unfall mit einer Reifenschaukel, und Mabry Cartwright fand nie einen Mann, da ihre Zähne aussahen wie Holzstummel und ihr Atem roch wie der Wind, der durch eine Mastanlage weht. Ich weiß nicht, ob sich das, was mir bevorstand, mit dem vergleichen lässt, was die anderen durchmachen mussten. Wir kennen ja alle bloß unser eigenes Leid. Manchmal frage ich mich jedoch, ob auch nur eine von ihnen in der Lage gewesen wäre, den Bitterroot zu überleben.

Hab vergessen nachzuschauen, ob ich das Licht in der Speisekammer ausgemacht hab, sagte Mr Waldrip und blickte an mir vorbei aus dem Fenster.

Ich denke schon, sagte ich.

Ich nahm ein Bonbon aus meiner Handtasche und wickelte es aus. Damals hatte ich eine Vorliebe für Karamellbonbons, aber die esse ich heute nicht mehr. Sie schmecken mir nicht mehr. In der Nacht zuvor im Big Sky Motel hatte ich kaum Schlaf bekommen, allzu nah war der Highway gewesen. Entsprechend müde war ich. Ich lutschte das Bonbon und lehnte mich im Sitz zurück. Die Berge zogen am Fenster vorbei, und während Mr Waldrip über Karussellbewässerungsanlagen palaverte, schlief ich ein.

Als ich aufwachte, hatte Mr Waldrip die Hand auf meinem Knie. Das kleine Flugzeug rüttelte ganz furchtbar, und er beugte sich vor, um einen Blick ins Cockpit zu werfen. Ich hatte von vornherein kein gutes Gefühl dabei gehabt, so durch die Lüfte zu fliegen. Abgesehen von der Düsenmaschine, die uns nach Missoula gebracht hatte, war ich erst ein einziges Mal geflogen. Das war im Juni 1954 gewesen. Ich hatte gerade meinen vierzigsten Geburtstag gefeiert, und wir flogen nach Florida, um Mr Waldrips kranken Bruder Samuel Waldrip zu besuchen. Wir gingen sogar an den Strand.

Mr Waldrip nahm die Hand von meinem Knie und sagte, inzwischen bin ich mir ziemlich sicher, ich hab das Licht in der Speisekammer angelassen.

Ich fand es unmöglich, dass er mich weckte, nur um mir etwas dermaßen Dummes zu erzählen, aber das behielt ich für mich. Heute glaube ich, er wollte einfach nur, dass ich bei ihm war. Der Klecks Gelee klebte ihm immer noch am Kinn. Ich öffnete meine Handtasche, um ein Papiertaschentuch herauszuholen, als das Flugzeug plötzlich einen Ruck machte. Mein Magen hob sich und drückte gegen die Schnalle des Sicherheitsgurts. Ich beugte mich vor und schaute ins Cockpit. Terrys Arm riss am Steuerknüppel, sein Ellbogen ragte in die Luft und zitterte. Das Flugzeug gelangte wieder in die Horizontale, und ich lehnte mich zurück.

Mr Waldrip fragte Terry, ob etwas nicht stimme. Terry antwortete nicht. Er starrte geradeaus, als sei das Letzte, das er jetzt tun wolle, sich zu uns umzudrehen. Ich fixierte seinen Hinterkopf. Ich weiß noch, dass mir der Gedanke an seinen momentanen Gesichtsausdruck auf der anderen Seite des Kopfes Angst einjagte.

Das kleine Flugzeug machte einen weiteren Satz. Ich wollte nicht, aber ich schaute trotzdem aus dem Fenster. Ein furchterregender Gebirgszug griff nach uns wie eine offene Klaue, die uns vom Himmel holen wollte. Dann flog das Flugzeug wieder ruhig.

Der Flügel spiegelte die gleißende Sonne wider wie die Oberfläche eines Sickerteichs, und ich hielt mir die Augen zu. Mr Waldrip legte mir erneut die Hand aufs Knie. Ich sah ihn an.

Alles okay, Clory, sagte er. Das sind nur ein paar Luftlöcher, wie die Schlaglöcher in der Straße, die du nicht magst.

Welche Straße?

Die Straße an der Ostweide, die, über die du dich dauernd beschwerst.

Ich sagte ihm, ich könne mir nicht vorstellen, dass ich mich jemals über irgendwelche Straßen beschwert hätte.

Das kleine Flugzeug heulte auf, und durch mein Fenster sah ich, dass der Propeller so langsam geworden war, dass ich die einzelnen Blätter erkennen konnte. Mir wurde bewusst, dass ich gar keine Ahnung hatte, wie so ein Flugzeug überhaupt in der Luft bleibt, und ich beschloss, dass wir allesamt Idioten waren, dass wir jemals auch nur einen Fuß in eine solche Maschine gesetzt hatten. Die Nase des Flugzeugs neigte sich, und ich spürte, dass es abwärts ging, weil sich meine Arme ganz leicht anfühlten und alles in meinem Körper zu schweben schien. Der Hinterkopf von Terry machte mir plötzlich noch mehr Angst, denn er kam mir vor wie das flache, gesichtslose, behaarte Antlitz des Leibhaftigen.

Ich nahm Mr Waldrips Hand und drehte mich zu ihm um. Er sah mich nicht an.

Keiner der beiden Männer sah mich an. Ich nehme an, sie wollten es vermeiden, in dem Entsetzen im Gesicht einer Frau ihre eigene Furcht bestätigt zu bekommen. Mr Waldrip blickte stur geradeaus.

Aus dem Fenster sah ich, wie um uns herum die Berge gen Himmel wuchsen. Das ganze Flugzeug zitterte, und mein Sitz wackelte.

Unsere feuchten Hände klammerten sich aneinander, und ich

schaute zu Mr Waldrip hinüber. Trotzdem blickte er weiterhin nach vorne, und er sagte, an niemand Bestimmten gerichtet: Was ist los?

Terry antwortete ihm nicht. Ich antwortete ihm nicht.

Mich verblüfft heute noch, dass ich damals nicht betete. Stattdessen fasste ich mit beiden Händen Mr Waldrips Gesicht und drückte seine Wangen zusammen. Angst und Scham zeichneten sein Gesicht, er wirkte gar nicht mehr wie er selbst, sondern wie ein kleiner Junge. In all den Jahren, die wir verheiratet waren, hatte ich nicht geahnt, dass er in der Lage war, so auszusehen. Ich ließ sein Gesicht los und legte meinen Kopf auf seine Brust. Grundgütiger, wie peinlich uns das Ganze später sein würde, wenn wir alles unbeschadet überstanden hätten!

Ich hörte in Mr Waldrips Brust, wie sein vertrautes Herz immer schneller schlug, und dann seine Stimme in seiner Brust, gedämpft und laut, wie wenn unser Pastor Bill Dow in sein neues Mikrofon predigte. Seine Stimme klang plötzlich so fremd, als käme sie aus irgendeiner schrecklichen Dimension, in der ich an nichts glaubte.

Er schnappte nach Luft und sagte, ich sei eine Ehefrau. Ich bin mir sicher, er hatte sagen wollen, dass ich eine *gute* Ehefrau sei, aber bevor er sich korrigieren konnte, schlug das kleine Flugzeug auf der Erde auf.

Das Geräusch war zu laut für menschliches Gehör. Ich weiß nicht, wie so ein Lärm entsteht. Vielleicht hatte der Aufprall alle bekannten Geräusche in Stücke zerbrochen, die man für sich genommen nicht mehr auseinanderhalten konnte. Terry stieß ein schreckliches, unmännliches Gejammer aus, und ich erinnere mich noch, wie sehr mich der Gedanke beeindruckte, dass manche Menschen in solchen Augenblicken ihre Gottesfurcht offenbaren. Keiner von uns verhielt sich damals so, wie wir es fast unser ganzes Leben lang getan hatten. Bis heute fällt mir für die Laute, die Terry von sich gab, kein besserer Vergleich ein als ein Truthahn, der versucht, auf Englisch zu kollern. Ich bin überzeugt, dass er *Gott schütze Mrs Custard* sagte, aber ich habe nach wie vor keine Ahnung, was er damit gemeint haben mag.

Mr Waldrip machte keinen Mucks und wurde mir entrissen; das Letzte, was ich von ihm sah, waren die abgenutzten Sohlen der Cowboystiefel aus Alligatorleder, die ich ihm vor Jahren geschenkt hatte, zu welcher Gelegenheit, weiß ich nicht mehr. Irgendetwas presste mir die Luft aus den Lungen und kam auf meiner Schulter zu liegen. Ich erinnere mich nicht daran, wann mir klar war, dass wir uns nicht mehr bewegten. Ich weiß nur noch, dass sich das Karamellbonbon, das ich gegessen hatte, in meinem Hals wieder nach oben gearbeitet hatte.

Forest Ranger Debra Lewis, eine Thermosflasche mit Merlot zwischen den Oberschenkeln und einen 44er-Revolver an der Hüfte, fuhr den sonnengebleichten Feldweg zum Egyptian Point empor, einem Aussichtspunkt oben auf dem Berg, den die Teenager aus dem Hügelvorland aufsuchten, um Drogen zu nehmen und Alkohol zu trinken und Sex zu haben. Eine krummbeinige Schoschonin namens Silk Foot Maggie wohnte in der Nähe in einem Wohnwagen und hatte wegen eines Lagerfeuers und Schimpfwörtern und dunkler Gestalten im Wald die Bergstation angefunkt.

Lewis hatte eine Dose Bärenspray auf den Rücksitz des grünbraunen 1978er Jeep Wagoneer geworfen, falls die Kids auf Streit aus waren.

Am Anfang des Pfads waren zwei Pick-ups geparkt. Die Mittagssonne strahlte, und im dunklen Schatten unter den Autos schliefen zwei blasse Bulldoggen, die an die Anhängerkupplungen gekettet waren. Lewis hielt an, und mit einem Blick in den Rückspiegel richtete sie den Rangerhut auf ihrem strähnigen dunkelbraunen Haar, das sie schulterlang trug wie ein Schuljunge. Sie nahm einen Ärmel ihrer Uniform und polierte ihre vom Wein geröteten Zähne.

Sie ging den Pfad hinauf, die Dose mit Bärenspray in der einen, die Thermoskanne in der anderen Hand, bis sie am Egyptian Point eintraf. Der Wind trug Stimmen zu ihr herüber, und der Ärmel eines Mantels verschwand hinter einer Gruppe Weymouthskiefern. Sie befestigte die Thermoskanne an einem Clip am Gürtel und steckte das Bärenspray in die Jackentasche. Die Lichtung war von Granitfelsen umstanden. Rauch stieg von einer schwelenden Feuerstelle auf, in der sie kaputte Gartenstühle und eine zerrissene Plastiktüte erkannte. Geschwärzte Bierdosen lagen zu Füßen einer verunstalteten Schaufensterpuppe, deren Kopf ein Kranz aus gebrauchten Kondomen zierte. Paarungen aus Schimpfwörtern und Vornamen waren auf die Felsen gemalt und in die Bäume geritzt. Im Schatten hinter einer Bank aus Fichtenholz und Granit hörte sie flüsternde Stimmen und sah mehrere Augenpaare.

Jetzt hört mir mal zu, ihr Bauerntrampel, rief Lewis. Spitzt die Ohren, als ob euer Leben davon abhängt. Kann nämlich gut sein, dass es das gleich tut.

Sie stolperte im Halbkreis um die Feuerstelle herum und kreuzte dabei die Beine wie eine Tänzerin. Sie berührte den Revolver an ihrer Hüfte.

Ihr könnt hier nicht einfach so tun, was ihr wollt, verdammt noch mal, sagte sie. Ihr könnt hier keinen Alkohol trinken und auch nicht rauchen, was auch immer ihr raucht. Dies ist ein Schutzgebiet. Hinter dem alten Schild da fängt die Wildnis an. Ich bin hier draußen das verdammte Gesetz. Ich bin die Erwachsene. Geht nach Hause, verdammt noch mal, geht nach Hause.

Es kam keine Antwort.

Wenn ihr Knalltüten eure Hintern nicht sofort hierherbewegt, dann schwöre ich bei Gott, dass ich nachher nicht mehr so freundlich bin. Ich hab mir die Nummernschilder eurer Karren da unten schon aufgeschrieben.

Sie wollte gerade wieder gehen, als sie in einer Nische zwischen zwei mit pornografischen Kritzeleien verunstalteten Felsblöcken ein junges Mädchen mit weißblondem Haar und Überbiss hocken sah. Das Mädchen trug nichts als einen Büstenhalter, und sie blinzelte nicht. Sie beobachtete Lewis und hielt sich die kleinen Brüste, ihre hervorstehenden Rippen hoben und senkten sich in schnellem Rhythmus. Ihr Gesicht war schmutzig, und ihre Stirn zierte

Ruß, wie die eines Christen am Aschermittwoch. Lewis war siebenunddreißig, das Mädchen hielt sie für mindestens zwanzig Jahre jünger. Sie schaute dem Mädchen noch einmal in die Augen und kehrte zu ihrem Wagoneer zurück, setzte sich hinein und trank Merlot aus der Thermosflasche, bis die schlanken Gestalten kichernder Teenager wie herrenlose mythische Tiere pärchenweise aus dem Wald geschlichen kamen und in ihren Pick-ups davonfuhren, während hinter den fernen Gipfeln die Sonne unterging.

Lewis fuhr zurück in Richtung der kleinen Hütte aus Kiefernholz, in der sie seit elf Jahren wohnte. Sie lag etwas abseits einer Bergstraße in einem Waldstück in der Nähe einiger leer stehender Ferienhäuser. Sie nahm noch einen Schluck aus der Thermosflasche und hörte den einzigen Radiosender, den man hier oben auf dem Berg ohne Störgeräusche empfangen konnte.

Sie hören *Fragen Sie Dr. Howe*, ich bin Dr. Howe, und es ist Zeit für unseren letzten Anrufer, bevor wir uns dann heute Abend wieder hören. Vielen Dank, dass Sie heute dabei sind. Was kann ich für Sie tun, Sam?

Eine müde und traurig klingende Stimme, die man weder eindeutig einem Mann noch einer Frau zuordnen konnte, fragte, wie es sein könne, dass die Menschen einander so beharrlich missverstehen würden.

Bevor Dr. Howe antworten konnte, fuhr Lewis einen Schlenker, um einem Tier auszuweichen, und schüttete sich dabei den Inhalt der Thermosflasche über die Uniform. Sie fluchte, und im Radio begann es zu rauschen, und so bekam sie Dr. Howes Antwort nicht mit.

Um mich herum war alles still. Dann hörte ich ein Pfeifen wie von einem Teekessel. Ich öffnete die Augen. Ich bin mir nicht sicher, ob ich bewusstlos gewesen war, aber mir ist klar, dass man das im Nachhinein kaum wissen kann. Meine Schulter steckte unter einem leuchtend roten Koffer, den ich gar nicht kannte. Ich schätze, es war Terrys. Ich hievte ihn fort. Wo mein Fenster gewesen war, befand sich jetzt ein breiter Riss im Flugzeugrumpf, als hätte jemand eine Dose Erbsen aufgebrochen. Ich löste meinen Sicherheitsgurt.

Ich war in diesem kleinen Flugzeug bis ans Ende einer Welt gelangt, und nun wurde ich in eine andere hineingeboren, als ich inmitten der schrecklichen Stille durch den Riss kletterte. Das Flugzeug war auf einem Granitfelsen in der Nähe des Gipfels eines hohen felsigen Berges zu liegen gekommen, die Nase keine drei Meter vom Abgrund entfernt, wo ein Dschungel aus hohen Nadelbäumen emporragte. Um mich herum sah ich nichts als Berge. Zwei besonders große Exemplare flankierten den unseren, und weiter in der Ferne reihten sich die schneebedeckten Gipfel aneinander, als gäbe es in der Geschichte der Welt nichts anderes und hätte auch nie etwas anderes gegeben als Berge.

Ich fasste mir an die Stirn. Blut. Mein Gesicht war voll mit Blut, und in einer Glasscherbe sah ich, dass ich einen kleinen Schnitt über der Augenbraue hatte. Ich sah aus wie ein Indianer in Kriegsbemalung. Ich rief, so laut ich konnte, nach Richard. Ich verwendete Mr Waldrips Vornamen nur dann, wenn ich ihn direkt ansprach, eine Gewohnheit, die ich von Mutter übernommen hatte.

Die Sonne schien, und es war warm. Es ist schon seltsam, dass einem ein so angenehmer und schöner Ort so bösartig vorkommen kann. Der Berg war hoch, aber es lag kein Schnee, und auf den Felsen wuchsen haarige Pflanzen mit sehr hübschen, scharlachroten Blüten. Ich erfuhr später, dass man sie «Indianerpinsel» nennt. Das Flugzeug war in der Mitte auseinandergebrochen. Der hintere Teil war fort.

Ich schaute zurück und sah Mr Waldrips leeren Sitz. Ich rief noch einmal nach ihm. Mein Blick wanderte zurück zu den Baumkronen unterhalb des Abgrunds. Ganz am Rand des Abhangs stand einer von Mr Waldrips Alligatorlederstiefeln. Ich ging darauf zu. Dabei schaute ich zurück zu dem kleinen Flugzeug und sah, dass es die Nase des Cockpits abgerissen hatte. Die meisten Flugsteuerungsgeräte waren fort, und Terry saß im Freien, er war immer noch angeschnallt. Sein Kopf hing ihm auf der Brust. Ich war mir sicher, dass er tot war.

Als ich den Rand des Abhangs erreichte, sah ich Mr Waldrip. Er hing etwa ein halbes Dutzend Yards unter mir in einer großen Fichte, ein ganzes Stück über dem Boden. Ich rief ihm zu, ob er in Ordnung sei, aber eigentlich hätte ich mir diese Frage selbst beantworten können. Er bewegte sich nicht, und am Gesäß seiner Bluejeans quoll Blut hervor. Ich rief noch einmal seinen Namen. Ich fürchtete, dass er gelähmt war und mir nicht antworten konnte. Dennoch gab es nichts auf der Welt, was ich hätte tun können. Ich konnte ihn nie und nimmer erreichen, und selbst wenn, was hätte es genützt? Da kam mir zum ersten Mal in den Sinn, zu beten. Ich kniete mich an den Rand der Böschung und schaute hinab auf das riesige Tal und betete: Unser Vater, der Du bist im Himmel, Mr Waldrip hängt dort unten in einem Baum, und er ist schwer verletzt. Bitte hilf uns, bitte hilf uns, bitte rette uns, Herr... Meine Augen sehen stets auf den Herrn, denn er wird meinen Fuß aus dem Netze ziehen.

So betete ich eine ganze Weile, während Mr Waldrips Bluejeans komplett violett wurden. Bestimmt würde ich dort heute noch sitzen und beten, hätte ich nicht hinter mir einen Schrei gehört, wie ich ihn noch nie vernommen hatte. Es war ein Schrei in hoher Tonlage, wie von einem Geisteskranken. Es klang – und ich möchte für diesen unangenehmen Vergleich sogleich um Verzeihung bitten –, wie ich mir vorstelle, dass ein etwas einfältiger Mensch brüllt, wenn er bei lebendigem Leibe verbrannt wird.

Nun, ich schrie ebenfalls auf und hielt mir die Hände vors Gesicht. Schließlich drehte ich mich um und ließ die Hände sinken. Grundgütiger! Terry war zu sich gekommen und kaute auf dem Blut in seinem Mund herum und kreischte dabei ganz furchtbar, er hörte gar nicht mehr auf. Einer der Mieter hier in meinem Haus in Brattleboro, Vermont, hat einen Sohn, Jacob, der im Rollstuhl sitzt und sich überhaupt nicht bewegen kann, nicht einmal die Augenlider. Es ist furchtbar. Seine Augen müssen nachts geschlossen und am nächsten Morgen wieder geöffnet werden. Das erledigt eine Pflegerin, eine kräftige Frau in Weiß mit großem Kopf und einer kleinen Sprühflasche mit Kochsalzlösung am Gürtel, mit der sie den ganzen Tag über alle zwei Minuten seine Augäpfel benetzt. Jacob kann nicht blinzeln, dafür kann er umso besser schreien. Das ist auch schon so ziemlich alles, was er kann. Wenn ich ihn vom Hausflur aus höre, muss ich immer an Terry denken.

Ich ging ein paar Schritte auf Terry zu. Er sah gar nicht gut aus. Er hatte einen Teil seines Kiefers ausgespuckt, in dem noch einige Zähne steckten. Er war ihm in den Hemdkragen gefallen. Eines seiner blauen Augen verschwand nahezu in einem großen Bluterguss. Man merkte, dass er mit keinem der beiden sehen konnte. Er stieß weiterhin spitze Schreie aus, und ich stimmte jedes Mal mit ein. Meine Hände zitterten, und mein Herz pochte wie verrückt. Da waren wir also und brüllten einander an. In einer besseren Welt wäre diese Szene vielleicht sogar komisch gewesen.

Terry saß aufrecht in seinem Sitz festgeschnallt, ein paar Fuß über dem Boden, wie ein Aufseher, der über dieses furchtbare Szenario wachte. Ich stand vor ihm und schrie mir nach wie vor die Lunge aus dem Leib, ohne auch nur die leiseste Ahnung zu haben, was ich tun sollte. Ich hätte höchstens sein Schienbein erreichen können, um ihn zu trösten, aber ich wollte ihn nicht berühren, und diese Tatsache machte mir ein schlechtes Gewissen. Ich stamme aus einer Methodistenfamilie, und man hatte mir beigebracht, wie wichtig Nächstenliebe und Mitgefühl sind, aber für diesen Mann hätte ich absolut nichts tun können.

Es dauerte eine Weile, bis er von selbst zur Ruhe kam und wie ein Säugling vor sich hin gurrte. Er hob den Arm, wie um ein Edikt zu erlassen, und fragte klar und deutlich: Ist es vorbei?

Wie bitte?, sagte ich.

Tut mir leid, ich war immer ehrlich zu meinem Zahnarzt. Bin ich beim Zahnarzt? Nur eine Minute. Sind wir schon tot?

Mein Mann ist in einem Baum, sagte ich und wies hinter mich.

Das ist doch gut, sagte Terry. Er kletterte immer so gerne auf diesen Baum.

Danach sagte er etwa zwanzig Mal nacheinander das Wort *Kellnerin* und machte sich in die Hose. Dann plärrte er und rief nach seinem Postboten, um einen Brief an einen Verwandten aufzugeben, dessen Namen und Adresse er vergessen hatte.

Er machte so weiter, als sei er überzeugt, er säße beim Zahnarzt und bekäme unter Gas einen Zahn gezogen. Ich war drauf und dran, ihn zu fragen, was wir jetzt tun sollten, entschied mich aber dagegen. Der arme Mann.

Er sagte: Kellnerin, Badezeit, Kellnerin, lassen Sie das Bad für Samantha ein. Ich habe seit Jahren eine Schwäche für meinen

Postboten, aber es hätte nie funktioniert. Er ist spät dran. Spät dran. Jetzt ziehen Sie endlich den Zahn, mir wird ganz schlecht von dem Gas. Ich will nach Hause.

Den Rest des Tages über saß ich verwirrt an eine Kalksteinwand gelehnt, streckte meine Beine in die Sonne und drehte den Ehering an meinem Finger. Mr Waldrips Großmutter, Sarah Louise Waldrip, hatte ihm den Ring vermacht, und sie hatte zu dem Stück eine abenteuerliche Geschichte auf Lager, die sie ständig erzählte, wie ihr Mann den Ring bei einem Zigeuner eingetauscht hatte, gegen einen Sack Mehl und eine Steinschlosspistole. Angeblich kam der Zigeuner in der folgenden Nacht zurück, erschoss den Schäferhund und räumte das Haus leer. Sogar die Vorhänge nahm er mit, nur den Ring ließ er zurück. Wäre ich ein abergläubischer Mensch, hätte mir diese Geschichte sicherlich Sorgen bereitet.

Soweit ich es beurteilen konnte, war ich nicht ernsthaft verletzt. Ich hatte den Schnitt auf der Stirn, und ich spürte die Arthritis in meinen Knien. Ich hatte mich eingenässt, was mir sehr peinlich war, aber ich möchte hier alles berichten, was geschehen ist, auch die unangenehmen Aspekte, die ich am liebsten auslassen würde. Vielleicht gerade die unangenehmen Aspekte. Von dort aus, wo ich saß, hinter dem kleinen Flugzeug, konnte ich Terry nicht sehen, aber bei Gott, ich hörte ihn den ganzen Tag brüllen und über Menschen plappern, die ich nicht kannte, und die Dinge taten, die gegen jegliche Logik verstießen. Ich schaute oft zum Rand des Abhangs hinüber, wo Mr Waldrips Stiefel stand. Ich bemühte mich, den Willen aufzubringen, mich wieder an die Kante zu begeben, unterhalb derer sein Körper in der Baumkrone hing, aber es gelang mir nicht.

Wie es sein kann, dass ich damals keine einzige Träne vergoss?

Ich habe keine Ahnung. Es ist schon seltsam, wie sich unser Geist in brenzligen Situationen zu entspannen vermag. Ich glaube, ich war eine ganze Weile nicht in der Lage, einen klaren Gedanken zu fassen. Mehrere Ärzte haben mir attestiert, dass ich damals unter Schock stand. Sie könnten durchaus recht haben. Vielleicht stehe ich heute noch unter Schock.

Als die Berge langsam dunkel wurden, betete ich zum Himmel. Herr, sagte ich, bitte lass mich nicht im Dunkeln auf diesem Berg hier sterben. Bitte rette mich, Herr.

Meine Güte, gab es jemals eine selbstsüchtigere Frau als mich? Dann wurde Terrys Stimme leiser, und er sagte: Du? Ja, genau! Ein Junge? Glaube ich nicht. Zwei von mir sind in jeder Badewanne. Entschuldige, tut mir leid. Ich wollte nicht, dass du es herausfindest. Ich liebe diesen Mann. Sind Sie fertig, Dr. Kessler? Dieses Gas macht mir Angst. Ich kann mich nicht bewegen. Es kommt mir vor, als wäre ich auf einem Berg.

Ich ging zum Flugzeug, blieb aber an der Seite, sodass ich Terry nicht ins Gesicht sehen musste. Ich sah nur, wie seine Beine vom Sitz baumelten, und ich konnte ihn riechen. Ich fragte ihn, wie er sich fühlte.

Erwachsen, sagte er. Ich fühle mich erwachsen. Ich bin zu groß für meine Kniehosen.

Gut, sagte ich. Ich sprach in ganz ruhigem Tonfall, damit er nicht wieder anfing zu brüllen. Ich fragte ihn, was wir tun sollten.

Mein Kopf tut weh, sagte er. Habe ich Karies? Badewasser! Kellnerin!

Hinter den Bergen in der Ferne war die Sonne halb untergegangen und tauchte die Gipfel in ein prächtiges Violett. Es sah aus wie eines der Aquarelle, die Mr Waldrips Mutter anfertigte, als sie alt wurde und so verrückt wie ein Ochsenfrosch und beschloss, dass die Malerei ihre Berufung sei und sie ihre Hausschuhe fortan an den Händen tragen werde. Ständig liefen die Farben ineinander, und hinterher konnte man kaum noch ahnen, was sie da eigentlich hatte malen wollen.

Ich ging an die Spitze des Flugzeugs, um nach Terry zu sehen. Seine Augen standen offen. Ihr Blick war leer, und sie glänzten wie die Glasaugen in den Trophäen, die alle Jagdkollegen von Mr Waldrip zum Entsetzen ihrer Ehefrauen in ihren Wohnzimmern aufgehängt hatten. Ich hatte Mr Waldrip das nie gestattet. Ich fand es reichlich makaber, sich Köpfe an die Wand zu hängen.

Terry kaute auf seinem gebrochenen Kiefer. Mir schauderte bei dem Anblick. Nie zuvor war ich Zeuge solch blutiger Vorgänge geworden. Mr Waldrip und ich sahen uns keine Kinofilme an, die so etwas zeigten. Ich hatte bereits Menschen sterben sehen, aber nicht so. Vater war fünf Jahre zuvor ganz friedlich von uns gegangen, in seinem Bett unter der Daunendecke, Mutter wenig später, im Alter von dreiundneunzig Jahren, auf ähnliche Weise. Davy hatte Schüttelfrost bekommen und war im Schlaf gestorben, als er elf Jahre alt war. Möge er in Frieden ruhen.

Über Terrys rechtem Ohr war ein Loch. Ich sage Loch, eigentlich fehlte ein ganzes Stück von seinem Kopf. Es war irgendwie abgerissen worden, und ein Teil davon lag auf seiner Schulter und sah aus wie eine Art Schulterklappe aus dem Fruchtfleisch einer Wassermelone. Er sang ganz leise im Falsett einen Song mit dem Titel «Time After Time», von dem ich mittlerweile weiß, dass ihn ein paar Jahre zuvor eine junge Lesbierin namens Cyndi Lauper gesungen hatte. Die werte Mrs Squime teilte mir später mit, Terry habe «Time After Time» nie erwähnt, und dies sei auch gar nicht die Art von Musik gewesen, die er normalerweise gehört hatte. Sie könne nicht nachvollziehen, wieso ihm vor seinem Tod ausgerechnet dieser Song in den Sinn gekommen sei.

Ich saß vor ihm auf dem Erdboden. Ich nehme an, ich wollte

einfach nicht allein sein, auch wenn er nun wirklich nicht die angenehmste Gesellschaft darstellte. Er sang immer und immer wieder aufs Neue dieses Lied, bis ich den Text auswendig konnte. Die Sonne war nun vollständig verschwunden, und über uns schien ein heller Vollmond. Nach einer Weile verstummte Terry. Sein geschundenes Gesicht bewegte sich nicht mehr. Er hatte die Augen weit aufgerissen, aber sie zeigten kein Anzeichen von Leben mehr, das Blau in ihnen war grau geworden. Das war der Moment, da ich mir sicher war, dass er nun endlich verstorben war. Ich hatte so etwas noch nie gesehen, und ich hoffte, dass ich auch nie wieder so etwas würde sehen müssen. Der Anblick sucht mich heute noch heim.

Ich kletterte zurück in das kleine Flugzeug und nahm Platz in meinem Sitz. Inzwischen hatte es sich merklich abgekühlt. Meine Jacke steckte in meiner Reisetasche, und die befand sich in der anderen Hälfte des Flugzeugs, die die Suchtrupps einige Wochen später an der Nordseite des Gipfels fanden und deren Einzelteile nahezu in Form eines sechseckigen Sterns verstreut waren. In dem leuchtend roten Koffer, der beim Absturz auf mich gefallen war, fand ich einen Wollpullover mit buntem Zickzackmuster, wie ihn die jungen Leute im Fernsehen hin und wieder trugen. Ich hatte großes Glück, dass Terry ein hochgewachsener Mann war, denn so fand ich in seiner Kleidung diverse Textilien, mit denen ich mich gegen die Kälte schützen konnte. Ich mummelte mich in den Pullover und lehnte mich in meinem Sitz zurück.

Dann war es schrecklich still bis auf Terrys Lied, das ich immer noch in den Ohren hatte. Ich bemühte mich, mir möglichst wenig Sorgen um meine Situation zu machen oder darum, dass Mr Waldrip immer noch in der Fichte hing. Und ich bemühte mich, nicht auf Terrys Hinterkopf zu starren. Von dort aus, wo ich saß, sah er unheimlicherweise fast genauso aus, wie kurz bevor wir vom Himmel gefallen waren, ganz so, als wäre an diesem einen Stückchen Welt die Zeit stehen geblieben.

Als es schon so dunkel war, dass ich nicht mehr schätzen konnte, wie spät es war, kletterte ich nach vorne zum Cockpit, und dort blinkte in den Überresten der Bedienelemente nahe Terrys Beinen ein kleines gelbes Licht. Es war ein Funkgerät. Mein Herz setzte aus! Ich nahm das Lautsprechermikrofon und hielt es mir vor den Mund. Ich weiß noch, wie ich zitterte und dass mir plötzlich am Hals und hinter den Ohren ganz warm wurde. Ich hielt den Knopf an der Seite des Mikrofons gedrückt und sagte immer wieder: Hier ist Cloris Waldrip, bitte helfen Sie mir, ich heiße Cloris Waldrip, Hilfe, ist da jemand? Ich heiße Cloris.

Lewis rubbelte einen dunklen Fleck von der Uniform. Ihre Augen waren blutunterlaufen, die Lippen violett. Sie spülte die Seife aus dem braunoliven Hemd und hielt es über dem Spülbecken gegen das Licht. Dann ließ sie es wieder ins Wasser sinken, nahm das Messingabzeichen und wusch es unter dem Wasserhahn aus. Sie fuhr mit dem Daumen über das Relief einer Konifere, legte das Abzeichen beiseite und blickte aus dem Fenster über der Spüle. Die kleine Holzhütte stand am Rande einer schummrigen, schmalen bewaldeten Schlucht, hinter der die Berge aufragten.

Sie ließ die Uniform weiter einweichen und ging mit einem Glas Merlot ins Wohnzimmer. Sie setzte sich auf die Couch und schaltete das Transistorradio auf dem Beistelltisch ein, aber sie hatte keinen Empfang. An der Wand über dem Kamin hing der Kopf einer kümmerlichen Hirschkuh, die ihr Ex-Mann geschossen hatte, als er noch ein kleiner Junge war. Sie beobachtete, wie auf der staubigen schwarzen Nase eine Wespe landete. Vor dem Haus hörte sie Stimmen. Lewis drehte das Rauschen des Radios leiser. Das Geräusch von Stiefeln auf den Stufen zur Veranda. Sie leerte das Glas Merlot, schaltete das Radio aus und ging zur Tür.

Sie öffnete, ließ aber die Fliegengittertür geschlossen.

Ranger Claude Paulson lehnte im Türrahmen. Nachdem ihm einmal fast die Nase abgefroren war, hatte sie eine dunkelgraue Farbe angenommen, doch ansonsten hatte er ein attraktives Gesicht, wie Lewis fand. Er hob denRangerhut von seinem sauberen, dunklen Haar und hielt ihn sich an die Hüfte. Hey, Debs, sagte er, sorry, dass ich dich am Sonntag nach neun noch stören muss. Hattest noch das Licht an.

Schon in Ordnung, sagte Lewis.

Claude wohnte nebenan in einer kleinen blau gebeizten Hütte mit seinem kranken Golden Retriever Charlie. Er hatte keine Vorhänge vor dem Schlafzimmerfenster, und Lewis konnte ihn beobachten, wie er im Bett las oder mit offenem Mund schlief. Morgens trank sie meistens eine Tasse Kaffee und ein Glas Merlot und sah ihm dabei zu, wie er seine Uniform bügelte. Einmal war sie Zeuge geworden, wie er nach Mitternacht nackt am Fuße seines Bettes saß und in das Fell des Hundes weinte.

Lewis öffnete die Fliegengittertür, und hinter Claude stolperte noch ein Mann die Stufen hinauf und mühte sich mit einer Videokamera ab, als wäre sie ein Betonklotz. Der hühnerbrüstige Mann lehnte sich gegen einen Pfosten, wo ihn die Lampe der Veranda in gelbes Licht tauchte. Mit Schwung hievte er die Videokamera von der Schulter und fuhr sich mit zitternder Hand über den dünnen Nacken. Er kratzte an den roten Stoppeln, bis seine Finger im Hemdkragen verschwanden. 'N Abend, Ma'am.

Claude wies mit dem Daumen über die Schulter, stellte den Mann als Pete vor und sagte, er sei ein alter Freund von der Highschool. Der wird eine Weile bei mir und Charlie wohnen.

Meine Alte hat mich verlassen, sagte Pete.

Das ist natürlich Mist.

Schon okay, Ma'am, danke. Claudey hat gesagt, er nimmt mich eine Weile bei sich auf, bis ich wieder auf den Beinen bin.

Claude erzählte Lewis, sie hätten geplant, dass Pete ihm mit seiner neuen Kamera hilft, den Geist von Cornelia Åkersson auf Video aufzunehmen. Er sagte, es werde Pete auch guttun, sich bei den Friends of the Forest zu engagieren und dabei ein wenig frische Luft zu schnappen.

Pete warf einen Blick auf die dunkle Bergstraße hinter sich. Sie und Claude sind also die einzigen Ranger hier oben? Vielleicht kann ich ja ein wenig helfen und dabei auf andere Gedanken kommen.

Pete hatte ein paar Flaschen Cider dabei.

Wir haben schon nach dem einäugigen Geist Ausschau gehalten, den ihr hier oben habt, sagte Pete. Er band sein rotbraunes Haar zu einem dünnen Pferdeschwanz zusammen und stellte den Riemen an der Videokamera ein. Claudey hier will, dass ich ihn filme, aber ich hab ihm gesagt, ich kann das gar nicht gut, Videos machen. Er hat schon immer mehr an mich geglaubt als ich selber. Ich kenne Claudey, seit wir in Big Timber auf der Highschool waren. Ist bestimmt gut, alte Freunde um sich zu haben, wenn es einem schlecht geht.

Lewis nickte und schaute Claude an. Im Licht der Verandalampe sah man die Hundehaare auf seiner Uniform. Er drehte den Rangerhut in den Händen, als würde er ein Auto lenken.

Also, was ist los, Claude?

Ich sag mal, das ist schwer zu sagen.

Wir haben über Funk einen Notruf abgefangen, sagte Pete.

Claude hob eine Hand. Überlass das mir, Petey. Wir wissen nicht mit Sicherheit, ob es ein Notruf war. Wir wissen nur, dass wir eine humanoide Stimme gehört haben, die Cloris gesagt hat. Dreimal. Cloris, Cloris, Cloris. So in etwa. Es war ziemlich abgehackt.

Cloris?

Cloris.

Ich bin ein ängstlicher Typ, das hat mir Angst gemacht, sagte Pete.

Was zum Teufel ist denn ein Cloris?

Keine Ahnung, sagte Claude. Wenn es sich um eine Art Code handelt, dann kenne ich ihn nicht. Und wozu, zu welchem Zweck?

Vielleicht hast du dich verhört.

Könnte sein. Könnte sein. Glaub ich aber nicht.

Was klingt denn so ähnlich wie Cloris?

Morris, sagte Pete.

Wo wart ihr?

Draußen am Darling-Pass.

Habt ihr euren gottverdammten Geist gesehen?

Claude lächelte. Schon gut, Debs. Kein Grund, sich über mich lustig zu machen.

Pete hob eine rote Augenbraue. Glauben Sie nicht an den Geist, Ranger Lewis?

Gesehen habe ich ihn noch nicht.

Ich denke mal, es ist schwer, an etwas zu glauben, das man nicht sehen kann, sagte Pete. Ich wollte immer glauben, dass meine Frau mich liebt. Aber nach einer Weile sagte sie, sie wollte was in ihrem Leben ändern, bevor es zu spät ist, noch was zu ändern. Sie sagte, ich wäre repressiv. Sie benutzt dauernd Wörter, die ich noch nie gehört hab, damit ich mich besonders dumm fühle. Aber ich sagte ihr, sie kriegt sowieso nicht das Leben, das sie will, nicht, wenn sie mit neununddreißig aussieht wie neunundsechzig, ohne einen einzigen sauberen Zahn im Maul.

Pete hat schon ein paar Cider intus, sagte Claude.

Hab ich dir erzählt, was sie gesagt hat, Claudey?

Warum erzählst du mir das nicht später?

Nein, nur zu, sagte Lewis. Was hat sie gesagt?

Sie hat gesagt, dass ich ein seltsames Herz in einer seltsamen Brust hab. Dass ich obenrum aussäh wie eine hässliche alte Frau.

Tut mir leid, Petey. So sollte sie nicht über dich reden.

Nun, ist schon okay. Ich weiß, dass ich eine seltsame Brust habe, hab ich mein ganzes Leben lang gehabt, bin damit auf die Welt gekommen. Pectus carinatum. Aber ein seltsames Herz? Ich weiß immer noch nicht, was sie damit meint.

Sorry noch mal, dass es so spät ist, Debs, sagte Claude und wandte sich ihr zu. Dachte halt, ich informier dich kurz über die Sache mit diesem Wort *cloris*, falls du meinst, wir sollten da irgendwas tun, wo ich noch nicht draufgekommen bin.

Lewis hielt sich am Türpfosten fest und sah zum dunklen Himmel hinauf. Sie musste an das Fell eines schwarzen Labradors denken, bei dem sie zugeschaut hatte, wie ihr Vater ihn in seiner Tierklinik einschläferte. Sie erwiderte Claudes Blick. Du musst nicht jedes gottverdammte Wochenende nach mir sehen. Mir geht's gut.

Ich weiß.

Okay, sagte sie. Männerstimme oder Frauenstimme?

Kann ich nicht sagen. Könnte eine Frau oder ein Junge gewesen sein.

Pete streckte eine Hand aus und öffnete die kleinen Finger. Für mich klang die Stimme wie von einer einsamen Frau, sagte er in bedeutungsschwangerem Tonfall.

Gut. Ich merke mir das für morgen früh. Ihr zwei solltet heimgehen, bevor Cornelia eure Zungen frisst und euch zu Neptun schickt.

Na komm, Debs, mach dich nicht lustig.

Wie war das?, fragte Pete.

Der gottverdammte Geist, nach dem Claude mit dir suchen will, sagte Lewis. Zahnfleisch, Zungen, Haare und Eier.

Sie ließ die beiden Männer stehen, schloss die Tür und ging zurück zum Spülbecken. Die Flecken in der Uniform waren nicht herausgegangen. Sie warf das Hemd in den Mülleimer. Sie trank noch ein Glas Merlot, und anschließend nahm sie ein langes Bad, trank dabei eine weitere Flasche und hörte *Fragen Sie Dr. Howe*. Eine Frau mit dröhnender Stimme rief im Sender an und wollte wissen, wie es sein könne, dass die Leute sie und ihren Mann für wirklichkeitsfremd und umständlich hielten. Sie fragte, ob es normal sei, dass sich die Menschen wie Leute verhalten, die sie im Fernsehen gesehen hätten. Dr. Howe sagte mit seiner näselnden Stimme in dem nüchternen Tonfall eines Chirurgen während der Operation, ja, das sei normal, vielleicht, weil es einfacher sei, sich so zu verhalten, als die eigenen authentischen Impulse und Anliegen einzuschätzen und danach zu handeln.

Lewis schaltete das Radio aus und stieg aus der Badewanne. Sie trocknete sich ab und stand nackt vor dem Schlafzimmerfenster, von dem aus man auf dunkle Kiefern und dahinter bis ins Tal schaute. Mit dem Finger zeichnete sie den Umriss ihres hochgewachsenen Körpers nach, der sich in der beschlagenen Scheibe spiegelte. Weiter unten im Wald sah sie den Schein von Taschenlampen die Bäume streifen. Lewis ging davon aus, dass es die beiden Männer waren, die weiter nach dem Geist von Cornelia Åkersson suchten.

Sie wischte das Fenster ab und kehrte ins Badezimmer zurück, wo sie sich ins Waschbecken übergab. Dann ging sie zu Bett, wo sie eine unruhige Nacht verbrachte, voller Träume, von denen sie beim Aufwachen sicher war, dass sie sie geträumt hatte, aber sie konnte sich an keinen mehr erinnern. Am Morgen sagte sie sich: Nur Gott weiß, was mir in meinen gottverdammten Träumen passiert.

Lewis hielt den Wagoneer an, um einen überfahrenen Habicht von der Straße zu räumen. Sie ließ den Kadaver wie einen Diskus über die Bäume segeln und notierte den Vorfall in dem Notizblock, den sie in der Brusttasche hatte. Die Sonne war noch nicht aufgegangen, die Straße noch dunkel. Sie fuhr weiter bis zu einer kleinen Hütte aus Zedernholz, die hoch oben auf dem Berg thronte. An der Eingangstür hing ein Holzschild mit der eingebrannten Aufschrift *National Forest Service Backcountry Station*. Sie schloss auf und trat ein.

Die Hütte bestand aus einem einzigen Raum. Sie ging zur Küchenzeile, setzte eine Kanne Kaffee auf, nahm drei Aspirin, spritzte sich an der Spüle Wasser ins Gesicht und schaltete den Heizlüfter ein. Ihr Schreibtisch stand vor einem großen Fenster mit Blick auf dasselbe bewaldete Tal, das sie von ihrer Hütte aus sehen konnte. Nebel hing in den Nadelbäumen und begann gerade erst unter der aufgehenden Sonne zu verschwinden. Große Wolken dunkler Vögel zogen über den Himmel. Lewis nahm ihren Rangerhut ab und hängte ihn an einen Haken an der Wand.

Sie setzte sich, schaltete das Funkgerät auf dem Schreibtisch ein und wartete, bis es Betriebstemperatur erreichte. Sie beugte sich über das Tischmikrofon.

Ranger Lewis an Chief Gaskell. Ranger Lewis an Chief Gaskell. Bitte kommen, Chief Gaskell. Over.

Morgen, Ranger Lewis. Höre Sie laut und deutlich. Was tun Sie so früh in der Station? Over.

Da ist was, das mich beschäftigt. Konnte nicht warten. John, wissen Sie was über eine oder einen Cloris? Over.

Was ist denn ein Cloris? Sagen Sie das noch einmal. Over.

Cloris. Keine Ahnung. Ich hatte gehofft, Sie wüssten das. Over.

Leider nein. Over.

Ist das irgendein Code? Steht das für was? Over.

Nicht, dass ich wüsste. Over.

Ranger Paulson hat das gestern Abend auf seinem Handgerät gehört, draußen am Darling-Pass, und dachte, es ist vielleicht ein Notruf. Es hieß nur: Cloris. Dreimal. Cloris, Cloris, Cloris. Vielleicht hat er sich verhört. Over.

Cloris? Wiederholen Sie. Over.

Cloris. Buchstabieren würde ich es C-L-O-R-I-S. Cloris. Over.

Cloris. Copy. Cloris. Habe ich noch nie gehört. Cloris. Ich sehe mal nach. Darling-Pass? War Claude wieder auf der Suche nach dem Geist, von dem er meint, dass er auf einer Schildkröte reitet? Over.

    Die gottverdammte Cornelia. Genau. Over.

    Er ist ein seltsamer Vogel. Wie geht's Ihnen da oben? Over.

    Lewis lehnte sich zurück und sah aus dem Fenster. Ein schwarzer Käfer lief innen an der Scheibe entlang. Er sah aus wie ein gewaltiges Untier, das auf den fernen Gipfeln herumspazierte. Sie beugte sich wieder über das Mikrofon. Mir geht's gut, John, danke. Over.

    Na schön, dann lassen Sie mich wissen, ob ich irgendetwas tun kann. Wir denken an Sie. Marcy sagt auch, sie denkt an Sie. Eine Scheidung ist immer schlimm, egal, unter welchen Umständen. Over.

    Danke, das ist nett. Over.

    War's das, Ranger Lewis? Over.

    Ja, das war's. Out.

    Lewis stand vom Schreibtisch auf, ging zur Küchenzeile, goss sich eine Tasse Kaffee ein, gab aus einer Flasche, die in einem Fach hinter dem Küchenschrank versteckt war, einen Spritzer Merlot hinein und wandte sich wieder dem Fenster zu. Sie ging zurück, beugte sich über den Schreibtisch und schnippte den Käfer fort.

Mr Waldrip und ich hatten einen Kalender von der First Methodist für 1986 an der Küchentür hängen. Bevor wir unsere Reise nach Montana antraten, hatte Mr Waldrip mit einem schwarzen Stift einen Kreis um den 31. August gemalt und fein säuberlich eingetragen, dass wir an jenem Tag mit Terry Squime verabredet waren, damit er uns zu unserer Hütte im Bitterroot National Forest fliegen würde. Ich fand es seltsam, ja geradezu bemerkenswert, dass der 31. zufällig der erste Sonntag der Trinitatiszeit war. Wenn Sie nicht gerade Methodist sind, werden Sie wahrscheinlich noch nie von der Trinitatiszeit gehört haben. Sie beginnt irgendwann nach Pfingsten und dauert bis zum Advent und soll eine Zeit der besonderen Nächstenliebe und der Eintracht im Reich Gottes sein. Es gibt nicht mehr viele Kirchen, die die Trinitatiszeit feiern. Für mich ist sie seit damals im Bitterroot eine Zeit großer Not und Trauer.

Heute habe ich diesen Kalender hier bei River Bend Assisted Living an der Wand über meinem Schreibtisch hängen. Mr Waldrip hatte nicht wissen können, dass er auf dem Kalender den Tag markierte, an dem er in einem Baum landen und ich in der Wildnis stranden würde, aber genau so verlaufen solche schicksalhaften Momente nun einmal. Man weiß ja oft erst im Nachhinein, welche Bedeutung ein Ereignis oder eine Tat haben. Ich kann kaum mehr die Augen schließen, ohne dass ich in der schillernden Dunkelheit der Innenseite meiner Augenlider diesen Kalender sehe und den darauf eingekreisten ersten Sonntag der Trinitatiszeit. Ich fürchte, es könnte das Letzte sein, was ich jemals sehe.

In jener ersten Nacht bekam ich kaum Schlaf. Ich muss an die tausend Mal meinen Namen in das Funkgerät gesagt haben. Ich war heiserer als ein Wanderprediger am Montag. Ich war mir nicht sicher, ob das Funkgerät noch funktionierte, aber trotzdem machte ich mir die Mühe. Erst als ich versuchte, ein wenig zu schlafen, merkte ich, wie groß meine Angst war. Ich wollte nicht inmitten der furchtbaren Stille dieses kleinen Flugzeugs bleiben, überschattet von Terrys entstelltem Leichnam, musste aber einsehen, dass dieser Anblick immer noch besser war, als im Freien zu schlafen, in der Dunkelheit und inmitten all der unbekannten Viecher, die in dieser Dunkelheit zu Hause sind.

Als ich erwachte, stand die Sonne bereits am Himmel, und meine Schulter und meine Knie taten ganz schrecklich weh. Langsam bekam ich Durst. Getrocknetes Blut platzte von meiner Stirn wie Farbe von einem alten Präriehaus. Meine Arme bedeckte ein schmuddeliges Geflecht aus Kratzern und Schrammen. Ich war mir nicht einmal sicher, ob das überhaupt meine Arme waren. Sie sahen aus wie die einer mittellosen alten Frau, der man ganz übel mitgespielt hatte. Ich raffte mich auf und kletterte durch den Riss in der Seite des kleinen Flugzeugs nach draußen.

Terry saß immer noch festgeschnallt auf seinem Sitz, windschief wie eine Indianerfigur vor einem Zigarrenladen, die allzu lange in Wind und Wetter hatte ausharren müssen. Seine Finger hatten sich gekrümmt wie Bussardkrallen, und sein Kiefer war verdreht und ausgetrocknet. Ich weiß nicht, was mich geritten hat, aber ich hielt mir die Hand vor den Mund und trat ganz nah an ihn heran. Winzige Mücken tanzten auf seinen trüben Augen, und ich verscheuchte ein paar große Fliegen, die auf der Zunge in dem klaffenden Mund thronten wie kleine, grüne, dickbäuchige Despoten.

Ich ließ Terry sitzen, begab mich an den Rand der Schlucht und stellte mich neben Mr Waldrips Stiefel. Mein armer Gatte befand sich noch immer dort unten, gefangen in den Ästen der Fichte. Er hatte sich kein Stück bewegt. Ich hoffte inständig, dass dies der grausamste Anblick war, der mir jemals zuteilwürde. Ich hob eine Handvoll Kiesel auf und warf sie nach ihm. Einige verfehlten ihn, andere prallten von seinem Rücken ab. Mr Waldrip rührte sich nicht. Ich musste daran denken, wie er 1974 anlässlich einer Rückenoperation ins Krankenhaus eingeliefert wurde. Als sie ihm das Morphium verabreicht hatten, war er ganz still und hilflos. So hatte ihn noch nie erlebt. Und tot hatte ich ihn erst recht noch nie erlebt. Er war ein so liebenswerter Mann, mein lieber Mr Waldrip, Gott schütze seine Seele. Ich vermisse ihn sehr.

Eine junge Schwarze, die hier bei River Bend Assisted Living als Therapeutin arbeitet, hat mir erzählt, dass es in der Schweiz eine Frau mit einem dieser heutzutage so beliebten Doppelnamen gibt, Kübler-Ross, der zufolge es fünf Trauerphasen gibt: Leugnen, Zorn, Verhandeln, Depression und Akzeptanz. Sie meint es bestimmt gut, aber ich glaube dennoch nicht, dass sie recht hat. Die Trauer hat zahllose Phasen, und kein Mensch wäre in der Lage, sie alle zu benennen. Jede Erinnerung ist eine Phase für sich, genau wie jeder Moment, in dem das Gedächtnis versagt, und diese Phasen haben keinen Namen, und es gibt so viele von ihnen. Es ist ein unermessliches Spektrum von Nostalgie und Verlust. Meiner Meinung nach ist die Trauer so etwas wie das kalte Ende der Nacht.

Ich ging wieder zum Flugzeug und beschloss, es noch einmal mit dem Funkgerät zu versuchen. Inzwischen hatte ich mich an den fauligen Geruch gewöhnt, den Terry verströmte. Als ich hinter seine Beine krabbelte, um nach dem Mikrofon zu greifen, zuckte ich nicht einmal mehr zusammen. Ich sagte dasselbe, was ich die ganze vorangegangene Nacht gesagt hatte: Hilfe, hier ist Cloris Waldrip. Unser Flugzeug ist abgestürzt.

Ich sagte das immer wieder, vielleicht hundert Mal oder noch öfter, mit kurzen Abständen dazwischen. Ich hatte inzwischen ziemlichen Hunger und Durst, also suchte ich nach meiner Handtasche und stellte fest, dass sie neben meinem Sitz zu Boden gefallen war. Ich tat alles, was ich finden konnte, wieder hinein: mein Gallenblasenmedikament (das fast aufgebraucht war und das ich gottlob nicht mehr nehmen musste), ein Päckchen Taschentücher, meine kleine Bibel, meine Hausschlüssel. Ich fand unter dem Sitz eine Handvoll Karamellbonbons, aber weder mein Exemplar von *Anna Karenina* noch meine Brieftasche. Ich konnte mir nicht vorstellen, dass meine Brieftasche mir etwas nützen würde, aber das Exemplar von *Anna Karenina* hätte ich doch ganz gerne gehabt. Wasser fand ich keines.

Mit meiner Handtasche krabbelte ich erneut aus dem Rumpf hinaus, ließ mich auf einem kleinen Felsbrocken in der Nähe nieder, damit ich das Funkgerät hören würde, sollte sich jemand melden, wickelte eines der Karamellbonbons aus und aß es. Es war Montag, und normalerweise war ich montags um diese Zeit beim Panhandle Ladies' Breakfast Club im Goodnight House. (Colonel Charles Goodnight war ein berühmter Viehzüchter, der sich bei der Besiedlung der Panhandle-Region hervorgetan hatte und dessen Familie sein schönes Herrenhaus als historisches Baudenkmal unterhielt.) Wir aßen dort oft auf der Veranda. Hätte mich Mr Waldrip nicht zu dieser verrückten Reise überredet, hätte ich genau in jenem Moment zwischen Sara Mae Davis und Ruth Moore gesessen, die Sonne hätte Ruths orangefarbenes Haar aufleuchten lassen wie eine Christbaumlampe, und beide hätten über dieses ungeheuerliche neue Etablissement in der Innenstadt von Amarillo gejammert, von dem es hieß, dort träfen sich Frauen, die Frauen mögen, und Männer, die Männer mögen.

Ich griff gerade in meine Handtasche, um ein weiteres Karamellbonbon herauszuholen, als Terry mit einem Mal zitterte und knurrte. Grundgütiger! Fliegen strömten ihm aus Nase und Mund wie Rauch. Ich schrie auf und schlug die Hände vors Gesicht. Ich fiel auf die Knie und betete.

Später klärte mich ein Pathologe auf, dass das ein zwar unschöner, aber ganz natürlicher Vorgang ist. Im Inneren eines jeden Leichnams staut sich Gas auf, das irgendwie entweichen muss. Dieses Gas nennt man auch Cadaverin. Das klingt für mich wie ausgedacht, aber immerhin ist dieser Pathologe Mediziner, also neige ich dazu, ihm zu glauben. Es wäre eine Schande, würde er eine alte Frau an der Nase herumführen.

Nachdem ich einige Zeit gebetet hatte, öffnete ich die Augen wieder. Terry sah aus wie vorher. Die Fliegen hatten sich erneut auf ihm niedergelassen, sein Mund war ganz schwarz von den Biestern. Ich hatte Angst, dass er sich noch einmal bewegen würde. Nach einer Weile, als ich endlich beschlossen hatte, dass er das nicht tun würde und alles in allem doch recht tot war, blickte ich gen Himmel, um festzustellen, wie spät es wohl war. Wäre ich in unserem kleinen Haus gewesen, hätte ich es daran erkennen können, wie im Wohnzimmer das Sonnenlicht durch die Fenster fiel. Wenn man so lange an ein und demselben Ort lebt, verwandelt er sich quasi in eine Uhr. An allem lässt sich die Uhrzeit ablesen. Der Schatten eines Stuhlbeins auf dem Teppich verrät einem, wie viel Uhr es ist. Aber dort draußen auf diesem Berg fiel das Licht auf so ungewohnte Weise, dass ich mir da nie ganz sicher war.

Ich nahm an, dass es bereits spät am Nachmittag war, und ich beschloss, mich vor Einbruch der Dunkelheit ein wenig umzuschauen. Ich hatte erst jetzt langsam wieder einen klaren Kopf und war in der Lage, mir Gedanken darüber zu machen, was ich nun tun sollte. Wobei ich mittlerweile glaube, dass ich zu jenem Zeitpunkt immer noch nicht vollständig begriff, in welcher Situation ich mich befand. Ich ging die Kante des Abhangs entlang, achtete aber darauf, dass ich das kleine Flugzeug nicht aus den Augen verlor. Ich hatte großes Glück gehabt, dass wir vor dem Abgrund zum Stehen gekommen waren. Es hätte nicht viel gefehlt, und wir wären über die Klippe in den Wald gestürzt. Um mich herum fand ich nur Granitfelsen, die ich nicht erklimmen konnte. Ein Waschbär mit einem milchigen Auge versteckte sich in einem Strauch, der direkt auf dem Felsen wuchs. Ich starrte ihn eine Weile an, und er starrte zurück, so gut er konnte. Er sah aus wie der Waschbär, den ein merkwürdiger Junge aus der Nachbarschaft Duodenum getauft hatte. Er sperrte ihn in einen heruntergekommenen Hundezwinger und fütterte ihn mit Fleischresten. Allerdings hatte Duodenum zwei gesunde Augen.

Ich ging zurück zum Flugzeug, wühlte mich noch ein wenig durch die Trümmer im Cockpit und fand eine zerfledderte Karte von Montana und eine Ausgabe des *Time Magazine* aus dem vorigen Jahr mit einem Bericht über Präsident Reagans Dickdarmoperation. Ich setzte mich auf einen Felsen und las, bis es dunkel wurde. Dann kehrte ich zum Funkgerät zurück. Das kleine Licht war ausgegangen. Ich versuchte es noch einmal, aber ich hörte das elektrostatische Rauschen nicht mehr, das das Gerät zuvor von sich gegeben hatte. Mir kam der Gedanke, ich hätte vielleicht doch daneben sitzen bleiben sollen, bis es den Geist aufgab.

Nach einem Tag, der mir vorkam wie der längste seit der Schöpfung, brach die Nacht an. Ein leichter Regen setzte ein, und ich saß in meinem Sitz in dem kleinen Flugzeug und hielt die Augen geschlossen und dachte an Mr Waldrip da draußen in der Fichte. Ich hatte großen Durst, aber zu viel Angst, um hinauszugehen und vom Regen zu trinken. Draußen raschelte etwas. Ich sagte mir, es sei bloß der Waschbär mit dem milchigen Auge, wagte aber nicht, die Augen zu öffnen, um nachzuschauen, ob es stimmte.

Als ich am Morgen erwachte, bekam ich einen gewaltigen Schreck. Terrys Kopf war zur Seite gekippt, und sein Gesicht war nur einen Fuß von mir entfernt. Augen, Nase und Lippen waren so gut wie verschwunden. Ich vermute, der Waschbär mit dem milchigen Auge hatte sie abgenagt und schlief irgendwo tief und fest mit roter Schnauze. Gute Güte! Ich schrie wie eine Dampfpfeife und stolperte aus dem Flugzeug. Ich fiel auf die Knie und schloss die Augen und betete eine Zeit lang. Als ich wieder aufblickte, sah ich vor mir die Berge und das Tal. Unten im Tal erspähte ich etwas, das ich zunächst für einen Schwarm Schwalben hielt. Aber als ich mir die Augen rieb und besser sehen konnte, wurde mir klar, dass es Rauch war! Bleifarbener Rauch über den Baumwipfeln.

Ich stand auf und wischte mir die Strümpfe ab und richtete meine Frisur. Ich ging bis an den Rand des Abhangs. Bestimmt kam der Rauch von einem Lagerfeuer. Ich musste eine schicksalsträchtige Entscheidung treffen. Sollte ich in der Nähe des Flugzeugs bleiben und auf Hilfe warten? Es gab kein Wasser, und ich wusste nicht, ob mich jemand über Funk gehört hatte. Wie lange würde es dauern, bis ihnen klar wurde, dass sie nach uns suchen mussten? Oder sollte ich es wagen, hinunterzuklettern in Richtung des Rauchs, in der Hoffnung, dass dort jemand zeltete? Der Rauch war ein ganzes Stück entfernt, aber ich schätzte, dass ich ihn vor Einbruch der Dunkelheit würde erreichen können. Obwohl ich fürchtete, ich könne mich dabei verletzen (zweiundsiebzigjährige Frauen sind nicht gerade dazu bestimmt, irgendwo herumzukraxeln), war dieses kleine Flugzeug für mich zu so etwas wie einem Mausoleum alles Bösen geworden, und eine weitere Nacht dort zu verbringen, machte mir noch mehr Angst. So schwer mir die Entscheidung auch fiel und so schicksalhaft sie auch war, wie sich später zeigen sollte, beschloss ich, das Flugzeug zu verlassen und in Richtung der Rauchsäule zu gehen. In meiner Vorstellung campierte dort unten eine nette Familie, die gerade ihr Frühstück zubereitete.

Ich blickte mich um und sah Mr Waldrips Stiefel, der immer noch aufrecht am Rande des Abhangs stand. Es war bis zum Knöchel voll mit Regenwasser. Wie froh ich auf einmal war, dass ich ihm diese guten Stiefel aus Alligatorleder gekauft hatte; schließlich sind Alligatoren wasserdicht. Ich kniete mich hin, nahm den Stiefel und trank das Wasser bis auf den letzten Tropfen. Ich hätte nur einen Schluck nehmen und wenigstens vorne im Schuh noch etwas übrig lassen sollen, aber an so etwas denkt man nicht, wenn man solchen Durst hat.

Ich ging zurück zum Flugzeug. Es hatte sich inzwischen merklich abgekühlt, also beschloss ich, die große Wolljacke mitzunehmen, die Terry am Leibe trug. Wäre Mr Waldrip bei mir gewesen, hätte er dasselbe getan. Ich stelle mir vor, wie enttäuscht er von mir gewesen wäre, hätte ich nicht alles mitgenommen, was ich irgendwie gebrauchen konnte, sowohl vom Flugzeug als auch von Terrys totem Leib.

Ich trat näher an ihn heran, hielt den Blick aber zum Boden gerichtet. Er roch wie ein totes Pferd. Ich tastete nach dem Sicherheitsgurt und löste ihn. Er rutschte aus seinem Sitz und fiel vornüber auf die Felsen. Es gab ein dumpfes Geräusch, und die Fliegen stoben auf wie der Staub, wenn man ein altes Kissen ausklopft. Ich drehte ihn auf die Seite und zerrte mühsam einen Arm aus dem Ärmel seiner Jacke. Seine Gelenke knackten. Ich sagte mir, ich würde nur das steife Bein an dem alten Kartentisch lockern, den wir bei der First Methodist am Bridgeabend benutzten. Ich drehte Terry um und nahm mir den anderen Arm vor. Am Ende lag er auf dem Rücken, und ich stand über ihm, seine Jacke in den Händen. Sie war grau und mit Blut besprenkelt und sah jetzt ein bisschen aus wie roter Damast. Es kam mir vor, als hätte ich ihn ausgeraubt. Ich sah ihm direkt ins Gesicht – oder vielmehr in das, was davon noch übrig war. Es war größtenteils abgenagt, nur noch so viel Blut und Fleisch waren daran, wie nach einem Picknick an einem Stück Wassermelone übrig bleibt.

Als ich seine Hosentaschen leerte, achtete ich darauf, seine Würde nicht zu verletzen. Der Gestank nahm mir den Atem. Ich fand seine Brieftasche und ein Streichholzbriefchen, auf das der Schriftzug eines «Gentlemen's Club» namens *Polecat* und eine bunte Comicfigur gedruckt waren, ein maskulin-muskulöses tanzendes Stinktier. Ich hatte noch nie jemanden kennengelernt, der ein solches Etablissement besucht, auch wenn ich mir hatte sagen lassen, dass viele Männer das taten. Gut, wahrscheinlich habe ich schon einige kennengelernt, wusste es aber nicht. Ich möchte hier kurz einschieben, dass ich die Beschreibung des Streichholzbriefchens keinesfalls als Kommentar über Terrys Charakter verstanden wissen möchte. Sowohl Männer als auch Frauen führen geheime Leben, die geheime Orte erfordern. Ich fälle darüber kein Urteil.

Ich steckte das Streichholzbriefchen in die Brusttasche der Jacke. Dann öffnete ich seine Brieftasche und sah mir die Fotos an, die er darin aufbewahrte. Auf einem Foto war ein attraktiver blonder Mann beim Angeln zu sehen, auf einem anderen ein junges Mädchen neben einem Wasserfall mit Luftballons in der Hand. Ich fand das Foto von Mrs Squime, das er uns im Flugzeug gezeigt hatte. Ich platzierte es obenauf und legte ihm die Brieftasche auf die Brust, über seinem Herzen. Zum Glück trug ich meine guten Wanderschuhe, sodass ich ihm nicht auch noch seine Stiefel abnehmen musste. Sie hätten mir nicht gepasst, und obendrein soll es ja angeblich Unglück bringen, die Schuhe eines Toten zu tragen.

Es war seltsam, aber als ich Terrys Leichnam durchsuchte, also an einen Mann Hand anlegte, der nicht Mr Waldrip war, auch wenn dieser hier tot war und sein Körper reichlich mitgenommen, regte sich etwas in mir, und ich musste plötzlich an einen Jungen namens Garland Pryle denken. Garland wohnte in meiner Nachbarschaft auf einer kleinen Ranch, die Luzernen anbaute. Unsere Mütter saßen in der alten methodistischen Kirche immer nebeneinander. Er war vier Jahre jünger als ich und spielte ständig mit meinem Bruder auf der Weide Krieg und suchte immerzu nach Ästen, die die Form von Gewehren hatten. Garland war ein hübscher Bursche mit grünen Augen und dem interessantesten Kinn, das ich je gesehen habe. Ich werde Ihnen bald erzählen, was es über Garland Pryle zu berichten gibt, denn ich will hier nichts verschweigen, an das ich mich erinnere. Doch im Moment soll die Bemerkung genügen, dass zwar viele Erinnerungen im Laufe der Jahre an ihren Platz verwiesen werden, aber einige die verflixte Angewohnheit haben, einem in den unpassendsten Momenten in den Sinn zu kommen.

Ich zog Terrys Jacke an. Sie war mir viel zu groß. Ich kroch zurück in das Wrack und fand unter Terrys Sitz einen Plastiksack mit einem kleinen schwarzen Beil darin und einem alten blauen Regenschirm. Ich war froh, diese Dinge zu finden. Des Weiteren lagen dort ein Tennisball, auf den jemand das Wort *Stress* geschrieben hatte, und eine Taschenlampe, die sich aber nicht einschalten ließ, also ließ ich sie, wo sie war. Ich rollte die Ausgabe des *Time Magazine* und die zerfledderte Landkarte zusammen und steckte beides in meine Handtasche. Ich kletterte aus dem Rumpf und schaute nicht ein einziges Mal zu dem kleinen Flugzeug zurück.

Im Nachhinein hätte ich wohl eine Notiz hinterlassen sollen, um jemandem, der das Wrack fand, mitzuteilen, wohin ich gegangen war.

Am Rande des Abhangs nahm ich Mr Waldrips Stiefel und

stopfte ihn mir, so weit es ging, in die Handtasche. Ich musste ein wenig suchen, aber dann fand ich einen Hang mit losen Steinen und weicher Erde, in der die Absätze meiner Schuhe Halt fanden, und kletterte vorsichtig hinunter in den Wald. Ich war nicht mehr so in Sand und Erde herumgeklettert, seit ich ein kleines Mädchen gewesen war. Nachdem sich meine Atmung wieder beruhigt hatte, bahnte ich mir meinen Weg durch die Bäume.

Ich war noch nicht weit gekommen, als ich Mr Waldrips Brille auf dem Waldboden entdeckte. Ich blickte hoch. Da war Mr Waldrip, direkt über mir in der Fichte. Seine Arme hatte er weit ausgestreckt, als wolle er mich auf eine Weise begrüßen, wie er es im Leben nie getan hatte. Sein Kopf saß ganz violett und angeschwollen auf seinen Schultern. In seinem Gesicht sah man weder Schnitte noch Blut. Er schaute so, wie er es immer tat, wenn ihm jemand etwas über Wassermangel erzählte. Der Klecks Jalapeñogelee klebte immer noch an seinem Kinn.

Ich weiß noch genau, dass ich weinen wollte, es aber nicht tat. Wahrscheinlich sind manche Dinge einfach zu traurig, als dass unsere Tränen ihnen gerecht würden.

Als Mr Waldrip und ich noch ein junges Paar waren, stritten wir uns bei den kleinsten Anlässen, wie junge Paare das eben tun. Ich erinnere mich noch an eine Sommernacht im Hinterhof unseres neuen Hauses unter dem Wasserturm, als die Zikaden besonders laut zirpten und ich wütend war wie eine begossene Katze und wir beide immer lauter wurden. Worüber wir stritten, weiß ich nicht mehr. Aber während ich noch brüllte und nach oben zeigte und nach unten und einen roten Kopf bekam, hatte er sich bereits abgeregt. Er lächelte. Er streckte die Hand aus, strich mir durchs Haar und sagte: Egal, wie wütend du bist, Clory, ich weiß immer, dass du noch deine niedlichen Öhrchen hast.

Als ich da nun so unter seinem Leichnam stand, wäre ich am

liebsten die Frau gewesen, die ich gewesen war, als er mich am meisten geliebt hatte. Mr Waldrip sagte immer, er hätte noch nie eine Frau oder einen Mann getroffen, der oder die pfiffiger und schlauer wäre als ich, und ich hätte mehr Wörter auf Lager als ein Wörterbuch. Wenn es mir jetzt gelänge, nur ein paar Minuten lang die Frau zu sein, die er damals in mir sah, dann würde ich dieses Martyrium vielleicht überleben. Vielleicht gab es ja wirklich einen Weg hinaus aus dieser immensen, furchtbaren Wildnis. Also steckte ich mir mein Haar, so gut es ging, hinter die Ohren, kniete mich hin und hob Mr Waldrips Brille auf. Ich verstaute sie in der Brusttasche von Terrys Jacke und machte mich auf durch die Bäume in Richtung der Rauchsäule.

II

Am Dienstagmorgen saß Lewis an ihrem Schreibtisch vor dem breiten Fenster und beobachtete mit geschwollenen Augen, wie sich auf einer Seite des *Missoulian* das Licht veränderte. Sie war schon vor Sonnenaufgang in die Bergstation gekommen, und als Claude und Pete eintrafen, hatte sie bereits zwei Becher Kaffee getrunken und einen Becher Merlot aus einer Flasche, die sie in ihrem Schreibtisch aufbewahrte. Zweimal hatte sie die Titelgeschichte gelesen. Ein zehnjähriges Mädchen war mitten in der Nacht aus seinem Bett verschwunden. Sie blätterte zurück zu dem abgedruckten Foto. Das Mädchen stand vor einer gemalten Canyon-Landschaft. Es trug einen hübschen Bob und lächelte schief.

Hast du das von dem Mädchen gelesen?, fragte Lewis. Der Tochter der Hovetts? Sarah Hovett?

Claude beugte sich über den schmalen Schreibtisch an der westlichen Wand und tupfte sich Salbe auf die blaue Nasenspitze. Hab ich, sagte er. Er legte eine Hand auf den Kopf des alten Hundes, der zu seinen Füßen schnarchte. Ich will gar nicht wissen, was mit ihr passiert ist.

Find ich toll, dass ihr mich mit auf die Arbeit nehmt, sagte Pete von der Küchenzeile. Er stellte die Videokamera auf den Tresen, schaute in den Sucher und filmte das Tropfen der Kaffeemaschine. Schön, wenn mir jemand Gesellschaft leistet, hab's ja gerade nicht leicht.

Schon gut, sagte Claude. Verschwende nicht die ganze Kassette mit Aufnahmen vom Kaffee.

Lewis faltete die Zeitung zusammen und warf sie in den Papierkorb. Kann mir nicht vorstellen, wie es einem helfen soll, hier oben auf einem gottverdammten Berg zu sitzen, wenn man's gerade nicht leicht hat.

Pete gackerte schrill und schaltete die Videokamera aus. Er goss Kaffee in zwei Becher. Sie sind echt lustig, Ranger Lewis. Er gab Claude einen Becher und behielt den anderen, dann stemmte er sich mit einer Hand gegen die Wand und wandte sich dem Fenster zu und nippte. Er deutete aus dem Fenster. Ist echt schön hier draußen, muss ich schon sagen.

Die Gipfel der Berge waren von weißen Wolken umhüllt, und unten in einem der Täler bewegte sich etwas, das Lewis als Elchherde identifizierte. Intelligente schwarze Punkte in einer ansonsten nicht allzu intelligenten Landschaft.

Manchmal würde ich auch gerne in einer gottverdammten Stadt leben, sagte sie. Mit allen möglichen anderen Leuten.

Pete hielt den Kaffeebecher an seine missgebildete Brust und nickte, als versuchte er, ein Rätsel zu lösen. Den Rest des Vormittags trank er Kaffee und filmte jeden Winkel der Bergstation und zählte Lewis die Männer auf, mit denen seine Frau ihn in ihrem Geräteschuppen im Schutze der Dunkelheit betrogen hatte, und berichtete, wie sie sich bei einem Nachtklubsänger mit neun Zehen, der immer nebenan den Rasen mähte, Syphilis geholt hatte.

Und jetzt ist ihr aufgefallen, dass ihr das, was sie hat, nicht reicht, sagte Pete und richtete die Videokamera auf Claudes Papierkorb. Und was hat's ihr gebracht? Was hat's mir gebracht? Sie ist eine Egoistin und schafft es, dass man denkt, das ist normal. Grenzen nennt sie das.

Claude seufzte und warf die leere Salbentube in den Müll. Der alte Hund hob den Kopf und leckte sich über das zottige Fell am Maul. Erzähl ihr das doch nicht alles. Sprich mal über was Normales. Gott im Himmel.

Was sind Sie von Beruf, Pete?

Er macht was mit Finanzen, sagte Claude.

Ich hatte von meinem Job in der Dosenfabrik etwas Geld gespart und in das Videospiel meines Neffen gesteckt. Das läuft, damit komm ich echt gut um die Runden.

Über die Runden, sagte Claude.

Jetzt habe ich etwas von dem Geld in eine Limo mit Cheddar-Geschmack investiert, das wird ein ganz großes Ding.

Die Sonne stand mittlerweile hoch über einer pechschwarzen Gewitterwolke jenseits der Berge. Lewis goss sich heimlich den Becher mit Merlot voll. Sie sagte den beiden Männern, dass nichts anliege und dass sie gerne hinausgehen könnten, um Cornelias Geist zu jagen; sie würde dann bis Feierabend alleine die Station besetzen.

Cornelia ist nachtaktiv, sagte Claude. Hast du bestimmt schon bemerkt.

Pete hievte sich die Videokamera auf die Schulter und bat Claude, ihm mehr über Cornelias Geist zu erzählen, da er immer noch nicht ganz begriffen hatte, was sie da eigentlich taten.

Claude nahm den alten Hund zu seinen Füßen an die Leine, stand vom Schreibtisch auf und erklärte, dass Cornelia Åkersson 1841 in Schweden als Mann geboren wurde, aber wie eine Frau aussah und beschloss, als Frau zu leben. Er erzählte, wie sie 1859, als sie achtzehn Jahre alt war, mit ihrem Ehemann Odvar mit einem Trek aus Boston nach Montana kam, wo drei Männer aus dem Lager sie vergewaltigten und herausfanden, was sie war. Daraufhin rissen sie ihr alle Zähne heraus und ließen sie im Bitterroot Forest liegen, wo sie starb, sagte Claude.

Anschließend ermordeten sie auch Odvar und warfen seinen Körper in eine Tongrube.

Pete hatte die Videokamera auf Claude gerichtet. Gestern Abend hast du gesagt, sie hat ein großes Auge.

Ihre Augen sind mitten auf der Stirn zusammengewachsen, Petey. Geschieht bei den wichtigeren Gespenstern mit der Zeit. Die Berge hier bewahren die meisten Seelen ihrer Toten, deshalb haben wir hier jede Menge Gespenster. Sogar Geister von prähistorischen Tieren, die vor Millionen Jahren gestorben sind. Würde sagen, das ist der Grund, warum Cornelia auf dem Phantom von einem Glyptodont reitet, das ist ein Riesengürteltier aus dem Känozoikum. Stell dir vor, das bekommen wir auf Video.

Kann ich nicht, sagte Pete. Er nahm das Auge vom Sucher und schaltete die Videokamera aus und ließ sie vom Hals herabbaumeln. Hast du als Kind mal Schnepfen gejagt?

Lewis forderte die Männer noch einmal auf, sie allein zu lassen, und sie gingen hinaus und nahmen den Hund mit.

Lewis holte die Flasche aus dem Schreibtisch und füllte den Becher nach. Sie nahm einen Schluck und tippte einen Bericht über einen Fall von Vandalismus. Silk Foot Maggie hatte einen Findling auf einem Zeltplatz mit Goldfarbe besprüht und mit Katzenhaaren und Gumminoppen versehen.

Nach einer Weile kam ein Funkspruch herein. Lewis beugte sich über das Mikrofon.

Ranger Lewis hier. Over.

Gibt hier neue Entwicklungen, Ranger Lewis. Gestern hat die Frau vom Piloten eines Kleinflugzeugs namens ... Terry Squime ... die Behörden von Missoula kontaktiert, weil ihr Mann vermisst wird. Sie sagte, er hätte Sonntagabend in Missoula sein sollen, hatte vorher zwei Senioren nach Lake Como geflogen. Ein älteres Ehepaar namens Richard und Cloris Waldrip. Over.

Cloris Waldrip? Also ist Cloris ein gottverdammter Name? Over.

Ja. Scheint so. Over.

Glauben Sie, die sind abgestürzt, John? Over.

Wir haben bei der Hütte, wo die Waldrips sein sollten, nachgefragt, aber sie sind nicht da. Besitzer sagt, sie sind nicht gekommen. Squimes Flugroute wäre bei euch da drüben gewesen. Ich schicke die Luftrettung los. Sie sind unsere Verbindungsperson. Gehen Sie mit ihnen mit, Sie fliegen mit dem Hubschrauber rüber und schauen es sich heute Nachmittag an. Steven Bloor ist mit seinem Team in ungefähr einer Stunde vor Ort. Bloor ist ein echt interessanter Typ, der wird Ihnen gefallen. Der Arme ist Witwer. Er ist ein guter Kerl, alter Kumpel von der Nationalgarde. Ihr zwei könnt euch gegenseitig helfen. Hoffe, Sie schaffen es vorm Gewitter. Over.

Roger. Over.

Aufregend das Ganze. Wie geht's Ihnen da oben? Over.

Mir geht's gut, John. Over.

Gut. Lassen Sie mich wissen, ob ich etwas für Sie tun kann. Wenn Sie jemanden zum Reden brauchen, wir sind für Sie da. Marcy lässt ebenfalls ausrichten, dass sie für Sie da ist. Over.

Danke. Mit mir ist alles okay. Over.

Na gut. Wir beten alle für Sie. Marcy auch. Dafür ist unsere Ranger-Gemeinschaft doch da. Sich um das Land und die Menschen kümmern. Over.

Danke. Ist das alles? Over.

Das ist alles, Ranger Lewis. Out.

Vor dem Fenster der Station hingen dunkle Gewitterwolken über den Bergen wie blauschwarze Eingeweide, als hätte man den Himmel erlegt und ausgeweidet, verschlungene, ungeordnete Gedärme, wie Lewis sie oft bei den Kadavern gewilderter Bären und

Elche vorfand, die jemand an einem Waldweg hatte liegen lassen. Die Elche hatten das Tal jetzt verlassen, und der Wind, der dem Unwetter vorausging, fuhr durch das Gras und schüttelte die Bäume und ließ die Hütte ächzen. Lewis kam es vor, als höre sie im Wind eine Frau, die einen Orgasmus hat. Ihr fröstelte. Sie trank ihren Becher Merlot aus und goss sich gleich noch einen ein. Sie wandte den Blick vom Fenster zur Vorderseite der Station, legte sich eine Hand auf die Wange und dachte, vielleicht habe sie Fieber. Sie starrte auf die Tür und konzentrierte sich darauf, die Frau noch einmal zu hören.

Stattdessen knarrten plötzlich die Holzstufen, und die Tür wurde geöffnet.

Ein Mann betrat die Bergstation, der so groß war, dass er sich beim Eintreten ducken musste. Er nahm seine Sonnenbrille ab und fasste sich ans strähnige blonde Haar, das vorne kurz geschnitten und hinten lang war, an der Stirn aber schon so dünn wurde, dass man die rötliche Kopfhaut hindurchschimmern sah. Er trug Zivilkleidung – Wanderschuhe, Oberhemd und Kakis –, bis auf eine Windjacke in leuchtendem Orange mit den Buchstaben *SAR* darauf.

Der Mann hängte sich die Sonnenbrille ans Hemd und zeigte Zähne, die so strahlend weiß waren wie die eines Kindes bei einem Schönheitswettbewerb. Koojee, sagte er.

Lewis stand auf und wischte sich mit dem Ärmel über den Mund. Wie bitte?

Haben Sie Kinder?

Nein.

Der Mann schüttelte den Kopf. Meine Tochter, sagte er. Seine Stimme war dünn und hoch, und er bewegte jedes Wort in seinem Mund, als wäre es ein Lutschbonbon. Ihr widerlicher Freund steht in einem Billigladen hinterm Tresen und hat einen toten Zahn.

Politisch, alles ist immer politisch, nicht wahr. Ich bin ein progressiver Mensch, aber ...

Sie sind von der Luftrettung?

Er klackerte mit den Zähnen und nickte. Ich hoffe, Sie sind die Frau, zu der ich will. Ich habe den Namen versust, den John mir gegeben hat. Hab ihn auf eine Serviette geschrieben, und die Kellnerin hat sie in die Bohnen geworfen.

Ranger Lewis.

Ranger Lewis, natürlich, tut mir leid. Setzen Sie sich doch bitte wieder.

Ist schon okay.

Sie stehen lieber?

Ja.

Der Mann schloss die Augen und seufzte. Er öffnete sie wieder und hob einen Arm zum Fenster hinter ihr. Da wartet ein ganz schönes Gewitter, sagte er.

Meinetwegen können wir los.

Der Mann ging einen Schritt auf sie zu. Nein, Ranger Lewis, sagte er. Er sah sie an. Wenn wir bei diesem Wetter den Heli nehmen und abstürzen, wer soll uns dann retten? Er streckte die Hand aus. Seine Finger waren von einem feinen weißen Staub bedeckt. Steven Bloor, sagte er. Search and Rescue.

Lewis ergriff seine Hand. Meinen Sie nicht, da es ein Notfall ist, sollten wir trotzdem fliegen? Scheißegal, wie das Wetter ist?

Wenn Sie mit meinen Kollegen sprechen, von Tacoma bis Missoula, dann werden die Ihnen alle sagen, dass ich ein umsichtiger, professioneller und progressiver Mensch bin. Heute Abend rettet dieser Umstand uns vielleicht das Leben. Er drückte ihre Hand und ließ sie wieder los. Wir warten bis morgen. Ich gehe davon aus, dass das Unwetter dann vorbei ist.

Bei einem gottverdammten Notfall –

Das ist doch kein echter Notfall, Ranger Lewis.

Wie meinen Sie das?

Wenn das Flugzeug abgestürzt ist, dann sind die Insassen ziemlich sicher tot. Koojee. Bloor öffnete eine Brusttasche und holte ein Foto und einen kleinen Block Handkreide heraus, wie Turner sie verwenden. Er reichte das Foto an Lewis weiter und rieb sich die Handflächen mit Kreide ein.

Lewis sah sich das Foto an und wischte es ab. Es zeigte ein junges Paar, das Cowboyhüte trug und in einem Nationalpark vor einem niedrigen Geysir posierte und in die Kamera lächelte.

Das ist Terry Squime, sagte Bloor. Da links, der Pilot. Mrs Squime hat uns das Bild geschickt. Ich vermute, sie ist die hübsche Frau mit dem blauen Hut. Machen Sie Fotokopien davon für Ihr Personal.

Sie meinen Claude?

Den meine ich wahrscheinlich. Bloor musterte sie, griff sich den Stuhl von dem kleineren Schreibtisch und stellte ihn vor die westliche Wand. Er setzte sich und steckte die Kreide ein. Er streckte seine langen Beine aus und klopfte mit den Absätzen seiner Stiefel auf die Kiefernbohlen. Wissen Sie, meine Frau hat immer gesagt, man soll nicht stehen bleiben, solange im Raum noch ein Stuhl frei ist.

Haben wir noch mehr Informationen über Cloris Waldrip und ihren Mann?

Rentner, sagte Bloor. Mitte, Ende siebzig. Kleinstadt-Texaner, wollten sich in einer Hütte hier oben ein paar nette Tage machen. Koojee. Sie wohnen das ganze Jahr hier oben, Ranger Lewis?

Was heißt das?

Was heißt *was*?

Dieses komische Wort, das Sie ständig sagen.

Koojee?

Ja.

Das hat meine Frau immer gesagt. Passt auf die meisten Situationen, in denen es emotional zugeht. Ein Ausruf. Ist bei mir irgendwie hängen geblieben, nicht wahr. Sie sind also das ganze Jahr hier oben?

Ich muss runter, um einzukaufen und zu tanken.

Bloor steckte sich einen Bügel der Sonnenbrille in den Mund und knabberte daran. Ist ja nicht schlecht hier oben. Nur habe ich das Gefühl, dass es für einen wachen Geist hier ziemlich einsam sein muss. Und Einsamkeit kann gefährlich sein. Man kann verrückt werden. Haben Sie jemanden an Ihrer Seite?

Meinen Sie einen Hund?

Nein. Einen Freund, einen Partner.

Nein.

Haben Sie einen Hund?

Claude hat einen Hund. Ich bin geschieden.

Wie lange?

Fast drei gottverdammte Monate jetzt.

Wo lebt Ihre Familie?

Mein Vater hat in Missoula gewohnt. Er ist tot.

Ihre Mutter?

Lange tot.

Ich hoffe, ich bin nicht zu forsch. Manchmal bin ich zu forsch. Meine Frau hat mir immer gesagt, dass ich zu forsch bin und dass die Leute das unangenehm finden. Forsch dürfen offenbar nur Kinder sein.

Ist schon okay.

Ich bin ein progressiver Mensch, Ranger Lewis. Es ist mir wichtig, die Leute kennenzulernen, mit denen ich zusammenarbeite. Ich bin ein geselliger Typ. Sind Sie auch gesellig, Ranger Lewis?

Keine Ahnung.

Bloor nahm die Sonnenbrille aus dem Mund. Ich erzähle Ihnen ein wenig über mich, sagte er. Ich hab mit meiner Frau in Washington State gewohnt. In Tacoma, wissen Sie. Im Grunde meines Herzens bin ich Kunstsammler. Ich arbeite nur noch bei der Luftrettung, um eine wechselseitige Beziehung zur Gesellschaft aufrechtzuerhalten. Erst kürzlich habe ich ein wundervolles Kunstwerk erstanden, von einem Traktormechaniker in Washburn, Arkansas. Jorge Moosely. Er benutzt seine Mutter als Leinwand. Die liegt im Koma. Bemalt sie von Kopf bis Fuß mit Landschaften und fotografiert sie dann. Ich habe jetzt *White Water Vapids* von ihm bei uns zu Hause in Missoula hängen. Es bricht einem das Herz.

Ich mach mir echt Sorgen, wir sollten versuchen, rauszugehen und zu gucken, ob wir nicht doch –

Ich habe keine Lust, da draußen zu sterben, Ranger Lewis. Sie etwa? Bloor klatschte auf die Oberschenkel, stand auf und hinterließ auf seiner Kakihose zwei weiße Handabdrücke. Ich bin morgen früh um sechs wieder da. Er sah ihr kurz direkt in die Augen, zwinkerte ihr zu und setzte die Sonnenbrille wieder auf.

Lewis musste an einen Mann denken, der in der Tierklinik ihres Vaters als Hausmeister gearbeitet hatte. Wenn sie abends nach der Schule in der Klinik jobbte, lief dieser Mann mit einem Heißluft-Teppichreiniger durch die blau gestrichenen Flure oder spülte mit dem Daumen auf dem Ende eines Schlauchs Tierkot aus den Ställen oder bugsierte die Kadaver eingeschläferter Hunde und Katzen in den Kunststoffcontainer, der neben einer vom Blitz gezeichneten Eiche stand. Als sie ihn dort zum letzten Mal gesehen hatte, hatte er ihr ebenfalls zugezwinkert.

Später am Abend fuhr Lewis auf der Bergstraße in Richtung ihrer Holzhütte und hörte im Radio *Fragen Sie Dr. Howe*. Ein Mann, der so gehetzt flüsterte, als verstecke er sich unter einem Tisch, während sein Haus von bewaffneten Einbrechern heimgesucht wird, rief an und sagte, er mache sich Sorgen, weil er im Traum niemanden vermöbeln könne. Die bringen mich da immer um, Doc.

Lewis drehte das Radio lauter und fuhr rechts ran. Neben dem Fahrbahnrand klaffte eine tiefe Schlucht.

Sie trank Merlot aus der Thermosflasche und hörte Dr. Howe zu, der dem Mann erzählte, er gehe mit einer verdrängten Angst vor sexueller Minderwertigkeit zu Bett, und es könne ihm helfen, daran zu denken, dass alle Menschen auf die eine oder andere Weise minderwertig und daher alle gleich seien.

Versuchen Sie, den Sex zu genießen und mit Ihrer Partnerin eine von Respekt geprägte Intimität zu pflegen, riet ihm Dr. Howe.

Lewis trank die Thermosflasche leer und kletterte aus dem Wagoneer. Sie blinzelte und blickte über das Land und den Abendnebel, der es einhüllte, und die Gewitterwolken in den Bergen. Das letzte bisschen Sonne färbte ihr Gesicht, dann war es dunkel. Unten im Tal blitzte es. Mit der Zungenspitze befeuchtete sie ihre Finger. Sie ließ die Hand in ihrer Diensthose verschwinden und schloss die Augen.

Schwärme hasserfüllter Mücken hatten diesen steilen, felsigen Wald im Griff. Im Großen und Ganzen blieb mir nichts anderes übrig, als mich dort hindurchzukämpfen. Ich hielt mir Mund und Nase zu und hielt den Atem an. Mücken fand ich schon immer besonders ärgerlich. Als ich ein kleines Mädchen war, stand unser Haus in der Nähe eines Sickerteichs, und Mutter ließ an warmen Sommerabenden ständig das Fenster offen. Und immer fanden diese kleinen geflügelten Teufel ein Loch im Fliegengitter. Ich schlug sie tot, bis der Mond verschwunden war. Dieses hohe Summen, das sie von sich geben, finde ich ganz furchtbar. Grundgütiger, wie riesig sie klingen, wenn sie einem direkt am Ohr vorbeifliegen und ihr Lied singen. Ein Lied, wie ich mir vorstelle, dass es in den Hallen der ewigen Verdammnis ertönt.

Ich stieg ganz langsam den Berg hinunter und passte genau auf, wohin ich meine Füße setzte. Ständig waren mir felsige Erhebungen und die Stämme krummer Kiefern und hoher alter Fichten im Weg. Ich hielt mich an den Zweigen fest, um nicht umzufallen, und musste immer wieder innehalten, um durchzuatmen. Zudem hatte ich schon wieder großen Durst. Einmal stürzte ich und machte mir meinen Rock und den Pullover mit dem Zickzackmuster schmutzig, aber wenigstens verletzte ich mich nicht. Mr Waldrip und ich nahmen seit einiger Zeit Kalziumtabletten mit dem Frühstück ein, daher waren meine Knochen einigermaßen robust.

Ich nehme an, dass ich an die drei Stunden benötigte, um zu der kleinen Lichtung zu gelangen, von der aus ich den Rauch hatte aufsteigen sehen.

Wenn ein Geist bereits zweiundsiebzig Jahre lang über alles

Mögliche nachgedacht hat, kann es gut sein, dass er sich allmählich ein wenig seltsam benimmt. So ähnlich wie mein Staubsauger, nachdem sich Mr Waldrip dreiundzwanzig Jahre weigerte, mir einen neuen zu besorgen. Die Gummiriemen im Inneren leiern aus, und wenn ich ihn benutze, riecht es nach warmen Haaren und Staub. Bislang hatte ich mir nie große Sorgen darum gemacht, ich könne dement werden. Bis zu dem Tag, da ihr irdisches Dasein mit sechsundneunzig Jahren ein Ende fand, war Grandma Blackmore in der Lage gewesen, im Geiste einen Büffel zu häuten. Doch als ich mich nun an den alten Stamm einer große Fichte lehnte und zu Boden sank, hatte ich plötzlich Angst, dass mich meine Sinne getäuscht hatten und ich gar keinen Rauch von der Lichtung hatte aufsteigen sehen. Mir kam der Gedanke, es könne reines Wunschdenken gewesen sein, wie Menschen in der Wüste einen See erspähen, wo in Wirklichkeit nichts als Sand ist. Auf dieser Lichtung war nichts außer Felsen und Gras und einer Eule, die irgendwo saß und grauenhaft laute Rufe von sich gab. Dennoch war ich mir sicher, dass ich Rauch gesehen hatte.

Über mir türmten sich die Wolken auf, und die Schatten unter den Bäumen wuchsen zusammen. Mit einem Mal war es viel dunkler als noch Momente zuvor. Mein Bauch schmerzte. Ich hatte den Toast mit Konfitüre, den ich am Morgen vor unserem schicksalhaften Flug im Big Sky Motel gegessen hatte, noch nicht wieder ausgeschieden. Und ich hatte großen Hunger. Ich saß eine Weile da und hielt mir den Bauch, während das letzte bisschen, das von der Sonne übrig war, die Gipfel der Berge erstrahlen ließ.

Die Umgebung sah unwirtlich aus, und ich fürchtete mich. Bald würde es ganz dunkel sein, und dieses Mal hatte ich kein Flugzeug als Unterschlupf.

Ich beschloss, ein Feuer zu machen. Ich sammelte Zweige, Stöcke und Tannenzapfen und stapelte alles an der flachsten Stelle auf, die ich finden konnte. Als Letztes zog ich einen halb verrotteten Baumstamm zu dem Haufen Holz und legte ihn darüber. Ich holte das Streichholzbriefchen aus der Tasche von Terrys Jacke. Ich betrachtete noch einmal das muskulöse tanzende Stinktier auf der Vorderseite, dann riss ich eines der Streichhölzer ab und entzündete es. Der Baumstamm wollte nicht brennen, stattdessen verbrannte ich mir die Finger. Das Streichholz ging aus. Jetzt waren noch drei Streichhölzer übrig.

Mr Waldrip und ich besuchten früher öfter das Panhandle Plains Museum in Canyon, Texas, wo es lebensgroße Gipsfiguren von Höhlenmenschen zu bestaunen gibt, über und über behaart und mit finsteren Mienen, die um ein Lagerfeuer aus papiernen Flammen hocken. Eine der Höhlenfrauen soll es in Gang gesetzt haben. Ich dachte, wenn die damals unter solch widrigen Umständen in der Lage gewesen waren, ein Feuer zu entzünden, dann konnte ich das doch sicherlich auch.

Ich riss einige Seiten aus dem *Time Magazine*, auf denen es um Präsident Reagans Dickdarmoperation ging, und stopfte sie unter das Holz. Dann zündete ich ein weiteres Streichholz an und ließ es fallen. Das Papier brannte ein wenig und ging dann wieder aus. Ich versuchte es noch einmal mit dem vorletzten Streichholz und dachte an nichts anderes als an diese Höhlenfrau. Die Flamme wurde größer und schlängelte sich langsam die kleineren Zweige empor. Ich hatte noch nie ausführlicher über Darwin und seinen *Ursprung der Arten* nachgedacht, aber in jenem Moment wusste ich auf einmal, was er gemeint hatte. Menschen, die kein Feuer entfachen konnten, kamen in der Kälte um. Und ich vermute stark, es war die Frau, die die Spezies Mensch vor dem Aussterben bewahrte.

Jetzt brannten auch die dickeren Äste, und ich schaute eine Weile ins Feuer. Ich war außerordentlich zufrieden mit mir, so sehr, dass ich einen kurzen Jubelschrei wagte. Es stimmt schon, Feuer ist ein großer Trost, auch unter ganz widrigen Umständen, aber zugleich macht es die Dunkelheit, in die sein Licht nicht dringt, noch viel, viel dunkler. Ich bemühte mich, nicht ins Dunkle zu schauen, und richtete den Blick stattdessen auf den verrotteten Baumstamm, der langsam zu glühen begann. Kleine Käfer, die darin gefangen waren, zischten und explodierten wie Popcorn. Ein Weberknecht floh vor der Hitze, aber das Feuer holte den armen Kerl ein und versengte ihm die dünnen Beine.

Inzwischen tat mir mein Magen noch mehr weh, und ich spürte, dass ich meinen Darm entleeren musste.

Ich begab mich rasch auf die andere Seite meines Feuers und sah mich in der Dunkelheit um. Es bereitet mir wirklich keine Freude, das hier niederzuschreiben, aber ich habe mir nun einmal vorgenommen, diese Geschichte in allen ihren Einzelheiten zu erzählen. Es ist mir sehr wichtig, dass Sie mir glauben, dass ich all die merkwürdigen, fürchterlichen Ereignisse, die in dieser Erzählung noch vorkommen werden, tatsächlich erlebt habe. Ich hielt mich also an einem Baum fest, hob meinen Rock, rollte die Strumpfhose herunter und erleichterte mich einfach dort, wo ich hockte, im Feuerschein, sodass die gesamte Schöpfung mir dabei zusehen konnte.

Ich habe mich selbst stets für eine gut erzogene Texanerin gehalten, aber ich nehme an, selbst die Besten von uns haben Stuhlgang. Meine Generation schämt sich dafür sehr, warum genau das so ist, weiß ich auch nicht. Auf jeden Fall tat ich mir leid, und ich war den Tränen nah, während ich die kleinen schwarzen Fliegen und Mücken verscheuchte, die mich bei meinem Geschäft störten. Es muss ein erbärmlicher Anblick gewesen sein. Nachdem ich fertig war, schob ich mit dem Fuß ein paar Kiefernnadeln darüber und ging zurück zu meinem vorherigen Platz und putzte meine

Knöchel mit Gras ab. Mir kam der Gedanke, dass ich mir in diesem Moment fremder war als je zuvor.

Ich sah zu, wie das Feuer den Baumstamm langsam auffraß, und schlief erschöpft ein.

Als ich aufwachte, donnerte es. Es war noch dunkel, und Wind und Regen schlugen gegen die Bäume. Das Feuer war erloschen, und das verbrannte schwarze Holz zischte wie ein Nest rauchender Schlangen. Ich stellte mich so nah an die Fichte, wie es ging, aber ich wurde dennoch nass. Der Regen machte aus der Lichtung einen Sumpf, und ich befand mich mitten darin. Er wusch mir die Dauerwelle aus dem Haar. Bestimmt sah ich aus wie eine tropfnasse Maus. Ich fand schon immer, dass mein Haar furchtbar aussieht, wenn es nass ist. Mir fiel der Regenschirm ein, den ich im Flugzeug gefunden hatte, aber als ich ihn öffnete, hatte er einen großen Riss. Er war ungefähr so nützlich wie ein Deckenventilator in einem Iglu. Ich warf ihn fort und stellte Mr Waldrips Stiefel auf, um Wasser zu sammeln. Ich wickelte mich fest in Terrys Jacke. Der Regen war nicht so kalt, wie ich befürchtet hatte, aber dennoch zitterte ich am ganzen Leib. Mir ist heute noch ein Rätsel, wieso mich nicht dort auf der Stelle die Lebensgeister verließen.

Zum Glück dauerte es nicht lange, bis aus dem Wolkenbruch ein Nieselregen wurde. Eine gute Stunde lang krochen die Blitze über den schwarzen Himmel oberhalb der Bäume. Das Firmament erschien mir wie ein zerbrochener Spiegel, der sich drehte und funkelte und all die Schrecken des wahren Wesens der Erde unter ihm zurückwarf. Einer Erde, die sich in eine verbrannte Landschaft aus Ruß verwandelt hatte, einen unglückseligen und unwirtlichen Ort.

Ein Blitz war gar nicht weit entfernt, und im Lichtschein sah ich zwischen den Stämmen zweier großer Kiefern etwas Merkwürdiges. Es war jedoch so schnell wieder dunkel, dass ich mir nicht sicher war, was ich da gesehen hatte. Mein erster Gedanke war, es sei das Gesicht eines jungen Mannes gewesen, halb verborgen im Schatten einer Kapuze. Als es wieder dunkel war, war ich stockblind. Ich schrie auf, noch bevor ich den Donner hörte. Ich hatte gewaltige Angst.

Es ist schon seltsam, dass mich die Vorstellung, da draußen könne noch jemand sein, mit einem Mal so sehr ängstigte, wo ich doch so sehr darauf gehofft hatte, hier auf Menschen zu treffen. Mit Fremden ist es halt immer so eine Sache. Und ich dachte sofort: Was für ein Wahnsinniger würde denn da still in der Dunkelheit im Regen stehen und sich anschauen, wie eine alte Frau leidet? Oder war es Terrys körperloses Gesicht, das der Waschbär mit dem milchigen Auge wieder ausgespuckt hatte und das mich heimsuchte, weil ich seinen Leichnam bestohlen hatte? Vielleicht gibt es Geister, auf die Gott keinen Einfluss mehr hat, auch wenn ich nie wirklich an die Existenz von Phantomen geglaubt habe.

Im Dunkeln behielt ich die Stelle im Auge, aber als der nächste Blitz die Bäume erhellte, war das seltsame Etwas, was auch immer es gewesen war, fort. Der Wald wurde eine Weile lang an- und wieder ausgeknipst, und ich dachte, ich würde das Gesicht noch einmal sehen, aber da war nichts außer den hohen Stämmen der Bäume, die mir nun vorkamen wie die Gitterstäbe einer Zelle, in die man mich gesperrt hatte. Nur, dass ich keine Ahnung hatte, was mein Vergehen war. Ich ließ den Kopf auf die Brust sinken und wartete auf den Morgen.

Mr Waldrips Stiefel hatte sich über Nacht bis zum Knöchel gefüllt, aber ich konnte am Morgen nur einen kleinen Schluck nehmen, dann stolperte ich und verschüttete den Rest, und den übrigen

Tag lang war ich so durstig wie ein Barsch auf dem Badelaken. Am Morgen war es bewölkt, aber die Bäume ringsum schimmerten hell und waren von Regentropfen benetzt. Das Gute an der nassen, kühlen Witterung war, dass die Mücken sich den Morgen freigenommen hatten, um zu tun, was auch immer sie tun, wenn sie nicht gerade uns höherstehende Kreaturen terrorisieren.

Ich bewegte mich eine Zeit lang nicht. Ich überlegte, wie es wäre, wenn ich mich überhaupt nicht mehr bewegen und einfach so dort sterben würde. Vielleicht war dies das erste Mal, dass ich mich fragte, warum ich nicht einfach aufgab und akzeptierte, dass ich mich in einer Lage befand, die die meisten Menschen als ausweglos bezeichnet hätten - eine zweiundsiebzigjährige Frau, die sich in der Wildnis verirrt hat. Auf jeden Fall war es nicht das letzte Mal. Ich dachte, ich würde wahrscheinlich wie der arme Terry aussehen, steif und verrenkt gegen diese Fichte gelehnt. Der Kiefer ist aus der Verankerung gerissen, und die Fliegen erklären meinen Schädel zu ihrem neuen Domizil. Ich fragte mich, wann mir wohl das Haar ausfallen würde und ob man mich in diesem jämmerlichen Zustand finden oder mich nie wieder ein Mensch zu Gesicht bekommen würde. Ich konnte mich nicht entscheiden, welche der beiden Varianten ich besser fand.

Ich holte die zerfledderte Landkarte hervor und versuchte festzustellen, wo ich mich befand, aber es hatte keinen Zweck. Es hätte genauso gut ein Stück der Tapete mit dem orientalischen Muster sein können, mit der die unerträgliche Catherine Drewer ihr Wohnzimmer verschandelt hatte. Ich beschloss, die Lichtung zu verlassen und weiter den Berg hinabzusteigen, doch zunächst trat ich in meinen eigenen Haufen und musste meinen Schuh im nassen Gras abputzen. Ich möchte wirklich niemanden vor den Kopf stoßen; dies ist wieder ein Detail, das ich hätte auslassen können, aber ich bin überzeugt, dass es dazu beiträgt, die Absurdität meiner Lage zu verdeutlichen, und klarstellt, dass ich weder eine Lügnerin noch eine Heldin bin.

Nach ungefähr einer Stunde kam ich an eine felsige Stelle, von der aus ich jenseits der Bäume in ein Tal sehen konnte. Mein Herz setzte aus: In der Ferne entdeckte ich den grauen Asphalt einer Schnellstraße – eine veritable Verbindung zur Zivilisation! Könnte ich es bis dorthin schaffen, wäre ich wahrscheinlich so gut wie gerettet. Mit frischer Energie und neuer Hoffnung machte ich mich auf den Weg ins Tal. Die ganze Zeit über hörte ich merkwürdige Geräusche hinter mir. Ich hatte das starke Gefühl, dass mich jemand verfolgte.

Nach ein paar Stunden erreichte ich die Schnellstraße, aber als ich aus dem Wald stolperte, war die Straße überhaupt keine Straße, sondern ein schmaler Fluss. Grundgütiger, was für eine Enttäuschung! Allerdings hatte ich zu diesem Zeitpunkt bereits wieder solchen Durst, dass es mich einige Mühe kostete, enttäuscht zu sein, denn hier war endlich Wasser. Ich wackelte weiter wie ein neugeborenes Kalb und riss mir die Strumpfhose auf. Am Ufer des Flusses kollabierte ich regelrecht. Ich schöpfte Wasser und trank. Es war sehr kalt und sehr klar. Ich hatte zwei Handvoll getrunken, als ich aufblickte und im flachen Wasser ein riesiges totes Tier liegen sah! Ich spuckte das Wasser wieder aus und tat einen Satz zurück. Beinahe musste ich mich übergeben, aber ich hielt mir die Hand vor den Mund. Das Ding hatte ein Geweih, und im Wasser bewegten sich Fetzen seines Fells, es sah aus wie ein Teufel mit Umhang.

Ich ging an dem toten Monstrum vorbei flussaufwärts und füllte Mr Waldrips Stiefel. Ich tat mein Bestes, mir nicht vorzustellen, was für widerliche Dinge sich sonst noch im Wasser befänden. Während ich kleine Schlucke aus Mr Waldrips Stiefel nahm, wechselte das Licht auf den Bergen ringsum die Farbe. Ich hatte

Hunger, mir war kalt, und bald würde es dunkel werden, also sprach ich ein Gebet und machte mich daran, Feuerholz zu sammeln. Ich stapelte es auf wie am Abend zuvor, nur sammelte ich diesmal mehr Äste und Zweige als letztes Mal und auch mehr trockenen Zunder. Ich schichtete alles in der Nähe des Flusses auf. Es war schon fast dunkel, als ich mich erschöpft hinsetzte und Terrys Streichholzbriefchen aus der Tasche holte.

Der Wind war gegen mich. Er heulte wild über das Tal, und dichte Wolken verdunkelten den weiten Himmel. Ich öffnete das Streichholzbriefchen; vorsichtig riss ich das letzte verbliebene Streichholz heraus. Ich drehte mich mit dem Rücken zum Wind und versuchte, die Hand möglichst still zu halten. Ich ging ganz nahe an den Zunder, sprach ein Gebet und riss das Streichholz an. Der rote Kopf zischte und wurde schwarz, aber es kam keine Flamme.

Kurz bevor es ganz dunkel war, bemerkte ich die Silhouette eines Tieres, das in der Ferne über einen Felsgrat schlich und das ich für einen Berglöwen hielt. Beklommen und fast verhungert aß ich mein letztes Karamellbonbon. Ich dachte erst, es würde regnen, aber der Wind jagte die Wolken fort, und die Sterne und der Mond erschienen. Die Dunkelheit war kaum mehr dunkel, als die Gestirne vom klaren Himmel auf die grasbewachsene Ebene des Tals, den silbernen Fluss und den nahen Wald niederschienen.

Ich wusste nicht, was ich als Nächstes tun sollte. Ich hatte Angst, dass meine Situation nun wirklich ausweglos geworden war. Aber ich wusste, dass ich am nächsten Morgen dennoch irgendetwas würde tun müssen. Das verendete Monstrum lag noch immer drüben im Fluss, sein dunkles Geweih glänzte im Mondlicht, und das Wasser darunter funkelte wie ein Bett aus hübschen Edelsteinen.

Ich hörte, wie sich im Wald etwas bewegte. Ich erinnerte mich an das Gesicht aus der Nacht zuvor, von dem ich inzwischen sicher war, dass ich es wirklich gesehen hatte. Und ich dachte an den Berglöwen. Ich nahm meine Bibel aus der Handtasche und steckte sie in die Brusttasche von Terrys Jacke, direkt über meinem Herzen. Aber ich war müde genug, um keine Angst vor mysteriösen Gesichtern und Berglöwen zu haben. Mir blieb nichts anderes übrig, als zu Gott zu beten und erschöpft einzuschlafen.

Der Pilot lenkte den Hubschrauber in geringer Höhe über das graue Geröll oberhalb der Waldgrenze. Lewis blinzelte gegen die sonnenbeschienenen Gipfel aus Granit, die vor etwa achtzig Millionen Jahren aus dem Erdinneren emporgeschleudert worden waren. Langsam führte sie die Thermosflasche mit dem Merlot an die Lippen.

Bloor saß im Sitz neben ihr. Er hatte die langen Beine angezogen wie ein Kind, die Knie auf einer Höhe mit dem Kinn. Bloor drehte ihr sein blasses Gesicht zu. Seine Stimme dröhnte in ihrem Kopfhörer und übertönte den Klang der Flügel. Waren Sie schon einmal in Macau?

Lewis schüttelte den Kopf.

Ein älterer Mann, der unter Kolbenfingern litt, saß ihnen gegenüber. Er sah aus dem Fenster.

Bloor hatte ihn als Cecil vorgestellt. Schön die Augen offen halten, sagte er.

Ich habe Jill bei ihrer Großmutter gelassen und den letzten Winter in Macau verbracht, sagte Bloor und richtete den Blick demonstrativ aufs Fenster. Musste mal raus. Hab da eine sechs Fuß drei Zoll große Pekingerin namens Chesapeake kennengelernt. Die suchen sich da ihre eigenen englischen Namen aus, nicht wahr. Und sie nannte sich nun mal Chesapeake. Ihre Freundinnen hatten einen chinesischen Spitznamen für sie, der so viel wie Leiter bedeutet. Sie sind auch ziemlich groß, Ranger Lewis.

Cecil blickte auf. Halt deine dämlichen Augen offen.

Cecil ist langjähriger Rettungssanitäter, sagte Bloor. Arbeitet, obwohl er's an der Lunge hat. Er mag mich nicht besonders.

Diese Leute, nach denen wir suchen, sind eh tot, sagte Cecil. Er wandte sich wieder dem Fenster zu. Die Sonne schien ihm in die Augen, doch er blinzelte nicht.

Koojee, sagte Bloor.

Sie flogen weiter, über gewaltige Granitsockel, die aus der Erde ragten wie Backenzähne aus einem Kiefer, und alle drei suchten den Boden unter sich ab. Jetzt, da der Tag heller wurde, trugen sie Sonnenbrillen. Scherwinde drückten den Hubschrauber nach unten, und Lewis presste die Schenkel an die Thermosflasche. Als sich die Luft wieder beruhigte, nahm sie einen Schluck.

Bloor beobachtete sie hinter den gelben Gläsern seiner Brille und fragte sie, ob sie sich für einen besonders moralischen Menschen halte.

Lewis wischte sich den Mund ab und fuhr sich mit der Zunge über die weinroten Zähne. Sie schraubte den Deckel der Thermosflasche fest. Weiß nicht, sagte sie.

Bloor schwenkte einen kreideweißen Finger. Ich widme einen Teil meiner Zeit und meiner Fähigkeiten dem Wohlergehen anderer. Dank des universellen Gleichgewichts kann ich mir daher einige spezielle egoistische Freuden leisten. Chesapeake war so eine moralisch egoistische Freude.

Lewis lächelte und schraubte den Deckel der Thermosflasche auf. Sie trank und schraubte ihn wieder zu.

Welche moralisch egoistischen Freuden gönnen Sie sich, Ranger Lewis?

Darüber müsste ich nachdenken.

Tun Sie das.

Cecil hob eine Hand. Soll *ich* dir die Augen offen halten?

Danke, Cecil, sagte Bloor.

Der Pilot umkreiste zwei weitere Berge und flog über einen düsteren Wald. Lewis hielt den Blick auf die Landschaft gerichtet und blinzelte. In der Scheibe konnte sie sehen, wie Bloor den Kopf wandte, um sie anzuschauen. Es dämmerte bereits, als der Pilot mahnte, man müsse umkehren, bevor es dunkel wurde.

Verdammt, sagte Lewis.

Cecil hatte sich eine ganze Weile nicht mehr bewegt. Jetzt wandte er ihnen den Kopf zu und zitterte wie eine klapprige Theaterkulisse an einem Flaschenzug. Man kann sich nicht wirklich vorstellen, dass da unten irgendjemand überlebt, egal, wie alt er ist, sagte er und hustete gegen die dicken Enden seiner Finger.

Während sie der Pilot zurück zur Bergstation flog, redete Bloor darüber, dass Menschen ohne Ehrgeiz oft an Depressionen litten.

Wissen Sie, wir leben in den Achtzigern, sagte er. Ich habe Dreißigjährige gesehen, die wie Teenager herumlaufen. Ich war schon immer ehrgeizig. Gefällt Ihnen Ihre Arbeit hier draußen, Ranger Lewis?

Sie passierten die schwarze Bergkante. Es wurde bereits dunkel.

Ja, sagte sie.

Meine Tochter wird am dritten November achtzehn. Ich werde ihr von Ihnen erzählen und sie daran erinnern, dass es auch hier draußen ehrgeizige Frauen gibt.

Ruhe, sagte Cecil. Du machst den Piloten verrückt.

Eines noch, Cecil. Dann kannst du mir gerne einen Maulkorb verpassen, wenn du willst. Hören Sie, Ranger Lewis. Entschuldigen Sie, wenn ich zu forsch bin. Manchmal bin ich zu forsch. Wollen Sie nachher mit mir zu Abend essen? Ich habe eine große einsame Hütte gemietet und würde mich über Gesellschaft freuen. Wir können den Fall durchsprechen und über unsere Optionen diskutieren.

Lewis schaute unschlüssig in das Gesicht des Mannes.

Sie trank an der Spüle eine Flasche Merlot aus, zog sich eine saubere Uniform an, und dann fuhr sie zu einer stattlichen zweistöckigen Hütte aus Kiefernholz, die weiß gestrichen war, auf Stelzen stand und ganz allein am Ende einer Sackgasse mit Blick auf das östliche Tal im Dunkeln lag. Unten im Vorgebirge sah man die Lichter einer kleinen Stadt. Hier fuhr kein Wind durch die Bäume, und die Sterne am glasigen Firmament drehten sich wie Sporenrädchen.

Lewis parkte den Wagoneer im Schotter der Auffahrt. Sie nahm eine Vier-Dollar-Flasche Merlot vom Beifahrersitz und entfernte das Preisschild.

Die Haustür der weißen Hütte schwang auf. Bloor duckte sich unter dem Querbalken hindurch und blickte sie an. Sein dünner schwarzer Schatten tauchte auf wie ein Insekt aus einem Riss im Fußboden. Er hob eine Hand und bewegte die langen Finger. Lewis stieg aus dem Wagoneer.

Wortlos geleitete Bloor sie in die Hütte. Er schloss die Tür und schob den Riegel vor. Dann machte er eine kreisförmige Bewegung mit einer seiner Kreidehände und fragte sie, was sie von der Hütte halte.

Lewis musterte den großen, offenen Raum. In der Mitte brannte ein Feuer in einem runden Gaskamin aus Stahl, und durch ein breites Panoramafenster sah man einen Whirlpool und einen großen Barbecuegrill auf der Veranda. Im Zimmer umgaben breite weiße Sofas einen gläsernen Couchtisch, auf dem eine Flasche Wein stand. Durch einen offenen Bogengang ging es in die Küche, und dort köchelte etwas, das nach ungelüftetem Keller roch.

Ist verdammt modern, sagte Lewis.

Das fand ich auch, sagte Bloor. Er nahm ihr die mitgebrachte Flasche ab und hängte ihre Jacke auf. Gehen Sie überallhin in Uniform, Ranger Lewis?

Ich glaube, ich finde die inzwischen einfach bequem.

Die Uniform ist hübsch.

Ich war schon mal hier, sagte Lewis. Sieht man gottverdammt noch mal nicht jeden Tag, eine weiße Hütte. Sie gehört einem Homosexuellen namens Cherry. Guter Typ. Kennen Sie ihn?

Ich weiß, dass er dieses Haus vermietet, aber ich habe ihn nicht persönlich kennengelernt.

Bloor dankte ihr für den Wein und sagte, tut mir leid, wenn ich abgelenkt bin. Ich habe eben mit meiner Tochter telefoniert. Sie hat gerade ziemlichen Ärger.

Ich nehme an, sie ist in dem richtigen Alter dafür.

Bloor ging zum Couchtisch und stellte ihre Flasche neben die andere. Er holte ein Stück Kreide aus der Brusttasche und rieb sich die Hände damit ein. Ich will nicht behaupten, dass sie schwer von Begriff ist, aber es dauert eine ganze Weile, bis sie versteht, wie komplex eine Angelegenheit ist. Er hob die Flaschen hoch und hielt sie ihr hin, damit sie eine auswählte.

Lewis zeigte auf den Merlot.

Bloor nahm einen Korkenzieher vom Tisch und entkorkte die Flasche. Man hat sie heute mit diesem Knaben mit dem toten Zahn erwischt, von dem ich Ihnen erzählt habe. Auf der Schultoilette. Sie hat einen Verweis bekommen. Wie finden Sie das?

Keine Ahnung.

Bloor schenkte zwei Gläser Merlot ein. Sie erzählte mir eines Morgens beim Rührei, dass sie das machen wolle. Ist das zu fassen?

Was jetzt?

Sex. Ich bin ein progressiver Mensch, Ranger Lewis. Kultiviert, ein Mann von heute. Eigentlich sogar schon von morgen. Aber ein Teil von mir wünscht sich, dass meine Tochter ewig Jungfrau bleibt, nicht wahr.

Ich schätze mal, das ist ganz normal, sagte Lewis.

Bloor lächelte und nahm auf einem der Sofas Platz. Er klopfte mit der flachen Hand auf das Kissen neben sich. Lewis ging zu ihm und setzte sich. Er reichte ihr ein Glas und hob das seine. Auf die Waldrips und Terry Squime! Mögen Licht und Liebe ihnen gnädig sein. Mögen sie in Frieden ruhen.

Lewis hob ihr Glas. Für so einen Spruch ist es noch zu früh.

Beide tranken.

Wie haben Sie Ihren Ex-Mann kennengelernt? Entschuldigen Sie, wenn ich zu neugierig bin. Meine Frau hat immer gesagt, ich sei so neugierig, dass sich die Leute unwohl fühlen würden.

Lewis erzählte ihm, dass sie Roland in der Tierklinik ihres Vaters kennengelernt hatte, als sie dort nach der Schule jobbte. Roland hatte seinen Hund mitgebracht, um ihn einschläfern zu lassen. Sie erzählte, wie sie geheiratet hatten, gleich nachdem sie die Highschool abgeschlossen und bei Missoula Parks and Recreation angefangen hatte. Nach ein paar Jahren hatte sie die Stelle einer Rangerin in den Bitterroot Mountains angenommen, und Roland wurde Einkäufer in der Kleinwildabteilung eines Jagdausrüsters. Damals hatte sie sich nicht vorstellen können, dass er später jedes zweite Wochenende auf Geschäftsreise fahren würde.

Hatte er eine Affäre?

Er hatte eine Ehefrau in Nebraska, eine in Colorado und eine in Montana. Lewis zeigte auf ihr Abzeichen.

Dann ist der Mann ein Mormone?

Wenn ja, hat er mir nie davon erzählt. Er sitzt jetzt wegen Trigamie im Gefängnis.

Koojee. Wenigstens haben Sie keine Kinder.

Gottverdammt, nein, wollte nie welche.

Kinder. Wissen Sie, als wir von Tacoma nach Missoula zogen, hoffte ich, dass der Ortswechsel helfen würde. Aber ich weiß nicht. Meine Tochter hat bereits ihre Unschuld verloren, ausgerechnet auf der Toilette. Es ist nicht so, dass mir Sexualität per se peinlich ist. Dafür war ich zu lange Sergeant in der Nationalgarde.

Bloor trank sein Glas aus, dann griff er nach der Flasche und goss sich noch eines ein. Er spielte mit den kreidefarbenen Fingern seiner freien Hand und prüfte den Wein mit Augen, die nichts wahrzunehmen schienen.

Als meine Frau vor drei Jahren starb, sagte er, dachte ich, ich würde ein besserer Mensch werden. Um ihr Andenken zu ehren, verstehen Sie. Bin ich aber nicht. Überhaupt nicht. Warum, weiß ich nicht.

Tut mir leid mit Ihrer Frau.

Bloor blickte auf die Enden seiner weißen Finger. Ich liebe Menschen, sagte er. Wissen Sie, was sie immer gesagt hat?

Nein.

Dass ich mit meiner Liebe und meinem Mitgefühl die Welt regieren könnte.

Tja.

Ich vermisse sie. Wenn ich Leuten von ihr erzähle, sehe ich es in ihren Gesichtern. Sie verstehen nicht, was für eine visionäre Frau sie war. Sie wissen nicht, was sie für mich bedeutet hat.

Kann ich mir gut vorstellen.

Ich habe schon öfter Leute verloren, wissen Sie. Ich nehme an, das ist der Grund, warum ich damals beim Rettungsdienst angefangen habe. Als ich noch ein Kind war, verschwand eines Morgens meine Mutter. Sie war draußen, um die Stiefmütterchen zu gießen. Nichts war von ihr übrig als ein Paar Holzpantinen Größe sechs und ein laufender Wasserschlauch. Mein Vater war schon lange fort, keiner wusste, wohin und ob er tot war oder noch lebte. Einige Leute dachten, er wäre zurückgekommen, hätte meine Mutter entführt und in einem der Finger Lakes ertränkt. Man hat sie nie gefunden. Meine Schwester hat mich großgezogen. Dann starb sie in einer Hotellobby an einer Lebensmittelvergiftung. Dieses Thanksgiving ist das zehn Jahre her. Koojee.

Gottverdammter Mist, tut mir leid, das zu hören.

Der Zimmerservice hat sie umgebracht. Das Hotel hat sich außergerichtlich mit mir geeinigt, für eine ganz schöne Summe. Ich muss zeit meines Lebens keinen Tag mehr arbeiten, wenn ich nicht will.

Das ist doch gar nicht schlecht.

Am schlimmsten war es, Adelaide zu verlieren, meine Frau. Wir kannten uns seit unserer Kindheit. Aber ich glaube nicht, dass sie jemals ein Kind war. Wenn sie sprach, klang das schon immer, als hätte sie bei der Geburt bereits ein ganzes Leben gelebt. Die meisten Leute wussten nicht, was sie von ihr halten sollten, daher waren sie gemein zu ihr. In der Schule wurde sie von den Jungs gequält. Trotzdem glaube ich nicht, dass auch nur einer von denen ihr jemals das Wasser reichen konnte. Es war schon damals, als hätte sie gewollt, dass die anderen so gemein zu ihr sind. Als würde sie das Ganze zu ihrem eigenen Vergnügen inszenieren. Einem Vergnügen, das keiner nachvollziehen konnte.

Klingt so, als wäre sie eine ganz besondere Frau gewesen, sagte Lewis. Sie verfehlte mit dem Glas ihren Mund, und der Merlot schwappte auf ihre Uniform. Sie tupfte den Wein mit dem Ärmel fort und streckte die Hand mit dem leeren Glas aus.

Bloor schenkte ihr ein. Er wandte sein verhärmtes Gesicht zu den Panoramafenstern, hinter denen der Nebel in den Bäumen bläulich schimmerte. Er hatte einen weißen Fingerabdruck am Kinn. Sie haben ja keine Ahnung, sagte er. Dann nahm er ihre Finger in seine Kreidehände. Vielen Dank, dass Sie heute Abend vorbeigekommen sind. Er kniff kräftig in die Haut ihres Ringfingers und sog so tief Luft in die Lungen, als wolle er gleich tauchen.

Lewis zog ihre Hand zurück. Keine Ursache.

Bloor atmete aus und lächelte.

Lewis rieb sich den Handrücken und lenkte den Wagoneer schief die Auffahrt hinauf. In ihrer Holzhütte waren die Lichter aus und die Fenster dunkel. Im Radio war Dr. Howes sanfte Stimme zu hören. Er sprach mit einer Anruferin, die sich als Ronnie vorgestellt hatte und wissen wollte, wie man von ihr erwarten könne, ihr jetziges Leben zu führen, wenn sie sich doch von ganzem Herzen wünsche, ihren Ehemann und ihre drei Kinder zu verlassen und jeden Abend in Nashville Countrymusik zu singen. Lewis stellte den Motor ab, ließ aber das Radio an und hörte zu.

Die Frau sagte: Ich wiege dreihundert Pfund. Das hat auch was damit zu tun. Aber das ist kein Fett. Das ist der Frust, der mir im Bauch sitzt und in den Oberschenkeln und in meinem Arsch. Ich *kann* keine Countrysängerin werden. Ich bin krankhaft fettleibig und hab keine schöne Singstimme. Ich fühl mich betrogen, Dr. Howe. Ich wusste schon als kleines Mädchen, dass ich Sängerin werden will, aber jetzt sitz ich hier und bin's nicht, und ich bin fett und unmusikalisch. Meine Oma war Sängerin. Manchmal geh ich in die Bibliothek in der Innenstadt und schau mir die alten Mikrofiches an mit Berichten über sie und ihre Auftritte in der Stadt, und dann werd ich so verdammt eifersüchtig, entschuldigen Sie den Ausdruck. Eifersüchtig auf meine tote Oma. Das ist unterste Schublade, oder? Sagen Sie's nur, das ist unterste Schublade. Und dann mein Mann, ist noch gar nicht lange her, da erwisch ich ihn, wie er meiner kleinen Schwester beim Kirchenfest schöne Augen macht. Daran muss ich ständig denken. Sie darf gerade erst Alkohol trinken und wiegt fast hundert Pfund weniger als ich, dagegen bin ich keine Konkurrenz. Wo soll jemand mit so viel Frust in sich drin denn hin, um gesagt zu kriegen, dass ich auch was wert bin? Eigentlich will keiner von mir was wissen, nicht mal die Leute, die sagen, dass sie mich lieb haben. Und dann mache ich das sogar selbst, Dr. Howe, ich will auch nichts mehr von mir wissen, und dann sitz ich einfach nur da, auf der Bettkante, wenn die Kinder in der Schule sind und mein Mann auf der Arbeit, und schau mir an, wie die Katze ins Zimmer kommt und wieder rausgeht.

Dr. Howe sagte: Ronnie, im Leben geht es darum, dass wir unsere Erwartungen anpassen. Es ist, wie es ist, und es wird sein, wie es sein wird, ob Ihnen das gefällt oder nicht. Und ich glaube, der Schlüssel zum Glück besteht nicht nur darin, das Leben so zu akzeptieren und alles zu nehmen, wie es kommt, sondern auch darin, Mittel und Wege zu finden, es zu genießen, obwohl man so ist, wie man ist, und trotz der ganzen Widrigkeiten. Sie können nicht alles haben, was Sie wollen, andernfalls würden Sie implodieren und einfach verschwinden. Verstehen Sie mich, Ronnie? Wenn Sie all das hätten, von dem Sie glauben, dass Sie es gerne hätten, dann hätten Sie am Ende gar nichts.

Am Tag, nachdem ich an den Fluss gelangt war, betete ich eine Weile, während ich nach den schrecklichen kleinen Mücken und Schmeißfliegen schlug. Ich kniete im feuchten Gras ein Stück oberhalb der verrottenden Kreatur. Ich trank zuerst aus den Handflächen und dann aus Mr Waldrips Stiefel. Das Wasser tat gut und schmeckte wie Wasser aus den Brunnen, die man in Texas noch grub, als ich klein war.

Ich hatte inzwischen großen Hunger, und mein Magen machte furchtbare Geräusche. Ich betete mit offenen Augen, ich möge etwas zu essen finden, und suchte das glasklare Wasser nach Fischen ab, sah aber keine. Ich beobachtete das Grasland im Tal und fragte mich, ob es da draußen wohl ein Tier gab, das langsam und schwach genug war, dass ich in der Lage wäre, es zu fangen. Obwohl ich viele Male gesehen hatte, wie man kleine Vögel jagt, und zugeschaut hatte, wie Vater von der Veranda aus Kojoten schoss, hatte ich selbst noch nie ein Lebewesen getötet, von den Fliegen und Mäusen in unserem Haus einmal abgesehen. Aber das sind nur die kleinen Tode im Haushalt, und die sind in keinster Weise mit dem verzweifelten Gemetzel in der Wildnis vergleichbar. Dabei ist selbst die Jagd heutzutage zu einem Zeitvertreib für Männer verkommen, einem Spiel. Sie jagen nicht mehr aus Hunger, sondern aus Langeweile. Ich nehme an, Männer tun heute vieles, was die Natur gar nicht mehr von ihnen verlangt.

Ich stand auf und ging vom Fluss zurück zu dem Holzstapel, den ich am Abend zuvor aufgeschichtet hatte. Ich hatte Terrys sämtliche Streichhölzer aufgebraucht, und ich hatte keine Ahnung, wie ich sonst Feuer machen sollte. Ich überlegte, zwei Stöcke aneinanderzureiben, da ich einmal gelesen hatte, dass die ganz frühen Indianer das getan hatten, und später hatte ich es in einem Diorama im Panhandle Plains Museum gesehen; allerdings war ich mir sicher, dass ich weder die geeignete Technik kannte noch die Ausdauer besaß, auf diese Weise ein Feuer zu entzünden. Wenn ich etwas zum Abendessen fing, würde ich es roh essen müssen. Der Gedanke, ungekochtes Fleisch zu essen, bereitete mir Sorge. Ich habe davon gehört, dass manche Leute in der Großstadt gern rohen Fisch essen, aber mir behagt das überhaupt nicht.

Ich nahm Terrys Beil, begab mich in das hohe Gras und schwang die Klinge in dem Bemühen, irgendetwas zu erschrecken, dem ich vielleicht auf den Kopf schlagen könnte. Diese Idee erwies sich als ziemlich dumm, und nach ungefähr einer Stunde saß ich wieder am Fluss und war ganz außer Atem. Da ich aber nur sehr ungern dumm bin, fädelte ich mir die Schnürbänder aus den Schuhen, band damit das Beil am Ende eines langen Stocks fest und machte mich daran, nach jedem Schatten zu schlagen, der im Wasser vorbeizog. Sicherlich trug mindestens ein armes Wassertier eine ernsthafte Verletzung davon. Trotzdem blieb ich hungrig, und dann saß ich da, die Arme um die Schultern geschlungen, dass es aussah wie die Scharniere am Schrank unter meinem Spülbecken.

Ich schaute auf das große verwesende Tier im Wasser und betete laut: O himmlischer Vater, ich will nicht verhungern. Wenn du mich zu dir holen willst, dann lass mich bitte schnell gehen, bitte lass mich nicht verhungern.

Meine Güte, ich war mir so sicher, dass ich verhungern würde.

Gegen Nachmittag hörte ich ein Geräusch am Himmel, ein Rattern, das von den sonnenbeschienenen Bergen zurückgeworfen wurde. Es war so leise, dass ich gar nicht sicher war, ob ich es mir vielleicht nur eingebildet hatte, aber bevor ich sehen konnte, woher es kam, war es schon verschwunden, und ich hörte nur noch das Plätschern des Flusses und das Sirren der Mücken. Seit damals habe ich viele Geschichten über mysteriöse Geräusche in den Bergen gehört. Die Geistergeschichten, die im Bitterroot spielen, sind besonders seltsam und besonders traurig.

Im Fluss schwammen Fische vorbei, bis die Sonne unterging und ich kaum noch etwas sehen konnte, nur das tote Tier im Wasser, das mit seinen brüchigen Knochen unter der verfaulenden Haut im Mondschein bläulich schimmerte.

Am nächsten Tag kroch ich zum Gras und aß kleine graue Blumen. Sie schmeckten wie Cynthia Weavers Melonensalat, nachdem er ein paar Tage im Kühlschrank gestanden hat. Widerlich. Ich aß dennoch eine Handvoll davon, und als mir schwindlig wurde, lehnte ich mich gegen einen Baumstumpf in der Nähe meines Holzstapels. In der Nacht war es so kalt gewesen, dass sich an der Klinge des Beils der Frost zeigte, und ich hatte kaum Schlaf gefunden. Jetzt, in der Sonne, schlief ich ein.

Als ich erwachte, stach mich etwas in die Unterseite meines Arms. Es war eine Zecke. Das kleine Monstrum war bereits dicker, als ich es je bei einer Zecke gesehen hatte. Es sah aus wie eine Schneebeere. Wenn Mr Waldrips Vorstehhunde Zecken hatten, die groß und gelb genug waren, dass man sie durch das Fell hindurch sah, nahm er immer meine Pinzette, erhitzte sie auf dem Herd und entfernte die Schmarotzer behutsam. Ich sprang auf und schrie und schlug nach dem Ding, was man, wie jeder, der sich auch nur ein bisschen auskennt, weiß, auf keinen Fall tun sollte. Schwarzes Blut rann mir den Arm hinab. Das Biest klammerte sich an mich. Seine Rückseite war aufgeplatzt wie eine entkernte Kirsche. Ich pflückte sie ab. Natürlich blieb der Kopf drin.

Ich wischte mir das Blut am Rock ab und hinterließ darauf Handabdrücke, die aussahen wie jene, mit denen die Urmenschen die

Wände ihrer Höhlen dekorierten. Das Blut, das in den Falten meiner Handfläche trocknete, verwandelte die vielen dünnen Linien, die Lebenslinie und die Liebeslinien, die unsere Großnichte Jessica Pollard mir einmal an Thanksgiving deutete, in ein schauriges Relief. Sie prophezeite mir, ich würde ein langes Leben voller Liebe führen. Jessica lebt heute mit ihrem dunkelhäutigen Ehemann und zwei hübschen Söhnen in Phoenix, Arizona. Mag sein, dass ich wegen ihrer Wahrsagerei besorgt war; inzwischen glaube ich, dass es Einfluss auf die Seele hat, ob man jemandem aus der Hand liest.

Plötzlich wurde mir warm. Ich schaute hinter mich. Ob Sie es glauben oder nicht: Das Holz, das ich am Abend zuvor aufgestapelt hatte, brannte. Feuer!

Ich erstarrte. Die meisten Menschen, vor allem die skeptischen jungen Leute der nachwachsenden Generation, werden sich kaum vorstellen können, dass sich ein Feuer von selbst entfacht. Auch mir fiel es schwer, das zu glauben. Ich drehte mich wie ein Kreisel und schaute in den Wald und über die Felder, aber da war nichts und niemand. Ich ging in die Hocke. Ich stand wieder auf. Grundgütiger, ich wusste wirklich nicht, was ich tun sollte.

Ich schlich mich näher ans Feuer. Dort stand ein Kochtopf aus Edelstahl, um den Fliegen kreisten. Mein Herz raste. Im Topf schwamm ein kleiner, gehäuteter Körper. Ich nahm an, dass es sich um ein Kaninchen handelte. Ich sah mich noch einmal um.

Ist da wer?, brüllte ich. Hallo? Hallo? Ich heiße Cloris Waldrip!

Nach ein, zwei Minuten nahm ich wieder auf dem Boden Platz. Eine ganze Weile saß ich einfach nur da und hatte Angst und beobachtete, wie die blassen Flammen im Sonnenlicht tanzten. Ich überlegte eine Weile, und dann fiel mir eine Predigt ein, die Pastor Bill ein paar Monate zuvor gehalten hatte. Der Predigttext war Markus 10,27: *Jesus sah sie an und sprach: Bei den Menschen ist's unmöglich, aber nicht bei Gott; denn alle Dinge sind möglich bei*

Gott. Meine Gebete waren erhört worden, und ich war Zeuge einer wundersamen Manifestation des Göttlichen geworden, es konnte gar nicht anders sein. Man sagt, die Wege des Herrn sind unergründlich. Wobei das, was hier geschehen war, so unergründlich gar nicht war. Ich hatte großen Hunger gehabt, und ich hatte gebetet, und nun war hier ein Abendessen. Hatte es jemals eine so konkrete Antwort auf ein Gebet gegeben? Wohl nicht mehr seit der Speisung der Fünftausend.

Ich atmete tief ein und aus, und dann nahm ich den Kochtopf mit dem Kaninchen und stellte ihn ins Feuer. Ich betete laut, danke, Gott, danke, Jesus!

Dennoch will ich nicht verschweigen, dass meine Gedanken trotz allem zu dem Gesicht mit der Kapuze wanderten, von dem ich sicher war, dass ich es im Wald weiter oben am Berg gesehen hatte. Ich habe nie zu jenen dummen Weibsbildern gehört, die von Geistern und Gespenstern erzählen. Für mich waren das nie mehr als Hirngespinste eitler, abscheulicher Menschen, nichts, was in der Welt Gottes existieren kann. Andererseits war da Grandma Blackmore. Sie gehörte noch einer anderen Generation von Geschichtenerzählern an, und als ich klein war, erzählte sie mir und Davy von unserer längst verstorbenen Urgroßtante Malvina, die ein namenloser Unhold entführt und bei lebendigem Leib im Sumpf hatte versinken lassen. Seitdem streifte ihr ruheloser Geist durch ganz Texas, immer auf der Suche nach lebenden Nachkommen. Manchmal lag ich nachts wach, wenn Davy schon eingeschlafen war, und stellte mir vor, ich könnte sie vor dem Fenster sehen, wie sie sich in einem über und über mit schwarzem Schlamm bedeckten Musselinkleid über die Prärie schleppte.

Aber es gelang mir, an all das nicht mehr zu denken. Nicht an Urgroßtante Malvina oder das Gesicht mit der Kapuze oder den grausamen Tod von Terry Squime. Gottlose Gedanken. Ich aß am

Abend im Schein des Feuers und trank aus Mr Waldrips Stiefel und sah zu, wie die Holzscheite glühten, und neben einem winzigen Haufen sauber abgenagter Knochen schlief ich ein.

Zwei weitere Tage verbrachte ich dort an dem Fluss und ruhte mich aus und dachte über das Wunder nach. Doch wenn man so herumsitzt, hat man kaum etwas anderes zu tun, als wieder Hunger zu bekommen, und so hatte ich bald auch noch die Knochen des Kaninchens aufgegessen. Ich kochte sie und ließ sie trocknen, und dann nahm ich einen Stein und zerkleinerte sie, bis ich sie essen konnte. Genau wie der Riese in dem Märchen mit der Bohnenranke. Dieses Märchen erzählte ich manchmal den Vorschülern, wobei ich immer wieder etwas Neues hinzuerfand. So machte ich das mit den meisten Geschichten. Bei diesem Bericht hier werde ich das nicht tun. Auch wenn mich durchaus hin und wieder Schüler besuchen, die mittlerweile erwachsen sind und mir erzählen, dass sie meine Geschichten am liebsten mochten. Eine Geschichte gehört immer demjenigen, der sie am besten zu erzählen vermag.

Die Knochen hatten kaum Eigengeschmack, aber dafür war ich eigentlich ganz dankbar. Ich kochte Wasser aus dem Fluss ab und trank es, und morgens erleichterte ich mich in der Nähe eines Strauchs ohne Blätter, der tot und verkalkt war und aussah wie diese seltsame Koralle, die Linnie Curfell auf dem Couchtisch stehen hatte. Sie und ihr Ehemann hatten das Ding in den Sechzigerjahren von einer Karibik-Reise mitgebracht, und seitdem gab es bei ihnen kaum ein anderes Thema mehr. Wie dem auch sei: Jedes Mal, wenn ich musste, versuchte ich, mich, so gut es ging, hinter dem Strauch zu verstecken. Jetzt, da ich dies niederschreibe, muss ich fast darüber lachen. Es war, als hätte ich mich da draußen vor Gott geschämt. Nachdem das Feuer entzündet und der Kochtopf mit dem Kaninchen aufgetaucht war, schien mir Gott näher, als er es in Texas jemals gewesen war.

Als die Sonne wieder schien und es warm genug war, zog ich mich aus und wusch meine Kleidung im Fluss oberhalb des toten Tiers. Dann badete ich im flachen Wasser. Mir fällt es schwer, das zuzugeben, aber es ist mir dennoch wichtig: Es war romantisch, im Freien nackt zu sein. Ich dachte an meinen ersten Kuss. Das war mit einem Jungen namens Charles Manson. Nein, er war in keinster Weise mit dem schrecklichen Mann verwandt, der diese armen Leute in Kalifornien ermordet hat. Er hatte nur denselben Namen, den man heute automatisch mit diesen furchtbaren Vorkommnissen in Verbindung bringt. Ich war zwölf Jahre alt, und Charles war vierzehn. Er hatte einen Flaum auf der Oberlippe, der aussah wie Schimmel auf einer Brotkruste. Er war mit mir hinter einen Haufen Gerümpel und Traktorteile hinter seinem Haus gegangen.

Von dem Kuss weiß ich nur noch, dass es kitzelte und ich mich sehr zusammenreißen musste, nicht zu niesen. Aber ich erinnere mich an seine Worte. Mach den Mund auf, meine Mondfee, sagte er. Er konnte gut mit Worten umgehen, mein Charles. Später war er Superintendent beim Schulverband von Clarendon, und er machte einen guten Job, bis er an seinem zweiundvierzigsten Geburtstag ohne Vorwarnung und ohne erkennbaren Grund starb. Er fiel einfach tot um, vor seinem Kühlschrank. Seine Witwe Geraldine Manson sagte der Polizei und allen anderen, die es hören wollten, dass Gott ihn zu sich gerufen hatte, aber ich bin mir nicht sicher, ob sie irgendeine Ahnung davon hat, was Gott für Pläne hat.

Als ich aus dem Fluss stieg, saß mir ein glänzender schwarzer Blutegel am Bein. Es kam mir vor, als hätten es alle Kreaturen da draußen auf mein Blut und meinen Körper abgesehen. Ich rupfte das Ding ab und warf es zurück ins Wasser und ging zum Feuer, wo ich meine Kleider trocknete und mich in Terrys Jacke einmummelte, nackt wie ein Neugeborenes. Meine Dauerwelle war fast vollständig herausgewaschen, und ich strich mir das Haar hinter die Ohren. Vater hatte in den Achtzehnhundertneunzigern eine ähnliche Frisur gehabt. Ich habe eine Daguerreotypie von ihm, die er damals hatte anfertigen lassen, nachdem er Arbeit als Handelsreisender gefunden hatte und entlang der Strecke der Santa Fe Railroad Wundermittel verkaufte. Das war, noch bevor er Mutter kennenlernte und sich in Texas niederließ.

Als ich trocken war, hatte ich wieder Hunger. Zu Hause hatten Mr Waldrip und ich immer nur kleine Portionen gegessen. Ich dachte selten über Essen nach, außer dass wir etwas essen mussten und was ich zum Abendessen zubereiten sollte. Aber da draußen im Bitterroot war ich überzeugt, dass ich einen ganzen Bau voll Kaninchen hätte vertilgen können und noch dazu ein Exemplar des toten Tiers mit dem Geweih, was auch immer es einmal gewesen war. Ich betete wieder laut zum Herrn, mich vor dem Verhungern zu bewahren. Während ich betete, hörte ich erneut das Geräusch, das ich zwei Tage zuvor vernommen hatte, ein Rattern über den Bergen, eine Art Geklapper im blauen Himmel. Über dem Bergrücken im Norden hing ein winziger schwarzer Fleck in der Luft.

Gott sei gesegnet, es war ein Hubschrauber!

Ich hob die Arme und brüllte, so laut ich konnte. Ich gab keine Worte von mir, sondern nur kehlige Urlaute. O Herr, lass mich laut genug sein, dass sie es mitbekommen, lass sie mich sehen! Ich zog Terrys Jacke aus und lief über das Feld und schwenkte sie über meinem Kopf, nackt und wild und ohne Scham. Der Hubschrauber drehte sich in meine Richtung! Ich stolperte über einen Stein, fiel hin und kratzte mir dabei an irgendeinem stacheligen Unkraut die Brust auf. Als ich den Kopf wieder hob, war der Hubschrauber fort und das Geräusch ebenfalls.

Ich saß eine Zeit lang da und fürchtete, ich hätte mir etwas gebrochen, aber ich tastete meine Rippen ab, und es sah ganz so aus, als sei ich einigermaßen in Ordnung. Aber ich hatte mir die Ellbogen aufgeschrammt, sie bluteten. Ich jammerte nicht und gestattete mir auch nicht, allzu enttäuscht zu sein. Ich fürchtete, dann würde mich die Verzweiflung übermannen. Wenn ich die Hoffnung aufgab, gefunden zu werden, oder mir einredete, dies sei meine letzte Chance auf Rettung gewesen, oder wenn ich mich darüber ärgerte, dass ich das kleine Flugzeug verlassen hatte, würde ich womöglich keinen Schritt mehr tun können. Stattdessen klammerte ich mich an den Gedanken: Jetzt weiß ich wenigstens, dass man nach mir sucht.

In jener Nacht schlief ich am Feuer ein und dachte an Mr Waldrip und daran, was für einen schönen Abend wir uns in der gemieteten Hütte hätten machen können, wäre das kleine Flugzeug nicht abgestürzt. Ich sah Mr Waldrip vor mir, wie er am Esstisch saß und mit dem Messer ein schwitzendes Steak zersäbelte. Selbst in meiner Fantasie hatte er noch den Tupfer Gelee am Kinn. Man kann sich kaum vorstellen, was es bedeutet, einen Menschen zu verlieren, mit dem man fast sein ganzes Leben verbracht hat, aber ich finde, es ist ein wenig, als ob man seinen Namen verliert. Als ob man selbst und auch niemand sonst auf der Welt weiß, wie er einen ansprechen soll. Ich denke darüber nicht gerne nach.

Am Morgen weckte mich ein stechender Geruch. Sie werden mir vielleicht nicht glauben, da Sie mich für eine merkwürdige alte Frau halten mit einem Verstand wie ein Nest voll toter Spinnen. Aber ich versichere Ihnen, als ich die Augen öffnete, lag da auf einem der Felsen eine große Forelle. Ein Zweig war ihr durch die Kiemen gesteckt, an dem ein Zettel befestigt war, der aussah wie ein Stück einer braunen Papiertüte, wie man sie im Lebensmittelladen bekommt. In kindlichen blauen Druckbuchstaben stand darauf: *Gehen Sie flussabwärts.*

III

Koojee.
Lewis und die beiden Männer in der Bergstation blickten auf.
Bloor stand gegen den Türrahmen gelehnt. Zwischen seinen Handflächen rollte er ein frisches Stück Kreide. Ich breche die Suche ab, sagte er.
Lewis, die an ihrem Schreibtisch stand, warf ihren Becher mit Merlot und Kaffee um. Er zerschellte auf dem Holzboden, und sie stieß einen Fluch aus.
Ich sag mal, es ist an der Zeit, sagte Claude.
Der alte Hund zu seinen Füßen hob den Kopf und betrachtete den zerbrochenen Becher. Claude war dabei, an seinem Schreibtisch ein Telefonkabel zu entwirren. Aus dem Hörer hörte man gedämpft das Besetztzeichen.
Bloor steckte die Kreide in eine Tasche seiner orangefarbenen Windjacke und trat ganz in die Station. Wir sind jetzt drei Tage lang herumgeflogen und haben keine Spur von ihnen entdeckt. Sie sind seit fast einer Woche vermisst. Wenn sie den Absturz irgendwie überlebt haben, gibt es kaum Hoffnung, dass sie hier draußen in den Bergen so lange durchgehalten haben. Aber wir dürfen uns davon nicht unterkriegen lassen. Wir haben unser Bestes getan. Wissen Sie, Ranger Lewis, überall auf der Welt sterben Menschen, und wir wissen nichts davon.
Der alte Hund keuchte und erhob sich und ging zu der Pfütze und leckte sie auf. Alle sahen zu.

Pete grunzte und drehte sich um. Er saß auf einem Stuhl in einer Ecke der Küchenzeile über einen Stickrahmen gebeugt. Er trug eine weiße Haube, wie Lewis sie aus dem Fernsehen kannte, wenn Schauspieler mittelalterliche Bauern darstellten. Die Videokamera stand auf einem Stativ und war auf ihn gerichtet.

Claude seufzte. Was ist los, Petey?

Pete zog eine Nadel aus dem Stoff und kratzte damit die roten Stoppeln an seinem Hals. Zu Hause in Big Timber hat mein kleiner Neffe am 4. Juli aus Versehen sein Haar in Brand gesetzt, und ich stand rein zufällig daneben mit einer vollen Wasserpistole. Meint ihr nicht, dass es auch für diese Leute hier so ein Wunder geben kann?

Bloor sagte, nein, das meine er nicht, und fragte Pete, was er da eigentlich tue.

Claude antwortete für ihn, dass er sticke.

Pete zog an einem magentafarbenen Wollknäuel, das am Fußende des Hockers lag. Hoffe, dass mich das von meinem Herzen ablenkt.

Und die Kappe?, sagte Bloor.

Pete richtete seine Haube. Hab ich in Claudeys Schrank gefunden. Fand, das passt ganz gut zu meiner neuen friedlichen Einstellung.

Meine Mutter hat früher auf einem Mittelaltermarkt gearbeitet, sagte Claude.

Bloor sah die beiden Männer an und wandte sich an Lewis. Hören Sie zu, Ranger Lewis. Als ich im Yellowstone gearbeitet habe, kam ein Mann zu uns und sagte, sein elfjähriger Junge sei vom Campingplatz verschwunden. Zwei Wochen dauerte die Suchaktion, das ganze Programm. Gewaltige Ressourcen kamen zum Einsatz. Es stellte sich heraus, dass der Mann den Jungen schon Wochen vorher in ihrem Haus in Boise getötet und in den Müllschlucker geworfen hatte. In der Zwischenzeit kam die Meldung herein, dass sich ein Albinomädchen etwa im Alter meiner Tochter im Pine Park verlaufen hatte, aber meine Leute und ich waren an dem Abend einfach erschöpft, und mir war klar, dass wir uns bei der Suche nicht so viel Mühe gaben wie sonst. Am Tag darauf fanden wir ihre Leiche unter einem Hornstrauch. Tod durch Sonneneinstrahlung, weiß wie eine Zwiebel.

Mir sagt diese gottverdammte Geschichte nur, dass wir uns beeilen sollten, sagte Lewis.

Der Hund war mit Auflecken fertig und leckte nun den Staub von ihren Stiefeln.

Meine Frau hat immer gesagt, weise ist der, der weiß, wann eine Situation hoffnungslos ist.

Pete wies mit dem Stickrahmen in Bloors Richtung. Ihre Frau muss was draufgehabt haben, Officer Bloor.

Danke. Das kann man wohl sagen.

Claude hielt das straffe Telefonkabel in ganzer Länge vor sich. Er legte den Hörer auf die Gabel. Die Waldrips waren alte Leute.

Und was, verdammt noch mal, willst du damit sagen?

Ich würde sagen, vielleicht ist es besser, an einem Berghang zu explodieren, als in einem stinkenden Bett dahinzusiechen, bis man tot ist. Er klatschte einmal in die Hände, und der alte Hund hörte auf, Lewis' Stiefel zu lecken, und schaute ihn an. Ich würde sagen, die haben doch ein schönes langes Leben gehabt. Meinst du nicht?

Wir wissen doch gar nicht, ob sie das hatten, sagte Lewis.

Claude holte eine Tube Salbe aus seiner Schreibtischschublade. Mein Onkel Jack ist sechsundachtzig und kriegt gar nichts mehr mit. Wenn ich *Hi, Onkel Jack* sage, hört sich das für ihn so an, als ob sich einer räuspert.

Terry Squime ist ein junger Mann, sagte Lewis. Frisch verheiratet.

Also das ist mal traurig, sagte Pete. Ich wette, das ist echt traurig, wenn man Witwe ist.

Lewis nahm ihren Rangerhut vom Schreibtisch und hielt ihn sich an die Hüfte. Draußen hingen feine Wolken auf den Bergen wie gewaltige Spinnweben.

Hören Sie, sagte Bloor. Es kostet einfach zu viele Arbeitsstunden und zu viel Geld, und es ist schlecht fürs Ozon. Meine Abteilung zieht wieder ab. Wissen Sie, Cecil ist schon heute Morgen abgereist.

Bloor stand in der Mitte der Station und hielt den Kopf geneigt, als würde er der Decke zuhören. Es war so düster in der Hütte, dass Lewis sein Gesicht nicht deutlich sehen konnte, aber sie meinte zu erkennen, dass er verstohlen lächelte und die Augen geschlossen hatte, ein Gesichtsausdruck, den sie einmal bei einem Richter im Fernsehen gesehen hatte, der über ein extrem abscheuliches Verbrechen zu Gericht saß und eine Art grausamen, egoistischen Humor darin fand. Auch der alte Hund beobachtete ihn.

Lewis legte ihren Rangerhut zurück auf den Schreibtisch. Was zum Teufel tun wir dann hier oben?

Alles okay mit dir, Debs?

Mir geht's gut, Claude, verdammt noch mal. Du musst mich nicht ständig danach fragen.

Bloor ging auf sie zu und beugte sich zu ihr herunter. Ich würde gerne etwas Wichtiges mit Ihnen besprechen, Ranger Lewis. Wenn Sie so freundlich wären. Ich brauche die Meinung einer Frau.

Lewis musterte den Mann.

Bloor fuhr mit zwei Fingern über ihren Handrücken und hinterließ dort zwei parallele Kreidestriche. Dieser Berg verwirrt mich, mir ist, als wäre ich in ein Loch gefallen, sagte er. Meine Frau hat immer gesagt, ein Mann sollte eine Frau nach ihrer Meinung fragen, wenn er verwirrt ist.

Lewis sah über die Schulter zu den beiden Männern und dem Hund, der sie beobachtete. Verdammt, was verwirrt Sie denn so?

Ich möchte Ihnen etwas zeigen, sagte er und fragte, ob er sie nach Feierabend an der Station abholen könne.

Okay, sagte sie.

Er lächelte und wandte sich ab und nickte einmal in Richtung Decke, dann verließ er die Hütte.

Pete starrte ihm hinterher und richtete seine mittelalterliche Haube. Das ist schon ein seltsamer Vogel, sagte er.

Nachdem Bloor sie abgeholt hatte, fuhren sie in seinem schwarzen Pick-up-Truck die Bergstraße hinunter. Aus dem Augenwinkel sah Lewis, dass seine Hände bis an die Handgelenke weiß von Kreide waren. Sie nippte an ihrer mit Merlot gefüllten Thermosflasche. Das Innere der Fahrerkabine war übersät mit Handabdrücken und Kreidestückchen.

In meinen ganzen elf Jahren hier oben bin ich noch nie Verbindungsperson der Abteilung gewesen, sagte sie.

Ist hier oben noch nie jemand verloren gegangen?

Einmal sind ein paar betrunkene Wanderer vom Weg abgekommen. Es dauerte ein paar Stunden, bis ihre Frauen sie gefunden hatten. Das einzige Mal, dass ich jemanden fand, war vor ungefähr drei Jahren. Ranger Paulson hatte sich im Wald hinter seiner Hütte verlaufen und sich die gottverdammte Nase abgefroren. Ich weiß einfach, dass Terry Squime und die gottverdammten Waldrips da draußen sind und dass sie noch leben. Jemand muss sie suchen.

Die Intuition einer Frau darf man nicht unterschätzen.

Ich rede nicht von der gottverdammten Intuition einer Frau, sagte Lewis.

Waren Sie gern in meiner Nähe, während ich hier oben war?

Lewis fixierte den Mann mit ihren blutunterlaufenen Augen. Seine Wangenknochen saßen ein wenig zu tief, und sein dünner blonder Schnurrbart schimmerte wie Glas. Keine Ahnung, sagte sie. Es war nett, ein paar neue Gesichter hier oben zu haben.

Sie kamen an einen Seitenstreifen, der von geknickten Bäumen und verrosteten Müllcontainern gesäumt war. Er fuhr rechts ran. Die Sonne war fast untergegangen und tauchte die Gegend in spärliches goldenes Licht. Er schaltete die Zündung aus, das Licht in der Fahrerkabine erlosch, und Lewis betrachtete seinen Umriss in der Dunkelheit. Der Motor kühlte ab, und es war still.

Bloor stieg aus, und Lewis tat es ihm gleich. Sie trat in den Sonnenuntergang, die Thermosflasche in der Hand, und er führte sie hinter einen der Müllcontainer.

Heute Morgen habe ich meinen Müll hierhergebracht, und da ich habe das hier gefunden, sagte er.

Dort lehnte ein stinkender Homunkulus aus Müll und Katzenskeletten, mit Klebeband umwickelt und mit Kerzenwachs zusammengeklebt. Als Kopf diente der gelbliche Schädel eines Luchses, die Augen waren zwei halbe Tennisbälle. Das Ding trug eine Rangeruniform mit roten Flecken und hatte Tampons als Ohrringe.

Die gottverdammte Silk Foot Maggie.

Wer?

Die Behörden erlauben ihr, da drüben beim Egyptian Point zu wohnen, sagte Lewis. Sie macht halt solche Sachen. Keine Ahnung, warum.

Bloor neigte seinen großen Oberkörper über den Kadaver und sah ihn an. Ist sie Künstlerin?

Ich weiß nicht, ob man sie eine gottverdammte Künstlerin nennen kann.

Ich fand es vor allem faszinierend wegen der Uniform. Das ist Ihre, Ranger Lewis. Da steht's.

Vandalismus ist das, sagte Lewis. Verdammt, man muss alles verbrennen oder verbuddeln, wenn man nicht will, dass sie es in die Finger bekommt. Es ist ziemlich nervig, hinter ihr herzuräumen. War es das, was Sie mir zeigen wollten?

Ich brauche Urlaub. Wissen Sie, meine Frau hat immer gesagt, dass ich ein hungriger Geier bin, der tote Herzen frisst, aber eines Tages würde ich mich in einer Oberleitung verheddern, und dann würden all die Herzen in meinem Magen wieder anfangen zu schlagen.

Ich hab keine Ahnung, was zur Hölle das bedeuten soll.

Ich brauche Erholung, Ranger Lewis. Ich habe mit Cherry gesprochen und meinen Aufenthalt hier verlängert.

Sie wollen wirklich noch länger hier oben bleiben?

Ich habe mich in die Gegend hier verguckt, sagte Bloor, und dann erzählte er Lewis, er wisse noch nicht, wie lange er bleiben würde, aber er werde Mittwoch ins Tal fahren, um seine Tochter vom Busbahnhof abzuholen, und sie werde eine Zeit lang bei ihm wohnen. Er sagte, Chief Gaskell habe vorgeschlagen, sie könne ehrenamtlich beim Forstdienst arbeiten.

Bei den gottverdammten Friends of the Forest?

Ich hoffe, das bläst ihr den Kopf frei, sagte Bloor. Und es wird sich gut auf ihren College-Bewerbungen machen.

Fliegen umkreisten den Schädel des Homunkulus wie ein Heiligenschein, und von den Gliedmaßen, die an den Seiten des Gebildes befestigt waren, tropfte schlammige Farbe herab.

Wir haben da bereits den gottverdammten Pete Trockmorton stundenweise untergebracht.

Ein, zwei Gespräche mit einem komischen Vogel wie Pete können ihr nicht schaden.

Was soll's, warum nicht. Schaden wird ihr das sicher nicht.

Er dankte ihr und erzählte ihr, was für ein außergewöhnliches

Mädchen Jill Bloor sei. Er sagte, er würde niemals behaupten, sie sei ein wenig langsam, aber sie sei nun einmal nicht so weit wie andere in ihrem Alter, denn als sie noch ein Baby war, hätten er und ihre Mutter sich auf eine Anzeige der Seattle University gemeldet, die Testpersonen für eine Studie suchte. Er erzählte Lewis, im Rahmen des Experiments habe sich die Mutter ihrer Tochter gegenüber erst abweisend verhalten und sie anschließend trösten müssen und sich dann wieder abweisend verhalten müssen, und sie hätten sie stundenlang fotografiert, wie sie weinte.

Ich glaub nicht, dass ein Kind das versteht, sagte Lewis.

Nein. Wir haben sie dann nicht in die Schule geschickt, sondern zu Hause unterrichtet, im Wintergarten, bis Adelaide an Lymphdrüsenkrebs gestorben ist. Koojee. Ich konnte nicht gleichzeitig arbeiten und meinen Hobbys nachgehen und sie nebenbei noch unterrichten. Also habe ich sie an einer öffentlichen Schule angemeldet. Ich glaube, all das Hin und Her in ihrer Erziehung hat bei ihr Spuren hinterlassen.

Ich muss langsam mal wieder zurück.

Bloor holte sein Kreidestück aus der Tasche und strich sich damit über die Finger. Ich habe gerne Anteil, wissen Sie. Jetzt, da ich weiß, dass sie sexuell aktiv ist, gibt es nur noch wenig, worüber wir nicht reden. An der Kühlschranktür in Missoula haben wir einen Kalender hängen, auf dem ihre Regel eingetragen ist.

Haben Sie vielleicht irgendwie Handschuhe in Ihrem Truck?

Kann sein.

Ich hab keine Lust, das hier mit bloßen Händen wegzuschaffen, sagte Lewis mit Blick auf den Homunkulus.

Ich würde das gerne mitnehmen, wenn es Ihnen nichts ausmacht. Wenn Sie glauben, dass es dieser Silk Foot Maggie nichts ausmacht.

Lewis schaute erst die Kreation an und dann wieder Bloor. Tun Sie, was Sie nicht lassen können, sagte sie.

Bloor lächelte. Ich bin sicher, Sie werden einen heilsamen Einfluss auf sie haben.

Auf wen?

Meine Tochter.

Ich glaub nicht, dass jemand wie ich irgendeinen Einfluss auf irgendwen haben kann.

Warum sagen Sie so etwas, Ranger Lewis?

Nennen Sie mich Debra.

Ich würde lieber bei Ranger Lewis bleiben, wenn es Ihnen nichts ausmacht.

Sie nahm einen Schluck Merlot aus der Thermosflasche und sah den Mann skeptisch an. Ich glaube nicht, dass ich ein umgänglicher Mensch bin, sagte sie. Manchmal sind mir alle anderen Leute einfach scheißegal. Daran muss ich arbeiten. Mir selber sagen, dass noch andere Leute existieren, auch wenn sie nicht direkt vor mir stehen. Meinen Sie, wenn ich so was sage, verrät Ihnen das was über mich?

Meine Frau hat immer gesagt, dass der Mensch das furchterregendste und am schwersten zu bändigende Tier ist, das jemals auf Erden gelebt hat, aber dass man ihm immerhin beibringen kann, nicht auf den Teppich zu scheißen.

Lewis spuckte auf den Boden.

Bloor holte eine Plane aus dem Lastwagen, wickelte den Homunkulus ein und platzierte ihn vorsichtig auf der Ladefläche des Pick-ups. Bevor Lewis auf der Beifahrerseite wieder einsteigen konnte, hielt er sie fest, zog sie an sich und umarmte sie. Er klopfte ihr leicht auf den Rücken und sagte, ihm tue es leid, wie ihr Ex-Mann sich verhalten habe. Ich möchte nicht, dass Sie denken, dass alle Männer so sind, sagte er.

Er ließ sie los, und sie blickte auf seine weißen Hände.

Warum machen Sie das mit Ihren gottverdammten Händen?

Ich mag es nicht, wenn sie feucht werden, sagte er. Eine dieser Macken, die man bekommt, wenn man zu viel denkt, nicht wahr. Adelaide sagte mir immer, das sei ein ganz deutliches Zeichen dafür, dass ich psychisch krank sei. Ich ließ das dann eine Weile, aber nachdem sie gestorben war, fing ich wieder damit an.

Er fuhr die dunkle Bergstraße hinauf und ließ sie an ihrer Holzhütte aussteigen. Auf der Ladefläche seines Pick-ups sah sie die Plane flattern, während er davonfuhr. Als Lewis sich später am Abend auszog, hatte sie hinten auf ihrer Uniform einen Handabdruck aus Kreide.

1972 zog ein adrettes junges Pärchen in das kleine gelbe Haus neben unserem unter dem Wasserturm. Sie waren reinlich und hatten eine gute Körperhaltung, und sie kümmerten sich um ihren Rasen. Sie hatten einen kleinen Chihuahua ohne Beine, den sie in eine Vase gestopft am Straßenrand gefunden hatten. An lauen Abenden gingen sie mit dem Hündchen Gassi. Es saß auf einer Art winzigem Rollstuhl, den sie eigens für das Tier hatten anfertigen lassen. Die Leute waren immer ganz hin und weg. Das Pärchen hatte gute Manieren und ging in die Episkopalkirche an der Pond Street.

Doch eines Abends beschloss der junge Mann offenbar, er müsse jetzt seine Frau verprügeln. Ich hörte den Tumult nebenan und schlüpfte aus dem Bett. Mr Waldrip wachte gar nicht erst auf. Ich ging ins Wohnzimmer, und von dort aus sah ich ihre Silhouetten hinter der Jalousie. Aber ich habe sie mitnichten ausspioniert. Ich bin keine dieser Frauen, die nichts anderes zu tun haben, als auf die Fensterbank gestützt in die Gegend zu glotzen. Dennoch beobachtete ich die beiden von meinem Wohnzimmer aus, als wäre es ein Schattenspiel.

Natürlich hatte ich nicht mitbekommen, worüber sich die beiden gestritten hatten, aber am nächsten Morgen baumelte der arme kleine Chihuahua von der Verandalampe, und das junge Paar war spurlos verschwunden. Das beinlose Tier schwang dort ein, zwei Tage lang wie ein Pendel hin und her, bevor sich der Postbote seiner erbarmte und es abschnitt. Ich war gar nicht daraufgekommen, das zu tun. Dieser arme kleine Chihuahua! Wie oft sind es gerade die Hilflosen und die Sanftmütigen, die die Schulden anderer bezahlen. Kurz darauf wurde das Haus zum Verkauf angeboten, und ich hörte nie wieder etwas von ihnen. Ich fürchte, ich war damals ein gewaltiger Feigling. Ich hätte irgendetwas tun müssen, und sei es nur, um dieser armen Kreatur die Demütigung zu ersparen, sich tot im Sommerwind wiegen zu müssen wie ein stummes Windspiel. Aber ich tat nichts und erzählte auch keiner Seele davon. Ich sprach nur mit Gott darüber, doch was er davon hielt, erfuhr ich nicht.

Jetzt im Bitterroot musste ich wieder an dieses junge Pärchen denken und weinte eine Weile vor mich hin, nicht um die beiden oder ihren kleinen Chihuahua, sondern um mich selbst und die grausamen Gelegenheiten, bei denen mir klar geworden war, welche unschönen Seiten mein Charakter hat. Ich fürchte langsam, dass ich, wie Psychologen es ausdrücken, eine Narzisstin bin. Melinda, meine ausgesprochen nette schwarze Therapeutin hier bei River Bend Assisted Living, glaubt das zwar nicht, aber ich schon. Vielleicht kennt sie mich einfach nicht gut genug.

Ich war jetzt seit zehn Tagen in der Wildnis, und seit ich diese mysteriöse Botschaft gefunden hatte, waren drei Tage vergangen. Wie mir die Botschaft befohlen hatte, folgte ich dem Fluss, der immer breiter wurde. Weiter hinten sah ich, wie er in einem dichten Wald verschwand. Mir kam es vor, als werde sich dieser Fluss noch endlos durch die Wildnis schlängeln.

Jeden Abend sah ich, wenn es dunkel wurde, ein Stück voraus ein flackerndes Licht, und dort fand ich ein brennendes Lagerfeuer vor und eine frische Forelle, die auf einem Baumstamm oder einem Felsen lag. Inzwischen konnte ich mit dem kleinen schwarzen Beil einigermaßen umgehen; als ich den ersten Fisch geputzt hatte, endete es noch in einer ganz schönen Sauerei. Ich schleppte den Kochtopf mit, in dem ich das Kaninchen gefunden hatte, und jeden Abend briet ich darin die Forelle, und ich kratzte sie vom

Topfboden und aß sie mit der Klinge des Beils wie so ein Pirat aus Robert Louis Stevensons *Schatzinsel*.

Eines bewölkten Tages flogen weitere Hubschrauber in Richtung des großen Bergs, auf dem unser kleines Flugzeug abgestürzt war. Ich zählte drei Stück. Sie waren blau, und einer war besonders breit und besonders laut. Ich winkte und brüllte, aber es nützte nichts. Sie konnten mich nicht sehen. Ich stapfte weiter den Fluss hinunter, langsam wie ein Leichenzug.

Ich kann mir nicht vorstellen, dass ich pro Tag wesentlich mehr als vier Meilen zurücklegte. Auch wenn ich damals natürlich noch jünger war als heute, war ich ja dennoch bereits eine alte Frau, und ich war es nicht gewohnt, mich in solch schwierigem Gelände zu bewegen und noch dazu alles, was ich besaß, in meiner Handtasche und in den Taschen von Terrys Jacke mitzuschleppen. Mr Waldrip und ich hatten höchstens manchmal nach dem Abendessen einen Spaziergang gemacht, bis zur Weide im Westen, die kaum eine Meile entfernt war. Auf der Weide stand ein altes Windrad, an das mit einem Seil ein schielender enthornter Stier angebunden war. Gelegentlich klebten irgendwelche ungezogenen Kinder der armen Kreatur eine Maiskolbenpfeife im Maul fest.

Der Song von Miss Lauper, den Terry gesungen hatte, bevor er gestorben war, ratterte hartnäckig in meinem Kopf. Ich wusste damals nicht genau, wie die Melodie ging, ich hörte sie so, wie Terry sie mit seinem ungelenken A-cappella-Gesang interpretiert hatte: *If you're lost you can look and you will find me, time after time*... Sie werden bestimmt annehmen, dass ich diesen Song hinterher nie wieder hätte hören wollen. Aber nun, da ich ihn von Miss Lauper gehört habe, finde ich ihn eigentlich ganz hübsch, auch wenn er in musikalischer Hinsicht nicht an Ruth Ettings «Crying for the Carolines» heranreicht. Oder an das meiste, das Perry Como gesungen hat.

Am vierten Abend meines Fußmarschs flussabwärts zogen dunkle Wolken auf. Der Wind nahm zu, und es roch nach Regen. In der Ferne flackerte ein weiteres Feuer. Ich sputete mich. Die lodernden Flammen zischten, als der erste Regen kam. In der Nähe des Feuers lag auf einer umgefallenen Fichte eine magere Kreatur, die vage an ein Eichhörnchen erinnerte, gereinigt und mit nur wenig Blut daran. Da ich an jenem Tag besonders müde war und nicht allzu großen Hunger hatte, beschloss ich, mich, so gut es ging, vor dem Regen zu schützen und die undefinierbare Kreatur erst am Morgen zu essen.

Der Regen hielt glücklicherweise nicht die ganze Nacht an, und es gelang mir, das Feuer am Laufen zu halten. Endlich ging über den Bergen die Sonne auf, und die Bäume und das Gras funkelten und erinnerten mich an den furchtbar kitschigen Schmuck, den Catherine Drewer jeden Sonntag trug, um der ganzen Gemeinde zu beweisen, wie viel Geld ihr dämlicher Gatte mit seiner Ölfirma verdiente. Ich wrang Terrys Jacke aus und schlüpfte aus den Schuhen, um sie zu trocknen. Dann nahm ich einen Stock und spießte damit das seltsame gehäutete Etwas auf, das man mir vermacht hatte, hielt es ins Feuer und aß ein wenig davon. Den Rest ließ ich im Topf und machte mich wieder auf den Weg den Fluss hinab. Nach einer Weile ging ich fast wie in Trance. Der ganze Körper tat mir weh, und mein Kopf fühlte sich an wie ein alter Salzleckstein, als sei er gar nicht ganz da. Es war ein ähnliches Gefühl wie damals, als Mr Waldrip mich zur Endoskopie ins Krankenhaus brachte und eine junge Schwester mit alten Händen mir irgendwelche cremefarbenen Tabletten verabreichte. Bis zum Mittag kam ich kaum voran.

Nachmittags brannte wieder die Sonne, und die Insekten summten. Nicht so wie in Texas, wo es so klingt, als ob in den Mesquitebäumen Klapperschlangen hängen. Nein, die Insekten in den Bergen sind viel leiser. Die ganze Schöpfung scheint zu flüstern.

Ich glaube nicht an Hokuspokus oder Zauberei, aber diese wilden Berge dort am Horizont kamen mir vor wie verhext. Ich schwöre, jedes Mal, wenn ich sie anschaute, sahen sie anders aus. Sie schienen sich zu bewegen, auf und ab, hin und her, wie Wellen im Ozean. Vor nicht allzu langer Zeit sah ich auf dem Public Broadcasting Service eine Fernsehsendung über die Expedition von Lewis und Clark. Wie ich erfuhr, schrieb ein Teilnehmer der Expedition, Sergeant Patrick Gass, die Berge im Bitterroot Forest seien die schrecklichsten Berge, die er je gesehen habe. Ich bin geneigt, ihm zuzustimmen.

Mir wurde mächtig schwindelig, und ich verlor den Halt. Ich fing mich wieder und stieg auf einen großen flachen Granitfelsen, um mich zu orientieren, aber mir war noch eine ganze Weile schwindlig, und dann war mir einfach nur schlecht. Ich konnte nicht mehr aufrecht stehen, kroch auf allen vieren zum Flussufer und spritzte mir Wasser ins Gesicht. Ich sah ein paar Kaulquappen vorbeischwimmen, dann erbrach ich mich ins Wasser.

Ich lag da und hörte zu, wie das Wasser gegen das Schilf plätscherte, und ich stellte mir vor, es wäre Mr Waldrip, der sich nach einem ganztägigen Jagdausflug mit seinen Freunden Bo Castleberry und Bob Guffine ein Bad einließ. Mr Waldrip war kein großer Freund der Dusche. Er nahm sich gern Zeit, um in der Wanne darüber zu sinnieren, was er den Tag über erlebt hatte. Er ließ die offenen Handflächen auf das Wasser klatschen, als ob er Schlagzeug spiele. Es war ein so charakteristischer Laut, ich bezweifle, dass ich jemals wieder so etwas zu hören bekomme.

Kurz darauf schwitzten meine Füße, und ich musste mich noch dreimal übergeben. Meine Augen fühlten sich warm an, als wenn ich Fieber hätte. Eine Gruppe Fichten stand in der Nähe, und ich hätte mit der Hand auf der Bibel schwören können, dass mich von dort aus Mr Waldrip beobachtete. Ich schloss die Augen.

Langsam fragte ich mich, ob es vielleicht gar nicht Gott gewesen war, der mich flussabwärts geführt hatte, mir mein Abendessen serviert und das Feuer entfacht hatte, sondern Satan höchstpersönlich. Grundgütiger, ich fürchtete wirklich, jemand habe mich in die Irre geführt. Vergiftet, indem er mir diese unidentifizierbare Kreatur vorgesetzt hatte, eine Art gottlose Spinnenkatze, die aus dem Zwinger eines Dämons entkommen war und an einem Wechselfieber litt, das sie sich von den Malariamücken im feuchtwarmen Klima der Hölle zugezogen hatte. Mir war bewusst, dass ich für meine Sünden nie wirklich gebüßt hatte. Vielleicht hatten mich die gebündelten Fehlentscheidungen meines Lebens schon lange gesucht und hier endlich aufgespürt, am Ende eines sinnlosen Gleichnisses.

An dieser Stelle sollte ich etwas über Garland Pryle schreiben.

Die dumme Geschichte mit Garland begann in dem Lebensmittelladen seiner Familie. Damals war es der einzige Lebensmittelladen in Clarendon. Garland arbeitete dort und trug immer eine Schürze, die die gleiche Farbe hatte wie seine smaragdgrünen Augen. Er war zwanzig, ich vierundzwanzig. Ich war noch nicht allzu lange mit Mr Waldrip verheiratet, und wir waren beide noch sehr jung. Ich wünschte, ich könnte sagen, dass Garland mich eines Abends, als Mr Waldrip in Colorado auf einer Viehauktion war, wider mein besseres Wissen überredete, ihn ins Haus seiner Eltern zu begleiten. Aber die Cloris Waldrip, die diesen Bericht hier schreibt, wird die Erinnerung an ihren geliebten verstorbenen Gatten nicht entehren, indem sie die Wahrheit verschweigt. Ich gebe zu, dass ich es war, die Garland an einem der seltenen Tage, an denen es bei uns in Strömen regnet, im Gang mit den Erbsendosen am Gürtel seiner Schürze packte und ihn an mich zog und ihn bat, mich mit seinem Regenschirm heimzubringen. Ich habe mich immer gefragt, ob Mr Waldrip auf irgendeine Weise erfahren hatte, was damals passiert war, und, warum auch immer, einfach nie ein Wort darüber verlor.

Ich setzte mich auf, lehnte mich an einen Baumstumpf am Fluss und hielt die Augen geschlossen. Im Sonnenschein bildete das Blut in meinen Lidern eine monströse Wand aus pochendem Rot. Auf meiner Stirn und auf meinen Armen jagten die Schweißperlen einander, und sie kitzelten genauso furchtbar wie die kleinen schwarzen Fliegen und Mücken, die mich tagsüber immer so plagten. Doch ich rührte mich nicht. Mir wurde wieder schlecht, und trotzdem rührte ich mich nicht, und ich öffnete auch nicht die Augen. Ich muss ein durch und durch erbärmliches Bild abgegeben haben.

Ein sehr netter Arzt erklärte mir später, ich hätte aus dem Stiefel meines verstorbenen Mannes mit ziemlicher Sicherheit Wasser getrunken, das mit Darmparasiten verunreinigt war. Ich für meinen Teil bin nach wie vor überzeugt, dass das Tier schuld war, das ich gegessen hatte und von dem ich bis heute nicht weiß, welcher Spezies es angehörte.

Ich dachte wieder daran, wie man meinen Leichnam entdecken würde, furchtbar verschmutzt und zerfressen und von allen möglichen verrückten Tieren bewohnt. Wahrscheinlich wären meine Knochen überall verstreut, und die Ermittler wären weder in der Lage, noch würden sie es für nötig halten, sie wieder zusammenzusetzen und als die Gebeine einer alten Methodistin aus Texas namens Cloris Waldrip zu identifizieren. Ich fragte mich, ob man an den Markierungen in meinen Knochen würde feststellen können, wie alt ich gewesen war, so, wie man es mit den Jahresringen eines Baums tut.

Bald war der Nachmittag fast vorüber, und die Sonne verbarg

sich zwischen den Bergen gegenüber, und im Tal wurden die Farben satter, wie blaue Flecke am Tag nachdem man sich eine Prellung zugezogen hat. Ich nahm alle Kraft, die ich noch hatte, zusammen, holte das Beil aus meiner Handtasche und ritzte meinen Vornamen in den Baumstumpf. Nie im Leben hätte ich geglaubt, dass ich eines Tages am Fuße eines Grabmals verenden würde, das ich selbst geschaffen hatte, und ohne dass mich jemand bestattete. Vor allem aber, dass mein Grabmal so elend und ärmlich sein würde. Mein Name in der Rinde kam mir vor wie ein Schimpfwort, das mich für alles verfluchte, was ich jemals falsch gemacht hatte. Hier sieht man einmal wieder, wie wenig wir selbst kontrollieren können, welche Folgen unsere Entscheidungen haben. Cloris. Was für ein furchtbares Wort da in das blasse Holz geritzt war.

Als Nächstes erinnere ich mich an Folgendes: zwei körperlose Augen über mir in der Dunkelheit, dahinter der pechschwarze Himmel, keine Sterne und kein Mond. Zwei Augen, die aus dem Himmel auf mich herabblicken und smaragdgrün leuchten wie die von Garland Pryle. Ist das das Antlitz Gottes, dachte ich bei mir, das sich vor mir entblößt? Oder vielleicht das eines Engels, der in den Bitterroot herabgeschwebt ist? Eine starke, warme Hand hielt meinen Nacken, eine weitere wiegte meinen Kopf und hob ihn hoch. Dann sagte eine leise Stimme, ich solle trinken, und ich spürte auf den Lippen den kühlen Rand eines Gefäßes, das mir vorkam wie ein Kelch aus purem Silber. Die Stimme war sanft, aber kraftvoll, wie die der maskulin wirkenden jungen Frau, die die Tankstelle in Clarendon betrieb. Stokely, so hieß sie, glaube ich. Sie war immer gepudert wie Chinesinnen auf der Theaterbühne. Ich trank. Ich weiß nicht mehr, wie es schmeckte. Ich schlief. Ich träumte.

Ich träumte von einem zwielichtigen feuchten Raum, in dem ein durchsichtiger Mann, der die Form eines Wasserturms hatte, vorsichtig um mich herumging, in Stiefeln, die so groß waren wie gusseiserne Pfannen. Er bemühte sich, mich nicht zu wecken, er wusste nicht, dass ich schon seit Jahrhunderten wach war. Ich träumte von einem Palast mit einem verspiegelten Fußboden, in dem ich mir selbst unter mein Kleid schauen konnte, als ich durch die reich verzierten Gänge schlenderte, und in dem Palast befand sich eine Frau mit rotem Haar. Ich konnte auch ihr unters Kleid schauen, und darunter sah ich eine Reihe umgekehrter Berge und kosmische Leerräume und unzählige wütende Kinder. Am lebhaftesten aber träumte ich von einer kleinen Cessna 340, die in Missoula startete, und in einem der hell erleuchteten Fenster erschien mir eine Frau, die ich noch nie gesehen hatte, eine traurige Frau mit dunklem Haar, das so kurz geschnitten war wie das eines Mannes, die in diesen unbarmherzigen Bergen nach irgendjemandem Ausschau hielt, ihr Gesicht unbestechlich und furchtlos.

An dieser Stelle endeten meine Träume, und ich konnte die Augen nicht mehr schließen und nicht mehr öffnen und nicht mehr blinzeln, und ich wachte auf und stellte fest, dass es noch stockdunkel war. Ich setzte mich auf und legte die Finger auf die Stelle, an der ich meinen Namen in den Baumstumpf geritzt hatte. Ich bemühte mich, wieder klar zu denken. Der Schein eines Feuers erleuchtete meinen Namen. Drüben am Fluss saß ein Mann im Schneidersitz vor einem Lagerfeuer und stocherte mit einem rauchenden Stock darin herum. Hinter ihm leuchtete der Fluss im Feuerschein wie ein makaberer Strom aus Blut. Das Gesicht des Mannes war hinter einem weißen T-Shirt verborgen. In den Aufdruck – Spiegeleier und Pfannkuchen – waren Augenlöcher geschnitten, und die Ärmel hatte sich der Mann am Hinterkopf über einer wilden, dunklen Mähne zusammengebunden. Ich vermute, dass es sich bei dem T-Shirt um die Arbeitskleidung eines Diners handelte.

Auch wenn er den Kopf nicht in meine Richtung drehte, hatte ich das starke Gefühl, dass der Mann mich beobachtete. Er war furchtbar anzuschauen, wie er da so schmutzig im Dunkeln saß. Aber Angst hatte ich eigentlich nicht. Mir war klar, dass er es gewesen sein musste, der jeden Abend das Feuer für mich gemacht und mir etwas zu essen gegeben hatte. Trotz der Maske und seines Aussehens war ich voller Hoffnung. Und ich muss gestehen, ich war mir nicht ganz sicher, ob er von dieser Welt war oder nicht. So oder so: Da saß er.

Ich wartete noch ein wenig, dann fragte ich ihn, wer er sei.

Der Maskierte blickte vom Feuer auf und ließ den Stock fallen. Er wischte sich die Hände an seinen Bluejeans ab. Es kam keine Antwort.

Dann fragte ich ihn, ob er ein Engel sei.

Nein, sagte er, das sei er nicht, und dann erhob er sich am Feuer, und hinter ihm tanzte sein Schatten. Er sah aus wie ein in Holz gehauenes Götterbild. Er war schlank und muss in Socken gut und gerne fünf Fuß neun Zoll gemessen haben, jetzt, in seinen klobigen Stiefeln, wirkte er sogar noch größer. Von der Hüfte hing ihm eine prächtige Schwertscheide, wie ich sie in Dramen von Shakespeare auf der Bühne des Little Theatre in Amarillo gesehen hatte. Als ich sie mir später genauer ansah, stellte ich fest, dass sie mit einem aufwendigen Basrelief verziert war, das, wie ich herausfand, die Schlacht von Marston Moor darstellte, die im Jahre 1644 in England stattfand.

Ich sagte: Ich heiße Cloris Waldrip.

Er tat einen vorsichtigen Schritt auf mich zu, und mit tiefer und fester Stimme fragte er mich, wie es mir gehe.

Besser, sagte ich ihm.

Hat noch jemand überlebt?

Ich schüttelte den Kopf.

Wie viele Leute im Flugzeug?

Außer mir noch zwei, sagte ich. Der Pilot und mein Gatte.

Der Maskierte setzte sich wieder ans Feuer, nahm einen neuen Stock und stocherte damit in der Glut. Tut mir leid, sagte er.

Es ist schon seltsam, dass die Leute einander ausgerechnet mit diesen Worten immer wieder zu trösten versuchen. Ich höre das hier immer wieder, auf den Fluren von River Bend Assisted Living. Und ich gebe zu, dass es für uns im Angesicht von Trauer und Schmerz keine bessere Ausflucht gibt, als zu sagen: Es tut mir leid. Auch wenn es klingt, als wäre man selbst schuld daran, was geschehen ist. Als wären jeder Mann und jede Frau, die jemals ein Kind gezeugt haben, schuld daran, dass irgendjemand auf der Welt Trauer im Herzen trägt. Vielleicht stimmt das sogar, vielleicht sind wir alle schuld an jedem einzelnen Todesfall, an jedem vertrauten Fensterladen, der verschlossen bleibt, an jedem sommerlichen Swimmingpool, dessen Wasser abgelassen ist, denn wir selbst sind ja letztlich nichts als Verlust. Ich neige dazu zu glauben, dass allein wir Menschen auf Erden wissen, dass es so etwas wie Trauer gibt, auch wenn meine liebe Großnichte mir kürzlich mitgeteilt hat, dass manche Wale um ihre Toten trauern.

Ich saß an meinen Baumstumpf gelehnt und schlang die Arme um die Beine und heulte gegen meine Knie wie ein verrückt gewordenes kleines Mädchen, bis mein Gesicht verquollen und aufgedunsen war wie ein Küchenschwamm. Ich saß da und weinte eine Zeit lang, und als ich schließlich aufsah, war der Mann fort, aber das Feuer brannte immer noch, heiß und hell.

Lewis war bis auf die Stiefel nackt. Sie drehte langsam mehrere Runden durchs Wohnzimmer und trank dabei ein Glas Merlot. Sie blieb am Kamin stehen, hielt sich am Sims fest und starrte den darüber montierten Hirschkuhkopf an. Sie leckte sich über die Lippen und fiel auf die Couch. Die Nacht machte die Fenster schwarz, und das Radio knisterte, nachdem *Fragen Sie Dr. Howe* zu Ende gegangen war. Als Letztes war eine frustrierte Anruferin zu hören gewesen, die sich über den Analsex beklagte, den sie und ihr Ehemann planmäßig alle zwei Jahre vollzogen. Lewis nahm die Flasche Merlot vom Couchtisch und trank einen Schluck.

Die Bezirksdirektion hatte ein Foto von Richard und Cloris Waldrip verschickt. Lewis nahm es in die Hand und betrachtete es, wie wohl schon ein Dutzend Mal in dieser Stunde. Das alte Ehepaar stand vor Eragrostis-Sträuchern und einem geknickten Mesquitebaum und lächelte. Alles außer dem Haar der Frau wehte im Wind. Im Hintergrund sah man eine schiefe weiße Kirche, das kupferne Kreuz auf dem Kirchturm leuchtete am Himmel wie ein Brandeisen.

Lewis' Blick wanderte erneut zur Hirschkuh über dem Kamin und dann wieder zurück zum Foto. Sie sah sich Cloris näher an, die weiße Halbkugel aus Haaren, das winzige Gesicht und das dünne Lächeln. Sie ließ das Foto auf dem Couchtisch liegen und stolperte fort vom Sofa. Nachdem sie sich ihre Uniform angezogen und das Holster am Gürtel befestigt hatte, zog sie den Hirschkuhkopf samt Nagel aus der Wand und nahm ihn mit vor die Haustür. Sie ging hinter die Hütte und holte eine Schaufel. Sie kam wieder zurück, grub ein flaches Loch in den Schotter der Auffahrt und vergrub den Kopf.

Nachdem sie das Grab flach getrampelt hatte, warf sie die Schaufel beiseite und stieg in den Wagoneer. Sie fuhr die Serpentinen der Bergstraße hinunter zu der großen weißen Hütte in der windstillen Sackgasse. Sie ging zur Haustür und betätigte die elektrische Türklingel. Durch die Fenster sah man, dass im Inneren Licht brannte und sich dort ein Schatten zu schaffen machte. Sie wartete. Sie schlug mit der Faust gegen die Tür. Die Nacht war still bis auf einen Wolf, der in der Ferne ein Klagelied sang, so, wie es die Hunde im Zwinger hinter der Tierklinik ihres Vaters immer getan hatten.

Die Tür öffnete sich, und darin stand Bloor, der einen Bademantel mit Rautenmuster trug. Ranger Lewis? Stimmt was nicht?

Was?

Ihr Hemd ist auf links, und Sie sind da vorne über die Hecke gefahren.

Funken Sie Ihre Leute an, und sorgen Sie dafür, dass morgen früh der gottverdammte Heli hier oben ist.

Sie wollte sich umdrehen und gehen, aber Bloor hielt sie an der Schulter fest, führte sie hinein und schloss die Tür. Er deutete auf die Couch.

Lewis setzte sich nicht. Sie lehnte sich gegen eine Wand und richtete den Blick auf die hohe weiße Decke über dem Atrium. Sie schnupperte. In einer Zimmerecke hockte der Homunkulus aus Katzenknochen und Abfall. Gott, sagte sie. Verdammt.

Kann ich Ihnen ein Glas Wasser bringen?

Wir müssen weiter nach Terry Squime und den Waldrips suchen, sagte sie. Merlot, wenn Sie haben.

Bloor ging in die Küche und kam mit einem Glas Wasser zurück. Sie schüttelte den Kopf. Bloor ließ sich auf die Couch sinken und stellte das Glas auf dem Tisch ab. Er holte ein abgenutztes Stück Kreide aus der Tasche des Bademantels und rollte es über seine Finger. Ranger Lewis, sagte er. Sie sollten versuchen, sich nicht allzu sehr von den Problemen fremder Leute runterziehen zu lassen.

Runterziehen?

Setzen Sie sich.

Lewis schüttelte wieder den Kopf. Nein, danke.

Wir sind für das Allgemeinwohl da, nicht wahr. Bitte setzen Sie sich doch hin.

Lewis blieb stehen und legte sich einen Finger ans Kinn. Sie wollen, dass ich diese gottverdammten Leute einfach so aufgebe.

Meinen Sie nicht, dass Sie sich darüber so ärgern, hängt mehr mit den ungelösten Konflikten in Ihrem eigenen Leben zusammen als mit unseren vermissten Personen?

Sprechen Sie nicht mit mir, als wäre ich ein gottverdammter Trottel.

Tut mir leid. Vielleicht hat es etwas damit zu tun, dass Sie die ganze Zeit hier oben auf dem Berg sind? Sind Sie hier oben glücklich?

Die ganze Zeit hier oben auf dem Berg zu sein ist mein Job. Mein gottverdammter Job. Was ist denn jetzt mit dem Merlot?

Bloor erhob sich von der Couch und hielt sie an den Schultern fest. Sie haben zu viel getrunken, Ranger Lewis. Koojee.

Bitte hören Sie auf mit diesem Wort.

Sie haben zu viel getrunken.

Nicht mehr als sonst.

Lewis senkte den Kopf und sah unter dem Saum des Bademantels Bloors mit blonden Haaren und Kreidestaub übersäte Füße hervorblitzen. Sie schaute ihm wieder ins Gesicht. Es erinnerte vage an ein Pferd, wie das eines Aristokraten in einem alten Film, den sie irgendwann einmal gesehen hatte.

Okay, sagte sie. Tut mir leid, dass ich so hier reinplatze. So spät. Das ist verdammt unprofessionell, das gehört sich nicht.

Bloor streichelte ihr in kreisförmigen Bewegungen über die Schultern. Zurück blieben zwei weiße Gebilde, die aussahen, als hätte ein Kind versucht, die Sonne zu malen. Sie wissen ja, ich bin schon lange bei SAR, sagte er. Eines Sommers fand ich nach drei Tagen die Leiche eines Jungen, der sich in der Sonora-Wüste verlaufen hatte. Sah aus und roch wie ein Spanferkel. Fehlte nur der Apfel im Mund. Später gab ich bei einem Bekannten in Saratoga Springs, der normalerweise Katzenporträts malt, ein Porträt von der Leiche des Jungen in Auftrag. Ich wünschte, ich hätte das Bild mitgebracht. Ich hätte es Ihnen gerne gezeigt. Auf dem Porträt hat der Junge einen Apfel im Mund. Ein bisschen sieht er allerdings auch aus wie eine Katze. Verstehen Sie, was ich Ihnen sagen will?

Überhaupt nicht.

Meine Frau hat immer gesagt, man muss aus allem das Beste machen, Ranger Lewis. Vor allem, wenn man etwas erlebt, das in einem den Wunsch weckt, eine geschlossene Tür anzubrüllen, nicht wahr.

Okay. Ich habe keine Ahnung, was sie damit gemeint hat, aber okay.

Bloor ließ ihre Schultern los und ging zurück ins Wohnzimmer. Er hob eine Hand, als wolle er auf die Bibel schwören, dann zeigte er auf den Homunkulus. Sublimierung, Ranger Lewis.

Sie sollten das Ding wegschmeißen, sagte sie. Es stinkt.

Es ist Kunst.

Fliegen Sie nur noch einmal mit mir da raus. Wenn wir nichts finden, gebe ich Ruhe, und Sie müssen mich nie wiedersehen. Ich kann Gaskell dazu bringen, die Verlängerung zu genehmigen. Funken Sie Ihren Mann an, und besorgen Sie den Heli.

Der fliegt sonntags sowieso nicht.

Nur noch einmal drüberfliegen, mehr verlange ich doch gar nicht, sagte Lewis. Ich weiß, dass die da draußen sind, unter einem gottverdammten Baum hocken und nur auf uns warten. Ich weiß auch, wo. Ich sehe es vor mir, gottverdammt noch mal.

Der Pilot flog mit seinem alten Hubschrauber zwischen den Bergen hindurch, bog nach Westen ab und überflog eine gähnende Schlucht im Batholith. Er trug einen ungepflegten Bart, der ihm bis auf den Schoß reichte, und einen Helm, auf dem ausgeblichene Autoaufkleber und christliche Symbole prangten. Der starke Wind ließ die Rotorblätter zittern, und er umklammerte den Steuerknüppel und sang ein Kirchenlied im Falsett.

Lewis drückte die Nase gegen das Glas und ließ ihre blutunterlaufenen Augen über das Land unter sich schweifen. Bloor rückte näher an ihren Sitz heran und berührte ihr Knie. Sie wandte sich vom Fenster ab und erbrach sich in ihre Brotdose.

Wir haben hier oben nur ein paar Stunden Zeit, sagte Bloor über das Headset. Daniel muss um acht zur Abendandacht.

Lewis nickte und wischte sich mit einem Zipfel ihres Hemds den Mund ab. Sie umklammerte die Brotdose in ihrem Schoß. Wir sollten weiter rausfliegen, sagte sie. Claude war in der Nähe vom Darling-Pass, als er das Signal reinbekam, und er meinte, da war es schwach. Könnte sein, dass der gottverdammte Berg es zurückgeworfen hat.

Sie hätten sich gut mit meiner Frau verstanden.

Lewis verdrehte die Augen und wandte sich wieder dem Fenster zu und wischte sich die feuchte Stirn ab. Draußen zogen das Tal und die grauen Berghänge vorbei.

Der Pilot sang jetzt lauter, ein Lied über irgendwelche Fischer, und sie flogen weiter hinaus in den rauen Wind, vorbei an einem wolkenverhangenen Gipfel und über ein weiteres grünes Tal und einen dichten Wald. Sie umrundeten eine Stelle, an der Lewis glaubte, etwas gesehen zu haben, aber da war nichts, und sie flogen weiter. Der Pilot schnippte mit den Fingern und verkündete, sie hätten nur noch vierzig Minuten, dann müssten sie umkehren.

Wissen Sie, Adelaide hat immer gesagt, dass wir im Laufe unseres Lebens ständig andere Menschen gehen lassen müssen, sagte Bloor. Irgendwann kommt der Punkt, an dem wir einander gehen lassen und schauen müssen, dass wir allein zurechtkommen, nicht wahr. Letztendlich gibt es keine wirkliche Rettung auf Erden. Ich wünsche diesen Leuten alles Gute. Ganz ehrlich. Koojee.

Lewis schlug sich die Hand vor den Mund und unterdrückte ein Würgen und antwortete nicht, sondern beobachtete weiter das dicht bewachsene Tal.

Der Pilot stimmte lautstark ein neues Kirchenlied an und lenkte den alten Helikopter um einen hohen Berg herum. Dort erwischte ihn ein Abwind, und er verlor schnell an Höhe. Der Pilot lispelte einen Fluch in Richtung Himmel und rang mit dem Steuerknüppel. Er quakte ein neues Lied, ein Geburtstagsständchen für Methusalem.

Lewis atmete tief durch, und dann erblickte sie unter ihnen etwas, das aussah wie schimmernder Stahl, und einen Schwarm schwarzer Kondore. Sie legte eine Hand auf Bloors Knie und rief dem Piloten zu, er solle den Mund halten und umdrehen. Der Pilot hörte auf zu singen und fasste sich an sein Headset und sagte, er lasse sich nicht gerne anbrüllen. Er flog einen Kreis. Dort am Berghang lag das Wrack eines kleinen Flugzeugs.

Der Pilot steuerte eine ebene Fläche ein Stück weiter oben am Berg an. Was für eine Tragödie, sagte er.

Lewis war draußen, noch bevor die Kufen aufsetzten. Sie rannte auf das Wrack zu und blieb stehen, bevor sie es erreichte. Vor ihren Stiefeln lag ein abgetrennter Arm, der noch im Ärmel steckte. Alle fünf Finger waren bis auf die Knöchel abgenagt. Rote Ameisen liefen über die Hand. Sie sahen aus wie Adern, in denen noch Blut floss.

Bloor schaute ihr über die Schulter.

Lewis machte einen großen Schritt über den Arm und ging zu den Trümmern. Sie hielt sich die Hand vor den Mund. Es stank wie der verbrannte Haufen hinter der Klinik ihres Vaters, wo das Feuer oft nicht die ganzen Tiere vernichtete und Teile ihrer Anatomie in der Asche zurückließ, wo sie vor sich hin faulten. Sie ging um das Flugzeug herum. Ein nackter Körper, an dessen einer Seite das Fleisch abgefressen war, lag wie ein falsch ausgeführtes Menschenopfer auf einer Steinplatte, die Bauchhöhle war leer, und das Gesicht fehlte. Ein runder Haufen, einst ein Kopf und nun eine schlammige Kugel, schimmerte, durchzogen von Überresten von Bindegewebe, weißlich in der Morgensonne wie bestickte Seide. Lewis blickte starr vor sich hin und presste sich die Hand noch fester auf den Mund. Sie hörte Schritte hinter sich.

Sehen Sie, sagte Bloor, da ist noch einer. Bei so was wird mir immer ganz flau im Magen. Koojee.

Lewis schaute in die Richtung, in die Bloors kreideweißer Finger zeigte. In einem Baum jenseits des Abhangs hing eine aufgeblähte Leiche, schwarz von Fliegen. Lewis fand, sie sah aus wie ein dicker Mann, der die Kleidung eines dünnen Mannes trug. Sie wischte sich die Augen und dachte, die Tränen kämen von der hellen Sonne.

Sie ging zurück zu den Trümmern. Wieder hielt sie sich gegen den Gestank eine Hand vor den Mund. Sie steckte den Kopf durch ein Loch im Rumpf. Ein Waschbär, der nur ein sehendes Auge hatte, beobachtete sie von einem der Sitze aus und wartete ab, was geschah. Das zerstörte Innere der Maschine stank nach Urin und saurem Haar und war übersät von dunklem Kot. Lewis hob ein hellbraunes Portemonnaie vom Boden auf. Sie zog ihren

Kopf wieder aus dem Spalt und öffnete es. Darin befanden sich mehrere Clubkarten, ein laminierter Zettel mit einem Psalm, der das Königreich Gottes besang, und ein Ausweis des Staates Texas, ausgestellt auf den Namen Cloris Waldrip. Lewis betrachtete das winzige Foto, die weiße Haarkuppel. Sie reichte Bloor den Ausweis, der ihn sich ansah und ihr zurückgab und sie aufforderte, das Portemonnaie wieder dorthin zu legen, wo sie es gefunden hatte. Lewis steckte die Karte zurück in die Brieftasche, lehnte sich in den Rumpf und platzierte das Portemonnaie auf dem Flugzeugboden, dann zog sie den Kopf erneut hinaus und holte tief Luft.

Bloor trat um sie herum und spähte in den Rumpf. Dann zog auch er seinen Kopf wieder aus dem Wrack und fasste sie bei den Händen. Sie musste an die trockene Haut ihres Vaters denken, wenn er gerade OP-Handschuhe getragen hatte. Sie standen schwitzend in der Sonne. Bloor suchte ihren Blick. Der starke Wind, der durch das Wrack fuhr, ließ ein getragenes Pfeifen ertönen, und aus dem Hubschrauber war gedämpft der bärtige Pilot zu vernehmen, der sang:

A little kingdom I possess,
Where thoughts and feelings dwell,
And very hard I find the task,
Of governing it well ...

Ich zähle zwei Leichen, sagte Lewis schließlich.

Bloor verscheuchte eine Fliege von seiner Wange. Ich wette, die dritte ist hier auch irgendwo, sagte er. Vielleicht ist sie schon ein paar Meilen vorher rausgefallen. Wahrscheinlich haben Ziegen und Aasfresser sie fortgeschleppt und aufgefressen. Über so etwas denkt man nicht gerne nach. Aber wahrscheinlich ist genau das passiert, nicht wahr.

Ich zähle zwei gottverdammte Leichen, sagte sie. Zwei Männer. Wo ist Cloris?

Zwei Tage herrschte richtig schönes Wetter, und ich erholte mich ganz gut da am Flussufer, neben dem Baumstumpf, in den ich meinen Namen geritzt hatte. Nach meiner Zählung hatten wir den 14. September, und seit der Nacht, in der mein Fieber ausgebrochen war, war der maskierte Mann nicht mehr aufgetaucht. Aber während ich schlief, ging das Feuer nicht aus, und wenn ich aufwachte, befanden sich im Kochtopf Flusskrebse oder eine Forelle. Selbst jetzt fragte ich mich immer noch, ob ich den Maskierten auch wirklich und wahrhaftig gesehen hatte.

Wie ich in meinem Bericht schon einmal dargelegt habe, schlägt der Geist eines alten Menschen mitunter sonderbare Kapriolen. Mit siebzig war meine Tante Belinda felsenfest davon überzeugt, dass hinter der Einrichtung, in der sie den Rest ihrer Tage verbrachte, ein Rudel Berglöwen lebte. Diese Einrichtung befand sich in Franklin, Tennessee, wo es, soviel ich weiß, keine Berglöwen gibt, oder wenn, dann doch nur ziemlich wenige. Was sie laut meiner Cousine Oba von ihrem Fenster aus in Wirklichkeit gesehen hatte, war ein Haufen Obdachlose und Vagabunden, die so betrunken waren, dass sie nicht mehr stehen konnten. In der Gasse neben dem Heim schlichen sie auf Händen und Füßen umher und knurrten.

Man weiß nie, welche Hirngespinste der Geist herbeizaubert.

Als ich wieder genug Kraft gesammelt hatte, wollte ich meinen Weg flussabwärts fortsetzen. Ich betete, dass der Maskierte noch immer irgendwo da draußen war und über mich wachte. In der Nacht, bevor ich wieder aufbrechen wollte, blieb ich wach und wartete darauf, dass er auftauchte, bis mich schließlich doch der Schlaf übermannte.

Am späten Vormittag wachte ich auf. Es gab nichts mehr zu essen, aber ich kochte etwas Wasser und füllte Mr Waldrips Stiefel, und am späten Nachmittag machte ich mich dennoch auf den Weg, weiter den Fluss hinab. Ich blickte noch einmal zurück und sah mein Grabmal. Es kam mir fast ein wenig seltsam vor, mich davon zu entfernen, als wäre ich ein Geist, der seine letzte Ruhestätte verlässt. Es dauerte nicht allzu lange, bis die Dunkelheit mich einholte und ich nicht mehr weitergehen konnte. Mehr als zwei Meilen hatte ich bestimmt nicht zurückgelegt.

Vom maskierten Mann war keine Spur, und ich war weder in der Lage, Feuer zu machen, noch hatte ich etwas zu essen. Gott sei Dank war es auch in dieser Nacht wieder warm. Ich saß eine Zeit lang im Dunkeln und sah zu, wie sich blauer Nebel über dem Fluss ausbreitete und hübsch schimmerte, wenn der Mond zwischen den Wolken auftauchte. Frösche quakten, und Grillen zirpten, und Tiere, die ich nicht kannte, sprachen in Zungen, die ich nicht verstand, und ein Luchs streifte durch das Unterholz, seine Augen leuchteten wie Silberdollars. Dieser Luchs verfolgte mich schon seit ein paar Tagen. Einmal hatte ich ihn bei Tageslicht gesehen. Er hatte ein kleines gelbes Schildchen im Ohr. Später fand ich heraus, dass es sich um eine ganz bestimmte Luchsart handelte, die damals von Studenten der Missoula University erforscht wurde.

Mich hatte den ganzen Tag ein Fitzelchen Flusskrebs genervt, das mir zwischen den Zähnen steckte. Es störte mich gewaltig, und ständig war ich mit der Zunge daran, ich konnte einfach nicht anders. Stundenlang hatte ich bereits daran herumgesaugt wie so ein Idiot ohne Manieren, wie Mr Waldrips Jagdfreund Bo Castleberry, nachdem er eine Handvoll Wachteln verspeist hatte und nichts auf seinem Teller zurückgelassen hatte als einen Haufen säuberlich abgenagter Knochen und ein paar Schrotkugeln.

Ich ging zu einer flachen Stelle im Fluss und wusch mir Hände und Gesicht. Ich nahm meine Teilprothese heraus und spülte sie aus. Ich muss an dieser Stelle erwähnen, dass ich diese Prothese nicht etwa habe, weil ich mich nicht um meine Zähne kümmere. (Ich tue das durchaus, und es sei auch jedem angeraten!) Nein, die Familie meines Vaters ist regelrecht geplagt von geriatrischen Zahnfleischerkrankungen und Karies. Grandma Blackmore erzählte immer von meinem sächsischen Ururgroßvater, Wetley Blackmore, der eine Zahnprothese trug, die er sich aus einem Stück schwarzen Marmors hatte anfertigen lassen, das er unerlaubterweise aus den Stufen des Kölner Doms in Deutschland gehauen hatte.

Während ich also versuchte, dieses Stückchen Flusskrebs zu entfernen, rutschte mir meine Teilprothese aus den Fingern und versank im Fluss! Ich tauchte die Arme in das kalte Wasser, konnte das Flussbett aber nicht erreichen, also hielt ich den Atem an und tauchte mit dem Kopf hinein. Das Wasser war furchtbar kalt und die Strömung sehr schnell. Beinahe kam ich mit den Fingerspitzen auf den Boden. Wieder und wieder versuchte ich es, aber ich fand meine Zähne nicht wieder, weder im kalten Schlick zwischen den glatten Steinen noch in den Handvoll undefinierbaren schwarzen Schlamms, die ich herausholte und hinter mich warf. Da lag ich am Ufer dieses Flusses auf dem Bauch, es war stockdunkel, es war kalt, ich war mächtig frustriert und tastete über Steine und Sediment. Doch ich konnte das kleine Ding einfach nicht finden.

Als ich mich wieder aufsetzte und mir die Hände am Rock abwischte, war mir kälter, als ich gedacht hatte. Ich stand auf, zitternd und klatschnass, und blickte auf den schwarzen Wald hinter mir, wo sich das Tal verengte. Ich war so niedergeschlagen, dass ich losbrüllte wie eine Verrückte. Ohne artikulierte Laute schrie ich die Bäume an, die sich verbeugten und schwankten wie die gewaltigen Angehörigen einer Sekte. Die Töne, die ich von mir gab, waren wütender Blödsinn, ich kam mir vor wie ein Kojote auf der Kanzel einer Kirche.

Nachdem ich mich ausgebrüllt hatte, kauerte ich mich unter Terrys Jacke zusammen und betete wortlos, dass der Maskierte zurückkehren und mir helfen würde. Und dann betete ich lautstark, lass mich nicht wie Tante Belinda sein, lass den Maskierten nicht eine bloße Ausgeburt des müden, verängstigten und verzweifelten Geistes einer alten Frau sein.

Da saß ich also, zitterte ganz furchtbar und betastete mein Zahnfleisch mit der Zunge. Die Nacht war kalt wie ein elektrischer Stuhl in Wisconsin, ich war klitschnass, und ich ging davon aus, dass das mein Ende war. Mit Sicherheit würde ich noch in dieser Nacht an Unterkühlung sterben.

Als ich kurz davor war, die Hoffnung aufzugeben, hörte ich von den Bäumen her ein Geraschel. Einen schrecklichen Moment lang stellte ich mir vor, dass das nicht der Maskierte war, sondern etwas ganz anderes. Vielleicht der Luchs oder die bedrohlich aussehende Taschenratte, der ich am Tag zuvor entkommen war und die so groß gewesen war wie ein Toaster. Oder etwas noch Größeres, ein gefährliches Raubtier, vielleicht ein Grizzlybär mit Appetit auf alte Frauen. Vor Kälte zitternd wie ein Teufel mit Schüttelfrost, stand ich auf und strich meinen Rock glatt. Ich holte das Beil aus der Handtasche und hielt es vor mich, auch wenn ich mir nicht ganz sicher war, wie viel es mir nützen würde, käme es wirklich zum Kampf mit einem Grizzlybären oder einem Berglöwen. Ich lauschte. Was auch immer es war, es hatte aufgehört, sich zu bewegen.

Hallo, rief ich. Hallo?

Keine Antwort. Dann tauchte aus der Dunkelheit der Bäume

plötzlich ein unförmiges Gebilde aus Armen, Beinen und Schädel auf, und bald erkannte ich im Mondschein, dass er es war, der Maskierte! Ich kann kaum beschreiben, wie erleichtert ich war, ihn zu sehen.

Er bewegte sich ungelenk und trug ein Bündel Feuerholz. Er ging schnell an mir vorbei. Ich sah, dass er tatsächlich aus Fleisch und Blut war und nicht, wie ich befürchtet hatte, die Vision einer senilen Seniorin. Er sagte kein Wort. Ich glaube nicht einmal, dass er mich überhaupt anschaute. Er platzierte das Feuerholz auf dem Boden und nahm hinten von seinem Gürtel einen roten Stock und eines dieser kleinen Feuerzeuge, die man aufklappt. Dann klemmte er den Stock in das Feuerholz und zündete ihn mit dem Feuerzeug an, und das Holz begann zu brennen.

Er ging wieder an mir vorbei auf die Bäume zu. Warten Sie!, sagte ich, bitte warten Sie doch! Wohin gehen Sie?

Aber er drehte sich nicht um, sondern marschierte in stetem Tempo von mir fort, hinein in die Dunkelheit. Schon war er wieder weg, und ich stand da, zitterte am ganzen Körper und umklammerte den Griff des Beils. Ich beobachtete die Stelle, an der ihn zuletzt der Schein des Feuers berührt hatte. Doch da kam er auch schon zurück, mit noch mehr Feuerholz. Wieder stapfte er in seinen schlammigen Stiefeln an mir vorbei, wie von einer fremden Macht gesteuert, als sei er in Trance und erfülle eine göttliche Pflicht. Seine Maske verrutschte ein wenig.

Er ließ den ganzen Armvoll Holz ins Feuer fallen, und dann stand er da, während die Funken stoben und wie kleine Blitze über das Wasser flogen. Er richtete seine Maske, sodass er wieder durch die Löcher schauen konnte. Er setzte sich ans Feuer, und dann streckte er, das Gesicht von mir abgewandt, die Beine aus. Keiner von uns sagte ein Wort. Mir wurde bewusst, dass ich immer noch das Beil in der Hand hatte. Ich ließ es fallen und nahm auf der anderen Seite des Feuers Platz und wärmte mich auf. Die Hitze war eine echte Wohltat.

Wir redeten nicht. Ich blickte ihn durch die Flammen hindurch verstohlen an. Er trug große weiche Lederhandschuhe und eine bauschige Daunenjacke in demselben Blau wie die Uniform der Postboten. Um seinen Hals hing ein Fernglas, und um die Handgelenke hatte er bündelweise bunte Gummizüge, wie sie in Unterwäsche eingenäht werden. Er kam mir vor wie ein Mittelding zwischen einem Herumtreiber aus einem Kinderbuch und einem Obdachlosen namens Leonard, den Mr Waldrip von Zeit zu Zeit angeheuert hatte, um die Regenrinnen zu säubern und die Viehställe neu zu streichen. Leonard war sehr hilfreich, aber eines Tages waren mein Puder und ein, zwei Kleider aus meinem Schrank verschwunden. Wenig später berichtete Mr Waldrip, er habe eine hässliche, sonderbar vertraut aussehende Frau gesehen, die ein ganz ähnliches Kleid getragen und an einer Zufahrtsstraße zur I-40 den Daumen herausgehalten habe. Ich habe nichts dagegen, dass Leonard sich auf diese Weise verkleidet, aber ich finde es nicht in Ordnung, jemanden zu bestehlen.

Schließlich sagte ich zu dem maskierten Mann: Hat Gott Sie hierhergeschickt, um mir zu helfen?

Er blickte ins Feuer. Seine Augen schimmerten in den Löchern der Maske wie Metall.

Ich sagte ihm, ich hätte große Angst.

Er sah mich an. Wo sind Ihre Zähne?, fragte er.

Es dauerte einen Moment, bis ich eine Antwort für ihn hatte. Die habe ich im Fluss verloren, sagte ich.

Im Fluss?

Ich sagte ihm, dass es eine Teilprothese war.

Können Sie noch kauen?

Leidlich, sagte ich.

Gerade fällt mir ein, dass ein Tier, das alt und zahnlos ist, in der Natur nicht lange überlebt. Das Gleiche muss auch der Mann gedacht haben, denn seine hübschen smaragdgrünen Augen bedachten mich mit einem sorgenvollen Blick. Heutzutage hält die Zivilisation die Menschen viel länger am Leben als jemals zuvor. Ich kenne einen Rechtsanwalt von der First Methodist in Dalton Mills, der 104 Jahre alt ist und dreimal geschieden und dem sechsmal erfolgreich der Krebs aus dem Hals entfernt wurde. Außerdem ist er so gut wie blind. Er hat eine Maschine aus Edelstahl, die für ihn atmet, während er schläft, und er riecht ganz furchtbar nach Oliven und Talkumpuder. Da ich nicht davon ausgehe, dass er diese Zeilen lesen wird, kann ich Ihnen ganz unverblümt meine Meinung sagen: Wäre er ein Elefant, hätte die Herde ihn schon vor vielen Jahren zurückgelassen, um zu sterben, wie es Elefanten, so habe ich mir sagen lassen, zu tun pflegen.

Der Mann schaute wieder ins Feuer. Dann sagte er: Wenn Sie weiter flussabwärts gehen, kommen Sie in nicht ganz einer Woche an einen Wald. Wenn Sie den ganzen Tag in Bewegung bleiben. Der Fluss biegt dann nach links ab, aber Sie gehen nach rechts. In den Wald. Achten Sie auf zwei hohe Kiefern, die aussehen wie das Schlüsselloch an einem alten Haus. Sie gehen zwischen ihnen hindurch, direkt in das Schlüsselloch. Da stoßen Sie auf den alten Thirsty Robber Trail. Den erkennen Sie an dem Schild mit der Holzblume. Wenn Sie dem Pfad folgen, stoßen Sie auf den Highway.

Wie weit ist es von da bis zum Highway?

Weit, sagte er. Aber es ist Ihre beste Chance. Und Sie müssen sich beeilen. Es ist hier draußen nicht sicher, und bald kommt schlechtes Wetter.

Ich weiß nicht, ob ich das schaffe, sagte ich.

Der Mann zog das seltsame lange Messer aus der Scheide, die

ihm an der Hüfte hing. Es sah aus wie jene Art Messer, mit dem unsere Cowboys die Zugpferde kastrierten, nur größer. Er musste gehört haben, wie mein Atem schneller ging, denn er sagte, er werde mich nicht verletzen, und machte sich daran, mit der Spitze der Klinge Dreck aus dem Profil seiner Stiefel zu kratzen. Schlafen Sie jetzt, sagte er. Wenn es hell wird, müssen Sie aufbrechen. Sie werden mich nicht sehen, aber ich bin bis zum Schlüsselloch in Ihrer Nähe. Gehen Sie ins Schlüsselloch hinein. Dann sind Sie auf sich allein gestellt.

Sie kommen nicht mit?

Nein, sagte er. Tut mir leid. Aber nach dem Schlüsselloch können Sie es schaffen.

Ich fragte ihn, warum er ein Hemd über dem Gesicht trage. Er antwortete nicht, sondern machte sich bloß weiter an seinen Stiefeln zu schaffen. Ich wollte ihm noch mehr Fragen stellen, aber ich entschied mich dagegen. Ich wusste immer noch nicht so recht, was ich von ihm halten sollte. Ich war mir ziemlich sicher, dass er mir nichts tun würde, aber mir fiel einfach kein sinnvoller Grund ein, warum sich jemand hier draußen herumtrieb und auf diese Weise sein Gesicht verbarg. Ich versuchte, mich mit dem Gedanken zu beruhigen, dass er ein exzentrischer Einsiedler war oder ein Engel, der auf die Erde herabgestiegen war, oder irgendwie beides zugleich. Der Mann sagte nichts mehr, und nach einer Weile rollte ich mich neben der Feuerstelle zusammen und beobachtete, wie der Schein des Feuers sein Messer aufblitzen ließ und auf seiner weißen Maske tanzte.

Das Feuer war erloschen und der Maskierte nirgends zu sehen. Die Sonne war noch nicht aufgegangen. Ein furchterregendes, farbloses Licht hing wie ein Heiligenschein auf den hohen Bergen. Dahinter, so stellte ich mir vor, lag die gesamte Zivilisation. Getünchte Häuser und umzäunte Rasenflächen, bewässerte Gärten mit kleinen fremdländischen Blumen, Katzen mit Glöckchen und kleine alte Hunde, festgebunden an Telefonmasten, und bekleidete Männer und Frauen, die Bürgersteige und Straßen bevölkern, gepflastert für beschuhte Füße und für Räder. Straßenlaternen, die leuchten.

Ich stand auf und bürstete mich ab. Ich hatte in Fötushaltung geschlafen und hinterließ einen erbärmlichen Abdruck im Gras.

Mir kam der Gedanke, dass ich zwar recht lange gelebt hatte, aber wahrlich nicht lange genug. Von Mutters Bauch bis zu diesem Abdruck im Gras des Bitterroot Forest war es nur ein Wimpernschlag. Und all die Jahre dazwischen hatten mich überhaupt nicht darauf vorbereitet, was mich hier draußen erwartete. Wir leben nicht danach, wie Gott uns erschaffen hat. Wenn man das erst im Herbst des Lebens merkt, kann einen das schon belasten.

Als ich an der Grundschule von Clarendon als Bibliothekarin arbeitete, beobachtete ich oft die Wanduhr und sah zu, wie die Minuten vergingen, und dachte an nichts anderes als daran, dass die Zeit verging. Die Bibliothek befand sich im Keller des Schulhauses, und es war kalt und muffig, und es gab keine Fenster, die diese Bezeichnung verdient hätten, nur verglaste Schlitze, durch die zu jeder Tageszeit dasselbe Licht kam. Ich stellte mir vor, dass sich meine Bibliothek dort befand, wo die Zeit hinging, wenn sie erschöpft war und sich ausruhen musste. Ich dachte, um für immer zu leben, müsste man lediglich in dieser Bibliothek sitzen und die Wanduhr beobachten. Ich ging in Rente und verließ die Grundschule von Clarendon und vergaß diese Wanduhr. Nun, ich kann Ihnen versichern, sie vergaß mich nicht, und plötzlich war ich da draußen in der Wildnis und war eine alte Frau. Und genauso plötzlich sitze ich hier an meinem Schreibtisch und bin eine noch ältere Frau.

Das Beil lag auf dem Boden. Ich wischte den Tau von der Klinge und tat es in meine Handtasche. Auf einem flachen Felsen in der Nähe der noch leicht rauchenden Kohlen lagen ein kleiner Kompass und eine kleine rote Feldflasche, die mir der Maskierte nachts dort hingelegt haben musste. Ich verstaute beides in meiner Handtasche und machte mich auf flussabwärts, und die ganze Zeit dachte ich, dass hinter mir Vater Zeit umherschlich, genau wie dieser Luchs.

An einem bewölkten Septembertag traf das National Transportation Safety Board ein, um die Absturzstelle zu räumen und die Trümmer zu katalogisieren. Sie kamen in drei blauen Hubschraubern. Männer mit Gummihandschuhen fotografierten die verrottenden Leichname und verstauten sie in eierschalenfarbenen Säcken, die an Fruchtblasen erinnerten. Lewis beobachtete, wie die Männer die zwei Leichen registrierten und die Brieftasche einsteckten, die sie im Rumpf gefunden hatte. Sie fotografierten die Stelle und die Trümmer, die sie zurücklassen würden, damit sie hier verrosteten und zerfielen, und ein Kahlkopf mit auffallend geradem Rücken lief mit einem Klemmbrett herum und machte sich Notizen.

Als sie am Abend im Hubschrauber zurück zum Flugplatz saßen, fragte Lewis diesen Mann, was seiner Meinung nach den Absturz verursacht habe. Er sagte ihr, er wisse es noch nicht, bekäme aber nicht genug dafür bezahlt, dass er es herausfinden wolle, denn sein Großvater sei Metzger gewesen, und beim Geruch von altem Fleisch drehe sich ihm der Magen um. Was auch immer den Absturz verursacht hatte, er war sich ziemlich sicher, dass Cloris Waldrip zusammen mit den anderen umgekommen war, auch wenn sie ihre Überreste nicht finden konnten.

Am nächsten Tag fuhr Lewis den Berg hinunter und heftete an die Telefonmasten in der Stadt Flugblätter mit einem Schwarz-Weiß-Foto von Cloris. *Helfen Sie dem United States Forest Service, Cloris Waldrip zu finden.* Außer Pete meldete sich niemand freiwillig, doch am Abend rief Lewis ein Mann an, der ihr mitteilte, Cloris sehe genauso aus, wie seine seit 1953 vermisste Mutter heute, nach dreiunddreißig Jahren, aussehen müsste. Lewis sagte ihm, Cloris habe keine gottverdammten Kinder und sei in Texas geboren und aufgewachsen. Der Mann fluchte in einer Sprache, die nicht die ihre war, und legte auf.

Lewis schob die Krempe ihres Rangerhutes hoch und blickte empor zu der Fichte. Der Wind zog an den leeren, abgeknickten Ästen mit den dunklen Flecken, auf denen Fliegen saßen, schwarz und fett wie überreife Früchte. Dunkle Streifen geronnenen Blutes liefen den Stamm hinab bis zum Boden. Sie trank Merlot aus der Thermosflasche.

Pete lehnte sich gegen die Fichte und zuckte die Schulter, auf der die Videokamera saß. Er trug eine orangefarbene Warnweste, auf der das Wort *Freiwilliger* prangte, und eine Baseballkappe in derselben Farbe, die er sich auf die mittelalterliche Haube gesetzt hatte. Lewis fand, er sah aus wie ein Schwachsinniger, den jemand auf die Jagd nach kleinen Vögeln mitgenommen hatte.

Gehen Sie darunter weg, Pete.

Er blickte zur Spitze der Fichte hinauf. Er presste eine Hand auf sein missgebildetes Brustbein und griff nach einer Plastikpfeife, die dort hing. Er trat zurück. Herr im Himmel, mein Leben ist ganz schön verrückt geworden.

Dort haben wir Richard Waldrip gefunden.

Es riecht wirklich ganz schön übel, oder?

Und sie haben ihn da schon vor drei Tagen weggeholt.

Pete starrte immer noch den Baum an und befingerte die Pfeife wie ein Katholik seinen Rosenkranz. Keine Frage, sagte er, der Mann, der da oben war, hat nie und nimmer geahnt, dass er in einem Baum in Montana enden würde. Keine Frage. Gar keine Frage.

Sie gingen ein Stück den Hang hinunter und fanden Claude, der an einer moosbewachsenen Lichtung von der Größe eines Schulbusses stand und in ein Notizbuch kritzelte.

Keine Spur von deiner alten Frau, sagte er.

Lewis wischte sich eine Mücke von der Wange. Sie hinterließ eine Blutspur. Sieht so aus, als wäre hier jemand entlanggegangen, sagte sie.

Claude flüsterte den Namen Cornelia und berührte das blaue Ende seiner Nase mit einem Papiertaschentuch. Ich glaube nicht, dass wir etwas finden. Ich würde sagen, schon die Mücken hier hätten sie aussaugen können. Es ist ein ganz schönes Stück bis zum Pick-up, und ich muss noch mit Charlie raus.

Lewis sagte den beiden Männern, sie würden noch eine Stunde weitersuchen, und sie ging voran und rief in den Wald hinein: Mrs Waldrip! Mrs Waldrip! Cloris!

Sie holte das Foto der Waldrips aus ihrer Brusttasche. Sie schaute sich Cloris noch einmal an, das kleine Gesicht und die Kugel aus weißem Haar. Sie nahm einen Schluck aus der Thermosflasche und ging weiter und rief nach der verschollenen Frau.

Sie setzte die Männer vor Claudes Hütte ab und fuhr alleine zurück zur Bergstation. Sie setzte sich an ihren Schreibtisch, trank einen Becher Merlot und lauschte dem Rauschen der Statik, das aus dem Funkempfänger drang. Nichts war darin zu hören. Vor dem Fenster wurde es dunkel.

Draußen auf der Straße rumpelte ein Motor.

Kurz darauf betrat Bloor die Station und hielt hinter sich die Tür auf. Herein kam ein mittelgroßes Mädchen im Teenageralter. Ihre dichten bernsteinfarbenen Locken waren in der Mitte gescheitelt und reichten ihr bis auf den Rücken. Sie hatte vorstehende Vorderzähne.

Lewis trank den Becher leer, stellte ihn auf dem Schreibtisch ab und stand auf, um sich das Mädchen anzuschauen. Das Ungewöhnlichste an ihm war ein dichtes Netz aus rosigen Narben, das sich von der Nase aus über das gesamte Gesicht zog.

Bloor wies mit einer kreideweißen Hand auf das Mädchen und stellte es als seine Tochter vor. Sie sieht fast genauso aus wie ihre Mutter, sagte er. Jill, das ist Ranger Debra Lewis.

Kommen Sie auch mal runter von diesem Berg?, fragte das Mädchen. Sie hatte einen merkwürdigen nordwestlich klingenden Akzent und einen leichten Sprachfehler.

Vielleicht zweimal die Woche, sagte Lewis.

Bloor holte ein Stück Kreide aus der Tasche und ließ es von Hand zu Hand wandern. Wir sind gerade hier entlanggefahren und haben gesehen, dass das Licht an ist, sagte er. Ganz schön spät, um noch zu arbeiten, Ranger Lewis. Ich dachte, vielleicht können wir Sie retten. Sie zum Dinner einladen.

Ich wollte gerade absperren und nach Hause fahren.

Gaskell hat mich heute angerufen, sagte Bloor. Er sagte, Sie wären mit Ihren Leuten zur Absturzstelle gewandert, um nach Mrs Waldrips Leiche zu suchen? Das ist ein ganz schöner Aufwand.

Wir haben nicht nach ihrer gottverdammten Leiche gesucht. Ich gehe davon aus, dass sie den Hang hinuntergegangen ist. Sie hat das Flugzeug lebend verlassen.

Bloor schnalzte mit der Zunge und schaute an Lewis vorbei aus dem Fenster. Wissen Sie, was Sie sind, Ranger Lewis?

Ich nehme an, Sie werden es mir gleich sagen.

Eine faszinierende Frau, die niemals aufgibt.

Lewis sah ebenfalls zum Fenster hinaus. Draußen in den Bergen schien der Mond auf den Nebel, als würde sein Licht ihn entstehen lassen. Okay, sagte sie.

Jill schlenderte durch die düstere Bergstation, blinzelte und kaute auf ihrem kleinen Finger. Sie schlug in die Luft, als wolle sie eine Fliege verscheuchen, die Lewis nicht sehen konnte, dann trat sie an die Pinnwand und zeigte auf ein Bild, das dort hing: das Phantombild eines jungen Mannes mit ausgeprägtem Kinn und kurzem dunklen Haar. Jill fragte, wer das sei.

Der Arizona Kisser, sagte Lewis. Das FBI geht davon aus, dass er sich hier irgendwo versteckt.

Hier draußen?

Könnte sein. Zum letzten Mal wurde er in Idaho gesichtet, da hat er große Mengen Lebensmittel gekauft.

Jill wollte wissen, was der Mann getan habe, und Lewis sagte ihr, man wolle ihn im Zusammenhang mit dem Verschwinden eines zehnjährigen Mädchens befragen.

Jill drehte sich um und rieb sich ein Auge. Finden Sie, der sieht gut aus?

Der Arizona Kisser?

Ja.

Hab ich noch nie drüber nachgedacht.

Wir waren heute mit Jill beim Augenarzt, bevor wir losgefahren sind, sagte Bloor. Er steckte die Kreide weg. Offenbar hat sie fliegende Mücken. Glaskörpertrübungen.

Stimmt gar nicht, ich werde vom Geist einer Mücke heimgesucht, sagte Jill und zeigte vor sich ins Leere.

Junge Menschen haben so etwas normalerweise nicht. Koojee. Tut mir leid, das zu hören.

Eine Duftkerze brannte auf dem Esstisch. Lewis saß dem Mädchen gegenüber, trank ein Glas Merlot und schaute Jill immer wieder an, die Augen im Zwielicht zusammengekniffen. Das Mädchen hielt sein vernarbtes Gesicht zwischen den Händen, die dünnen Ellbogen hatte es links und rechts neben dem Teller auf dem Tisch abgestützt. Jill hatte den Teller nicht angerührt. Ihr Vater saß am Kopfende des Tisches und bedachte die beiden abwechselnd mit einem langsamen, weinroten Lächeln. Seine Hände lagen weiß und vergessen auf den Armlehnen seines Stuhls.

Lewis schaute hinter ihm zu dem stinkenden Homunkulus, der inzwischen in der gegenüberliegenden Ecke des Zimmers an der Wand lehnte wie ein Betrunkener in einer dunklen Gasse. Er starrte stumpfsinnig zurück. Habt ihr irgendwelche speziellen Pläne, während ihr hier seid?, fragte sie.

Nein, sagte Jill.

Bloor stand auf und leerte die Flasche Merlot in ein Glas. Er stellte das randvolle Glas vor das Mädchen. In den meisten Ländern darf man in ihrem Alter Alkohol trinken, sagte er.

Jill nahm das Glas und leerte es in einem Zug. Du bist betrunken, und du willst, dass wir auch betrunken sind, damit dein Ego nicht so allein ist, sagte sie.

Bloor lachte auf und schüttelte den Kopf und sagte, sie sollten draußen in den Whirlpool steigen und sich besser kennenlernen, während er aufräumte. Er machte einen Knicks vor ihnen und vor dem Homunkulus und ging in die Küche.

Jill drückte einen Daumen auf das leere Glas und hielt es gegen das Kerzenlicht. Nur um sicherzugehen, sagte sie und zeigte Lewis ihren Daumenabdruck. Damit sie wissen, dass ich hier war.

Wie bitte?

Sie fixierte Lewis mit ihren blau geschminkten Augen. Falls er uns ermordet.

Lewis entschuldigte sich und ging den Flur hinunter zu einem sauberen weißen Badezimmer. Sie spülte sich den Mund aus und fuhr sich mit nassen Fingern durchs Haar und setzte sich auf den Deckel der Toilette. Es klirrte, als der Lauf des Revolvers in ihrem Halfter gegen das Porzellan schlug.

Als sie an den Tisch zurückkehrte, war Jill auf die Veranda gegangen, und Bloor war immer noch in der Küche. Sie nahm eine

Flasche Merlot vom Tisch und gesellte sich zu dem schmalen Mädchen, das sich auf das Verandageländer lehnte. Der Wind ließ das karierte Baumwollkleid um ihre Beine wehen. Weit weg in den Bergen regnete es, und durch die Baumkronen fuhr der Wind, dass es klang wie das Gehechel Tausender riesiger Hunde.

Lewis trank aus der Flasche und hielt sie dem Mädchen hin. Glaubst du, dir gefällt es hier oben?

Jill nahm die Flasche. Glauben Sie, wenn jemand lange genug hier in den Bergen ist, wird er verrückt?

Lewis sah sich das kleine Gesicht an. Von schräg vorne erinnerte sie das Mädchen an einen hübschen feingliedrigen Jungen aus ihrer Stufe in der Highschool, bei dem sie sich nie getraut hatte, ihn anzusprechen. Ich bin nicht verrückt, sagte Lewis. Und ich wohne seit elf gottverdammten Jahren hier oben.

Ich finde es verrückt, dass Leute glauben, was andere Leute von sich selbst behaupten.

Hast du mal Dr. Howe gehört?

Nein. Wer soll das sein?

Lewis nahm ihr die Flasche wieder ab und trank so schnell, dass ihr einige Tropfen auf das Hemd fielen.

Freust du dich darauf, hier oben Zeit mit deinem Vater zu verbringen?

Jill zündete sich eine Zigarette an. Er sagt, er hat Angstzustände und Depressionen. Als ob er sich deshalb erlauben kann, egoistisch zu sein. Sie griff erneut nach der Flasche und trank sie leer. Gehen wir rein?

Der Whirlpool befand sich in einer Ecke der Veranda. In die Holzvertäfelung waren Sonnen und Halbmonde gebrannt. Sie hoben die Abdeckung vom Wasser, und Jill zog sich bis auf ihren schwarzen Slip und Büstenhalter aus. Das dünne Mädchen stand vor Lewis im kalten Wind und zog die knochigen Schultern zusammen.

Lewis entkleidete sich ebenfalls, in der Kälte stellten sich die dunklen Härchen auf ihren Armen auf. Sie faltete ihre von Wein befleckte Uniform, legte sie auf einen Liegestuhl und platzierte den Revolver darauf. Sie trug eine hellbraune Unterhose und ein weißes Unterhemd.

Sie stiegen in den Whirlpool und umkreisten einander in der blassen Seifenlauge, bis beide eine Ecke für sich fanden. Noch sprachen sie kein Wort. Jill legte den Kopf in den Nacken und blickte in den Nachthimmel. Sie drückte sich die Nasenwurzel und schlug immer wieder ins Nichts. Im Grün der Lampen im Wasser schimmerten ihr kleines Gesicht und ihr magerer Körper wie eine Vision eines ertrunkenen Mädchens.

Dein Vater hat erwähnt, dass du dich freiwillig für den Forstdienst melden willst, sagte Lewis. Das gottverdammte Friends-of-the-Forest-Programm.

Das Mädchen sagte nichts.

Wenn du willst, bist du bei uns herzlich willkommen.

Er meinte, Sie wären ein guter Einfluss.

Das glaube ich kaum. Ich habe ja die meiste Zeit selber keine Ahnung, was ich tue.

Ich brauche keinen guten Einfluss, sagte das Mädchen. Im November werde ich achtzehn. Dann gehe ich weg.

Wohin willst du?

Vielleicht in ein anderes Land. Aber ich werde auf keinen Fall in dieser Hütte sitzen und mit ansehen, wie mein Vater versucht, sich selbst zu verstehen. Da helfe ich Ihnen lieber, nach dieser alten Frau zu suchen, während ich hier bin.

Gut. Ich bin mir sicher, sie möchte endlich gefunden werden.

Sie saßen eine Zeit lang schweigend im Whirlpool, dann kam Bloor aus der Hütte, nackt bis auf ein Paar kurze Boxershorts, das ein Muster aus Weißkopfseeadlern zierte. Er hatte eine weitere Flasche Merlot dabei und drei Gläser. Er zeigte Lewis ein grelles Lächeln, violett wie das ihre, glitt mit seinem weißen Körper der Länge nach ins Wasser und ließ ein wohliges Stöhnen hören.

Meine Mädels, sagte er. Meine Whirlpoolmädels. Heute Abend bin ich ein glücklicher Mann. Jill, ich bin betrunken. Normalerweise mag ich es gar nicht, wenn ich so betrunken bin. Ich wollte dir nur sagen, wie schön ich es finde, dass du hier bist. Weißt du, unsere Zeit hier oben wird für uns beide wichtig sein, und wenn du erst in meinem Alter bist, dann wirst du daran zurückdenken, wie du hier oben mit deinem Vater warst, und dir wird klar sein, wie sehr dich das geprägt hat. Du musst unbedingt lernen, was es bedeutet, hart zu arbeiten, und wie viel es wert ist, sich den ganzen Tag lang für andere einzusetzen. Wir werden hier oben beide bessere Menschen werden, nicht wahr.

Wolken bedeckten die Sterne, und das Gesicht des Mädchens wurde dunkel, als es sich vom Schein der grünen Lampen abwandte.

Bloor zog den Korken aus der Flasche und ließ ihn ins Wasser fallen. Er füllte die drei Gläser. Seit deine Mutter gestorben ist, werde ich nach und nach zu jemandem, der ich früher nie war, von dem ich aber immer Angst hatte, dass ich so jemand werden könnte, sagte er.

Jills Blick wanderte vom Himmel zu ihrem Vater.

Seine Vokuhila-Frisur war hinten nass geworden, und im Nacken klebten seine Haare aneinander wie die Federn eines kranken Vogels. Er richtete den Blick auf den Korken im Wasser. Was will der denn von mir?

Was will wer von Ihnen?, fragte Lewis.

Bloor nickte in Richtung Korken. Der da.

Er ist betrunken, sagte Jill. Wir müssen ihm nicht antworten.

Bloor leerte sein Glas. Wieso ist die Nase von Ihrem Partner blau, Ranger Lewis?

Sie müssen nicht mit ihm reden.

Lewis nahm einen Schluck aus ihrem Glas. Ist schon in Ordnung, sagte sie und erzählte, wie Claude sich im vorvorletzten Winter auf der Suche nach seinem Hund im Schneesturm verlaufen hatte. Bei Tagesanbruch hatte Lewis ihn unter einem Windkanter aus Sandstein gefunden, das Gesicht beinahe schwarz gefroren. Er hatte etwas von einem rothaarigen einäugigen Schatten gemurmelt, der auf einem riesigen Gürteltier geritten sei. Seine Nase ist einfach nicht wieder normal geworden, sagte Lewis. Sein Verstand vielleicht auch nicht. Ständig erzählt er von diesem gottverdammten Geist. Ich glaube, um die Zeit herum bin ich auf den Geschmack gekommen, was den Merlot angeht. Roland mochte den nie.

Bloor hob die Hand zum Himmel und griff nach dem Mond. Man muss tun, was man tun möchte, solange man es noch tun möchte, sagte er. Seinen Versuchungen nachgeben, bevor man nicht einmal mehr versucht werden will. Eines Tages hat man überhaupt keine Versuchungen mehr, hat Adelaide immer gesagt.

Jill blickte ihren Vater an. Sie stieg aus dem Whirlpool und wickelte sich in ein Handtuch. Gute Nacht, sagte sie, nahm die Flasche und öffnete die Tür.

Bevor sie hineinging, schaute sie noch einmal über die Schulter und sah Lewis in die Augen, mit einem Blick, den sie nicht deuten konnte.

Lewis hob eine dampfende Hand aus dem Wasser und wünschte ihr eine gute Nacht. Jill schob die Tür zu, und Lewis stellte fest, dass Bloors glasiger Bick seiner Tochter durch das Panoramafenster folgte. Er hielt sich die Enden seiner Finger vor den Mund und schürzte die Lippen wie ein Säugling.

Ist alles in Ordnung mit Ihnen?

Und mit Ihnen, Ranger Lewis?

Lewis ließ den Blick durch die Dunkelheit schweifen. Die Bäume schwankten schwarz im Wind. Mrs Waldrip ist immer noch da draußen, sagte sie. Ich wette, sie hat verdammt große Angst. Verdammt große Angst. Und wir sitzen besoffen in einer gottverdammten Badewanne und tun nichts, gottverdammt noch mal, sondern reden über Sachen, von denen wir nichts verstehen.

Bloor zog sie durch das Wasser hindurch zu sich. Wir sollten uns den schönen Abend nicht von toten Fremden verderben lassen. Er legte seine Hand in ihren Nacken und hielt ihren Kopf vor sich. Er küsste sie noch nicht, brachte aber seine Lippen auf einen halben Zoll an die ihren und sagte ihr, sie sei eine Powerfrau. Seine Zunge fuhr aus und leckte über ihre Unterlippe. Lewis schlang die Arme um seinen Hals und küsste ihn.

Bald war er auf ihr. Die Weißkopfseeadler-Boxershorts schwammen neben dem Korken im grünen Wasser. Sie rauften und ruderten mit den Armen und spritzten mit dem Badewasser. Er hielt sie an den Schultern fest, konnte aber nicht in sie eindringen, da er nicht steif war. Er presste sich an die Innenseite ihres Schenkels und wiegte die Hüften wie ein Stripteasetänzer. Es regnete jetzt leicht, und er stellte eine Frage und sprach dabei in ihren offenen Mund hinein, sodass es sich in ihrem Kopf anhörte, als hätten sie ein und dieselbe Stimme. Was soll ich für dich tun?

Was?

Was soll ich tun? Wie hast du's gern?

Keine Ahnung, sagte sie. Egal.

Er hielt zwei Finger hoch und tauchte sie ins Wasser und kniff sie in die Seite. Lewis lachte, und er ließ die Finger dort. Sein Gesicht war humorlos und leer wie eine Totenmaske. Er kniff sie fester, und sie hörte auf zu lachen, und er kniff sie unter Wasser immer weiter, während sie zusah, wie schwarzer Regen vom Himmel fiel.

IV

Drei Abende sah ich in der Dämmerung flussabwärts vor mir den Rauch eines Feuers. Nahrung lag für mich auf einem flachen Stein oder einem Baumstamm bereit. Am ersten Abend waren es Forellen und Flusskrebse. Das nächste Mal aß ich eine Art Wühlmaus, glaube ich. Das Tier hatte ein ähnliches Skelett wie die verwesten Viecher, die ich aus den Stapeln alter Zeitungen und Gartenzeitschriften in Mutters Keller exhumiert hatte. Am dritten Abend war es eine gesäuberte und halbierte Katze. Der große Kopf war noch dran und hatte eine nummerierte gelbe Marke in einem Ohr, und ich bin mir fast sicher, dass es der Luchs war, der mich verfolgt hatte. Ich glaube, die Zahl war 147, wenn ich mich recht erinnere, aber mein Leben würde ich nicht darauf verwetten. Ich habe ein gutes Gedächtnis, aber das Ganze ist ja schon eine Weile her.

Es gab nie genug zu essen. Ich hatte einen gewaltigen Appetit, trotz des erbärmlich langsamen Tempos, mit dem ich unterwegs war. Der Maskierte hatte gesagt, ich würde ihn nicht wiedersehen, und er hatte sich auch tatsächlich nicht mehr gezeigt, seit er mir erklärt hatte, wie ich zum Highway käme. Dennoch behielt ich jeden Abend den Wald im Auge, während ich aß, was er mir hingelegt hatte. Ich wurde das Gefühl nicht los, dass er mich die ganze Zeit beobachtete.

Eines Tages sah ich einen blassen Fuchs, der irgendetwas durch das Gras jagte. Ich musste an einen Hund denken, den wir hatten, als ich klein war. Es war ein freundlicher kleiner Hund mit einem fröhlichen Gesicht. Doch schon bald war der Hund alt, und er wurde sehr krank, und ich hörte, wie Vater zu meinem Bruder sagte, der Hund habe ausgedient. Davy hatte den kleinen Hund sehr gern. Pepper hieß er. Ich dachte daran, wie sehr wir diesen Hund geliebt hatten, als er immer spielen wollte und es ihm gut ging, doch als er blind wurde, überall dagegenlief, die Hinterbeine nicht mehr richtig bewegen konnte und sich hinter den Möbeln erleichterte, hatten wir kein Problem damit, auf ihn zu verzichten. Vater ging mit ihm auf die Weide und erschoss ihn. Ich habe viel Gelegenheit gehabt, darüber nachzudenken; darüber, dass unsere Liebe und Zuneigung immer an Bedingungen geknüpft ist.

Am vierten Tag kam ich zu einer verlockenden Sandbank im Fluss, deren rötlicher Sand von flachem Wasser überspült wurde. Inzwischen roch ich überhaupt nicht mehr wie ich selbst. Oder ich roch mehr wie ich selbst, als ich es in der zivilisierten Welt der Seifen und Waschmittel jemals getan hatte. Wie auch immer, die Sonne stand hoch am Himmel, und es war heiß, und ich dachte, warum nicht mich abkühlen und noch ein Bad nehmen? Ich hatte das seit Tagen nicht mehr getan, aus Scham, falls der Maskierte mich wirklich noch beobachtete. Ich hielt am Flussufer nach ihm Ausschau. Aber da waren nur die Berge und der ewige Schnee, der von ihren Gipfeln geweht wird, das Tal, das schöne Gras. Das Tal verengte sich, und dichte Sträucher mit gelben Blüten wuchsen auf den Feldern, deren Ränder mit Tannen und Kiefern bestanden waren. Es war wunderschön.

Ich nahm mir Terrys Jacke und den Pullover mit dem Zickzackmuster von der Taille, wo ich sie an den Ärmeln festgeknotet hatte, als es warm genug geworden war, und ich knöpfte meine Bluse auf. Vielleicht schaute mir der Maskierte gerade in dem Moment zu. Trotzdem zog ich mich aus, und dann stand ich da in meiner erbärmlichen Unterwäsche. Die Löcher in meinen Strümpfen gaben meiner Haut lustige Formen. Seit ich alt geworden war, war mein Körper weich und unförmig wie die Holzäpfel am Fuße meines Holzapfelbaums im Garten hinter unserem Haus. Wie die meisten Frauen in meinem Alter trug ich betont praktische Unterwäsche. Die Hersteller nennen diese Farbe gerne *hautfarben*, auch wenn ich keine Ahnung habe, wessen Haut sie dabei im Sinn hatten. Vielleicht gibt es irgendwo da draußen ja einen bemitleidenswerten Menschen, dessen Haut *hautfarben* ist, aber ich halte das doch für recht unwahrscheinlich. Ich habe noch nie dunkle Unterwäsche getragen, und ich habe auch nie geglaubt, was bekanntlich viele glauben, dass wir in erster Linie dazu da sind, dem Sexualtrieb der Männer zu dienen.

Als ich ein Mädchen war, ich kann nicht älter als elf gewesen sein, fuhren Mutter und Vater mit mir und Davy öfter in ein Schwimmbad in Amarillo. Es gab eine kleine Umkleidekabine, in der es nach Tensiden und Chlor roch, der Fußboden war glatt und felsig wie im Inneren einer Höhle. Hin und wieder beobachtete mich ein glatzköpfiger Mann mit Sonnenbrand durch ein kleines ovales Fenster oben in der Wand. Entweder war er ein Riese, oder er kletterte auf einen Stuhl, um durch das Fenster zu schauen. Man sah in dem beschlagenen kleinen ovalen Fenster nur den Scheitel seines rosa Kopfes und seine wulstigen Augen. Ich schrie nicht und erzählte auch niemandem davon. Seither habe ich mich immer mal wieder gefragt, warum ich mich damals entkleidete, obwohl ich wusste, dass dieser Mann mich beobachtete. Ich nehme an, fast jeder möchte bewundert werden, und das oft sogar unter ganz unschönen Umständen. Vielleicht ist das die größte Schwäche des Menschen.

Ich zog meinen Büstenhalter aus, rollte meine Strümpfe auf und legte meine gefaltete Kleidung ins Gras. Ich fühlte mich eigenartig leicht und drehte mich um mich selbst, vollkommen nackt in der Natur. Ich war schon immer schlank und habe stets, so gut ich konnte, auf meine Figur geachtet. Aber da draußen im Bitterroot war ich so dünn geworden, dass ich kaum meinen Schatten erkannte.

Ich sah an mir hinunter. Ich will hier in diesem Bericht gestehen, dass ich als Mädchen oft hochmütige, wenig bescheidene Gedanken hatte. Mittlerweile weiß ich, dass viele Psychologen der Ansicht sind, dies sei bei einer heranwachsenden Frau ganz natürlich. Ich habe mich nie sonderlich mit Psychologie beschäftigt, bis sich Leute in den letzten Jahren auf einmal für meine Psyche interessierten. Es ist schon kurios, wie die Leute versuchen, einander mithilfe einer Wissenschaft zu verstehen, die mir komplett konfus erscheint und kaum besser als die Phrenologie, die zu Zeiten meiner Eltern beliebt war. Ein Geist, der sich bemüht, einen anderen Geist zu verstehen, das ist, als versuche man, einen Hammer mit einem anderen Hammer zu reparieren. Nun, die Psychologie mag der Poesie nahestehen, ist aber weniger hilfreich. Besonders, wenn es um Sex geht.

Heutzutage dürfen sich Frauen ihre sexuellen Wünsche erfüllen. Als ich jung war, war die bloße Existenz weiblicher Sexualität ein schmutziges kleines Geheimnis, das jeder für sich behielt. Ich weiß noch, wie ich mich danach sehnte, dass Männer mich zur Kenntnis nahmen, wenn Mutter mit mir und Davy die Hauptstraße hinunter zum alten Kirchengebäude der First Methodist Church ging. Das war, noch bevor die Kirche abgerissen und eine neue in der Washburn Street gebaut wurde. Ich fand die alte schöner. Wir trugen unsere Sonntagskleider. Ich hatte ein blaues Baumwollkleid an, das mir unheimlich gut stand, wie ich fand, weil es zu meiner Augenfarbe passte. Als ich vierzehn Jahre alt war, nahm Mutter mich eines Sonntags beiseite und sagte mir, ich solle bitte nicht mehr so gehen, wie ich immer gegangen war, und die Männer bitte nicht mehr so anschauen, wie ich sie immer angeschaut hatte. Sie nannte mich eine kleine Feuerameise und sagte, sie sei überzeugt, dass ich ihr eines Tages mächtig Ärger machen würde. In gewisser Hinsicht hatte sie gar nicht so unrecht, aber ich stellte nicht halb so viel an wie Phyllis Stower, und die führte später ein ganz ähnliches Leben wie ich, außer dass Gott ihr vier Kinder schenkte, die alle noch gesund und munter sind, während ich diese Zeilen schreibe, und selbst schon wieder Kinder haben.

Ich betrat die Sandbank. Das Wasser ging mir bis zu den Knöcheln. Es war mächtig kalt, aber ich war entschlossen, dennoch ein Bad zu nehmen. Ich watete weiter hinaus, bis es mir an die Knie reichte. Wenn man älter wird, lässt der Gleichgewichtssinn nach, und ich hatte nicht damit gerechnet, dass die Strömung so stark war. Ich war so überrumpelt, dass ich stürzte und unterging!

In der plötzlichen Kälte zog sich mein ganzer Körper zusammen, als hätte mich jemand mit einem elektrischen Viehtreiber berührt. Ich versuchte verzweifelt, mit Händen und Füßen am felsigen Flussbett Halt zu finden, doch plötzlich waren da keine Steine mehr, an denen ich mich hätte festhalten können. Ich kämpfte mich an die Oberfläche und hielt den Kopf über Wasser. Die Bäume und das Flussufer hatten sich verändert, und alles raste jetzt an mir vorbei. Die Stelle, an der ich meine Kleider hingelegt hatte, konnte ich schon nicht mehr sehen.

Ich wollte um Hilfe rufen, aber dazu war es zu kalt, und mein Mund war voll Wasser. Ich schluckte und spuckte und hustete wie eine Verrückte. Hilflos der Strömung ausgeliefert, hielt ich den Atem an, bevor es mich wieder unter Wasser zog. Meine Lunge und meine Arme leisteten Schwerstarbeit. Ich hatte enorme Angst. Kurz bevor ich wieder unterging, sah ich eine Gestalt am Flussufer entlanglaufen. Ach du meine Güte! Das waren die Worte, die mir durch den Kopf gingen.

Etwas krachte vor mir ins Wasser. Ich wischte mir die Augen, so gut ich konnte, und erkannte einen großen, halb verrotteten Baumstamm. Eine tiefe Stimme brüllte, ich solle mich festhalten. Ich schwamm mit letzter Kraft darauf zu und griff danach. Es gelang mir in letzter Sekunde! Mit einem Mal raste das Wasser an mir vorbei. Ich hatte irgendein Insekt aufgescheucht, vielleicht einen Hundertfüßer, der im Baumstamm wohnte, und das Biest stach mich genau zwischen die Finger. Aber ich ließ nicht los, obwohl es fürchterlich wehtat.

Als ich das Wasser aus den Augen geblinzelt hatte, sah ich den Maskierten am Ufer stehen. Er steckte mit den Fersen im Sand und zog an dem Baumstamm. Grundgütiger, was für ein Anblick! Je näher ich kam, desto lauter hörte ich über dem Tosen des Wassers sein Schnaufen und Prusten. Es klang, wie Mr Waldrips Ranchverwalter Joe Flud immer grunzte, wenn er eine kalbende Kuh in das Metallgestell bugsieren musste.

Schon war ich ihm nah genug, um den Aufdruck mit den Pfannkuchen auf der weißen Maske zu erkennen. Auf seinem Mund bildete der Stoff ein feuchtes Oval und bewegte sich im Rhythmus seines Atems. Er ließ das Ende des Baumstamms fallen und zog mich an den Achseln aus dem Wasser. Ich lag flach auf dem Rücken am Ufer und rang nach Luft. Mir war kalt, und ich war nackt und nass wie ein Täufling, aber ich war am Leben.

Ich bin immer wieder gefragt worden, was mir in dem Moment, als das kleine Flugzeug über dem Bitterroot Forest abstürzte, durch den Kopf ging. Es sind immer die jungen Leute, die mich das fragen. Und ich muss sie jedes Mal enttäuschen. Ich kann mich nicht erinnern, auch nur einen klaren Gedanken gehabt zu haben. Mein Verstand war so leer wie eine von Mr Waldrips Colaflaschen bei uns hinten auf der Veranda, auf denen immer der Wind flötete.

Ich kann Ihnen jedoch noch genau sagen, was ich dachte, als ich in diesem Fluss dort beinahe ertrank. Ich dachte an Mr Waldrip. Ich wollte, dass er das Letzte war, woran ich dachte, bevor ich nichts mehr würde denken können, also wiederholte ich im Kopf seinen Namen, immer und immer wieder, bis schließlich klar war, dass ich überleben würde.

Der Himmel über mir war blau und wolkenlos. Der Mann beugte sich über mich. Die feuchte Maske schmiegte sich an sein Gesicht und offenbarte die Form seines bärtigen Kinns. Ich war mir sicher, dass ich in seinen smaragdgrünen Augen mein Spiegelbild sah, das Bild einer rosafarbenen, nackten alten Frau. Da er mich gerettet hatte, wusste ich nun auch, dass er mich dabei beobachtet hatte, wie ich mich ausgezogen hatte, um ein Bad zu nehmen.

Alles okay mit Ihnen?, fragte er mich.

Ich bejahte.

Der Mann deckte mich mit seiner Daunenjacke zu und machte Feuer. Es war später Nachmittag, und der Wind wehte. Ich setzte mich auf und rieb mir die Stelle, an der mich das Tierchen in die Hand gestochen hatte. Die Flammen wehten seitwärts, versengten das hohe Ufergras und verscheuchten die Mücken. Am helllichten Tag sieht ein Feuer ziemlich merkwürdig aus, ja geradezu fehl am Platz.

Der Mann ging flussaufwärts, um meine Sachen zu holen – meine Handtasche, das Beil, die Feldflasche und den Kochtopf, Terrys Jacke und meine schmutzigen Kleider und Mr Waldrips Stiefel. Er verschwand hinter einem kleinen Hügel aus Steinen und Gras. Ich wartete. Ich steckte meine Hände in die Taschen seiner Jacke, um sie vor dem kalten Wind zu schützen, und in einer der Taschen fand ich einen kleinen Schlüssel. Er sah aus, als wäre er antik. In der anderen entdeckte ich etwas, das ich zunächst für ein Stofftaschentuch hielt, das sich aber bei näherem Hinsehen als Damenschlüpfer entpuppte. Er war aus blauer Baumwolle und hatte nichts Besonderes an sich, außer dass er sauber zu sein schien. Ich tat ihn zurück und dachte damals nicht weiter darüber nach.

Wie ich dort so saß, nackt in die Jacke dieses Mannes gehüllt, musste ich daran denken, wie Vater uns manchmal zum Schwimmen am Greenbelt Lake mitnahm. Ich saß am Ufer, klein und in ein Handtuch gewickelt, und ließ die texanische Sonne mein geflochtenes Haar trocknen. Vater war kein sonderlich religiöser Mann. Er ging nur Mutter und den Nachbarn zuliebe in die Kirche. Er wuchs in Colorado auf, bei der fast blinden Grandma Blackmore, einer wenig gebildeten Goldwäscherin. Ihre Vergangenheit war für ihn ein wunderbares Mysterium. Er erzählte ständig ganz erstaunliche Geschichten; dass sie einst in Mitteleuropa mit einem Hofnarren ohne Zunge verheiratet gewesen war und auf den Basaren von Marrakesch versteinerte Affenherzen feilgeboten hatte. Mein erzählerisches Talent habe ich sicherlich von seinem Zweig der Familie. Wie dem auch sei: Er nahm mich und Davy mit zum See, und wir gingen dort schwimmen, nackt wie Neugeborene. Als Mutter davon erfuhr, bereitete sie diesen Ausflügen ein Ende. Sie war in der Lage, meinen Vater allein mit der Art und Weise einzuschüchtern, wie sie seinen Namen sagte. Das konnte sie auf tausend verschiedene Arten. Letztendlich tat er überhaupt nur, was sie ihm gestattete.

Nach etwas mehr als einer halben Stunde kehrte der Mann zurück. Er trug Terrys Jacke und hatte meine Handtasche über dem Arm. Er legte meine Handtasche, meine ordentlich gestapelte Kleidung und Terrys Jacke neben mich. Er sagte kein Wort und nahm auf der anderen Seite des Feuers Platz und wandte sich von mir ab.

Ich dankte ihm, dass er mir schon wieder geholfen hatte. Ich mache Ihnen ganz schön viel Ärger, sagte ich.

Er gab keine Antwort.

Ich stand auf und ließ seine Jacke zu Boden fallen und war wieder nackt. Die Sonne ging unter, und der große Berg hüllte uns in seinen grenzenlosen Schatten. Alles, was vom Tag übrig war, leuchtete hinter dem Gipfel in einer königlichen Farbe. Der Schein des Feuers war für meinen nackten Körper wenig schmeichelhaft. Ich machte mich daran, mich anzuziehen. Meine Strümpfe waren so zerfetzt, dass ich sie zusammenrollte und in meiner Handtasche verstaute. Ich kämmte mir mit den Fingern das Haar zurück und setzte mich wieder ans Feuer.

Ich sagte dem Mann, ich sei nun angezogen und er könne sich wieder umdrehen. Doch sein maskiertes Gesicht blieb auf die weite felsige Landschaft gerichtet.

Sie werden heute nicht weiter vorankommen, sagte er schließlich. Sie sollten heute Nacht hierbleiben.

Ich wickelte mich in Terrys Jacke und betrachtete den Mann durch die peitschenden Flammen hindurch. Bleiben Sie bei mir?

Ich kann hier nicht bleiben, sagte er.

Ich fragte ihn, warum, aber er antwortete nicht.

Hat Jesus Sie gesandt?, fragte ich ihn.

Nein, sagte er.

Mein Name ist Cloris Waldrip, sagte ich. Wie heißen Sie?

Der Mann richtete seine Maske und stand auf. Er hielt mir eine Tafel Schokolade in Silberfolie hin und sagte, das müsse als Abendessen reichen. Ich nahm die Schokolade und wollte seine Hand berühren, aber er wich zurück wie ein Hund mit schlechten Erfahrungen. Ich bat ihn um Entschuldigung.

Morgen kommen Sie in den Wald, sagte er. Da finden Sie das Schlüsselloch, von dem ich Ihnen erzählt habe. Gleich morgens werden Sie es sehen. Der Mann zeigte in die Dunkelheit, dorthin, wo der Wald begann. Direkt da. Bleiben Sie auf dem Wanderpfad. Da ist ein Schild, wissen Sie noch? Der Weg führt direkt nach Osten. Nehmen Sie sich vor den Berglöwen in Acht. Und vor Schlangen. Sie können den Highway in knapp einer Woche erreichen, wenn Sie nicht zu viele Zwischenstopps einlegen.

Kommen Sie doch mit, bat ich ihn und sagte: Ich glaube nicht, dass ich es ohne Sie schaffe.

Ma'am, sagte er, es tut mir wirklich leid. Und dann nahm er seine Jacke und machte sich auf den Weg in den dunklen Wald.

Ich war so müde, dass ich sofort einschlief, und schon war der Morgen da. Das Feuer war ausgegangen. Nach dem Mann schaute ich mich gar nicht erst um. Auf dem Boden lagen eine kleine Schachtel Haferflocken und vier gesalzene Fische, die in Zeitungspapier eingewickelt waren, auf dem man die Spielzeiten für ein kleines Kino in Idaho lesen konnte. An den Namen der Stadt kann ich mich nicht erinnern. Daneben lagen sechs stangenförmige Feueranzünder und ein Feuerzeug mit einer aufgedruckten Comicfigur, einem Saxofon spielenden Schwein. Ich richtete mich auf, stopfte die Schachtel mit den Haferflocken in meine Handtasche zu Mr Waldrips Stiefel, in dem das Beil steckte, und verstaute die Feueranzünder und das Feuerzeug und die kleine rote Feldflasche in den Taschen von Terrys Jacke.

Natürlich war ich neugierig, was es mit dem Maskierten auf sich hatte. Meines Wissens maskierten sich in der Regel nur Verbrecher, wenn sie gerade ein Verbrechen begehen. Ich hatte noch nie davon gehört, dass jemand sein Gesicht verbirgt, wenn er selbstlos und in Nächstenliebe handelt. Ich kam nicht darauf, so albern das scheint, dass der Mann vielleicht trotzdem ein Krimineller war.

Nach meiner Zählung befand ich mich nun seit einundzwanzig Tagen in der Wildnis des Bitterroot Forest. Ich gewöhnte mich mittlerweile daran, Tag und Nacht im Freien zu sein. Aber Grundgütiger, ich hatte schreckliche Schmerzen, und ich war müde wie ein Murmeltier. Ich wollte endlich nach Hause. Also füllte ich die rote Feldflasche, die mir der Maskierte gegeben hatte, und fasste mir ein Herz und blickte auf die Berge und das wilde Land, das mich umgab. Ich war wieder ein wenig zuversichtlicher, als ich auf den dichten, dunklen Wald zuging, um ihn an genau der Stelle zu betreten, die der Mann mir beschrieben hatte. Der Stelle, die aussah wie ein Schlüsselloch.

Wie ich später erfuhr, fand ziemlich genau zu dieser Zeit in der Kirche in Clarendon eine Andacht für mich und Mr Waldrip statt. Man zündete Kerzen für uns an. Wie ich hörte, erschien fast die gesamte Gemeinde. Sogar Mrs Holden, die ihre Beine nicht mehr benutzen konnte und die gut und gerne 250 Pfund auf die Waage brachte und von ihren vier Enkeln auf einem großen Tuch getragen werden musste, als trügen sie sie zu ihrer eigenen Beerdigung. Die Andacht wurde an einem warmen Mittwochabend auf dem säuberlich gemähten Rasen des örtlichen Gerichtsgebäudes abgehalten, und gerade als Pastor Bill mit dem Fürbittengebet für die Verstorbenen begann, fuhr ein außer Kontrolle geratener Kleintransporter voll betrunkener Rowdys in das Schaufenster der Apotheke auf der anderen Straßenseite. Dem Herrn sei's gedankt, dass dabei niemand verletzt wurde, aber manche sahen in dem Vorfall eine Bestätigung dafür, dass wir nicht zurückkommen würden.

Ich drehte mich um und schaute noch einmal zu dem großen Berg hinüber, auf dem das Flugzeug zerschellt war. Ich dachte an den Aufprall und an das Geräusch, das kein Geräusch war. Ich dachte an den armen Mr Waldrip, der noch immer im Baum hing, und stellte mir vor, wie rachsüchtige Vögel an ihm herumpickten, als hätte ihnen jemand verraten, dass Mr Waldrip, seit er hatte laufen können, ihre Artgenossen gejagt hatte. Ich warf einen allerletzten Blick auf diesen abscheulichen Berg, und dann ging ich durch das Schlüsselloch in den dunklen Wald. Was mich dort erwartete, werde ich wohl niemals vergessen, so gerne ich es täte.

Die Sonne ging gerade auf, als Lewis sich den Rangerhut unter den Arm klemmte und an der weißen Hütte läutete.

Bloor öffnete die Tür. Danke, dass du sie wieder abholst, sagte er.

Mehr als eine Woche war vergangen, seit Jill auf dem Berg angekommen war. Seither holte Lewis sie jeden Morgen auf ihrem Weg zur Bergstation ab, und unterwegs sagten sie kein Wort und lauschten dem Rauschen der Heizung.

Liegt ja auf meinem Weg, sagte Lewis.

Er beugte sich vor und küsste sie auf die Wange. Sie ist hinten, sagte er. Kommt heute Morgen nicht so recht in die Gänge.

Er drückte Lewis eine Tasse Kaffee in die Hand, und sie ging durch die Glasschiebetür und sah das Mädchen am Geländer lehnen. Jill rauchte und starrte in die Dunkelheit. Lewis ging zu ihr und folgte ihrem Blick. Ein abgemagertes Eichhörnchen saß auf dem Ast einer Kiefer und drehte ein zappelndes Knäuel aus feuchtem Fell in den Pfoten.

Es frisst sein Junges, sagte Jill. Wie Ugolino.

Das Junge quietschte und knackte, und das Eichhörnchen fuhr mit entblößten Zähnen über den kleinen Schädel und zog das Fleisch ab wie mit einem Hobel. Lewis trank einen Schluck Kaffee, verzog das Gesicht und klaubte sich einen abgeschnittenen Zehennagel von der Zunge. Sie spuckte über das Geländer, schnippte den Nagel mit dem Finger fort und schaute hinter sich zum Fenster. Dahinter stand Bloor und beobachtete die beiden.

Lewis wandte sich wieder dem Mädchen zu und hob den Rangerhut zum rot und blau leuchtenden Himmel und sagte, sie sollten langsam los, sie müssten noch Ranger Paulson und Pete einsammeln, und heute hätten sie eine ganz schöne Strecke vor sich.

Jill blies einen Ring aus Rauch in die Luft. Sie nickte in Richtung Whirlpool. Ich habe euch gehört.

Was hast du gehört?

Sie und meinen Vater, wie ihr es im Whirlpool getrieben habt.

Ich weiß nicht, was du meinst.

Letzte Woche, an dem Abend, als ich hier ankam. Ich habe gehört, wie ihr Sex hattet.

Lewis sah zu, wie das Eichhörnchen das Neugeborene bearbeitete, als wäre es eine Nuss. Vielleicht hast du irgendwelche gottverdammten Tiere gehört.

Ich habe einen Jungen überredet, es mit mir zu treiben, und hinterher hat er in der Schule herumerzählt, dass meine Vagina total ausgeleiert ist.

Lewis schüttete den Inhalt ihres Bechers über das Geländer. Jungs können echt ätzend sein.

Männer, die tun, wovon sie meinen, dass Männer das halt tun müssten, die sollte man alle vergasen. Und Frauen, die tun, wovon sie meinen, dass Frauen das tun müssten, die sollte man auch vergasen.

Vielleicht brauchen wir ja die Leute, die wir nicht mögen. Aus irgendeinem Grund.

Vielleicht, sagte Jill und schlug vor sich ins Leere. So, wie wir Mücken für das Ökosystem brauchen. Wenn alle Leute, die nerven, weg sind, geht vielleicht die Gesellschaft zugrunde.

Lewis drehte sich wieder zum Fenster. Bloor stand immer noch hinter dem Glas im Schatten und beobachtete sie. Er lächelte und hob eine Kreidehand.

Ich glaub langsam, dein Vater traut dir zu wenig zu, sagte Lewis.

Als meine Mom krank war, konnte sie sich nicht bewegen. Sie

konnte nicht einmal reden. Und trotzdem hob er sie regelmäßig aus dem Rollstuhl und trieb es mit ihr auf dem Teppichboden im Wohnzimmer. Bis zu der Woche, als sie starb.

Vielleicht ist das ja romantisch.

Nein, ist es nicht, sagte Jill.

Lewis beobachtete, wie das Mädchen an seiner Zigarette saugte. Rauch quoll aus einer perfekt geformten Nase, und das Licht spielte auf dem Muster aus Narben auf seinem Gesicht.

Das Mädchen sagte: Ich wäre gerne jemand, der immer wieder was anderes macht, bevor er stirbt. Vielleicht heirate ich einen Mann in Tokio, der mich betrügt, wenn er ehrenamtlich für UNICEF in Afrika arbeitet. Vielleicht bin ich Bibliothekarin und habe eine Geliebte, die aus dem Iran stammt. Sie ist Hotdog-Verkäuferin im Central Park. Vielleicht habe ich ein Schuhgeschäft, das nach einem Wasserrohrbruch verschimmelt und geschlossen werden muss, und dann werde ich Sozialarbeiterin in einem Obdachlosenheim. Vielleicht sitze ich im Gefängnis, weil ich mit meinem Sohn in Neufundland illegale Glücksspiele um Fisch veranstaltet habe. Hauptsache, es ist was anderes als das hier und alles andere.

Meinst du nicht, du solltest erst mal die Highschool beenden?

Jill drückte die Zigarette auf dem Geländer aus und wandte sich Lewis zu. Sie könnten mich ruhig ernst nehmen.

Vielleicht bereust du's später, wenn du die Schule nicht beendest.

Bereuen Sie irgendwas?

Kann gut sein.

Glauben Sie, die alte Dame da draußen, wenn die noch am Leben ist, die bereut irgendwas?

Du kannst sie ja fragen, wenn wir sie finden, sagte Lewis.

Wenn sie beim Absturz nicht gestorben ist, hat sie sich inzwischen wahrscheinlich selbst umgebracht.

Lewis schaute wieder hinüber zur Kiefer. Das Eichhörnchen war fort.

Sie sah in den Rückspiegel. Jill schlief auf dem Rücksitz, gegen das Fenster gekauert. Der alte Hund lag zusammengerollt zu ihren Füßen. Pete, die Haube über dem verfilzten roten Haar, saß neben dem Mädchen und stickte. Lewis stellte sich vor, er wäre eine hässliche holländische Bäuerin aus der Zeit vor der Entdeckung Amerikas. In den drei Stunden, die sie bereits unterwegs waren, hatte er ab und zu die Videokamera in die Hand genommen und Jill gefilmt und den Stickrahmen und den Hund und den Nacken von Claude, der auf dem Beifahrersitz saß. Einmal hatte er die Kamera auf sie gerichtet, als sie Merlot aus der Thermosflasche trank.

Lewis fuhr noch knapp eine Stunde weiter über immer schlechter werdende Straßen und durch immer dunkler werdende Wälder, und sie musste immer wieder anhalten und einen heruntergefallenen Ast von der Fahrbahn räumen, und danach schlich sie sich an die Heckklappe des Wagoneer und füllte heimlich ihre Thermosflasche aus einer der Weinflaschen nach, die sie auf der Ladefläche versteckte.

Jill wachte auf, als der Motor erstarb und die anderen ausstiegen und die Türen zuschlugen. Sie blinzelte Lewis an, als hätte sie vergessen, wer sie war, und fragte, ob sie da seien.

Lewis verkündete, sie würden nun den Pfad entlanggehen und den Wald durchkämmen, bis sie zum Black Elk Creek kämen. Dort würden sie noch etwa eine Meile weiterlaufen, um dann vor Einbruch der Dunkelheit umzukehren, falls sie Cloris Waldrip bis dahin nicht gefunden hätten. Sie vermute, Cloris halte sich am Fluss auf, sagte sie.

Sie händigte Jill und Pete reflektierende orangefarbene Westen aus, und das Team folgte einem überwucherten Pfad, der von halb verfaulten blassroten Holzpfählen markiert war. Ringsherum riefen sie *Cloris, Cloris, Cloris, Mrs Waldrip.* Claude markierte ihren Weg mit einer Machete an den Kiefern, und der alte Hund wackelte hinter ihm her. Sie gingen hinunter in Richtung Tal wie Pilger im Gebet, und Pete hatte die Videokamera um den Hals hängen, er keuchte und blieb stehen, hielt sich seinen verformten Brustkorb und richtete seine Haube.

Pass auf, dass du nicht den Anschluss verlierst, Petey, sagte Claude. Wir würden dich niemals wiederfinden.

Sie ließen den Wald hinter sich und kamen ins weite Grasland im Tal, in dem nur noch vereinzelte windschiefe Kiefern standen. Ein Stück vor ihnen befand sich der Fluss. Sie verteilten sich, und Pete und Claude gingen zusammen vor. Der Hund trottete hinter ihnen her. Aasfresser zeigten sich auf den Gipfeln.

Wie findest du's draußen?, fragte Lewis.

Sie sollten mal Tokio sehen, sagte Jill.

Lewis zog die Schultergurte ihres Rucksacks fester und spuckte ins Gras. Warst du schon mal da?

Nein.

Woher weißt du das dann?

Ich hab Bilder gesehen, in einer Zeitschrift.

Findest du es nicht schöner in der Natur?

Tokio ist auch Natur, sagte das Mädchen.

Lewis fuhr sich mit der Zunge über die Zähne. Vielleicht hast du recht. Vielleicht ist es gar nicht so unterschiedlich.

Sie gingen weiter, und die Gruppe kam an den Fluss und hielt an. Jill setzte sich auf einen Felsen und zündete sich eine Zigarette an.

Aber lass nicht die gottverdammte Kippe hier draußen liegen, sagte Lewis zu ihr.

Claude und Pete waren bereits rund fünfzig Meter weiter flussabwärts. Der Hund schnüffelte herum, fraß Gras und würgte. Pete platzierte die Videokamera auf einem Baumstumpf und richtete sie auf Claude, der vor ihm stand, und, die Hände zu Klauen geformt, wild in Richtung Wasser gestikulierte und große Reden schwang, worüber, konnte Lewis nicht hören.

Jill strich sich das Haar aus den blau geschminkten Augen und schlug im Wind nach einer unsichtbaren Mücke. Hassen Sie Ihren Ex-Mann?

Lewis holte eine Thermosflasche mit Merlot aus ihrem Rucksack und schraubte den Deckel ab. Sie schob sich den Rangerhut in den Nacken und trank. Es war schon später Nachmittag, und die Berge jenseits des Flusses wurden langsam blau. Warum fragst du mich das?

Das Mädchen zuckte die Achseln.

Nein, sagte Lewis. Ich hasse ihn nicht.

Lieben Sie ihn?

Manchmal machte er Gurkensandwiches und brachte sie mir zur Bergstation. Dann aßen wir zusammen Mittag. Er hielt meine gottverdammte Hand und sagte mir, dass er mich liebt. Vielleicht habe ich ihn damals geliebt.

Warum?

Hat nie ein böses Wort zu mir gesagt. Ich habe ihm viel mehr an den Kopf geworfen als er mir. Vielleicht ist das der eigentliche Grund, warum alles so geworden ist. Ich bin kein einfacher Mensch. Hab ihm wegen nichts und wieder nichts die Hölle heißgemacht. Aber manchmal habe ich gemerkt, dass er mich anschaute, als hätte er noch nie im Leben was anderes gesehen. Ich glaube, das ist das Schlimmste daran. Er war ein richtig guter Mann.

Ich hab früher mal eine Katze geliebt, aber dann wurde mir klar, dass das Quatsch ist, sagte Jill.

Lewis schüttelte den Kopf und leckte sich den Merlot von den Lippen. Als er verurteilt wurde, hab ich mich im Gerichtsgebäude mit einer seiner anderen Ehefrauen unterhalten. Wir haben uns gesagt, wie gottverdammt leid uns das alles täte und wie schlimm das alles sei, was er uns angetan hatte. Aber dann hat sie was gesagt. Sie sagte, sie hatte geglaubt, was sie zusammen gehabt hatten, das habe es nur einmal auf der Welt gegeben, und dass das nicht so war, täte ihr unheimlich weh. Ich glaube, wir alle hätten gerne was, das sonst keiner hat.

Die Frau ist traurig und dumm, sagte Jill, und sie drückte die Zigarette auf dem Felsen aus und schnippte die Kippe in den Fluss. Nichts gibt es nur einmal auf der Welt.

Kann gut sein.

Glauben Sie, er hat Sie geliebt?

Lewis trank aus der Thermosflasche und stieß auf und spuckte einen roten Fleck ins Gras. Bei einem, der so viel lügt, kann man sich das schon fragen. Aber ich glaube, er hat sich halt um drei Frauen gekümmert und sein Bestes gegeben, und vielleicht hat er uns alle drei auch wirklich geliebt. Das kann keiner wissen. Der Richter hat ihn gefragt, warum er das getan habe, und Roland sagte, er habe sich ein Leben ohne uns nicht vorstellen können, und vielleicht sei er ein gieriger Mensch, aber ein Leben mit nur einer Person, die er liebte, würde ihm nicht reichen. Er sagte, er habe halt besonders viel Liebe zu geben, und wenn das ein Verbrechen sei, sollten sie ihn wegsperren und den Schlüssel ins Meer werfen.

Wenn die Leute glauben, dass sie Katzen lieben, sagte Jill, dann glauben sie sicher auch, dass sie mehr als einen Menschen lieben können.

Lewis trank wieder aus der Thermosflasche. Jill saß auf dem Felsen und umarmte ihre Beine, ihr langes Haar war fast zu schwer für den Wind, die Sonne ließ es leuchten, genau wie die Narben auf ihrem Gesicht.

Dein Vater traut dir wirklich zu wenig zu, sagte Lewis.

Das Mädchen sagte nichts.

Ich nehme an, du bist ein bisschen wie er.

Wir sind beide gleich langweilig, sagte das Mädchen.

Weiter flussabwärts hörten sie Claude pfeifen. Er ruderte mit den Armen. Auch Pete winkte und versuchte zu pfeifen, aber er japste nur wie ein kleiner Hund und bekam einen Hustenanfall. Er drehte sich um, und Claude schlug ihm so lange auf den Rücken, bis er sich wieder aufrichtete.

Lewis und Jill gingen zu ihnen, und unterwegs zündete sich Jill eine neue Zigarette an. Als sie sich ihnen näherten, sagte Claude kein Wort, sondern hob nur den Arm und zeigte auf den Stumpf einer umgeknickten Fichte.

Lewis ging vor dem Baumstumpf in die Hocke und erkannte eine Reihe grob in das Holz gehackter Buchstaben. Sie fuhr mit den Fingern darüber, stand auf, hielt sich die Hand vor ihren violetten Mund, taumelte und fing sich wieder. Sie rief nach der verschollenen Frau. Sie ließ die Hände sinken und ließ ihren Blick über das Tal schweifen. Gottverdammt, ich wusste es, sagte sie.

Jill kniete neben dem Baumstumpf und rauchte ihre Zigarette.

Pete hockte sich neben das Mädchen und legte sich eine Hand auf die verformte Brust. Meinst du, du kannst mir eine leihen? Mir wird das Herz so schwer.

Jill schüttelte die Packung, dass ein paar Zigaretten herausguckten, und hielt sie ihm hin.

Pete nahm sich eine und steckte sie sich zwischen die Lippen. Er zündete sie an und betrachtete das Mädchen. Herzlichen Dank. Ich glaub, du wirst mal eine wunderbare Frau mittleren Alters. Ganz anders als meine Ehefrau.

Claude nahm seinen Rangerhut ab und wischte sich mit dem Handrücken die blaue Nase und schnippte mit den Fingern in Richtung Hund. Der Hund kam bei Fuß, und Claude ging zu

Lewis. Er legte eine Hand auf ihre Schulter. Ich würde sagen, dass sie ihren Namen in diesen Baumstumpf geritzt hat, bedeutet nichts anderes, als dass sie tot ist, Debs. Sie hat gehofft, dass wir das finden, um uns mitzuteilen, dass sie stirbt. Ich bin beeindruckt.

Ich find das jetzt nicht so kunstvoll gemacht, sagte Pete. Ich hab kleine Kinder gesehen, die konnten besser mit Holz umgehen.

Ich bin ja auch nicht von ihrer Handwerkskunst beeindruckt, Petey.

Jill schnippte ihre Zigarette in Richtung Fluss und beobachtete die anderen ohne ein Wort. Die Sonne färbte die Narben auf ihrem Gesicht rosa.

Lewis stampfte auf den Boden. Und der Leichnam?

Ich würde sagen, von einem wilden Tier gefressen, sagte Claude.

Das ist verdammt schade, sagte Pete. Die Dame muss ganz schön was auf dem Kasten haben, dass sie es bis hierher geschafft hat und dann noch ihren Namen in das Holz geritzt hat, auch wenn sie das nicht so gut konnte.

Ich sehe hier nichts, das auf wilde Tiere hindeutet, sagte Lewis. Kein Blut, keine Haare, keine Knochen, nicht einmal eine gottverdammte Kniescheibe.

Jill sah sich im Gras um. Ich sehe auch nichts.

Claude fuhr sich mit der Hand durch sein sauberes schwarzes Haar. Du willst es echt wissen mit dieser Cloris Waldrip, Debs.

Lewis nahm einen Schluck aus der Merlot-Thermosflasche, ein paar Tropfen liefen ihr das Kinn hinab. Sie wischte sie fort und zeigte dem Mann ihren weinroten Mittelfinger. Du verbringst deine Nächte im Wald auf der Suche nach einer rothaarigen Zyklopin, die auf einem gottverdammten Gürteltier reitet.

Claude schwieg eine Minute, und dann runzelte er die Stirn. Kein Grund, unwirsch zu werden, Debs. Ich sag ja nur, dass es ziemlich unwahrscheinlich ist, dass sie noch lebt.

Zwei lange, furchtbare Tage lief ich schon ziellos durch diesen seltsamen Wald, und ich war immer noch nicht auf den alten Wanderpfad gestoßen, von dem der maskierte Mann gesprochen hatte. Da waren nur Bäume und noch mehr Bäume. Grundgütiger, waren da viele Bäume!

Das Blätterdach ließ nur vereinzelte Sonnenstrahlen hindurch, die immer wieder aufblitzten, was mich mächtig schwindlig machte. Es war derselbe Effekt, wie wenn Mr Waldrip mit mir in Clarendon die Goodnight Street hinunterfuhr. Die Straße war von hohen alten Ulmen gesäumt, zwischen denen auf die gleiche Art und Weise die Sonne aufblitzte. Wenn wir dort entlangfuhren, kam es mir immer vor, als würde ein Verrückter immerfort das Licht an- und ausknipsen. Mithilfe des kleinen Kompasses, den mir der Mann dagelassen hatte, bemühte ich mich, immer Richtung Osten zu gehen, aber ständig standen mir Bäume im Weg, und ich musste Schlangenlinien laufen. Ich sage Ihnen jetzt und hier, wenn ich ab sofort nie wieder einen Baum zu Gesicht bekäme, bis ich diese Welt verlasse, ich hätte überhaupt kein Problem damit.

Mir war nicht wohl dabei, dass der Maskierte nicht mehr auf mich aufpasste. Ich fühlte mich schrecklich einsam, wie bei dem furchtbaren Tohuwabohu in der Nacht, als Terry starb. Mir kam der Gedanke, was, wenn Gott mich verlassen und in einem verhexten Märchenwald ausgesetzt hatte? Alles um mich schien mir unwirklich. Kränkliche, schwerhörige Singvögel krallten ihre abblätternden Füße in die Äste der Bäume, und gelbäugige Nager, träge und kahl und von Wunden übersät, versteckten sich im Unterholz. Da waren farblose Insekten, groß wie Handflächen, die wirkten wie etwas, das man am Grunde des Ozeans finden würde, und schwarze Schmetterlinge schwebten im Nebel. Über mir klapperten die kahlen Äste toter Bäume, während ich beobachtete, wie ein schleimiger Frosch einen anderen schleimigen Frosch fraß. Da war ein Strauch, der aussah wie das Haar eines Farbigen. Hunderte biolumineszenter Fliegen schwirrten um ihn herum.

Die Luft war abgestanden und ließ kaum Geräusche durch, und so hörte ich nur meinen Atem, der klang wie auf Papier rieselnder Sand. Alles war voll von heruntergefallenen, zerbrochenen Ästen, es sah aus wie der Fußboden eines Beinhauses. In diesem Wald lauerte das Böse, alles schien krank zu sein. Schon zu Beginn war mir angst und bange, aber erst nach einer Nacht im Regen packte mich vollständig das Grauen, und ich musste mir eingestehen, wie mutterseelenallein ich war.

Dies war die Nacht nach meinem dritten Tag in diesem seltsamen Wald, falls ich richtig gezählt hatte. Zunächst nieselte es nur, aber nach einer Weile goss es wie aus Kübeln. Glücklicherweise gelangte ich an eine große Mauer aus Kalkstein. Sie erinnerte mich an die Fassade der alten Texas State Bank in der Innenstadt von Amarillo. Ich kenne mich in diesen Dingen nicht so aus, aber ich habe einmal gelesen, dass einst mehrere Ureinwohnerstämme im Bitterroot zu Hause waren, also nehme ich an, dass ich auf die Ruinen eines uralten Bauwerks gestoßen war, wie in Petra auf der anderen Seite der Erdkugel. Ich lehnte mich ganz dicht an die Mauer unter eine Art Vorsprung und wickelte mich in Terrys Jacke. Im Boden befand sich eine rechteckige Öffnung, in die das Regenwasser strömte wie in einen Gully.

Inzwischen war es dunkel geworden. Ich tastete den Boden um mich herum ab und fand in einer Nische einige trockene Kiefernnadeln und ähnliches Zeug. Ich hoffte, es würde mir gelingen, damit ein Feuer zu machen. In aller Eile kratzte ich alles zu einem kleinen Haufen zusammen. Einen Feueranzünder hatte ich noch übrig, den und das Feuerzeug mit der albernen Cartoonfigur holte ich aus der Tasche von Terrys Jacke. Plötzlich blitzte es, und ich erschrak so sehr, dass ich das Feuerzeug fallen ließ. Es rutschte weg und fiel direkt in den Abfluss im Stein! Ich erwog kurz, den Arm hineinzustecken, vielleicht war das Feuerzeug ja noch nicht ganz verschwunden, sondern hatte sich irgendwie verkantet, aber es war dunkel, und ich brachte es nicht über mich.

Gegen die Ruinen gelehnt, beobachtete ich den Regen und drehte meinen Ehering am Finger. An Regen hatte ich mich mittlerweile gewöhnt. Ich jammerte nicht, sondern stellte Mr Waldrips Stiefel auf. Nachdem sich meine Augen wieder an die Dunkelheit gewöhnt hatten, konnte ich den Wald sehen, ganz schwarz und grau. Der Regen fiel in großen Tropfen, und ich fror wie ein Schneider. Mein einziger Gedanke war: Mir ist kalt. Und ich hatte großen Hunger, also aß ich den Rest der Haferflocken. Ich hatte eigentlich gehofft, dass sie länger vorhalten würden. Für den gesalzenen Fisch hatte ich nicht allzu viel übrig.

Ich hatte gerade die Haferflocken aufgegessen, da bemerkte ich den Berglöwen. Er kroch aus dem Regen. Wie alles andere in diesem Wald sah das Biest altersschwach und kränklich aus. Es hatte viel zu große Schulterblätter, die aufragten wie Platten auf dem Rücken eines Dinosauriers. Im Dunkeln erinnerte das Tier an eine Art geflügeltes mythologisches Wesen, dessen Aufgabe es war, die steinerne Ruine zu bewachen, in der ich saß. Das Erstaunlichste aber war, ob Sie es glauben oder nicht: Der Berglöwe lief rückwärts, mit dem Schwanz voran, der hin und her schwang wie der Kopf einer Schlange. Sein Maul war schlaff, und der Regen lief ihm zwischen den Zähnen hindurch. Ich hatte mächtige Angst, aber ich nahm mein Beil in die Hand und brüllte das Tier, so laut ich konnte, an. Der Löwe sauste davon wie ein kleines Kätzchen. Später las ich, dass Berglöwen instinktiv Angst vor der menschlichen Stimme haben.

Ich saß mit dem Beil in der Hand auf dem Kalkstein und wartete darauf, dass die Katze zurückkam. Es ist schon seltsam, wie sich manchmal die Gedanken verselbstständigen, sobald eine Gefahr abgewendet ist, und je mehr ich überzeugt war, dass das Katzenvieh nicht mehr zurückkehren würde, desto mehr grübelte ich wieder über die Vergangenheit und dachte über die Bilanz meines Lebens nach, darüber, was für und was gegen mich sprach. Kurzum: Ich dachte an Garland Pryle.

Wir hatten ein Techtelmechtel, keine große Liebesbeziehung. Nicht, dass Sie das denken. In Texas reden die Frauen meiner Generation nicht über Sex. Sie hätten damals in Donley County Ihr ganzes Leben in der Überzeugung verbringen können, dass außer Ihnen überhaupt niemand Sex hat. Doch um der Vollständigkeit dieses Berichts willen muss ich ganz offen sein: Ich habe mit Garland Pryle Ehebruch begangen. Ich bin nicht stolz darauf, aber so war es.

Zweimal passierte es. Der erste Vorfall ereignete sich in dem hübschen kleinen Haus seiner Eltern in der Bent Tree Street. Wir liebten uns auf dem Esstisch. Der zweite Vorfall ereignete sich an einem sommerlichen Nachmittag nicht einmal eine Woche später, im alten Kühlhaus hinter dem Lebensmittelladen. Wir waren heißblütig und verrückt und jung, und wir liebten uns zwischen den Gurken und Kürbissen. Es war unheimlich schön, und das machte mir eine Zeit lang zu schaffen, denn mein liebestoller Geist ließ mich ständig an ihn denken, wenn ich nachts im Bett neben Mr Waldrip lag, dem liebsten und nettesten aller Männer. Der Gedanke quälte mich in dieser regnerischen Nacht im Bitterroot Forest, als kaum noch etwas Sinn ergab und sich Gott von einer ganz anderen Seite zeigte, als ich ihn bislang kennengelernt hatte. Ich konnte nicht nachvollziehen, was Er mit dem Maskierten vorhatte. Ich konnte nicht nachvollziehen, was Er vor all den Jahren mit Garland Pryle vorgehabt hatte. Aber vor allem konnte ich nicht nachvollziehen, was Er mit mir vorhatte. Ich bin mir selbst nach wie vor das größte Mysterium.

Was mich damals ängstigte und mich auch heute noch ängstigt: Ich bin mir ziemlich sicher, dass ich die Entscheidung, die ich in dem schmalen Gang mit den Erbsendosen traf, noch einmal treffen würde und immer wieder, bis ans Ende der Zeiten. Das war mir immer klar, jedes Mal, wenn ich auf den Knien in der First Methodist um Vergebung bat und die Gemeindemitglieder ihre selbstsüchtigen Gebete vor sich hin flüsterten, alle waren wir Sünder, die sich in diesem Holzbau versammelt hatten, um über die Bilanz unser Seele Rechenschaft abzulegen, und wir hörten nicht einmal den Wind heulen. Ich würde es wieder tun, Herr. Ich würde es wieder tun, und ich bin mir nicht einmal sicher, ob es mir leidtut.

Ich fand keinen Schlaf. Ich wartete darauf, dass der Morgen kam. Der Regen ließ nach und hörte schließlich ganz auf, und die Wolken wurden heller. Ich hatte eine weitere Nacht überlebt. Erschöpft und durchgefroren, wie ich war, stand ich auf, wrang den Pullover mit dem Zickzackmuster aus und schaute in den Abfluss im Stein, ob ich das Feuerzeug sehen könnte, aber da war nichts als schwarzes Wasser. Bei Tageslicht waren die Ruinen nicht mehr ganz so eindrucksvoll, wie sie mir im Dunkeln vorgekommen waren. Ich füllte das Regenwasser aus Mr Waldrips Stiefel in die kleine rote Feldflasche und sah auf den Kompass. Dann machte ich mich wieder auf in Richtung Osten.

Ich war noch keine Viertelmeile gegangen, als ich aus dem

dunklen Schatten zwischen einigen Bäumen im Südosten einen langen Pfiff hörte. Ich blieb stehen und legte die Hand ans Ohr. Da war es wieder. Es klang, wie wenn der Wind bei uns durch die Viehställe pfeift, nur in der Tonlage eines Schuljungen. Ich konnte schon immer gut hören, ich nehme an, weil ich bis dahin ein so stilles Leben geführt hatte. Mr Waldrip hingegen war dank seiner Schrotflinte auf dem rechten Ohr schon so gut wie taub gewesen.

Ich ging zwischen den Bäumen hindurch in die Richtung, aus der das Pfeifen kam, bis ich an eine Stelle gelangte, an der es sich anhörte wie die Geräusche, die eine Frau macht, wenn sie mit einem Mann zusammen ist. Keine fünfzehn Yards entfernt stand, geschützt von zwei krummen Kiefern, ein kleines blaues Zelt. Himmel, war ich aufgeregt!

Ich wollte schreien, um die Menschen, die im Zelt waren und diese Töne von sich gaben, auf mich aufmerksam zu machen, aber meine Kehle schnürte sich vor Aufregung zusammen. Als ich das Zelt erreichte, hörte das Geräusch mit einem Mal auf. Ich versuchte noch einmal, mich bemerkbar zu machen, aber ich brachte keinen Ton heraus. Ich zitterte. Stattdessen klopfte ich an die Zeltwand.

Nichts passierte.

Endlich gelang es mir, zu sagen: Entschuldigen Sie, ich brauche Hilfe, ich heiße Cloris Waldrip, ich bin mit einem Flugzeug abgestürzt.

Aus dem Zelt kam keine Antwort.

Ich weiß nicht viel über Zelte. Ich fand es nie allzu verlockend, im Freien zu schlafen. Als ich ein kleines Mädchen war, nahm Vater mich einmal mit in die Prärie, und wir schliefen unter den Sternen, auf Pferdedecken auf der Ladefläche des Wagens. Ich glaube, eigentlich wollte er nur eine Nacht lang seine Ruhe haben. Erst im Sommer zuvor war Davy gestorben, und gerade war eine

Frau zur Gouverneurin von Wyoming gewählt worden, und Mutter hielt das für keine gute Idee. Sie war eine ganze Weile kaum zu genießen.

Das Zelt hatte Reißverschlüsse. Es war schmuddelig, und an einer Stelle, auf die lange Zeit immer auf die gleiche Weise die Sonne geschienen hatte, war die blaue Farbe verblasst. Der Nylonboden wölbte sich und war dunkel verfärbt wie die Schürze eines Kochs in einem Diner. Ich wurde langsam unruhig. Ich stupste das Zelt mit dem Fuß an und sagte noch einmal, wer ich war. Nichts passierte. Dann nahm ich allen Mut zusammen und öffnete den Reißverschluss. Es roch wie in einem Kühlschrank nach einem Stromausfall.

Im Zelt war niemand! Darin lag eine große Papiertüte mit verrotteten und verschimmelten Lebensmitteln, und neben einer ungeöffneten Packung mit Papptellern und Plastikbesteck stand ein aufgeblähter Plastikbehälter mit der Aufschrift *Orangensaft*. Ich hatte keine Ahnung, was die Geräusche verursacht hatte, die ich gehört hatte. Vielleicht war es der Wind. Ich weiß es bis heute nicht.

Ich brüllte. Ich brüllte und brüllte. Ich brüllte so laut, dass ich glaubte, mein Hals müsse platzen. Langsam hatte ich wirklich genug da draußen. Manchmal denke ich heute noch an dieses leere Zelt. Wie war es dorthin gekommen, und was war Furchtbares passiert, dass jemand es einfach so zurückgelassen hatte? Ich hatte Angst, ich wäre in eine ganz spezielle Hölle gestolpert, eine Hölle voll ungelöster Rätsel.

Nachdem ich eine Weile gebrüllt hatte, lehnte ich mich gegen eine Kiefer und ruhte mich aus. Mein Hals tat mir weh, und mir war schwindelig. Ich beobachtete das Zelt und wartete ab, ob die Geräusche noch einmal zu hören wären.

Hinter mir bewegte sich etwas.

Ma'am, sagte eine gedämpfte Stimme. Ma'am.

Ich drehte mich um, und da sah ich ihn. Der Maskierte hockte zwischen den Bäumen! Meine Güte, war ich überrascht! Ich hatte schon befürchtet, der rückwärtslaufende Berglöwe sei zurückgekommen, um mich zu holen. Ich war ehrlich erleichtert, dass der Mann wieder da war, aber als ich den Mund öffnete, hob er einen behandschuhten Finger und bedeutete mir, still zu sein, und ich sagte nichts.

Er sah sich um und schlich ein wenig umher. Das ganze Zeug, das er bei sich trug, klirrte. Dann kam er zu mir und flüsterte: Alles okay mit Ihnen?

Ich nickte und fragte, warum er flüstere.

Warum schreien Sie so?, fragte er.

Ich sagte ihm, ich hätte das Gefühl, ich sei nicht mehr ganz bei Trost.

Er kroch zum Zelt, kniete sich hin und schloss den Reißverschluss wieder, dann stand er auf und richtete seine Maske, sodass seine Augen hinter den Löchern saßen. Er hatte eine vollgepackte Tasche über den Schultern, an der ein kleiner Angelkasten, eine Pfanne und drei rostige alte Kleintierfallen hingen. Von seinem Rücken ragte eine Angel empor, als ob man ihn wie eine Straßenbahn mit einer Oberleitung verbinden müsse. Was ist hier passiert?, fragte ich und zeigte auf das Zelt und zitterte.

In diesem Moment fuhr ein Windstoß durch den Wald und ließ das fleckige Nylon flattern. Genauso schnell, wie der Wind gekommen war, war er wieder weg, und alles war wieder still. Es war mächtig gruselig.

Ich weiß es nicht, sagte er und warf einen Blick zum Himmel. Wir müssen los.

Ich warf einen letzten Blick auf dieses schrecklich leere Zelt. Dann stiefelte der Mann los, und ich folgte ihm.

Ich dachte, Sie könnten mich nicht mehr begleiten, sagte ich.

Es ist eigentlich noch zu früh im Jahr für Schnee, sagte er, aber ich fürchte, es kommt trotzdem welcher. Sie hätten eingeschneit werden können. Kommen Sie, wir müssen uns beeilen.

Im Herbst 1986 herrschte furchtbar seltsames Wetter. In Florida trugen die Leute Pullover, und in Texas froren die Sickerteiche zu. Es kam vor, dass die Leute an einem Tag spärlich bekleidet an den Strand gingen, um Tags darauf am Kamin zu sitzen und heißen Apfelwein zu trinken. Soweit ich weiß, ist das Klima durcheinander, weil die Menschheit der Erde so übel mitspielt. Dass wir uns und unsere armen Nachbarn zugrunde richten, überrascht mich überhaupt nicht. Offenbar hassen wir uns selbst und die Zivilisation, die wir geschaffen haben. Die Städte werden immer größer, und die Technologie wird immer seltsamer, und die jungen Leute werden immer jünger und konsumieren Informationen, in denen ich weder Sinn noch Zweck zu sehen vermag.

Ich glaube, ich habe schon einmal erwähnt, dass unsere geliebte Großnichte Jessica in Phoenix, Arizona, lebt. Sie verbringt Stunden damit, in einem klimatisierten Raum vor dem Computer zu sitzen und in dieses Internet zu starren. Ich weiß wohl, dass sie darin einen Sinn sieht, den ich nicht erkennen kann. Wenn ich in diese weiße Kiste schaue, dann blendet mich das bunte Licht, und das, was man da alles zu sehen bekommt, finde ich einfach nur absurd. Ich bin keine Wissenschaftlerin, aber ich fürchte, wenn Jessica in meinem Alter ist, wird sie in einer Welt leben, in der es erdrückend heiß ist, in der arme Leute Kriege führen, die von Prominenten angezettelt werden, und meines Wissens wird Phoenix Feuer fangen, abbrennen und fortgeweht werden.

Ich bedankte mich bei dem Maskierten, dass er zurückgekommen war. Sie sind ein anständiger Mann, sagte ich ihm.

Er gab keine Antwort und ging einfach weiter.

Bloor, eine Flasche unter dem Arm und zwei Gläser zwischen den Fingern, ging mit Lewis nach oben ins Schlafzimmer, in dem Kerzen brannten. An einer Wand hingen drei Ölgemälde, auf denen leprakranke Zeloten kopflose Eidechsen in Händen hielten, und auf einem der Nachttische stand ein gerahmtes Foto von einer etwas jüngeren Jill, die konsterniert eine Hummerschere anschaut.

Bloor schenkte ein Glas Merlot ein und reichte es Lewis. Ich habe mir ein paar persönliche Sachen aus Missoula schicken lassen, sagte er. Er nickte in Richtung Foto. Früher war sie immer meine kleine Kameradin.

Ist sie noch wach oder schon im Bett?

Er schüttelte den Kopf. Teenager trauern anders, sagte er. Und für Jill Bloor sieht die ganze Welt irgendwie anders aus.

Lewis leerte das Glas in einem Zug. Durch die Panoramafenster sah man die Nacht und die schwarzen Berge. Auf der anderen Seite des Zimmers befand sich eine Glasschiebetür, die auf eine dunkle Terrasse führte.

Bloor fragte, ob sie etwas von Gaskell gehört habe.

Er sagt, es ist zu teuer, noch mehr gottverdammte Zeit zu investieren. Sagt, er ist sich nicht mal sicher, dass da wirklich ihr Name eingeritzt ist. Ich glaub, er hat einfach keine Lust mehr auf das Thema.

Bloor zeigte auf die Gemälde an der Wand. Die da sind heute angekommen. Eine norwegische Malerin. Sie sitzt im Gefängnis und wartet auf ihren Prozess, ist wegen Missbrauch angeklagt. Ist schon interessant, was die Leute antörnt, oder?

Weiß ich nicht, ob das so interessant ist.

Was törnt dich denn an, Ranger Lewis?

Lewis steckte sich einen Daumen in den Gürtel und schaute wieder die Bilder an. Das Übliche, denke ich mal.

Und das wäre?

Keine Ahnung, Küssen, Engtanz, nichts Besonderes.

Bloor kam auf sie zu und platzierte sein Kinn oben auf ihrem Kopf und schlang die langen Arme um sie. Er schwankte hin und her und tanzte mit ihr in einem kleinen Kreis. Weißt du, sagte er mit näselnder hoher Stimme, meine Frau hat immer gesagt, sie könne sich noch an die Nacht erinnern, als sie geboren wurde. Sie sagte, sie sei als Frühgeburt in einem Liegewagen eines Zugs zur Welt gekommen, irgendwo zwischen Yakima und Spokane. Ihre Mutter konnte sich nicht mehr an den Namen der Kleinstadt erinnern, durch die sie gerade fuhren, aber Adelaide schwor, der Name habe ein G enthalten, und die Straßenlaternen hätten die Farbe von getrocknetem Menstruationsblut gehabt.

Du immer mit deiner Ehefrau.

Er bugsierte sie sanft durch das Zimmer und schob sie aufs Bett. Er stand über ihr, im Schatten des Lichts, das vom Flur durch die offene Tür ins Zimmer schien. Er klatschte in die Hände, und eine Wolke aus Kreide stieg auf. Lewis stützte den Oberkörper mit den Ellbogen auf, um ihn besser anschauen zu können.

Er knöpfte sein Hemd auf, und bei jedem Knopf, den er öffnete, küsste er die Luft. Er legte sich neben sie und fuhr mit der Nase ihren Arm empor bis zur Schulter und hinterließ dort eine glasige Spur wie eine Schnecke. Zieh die Uniform aus, sagte er.

Ist Jill noch wach? Sollten wir nicht die gottverdammte Tür zumachen?

Lassen wir sie doch offen, was meinst du?

Warum zur Hölle sollten wir das tun?

Weil es sexy ist.

Okay.

Lewis knöpfte ihre Uniform auf, schlüpfte heraus und ließ sie zu Boden fallen. Das Pistolenhalfter landete mit einem dumpfen Geräusch auf dem Teppich.

Jetzt den BH.

Sie öffnete den Büstenhalter und warf ihn beiseite. Nun trug sie nur noch einen Slip.

Bloor machte hinten in der Kehle ein Geräusch, das klang wie ein Stein, der in einen Teich fällt. Er hielt Zeigefinger und Daumen hoch, rieb sie aneinander und betrachtete sie in dem schwachen Licht. Er ließ sie sinken und berührte ihre linke Brustwarze. Wie lange warst du verheiratet, Ranger Lewis?

Zwölf Jahre, sagte sie.

Bloor rollte ihre Brustwarze zwischen den Fingern. Was war am Ende das Problem? Dass ihr ständig hier oben wart? Der Alkohol? Die anderen Ehefrauen?

Lewis lag still und fixierte die Zimmerdecke. Sie zuckte zusammen, als Bloor sie fester anfasste. Er kniff sie, dass es wehtat, und sie schlug seine Hand weg. Gottverdammt, sagte sie. Bist du sicher, dass du beim Rettungsdienst arbeitest?

Sein halbes Gesicht lag im Schatten des Lichts aus dem Flur, die Höhlen seiner Augen, die Wulst seiner Brauen. Als er grinste, tauchten auf seinen Wangen tiefe Kanäle auf, die seine Mimik hölzern und mystisch wirken ließen wie die Fratze eines Neidkopfs.

Bloor kletterte auf sie. Er knöpfte sich die Hose auf und rieb sich sanft an ihrem Bauch, und sie sah über seine Schulter zur offenen Tür. Er nahm seine kreideweißen Finger und kniff sie in die Seite. Sie zappelte, doch er hielt sie fest an sich gedrückt und fuhr fort, sie zu kneifen.

Soll ich mal ganz ehrlich sein? So ehrlich, dass es wehtut?, fragte er.

Okay. Wenn's sein muss.

Ich weiß, das sollte ich nicht, aber manchmal bin ich richtig wütend, dass ich eine Tochter habe, die ein wenig ... ich will jetzt nicht sagen: zurückgeblieben ist, aber zumindest doch eine Tochter, die Schwierigkeiten damit hat, die Feinheiten der menschlichen Interaktion zu begreifen, und die keinen Sinn hat für höhere Werte.

Deine Tochter ist nicht zurückgeblieben.

Bloor erzählte Lewis, Adelaide habe noch am selben Tag, als Jill zur Welt kam, einen Traumfänger gekauft, und er habe ihn über ihrer Wiege aufgehängt, und eines Tages im Sommer, als es Adelaide nicht gut ging, habe sie das Baby vor dem Wohnzimmerfenster liegen lassen und sei auf der Couch eingeschlafen. Er berichtete, wie die Sonne das Muster des Traumfängers in das zarte Gesicht des Babys gebrannt hatte und wie es gebrüllt hatte, als sie aufgewacht war. Jill hatte Brandblasen auf den Wangen, sagte er. Wir mussten sie ins Krankenhaus bringen. Sie weiß davon gar nichts, weißt du.

Du hast es ihr nie gesagt?

Adelaide schämte sich dafür so sehr, dass ich ihr versprechen musste, es ihr niemals zu erzählen. Natürlich hab ich mein Versprechen gehalten. Wer würde wollen, dass seine Tochter weiß, dass ihre eigene Mutter ihr so etwas angetan hat?

Bloor kniff sie schon wieder. Sie biss die Zähne zusammen und hielt den Blick auf das Licht im Flur gerichtet. Dann lehnte sich Bloor zurück und griff wieder nach ihren Nippeln und drehte sie zwei Mal ganz fest und küsste die Luft über sich. Sie schrie kurz auf und biss sich auf die Zunge. Er ließ seinen Oberkörper wieder fallen und rieb sich rhythmisch an ihrem Oberschenkel. Sie sah über seine Schulter zur Tür.

Die Dielen knarrten. Jill überquerte den Flur und blieb in der offenen Tür stehen. Einen Moment lang sahen sie und Lewis einander in die Augen, dann ging das Mädchen die Treppe zur Küche hinunter, und Lewis hörte, wie sie die Kühlschranktür öffnete und einen Teller auf die Arbeitsplatte stellte.

Bloor brachte sich zum Höhepunkt, ergoss sich in seine Kreidehand und schmierte das Zeug an die Fensterscheibe über dem Kopfteil des Bettes. Er ließ sich neben Lewis auf das Bett fallen und lachte. Das war wunderbar, sagte er.

Lewis bedeckte ihre Brüste mit ihren feuchten Händen. Sie hörte, wie Jill die Treppe heraufkam, und sah sie über den Flur gehen.

Bloor rief den Namen seiner Tochter.

Sie blieb in der Tür stehen, aber schaute nicht ins Zimmer.

Gute Nacht, sagte Bloor.

Gute Nacht, sagte das Mädchen und ging in ihr Zimmer und schloss die Tür.

Irgendetwas löste draußen einen Bewegungssensor aus, und ein schwaches Licht ging an und beleuchtete die Terrasse. Lewis nahm an, dass es ein Eichhörnchen war, dennoch glaubte sie, hinter der Glasschiebetür noch etwas anderes gesehen zu haben. Den Schatten einer dünnen Frau. Es war gerade einmal Ende September, doch im kalten Licht draußen auf der Terrasse fiel Schnee. Lewis fand, der Schnee sah aus wie geschredderter Kunststoff in einem alten Film, und die angestrahlten, bewegungslosen Bäume hinter dem Geländer sahen aus wie die Kulissen auf einer windstillen Bühne.

Damit wäre wohl auch das geklärt, sagte Bloor und sah hinaus in den Schnee. Falls Cloris Waldrip den Absturz überlebt hat – diese Nacht wird sie nicht überleben.

Der Schnee lastete schwer auf den Ästen der Bäume und bedeckte die Granitfelsen am Straßenrand und erstickte das hohe Gras.

Lewis fuhr mit Jill im Wagoneer durch den verschneiten Wald, das Radio summte leise vor sich hin, die Schneeketten an den Reifen bissen sich in den letzten Rest der asphaltierten Straße, die vor Kurzem geräumt worden war. Lewis setzte die Thermosflasche mit dem Merlot an die violetten Lippen. Sie nahm einen Schluck und bog mit dem Wagoneer auf einen Feldweg ein, den eine Mischung aus Eis und Schlamm bedeckte.

Jill beobachtete sie vom Beifahrersitz aus. Meinen Sie, wir bleiben hier draußen stecken?

Nein, wir bleiben nicht stecken, gottverdammt. Lewis trank noch einmal aus der Thermosflasche und schraubte den Deckel wieder fest. Sie gab ein wenig mehr Gas.

Trinken Sie etwa Wein aus einer Thermosflasche?

Nein.

Sie fuhren einige Meilen über die unbefestigte Straße, zogen eine Rinne durch den stellenweise hohen Schnee und sausten an vernagelten Jagdhütten vorbei. An der dem Wind abgewandten Seite einer Hütte ohne Fenster hing kopfüber der Kadaver eines dilettantisch geschlachteten Tiers, der zu einem riesigen schlammigen Eiszapfen gefroren war. Lewis hielt nicht an, um einen Strafzettel auszustellen. Schweigend fuhr sie weiter. Dann erzählte sie Jill, sie habe am Morgen erfahren, dass die Nationale Behörde für Transportsicherheit zur Erkenntnis gekommen war, dass das Flugzeug mit den Waldrips wegen menschlichen Versagens abgestürzt war.

Terry Squime muss die Kontrolle über die Maschine verloren haben, sagte Lewis. Als hätte er einfach so beschlossen, er wüsste nicht mehr, wie man fliegt. Die gottverdammte Leiche war schon zu verwest, als dass man noch herausfinden konnte, ob er einen Anfall hatte oder ein Aneurysma oder so etwas, aber offenbar kann man das nicht ausschließen.

Jill sagte nichts und kurbelte die Scheibe ein Stück herunter und steckte sich eine Zigarette zwischen die Lippen. Sie nahm ein Streichholz und zündete sie an.

Sie meinen, vielleicht gab es Turbulenzen, und er geriet in Panik, sagte Lewis. Stressbedingt. Können nicht ausschließen, dass er Depressionen hatte und die Waldrips mit in den Tod riss. Er hatte gerade geheiratet, und es lief nicht so gut. Offenbar traf er sich in Motels mit Männern. Unter anderem mit seinem Postboten.

Jill zog an der Zigarette und blies den Rauch aus dem Spalt im Fenster. Depressionen und Postboten, sagte sie.

Lewis nahm eine schlammige Straße, die schwarze Fahrbahn war in Schlangenlinien zerfurcht. Hinter einer Reihe sterbender Bäume blitzte ein See auf. An einem Totempfahl, an den Schlangenhäute genagelt waren und dreckige Socken und eine Wäscheleine, an der in seltsamen Winkeln festgefrorene Teile eines Bärenkostüms hingen, bog sie ab. Sie hielt vor einer schiefen, aus Holzbohlen zusammengezimmerten Hütte am Straßenrand. Aus einem verrosteten Rohr im Dach kam grüner Rauch. Eine Tür in Form eines Bügelbretts öffnete sich, und ein Kopf erschien. Er gehörte zu einem dunkelhäutigen Mann mit langen, vereisten Locken, der eine Badehose trug und auf dessen Stirn eine Tauchermaske saß. Als er sah, wer da gekommen war, machte er große Augen, hüllte sich in ein Badelaken und stapfte eilig in Militärstiefeln ohne Schnürsenkel durch den Schnee zum Fenster der Beifahrerseite.

Lewis bat Jill, die Scheibe ganz herunterzukurbeln. Jill seufzte und kurbelte und lehnte sich zurück, damit Lewis mit dem Mann reden konnte, der nun einen Arm auf den Seitenspiegel legte.

Hi, Eric, was zur Hölle machen Sie denn hier in Ihren Badeklamotten?

Hundepaddeln, sagte der Mann. Hundepaddeln im kalten Wasser, mehr braucht man nicht, um gesund zu bleiben. Seine Zähne klapperten. Wer ist denn dieses hübsche Mädel?

Eine Ehrenamtliche.

Okay, okay, sagte er. Er nickte und zitterte wie ein fehlerhaftes Uhrwerk. Was tun Sie hier draußen an so einem Tag, Ranger Lewis? Nicht, dass Sie mit der Karre stecken bleiben.

Jemand hat sich beschwert, dass Sie ein paar gottverdammte Camper erschreckt haben.

Ich hab keine Camper erschreckt. Da waren einige Kids auf meinem Grundstück, die waren betrunken und unter Drogen und schwanger, also hab ich mich als Bär verkleidet und hab sie mit einem Krocketschläger verjagt.

Ja, das haben sie gesagt.

Sie waren auf meinem Grundstück.

Wenn Ihre Grundstücksgrenze so nahe am Campingplatz verläuft, sollten Sie vielleicht mal ein, zwei gottverdammte Schilder aufstellen, dann passiert so was nicht mehr. Wenn jemand auf Ihren Grund und Boden kommt, dann funken Sie uns einfach an, und Ranger Paulson oder ich kümmern uns darum. So müssen Sie sich gar nicht erst einmischen. Ihr Funkgerät haben Sie noch?

Ja, Ma'am.

Also gut.

Krieg ich einen Strafzettel?

Zur Hölle. Diesmal wohl nicht.

Danke.

Darf ich Sie was fragen, Eric?

Ja, Ma'am.

Haben Sie in den letzten Wochen hier draußen irgendetwas Interessantes gesehen?

Der Mann legte die Stirn in Falten. Plötzlich war er ganz ruhig und zitterte nicht mehr. Was meinen Sie?

Haben Sie etwas Ungewöhnliches gesehen? Irgendwas?

Sie meinen die Rammler, oder?

Rammler?

Die Augen des Mannes wanderten hin und her. Hinter meinem Hobbyschuppen hab ich zwei männliche Hasen gesehen, die haben sich bestiegen. Hab gehört, dass die das manchmal tun, aber ich hab's in meinem ganzen Leben noch nicht gesehen. Zuerst fand ich das unnatürlich, aber ich weiß nicht.

Noch irgendwas?, fragte Lewis.

Na ja, ich hab gestern Abend Rauch gesehen, als ich draußen im See war.

Rauch?

Vielleicht war es auch vorgestern. Wie von einem Lagerfeuer, da draußen, der Rauch wirbelte herum wie das Haar von dieser Ehrenamtlichen hier. Er nickte in Jills Richtung.

Verdammt.

Konnte man kaum erkennen. Sah aus, als ob's vom Alten Pass kam. Fiel mir nur auf, weil ich das so verstanden hatte, dass man da nicht mehr hinaufgehen darf. Dachte, es kommt vielleicht von einer der Schutzhütten.

Danke, Eric, das ist verdammt hilfreich.

Echt? Eric richtete den Blick wieder auf das Mädchen.

Jill starrte durch die Windschutzscheibe.

Geht's um diesen Perversen aus Phoenix?

Nein, sagte Lewis. Vor ein paar Wochen ist ein Flugzeug abgestürzt, und wir suchen nach einer Überlebenden. Die Frau ist zweiundsiebzig. Heißt Cloris Waldrip.

Der Mann pfiff durch die Zähne und begann wieder zu zittern und schüttelte langsam seinen wackelnden Kopf. Zweiundsiebzig? Sagen Sie den Angehörigen, sie sollen eine leere Kiste verbuddeln und ihr Leben weiterleben.

Am Nachmittag brachte Lewis Jill zurück zur Bergstation, schenkte sich heimlich aus einer Flasche hinter ihrem Schreibtisch einen Becher Merlot ein und machte sich daran, einen Bericht über den Rauch über dem Alten Pass zu schreiben. Pete saß an der Küchenzeile, Claude an seinem Schreibtisch. Jill stand am Fenster und rauchte und blickte in die verschneite Wildnis hinaus. Sie drückte einen Daumen auf die Scheibe.

Claude, der in einer Broschüre über Kryptologie las, sah auf. Du machst das Glas schmutzig.

Jill setzte sich auf einen Stuhl und drückte ihre Zigarette am Rand eines Bechers aus, den sie zwischen den Beinen hielt.

Lass sie doch das gottverdammte Glas schmutzig machen, wenn sie will, Claude, sagte Lewis, und sie trank Merlot aus ihrem Becher und zeigte Claude den Mittelfinger.

Claude murmelte etwas von wegen, es werde zu voll in der Station und Cornelia werde von Fingerabdrücken angezogen wie ein Hai von Blut, und auch wenn er sie finden wolle, müsse er alle davor warnen, was sie vielleicht tun würde, wenn sie Appetit bekäme. Der alte Hund unter seinem Schreibtisch saugte an den Enden von Claudes Schnürsenkeln, und Claude vertiefte sich wieder in seine Broschüre und strich sich über die blaue Nasenspitze.

Die Fingerabdrücke des Mädchens schimmerten auf der Scheibe. Im Spiegelbild konnte Lewis sehen, wie Pete an der Küchenzeile hin und wieder von dem Stickrahmen auf seinem Schoß aufsah. Nach einer Weile legte er den Rahmen beiseite und stellte seinen Hocker neben Jill und erzählte ihr, wie seine Frau alle Zimmerpflanzen auf ihr gemeinsames Bett geworfen hatte und ihm einen Zettel hinterlassen hatte, auf dem stand, sie sei fort, um mit einem Registrar vom Automobilmuseum Sex zu haben.

Ich wusste nicht, was ein Registrar ist, sagte Pete, anderthalb Stunden lang hab ich zu Hause nach einem Wörterbuch gesucht.

Konnte keins finden, musste in die Bibliothek fahren. Als ich da ankam, war zu. Ich hab anderthalb Tage gebraucht, um es rauszufinden. Das ist einer, der sich um die Sachen kümmert, die man im Museum anguckt. Die meisten Frauen brauchen Männer nur dafür, dass sie nicht merken, wie sie alt werden.

Manche Leute bekommen nicht genug Luft zum Atmen, wenn sie jung sind, sagte Jill.

Lewis widmete sich wieder ihrem Bericht und funkte das Hauptquartier an. Chief Gaskell war am anderen Ende. Sie erzählte, dass sie am Vormittag mit Eric Coolidge gesprochen hatte, der am Abend zuvor in der Nähe des Alten Passes Rauch hatte aufsteigen sehen. Lewis vermutete, dass sich Cloris Waldrip zu einer der Schutzhütten dort durchgeschlagen hatte, und sie sagte Gaskell, sie bräuchte ein Team mit einem Hubschrauber, um die Gegend abzusuchen.

Hören Sie, Debra, ich dachte, das Thema wäre durch. Over.

John, sie ist da draußen, und uns läuft die gottverdammte Zeit davon. Es gibt neue Informationen im Fall. Eric hat Rauch gesehen. Over.

Eric Toothlicker Coolidge zieht sich auch nackt aus und hängt sich kopfüber an die Bäume, weil er sich einredet, dass das gut fürs Gehirn ist. Erst neulich rief mich ein ziemlich ungehaltener Camper an, der das Pech hatte, das mitansehen zu müssen. Over.

Meinen Sie, das ist gut für sein Gehirn?, fragte Pete.

Lewis fuhr herum und legte einen Finger an die Lippen. Claude war mit dem alten Hund vor die Tür gegangen, und das Schloss war nicht eingerastet. Ein Windstoß stieß die Tür auf und ließ die Notizzettel und Mitteilungsblätter an der Pinnwand rechts von Lewis flattern. Ihr Blick fiel auf das Phantombild, das das glatte Gesicht des gesuchten dunkeläugigen jungen Mannes aus Arizona zeigte.

Ranger Lewis? Ranger Lewis, bitte kommen. Over.

Sie wandte sich wieder dem Funkgerät zu. Es könnte auch der Arizona Kisser sein. Over.

Haben Sie irgendeinen nachvollziehbaren Grund für diese Annahme? Over.

Das FBI glaubt, dass er sich in der Gegend versteckt. Eric Coolidge sieht Rauch von einer Schutzhütte aufsteigen. Vielleicht versteckt er sich in einer der gottverdammten Schutzhütten. In dem Quadranten gibt es nur drei Stück davon. Auf jeden Fall lohnt es sich, mal nachzuschauen, John. Over.

An der Behausung der McMillians führt eine Straße zum Alten Pass hoch, die früher die Bergarbeiter benutzt haben. Ganz ehrlich: Ich habe keinen Hubschrauber für Sie. Sie können aber gerne in ein paar Tagen, wenn der Schnee ein wenig getaut hat, mit Claude hinauffahren und es sich ansehen. Ist mir egal, so oder so. Ziemlich unwahrscheinlich. Ich weiß es nicht. Fahren Sie hinauf, und gehen Sie durch den Engpass, der zum alten Trapperpfad führt. Mehr kann ich im Moment beim besten Willen nicht für Sie tun. Passen Sie auf sich auf. Over.

Gut. Lassen Sie mich wissen, wenn sich was mit dem gottverdammten Heli ändert. Over.

Halten Sie durch, Ranger Lewis. Sagen Sie Bescheid, wenn wir hier unten irgendetwas für Sie tun können. Schöne Grüße von Marcy. Sie lässt ausrichten, dass sie Sie in ihre Gebete einschließt. Das tun wir alle. Over.

V

Wir waren den ganzen Tag unterwegs, über uns tief hängende dunkle Wolken. Der Maskierte schaute sich immer wieder um, um sicherzugehen, dass ich mit ihm mithalten konnte. In der Kälte stieg der Atem von seinem runden Kopf auf wie Dampf von einer Ofenkartoffel. Ich hielt mit ihm Schritt, aber sicherlich ging er langsamer, als er es gewohnt war. Er fuhr sich ständig mit den Fingern unter die Maske, um sich zu kratzen. Zweifellos war es ziemlich unangenehm, so lange mit einem T-Shirt auf dem Kopf herumzulaufen und nur durch zwei kleine Augenlöcher sehen zu können. Doch er gab nicht auf. Das aufziehende schlechte Wetter spornte ihn an, wir durften keine Zeit verlieren, uns in Sicherheit zu bringen.

Wir verbrachten eine bitterkalte Nacht auf einer felsigen Lichtung, auf der ein verwestes Dickhornschaf lag, in dessen Brustkorb er ein Lagerfeuer entfachte. Zum Abendessen gab es ein paar trockene Waffeln aus seinem Rucksack. Danach lehnte er sich gegen eine Kiefer und schlief, leise wie ein Baum, von mir abgewandt, die Maske vor dem Gesicht. Die Schafsknochen warfen seltsame Schatten auf die Felsen und auf seinen Rücken, und ich trank heißes Wasser aus einem Horn, das er mir gegeben hatte. Ich schlief die ganze Nacht tief und fest.

Am nächsten Morgen machten wir uns sofort wieder auf den Weg. Wie am Vortag ging er voraus, und wir redeten kaum. Erst als es dunkel wurde, hielten wir an. Meine Beine schmerzten, und der Rücken tat mir weh. Wir verbrachten eine weitere Nacht auf dem kalten Erdboden an einem kleinen Feuer. Am Morgen standen wir auf und liefen wieder den ganzen Tag.

Der Schnee kam am Abend darauf, kurz vor Einbruch der Dunkelheit. Der Mond durchbrach die Wolken und leuchtete durch die Kiefern auf den fallenden Schnee. Zu Anfang waren die Flocken noch weich und zart wie die Pappelsamen, die in Texas am Ufer des Red Creek durch die Luft segeln. Der Schnee war verhängnisvoll und wunderschön zugleich.

Ich mummelte mich in Terrys Jacke ein und bemühte mich, mit dem Mann mitzuhalten. Zum Glück waren wir am Morgen so früh aufgebrochen, denn das Schneetreiben wurde immer dichter, und als ich kaum noch die Hände vor Augen sah, tauchte im letzten bisschen Tageslicht eine kleine Blockhütte auf. Sie befand sich nicht auf einer richtigen Lichtung, wahrscheinlich war sie dort errichtet worden, wo die Kiefern gestanden hatten, die man gefällt hatte, um sie zu bauen. Die noch lebenden Geschwister standen ganz nah an der Hütte, an deren Nordseite dichtes blaues Moos schimmerte. Links und rechts der Tür klapperten zwei kleine, dunkle Fenster mit schmutzigen Scheiben im Wind, der nun ebenfalls zunahm. Vom schiefen Dach ragte ein rußgeschwärzter, krummer Schornstein empor. Es war ein unheimlicher Anblick.

Der Mann stieß mit der Schulter die Tür auf. Ich folgte ihm ins Innere der Hütte. Als Erstes legte er seine Tasche ab, zündete einen dieser Feueranzünder-Stäbe an und warf ihn in einen Kanonenofen, der aussah wie jener, den Grandma Blackmore in ihrem Wohnzimmer stehen hatte. Dann entzündete er eine Petroleumlampe, die auf einem Tisch mitten im Raum stand. Er zog einen Holzstuhl unter dem Tisch hervor und bedeutete mir mit einem seiner schneebedeckten Handschuhe, mich zu setzen.

Das flackernde Licht der Öllampe erhellte das schmuddelige

Innere. Ich will die Hütte an dieser Stelle ein wenig näher beschreiben. In einer dunklen Ecke lehnte eine Kommode, der ein Bein fehlte. Eine Wäscheleine war durch den Raum gespannt, daran hingen eine Hose und mehrere Hemden und warfen ihre Schatten auf ein Etagenbett, das an der gegenüberliegenden Wand befestigt war. Darauf lagen gelbe Schaumstoffmatratzen, deren Ecken von verzweifelten Nagern angefressen worden waren. Decken gab es keine. In einer anderen Ecke der Hütte lag ein aufgewickeltes Seil von der Art, wie Mr Waldrip sie früher auf der Ranch verwendet hatte. Auf dem Tisch standen mehrere leere Dosen ohne Deckel, deren Etiketten verrieten, dass sie einmal Birnenhälften und Kidneybohnen enthalten hatten. Auf einer ungeöffneten Dose mit Rote-Bete-Scheiben saß aufrecht eine einsame, verstaubte tote Fliege. Ich wusste, dass sie tot war, weil sie umkippte, als ich mich an den Tisch setzte.

Der Maskierte räumte den Tisch ab und warf die leeren Dosen hinaus in den Schnee, als wäre es ihm peinlich, dass es hier so unordentlich war.

Was ist das hier für ein Häuschen?, fragte ich ihn.

Die Regierung hat diese Dinger in den Fünfzigern gebaut, falls sich jemand verläuft, sagte er.

Der Mann zog den anderen Stuhl unter dem Tisch hervor und setzte sich. Er richtete die Maske wieder, sodass seine Augen genau hinter den Löchern saßen und das Bild der Pfannkuchen über seinem Mund. Er zog die Handschuhe aus, schnürte seine Stiefel auf und zog sie aus, Schlamm und angetauter Schnee landeten auf dem groben Holzfußboden. Er stellte die Stiefel neben den Herd zum Trocknen, zog ulkige gestreifte Socken aus, drehte sie auf links und hängte sie über die Wäscheleine. Sie dampften in der Hitze wie Speckscheiben. Er schaute mich in dem schwachen Licht an und legte den Kopf schief, als hätte ich ihn verwirrt, genau, wie es Mr Waldrips schwarze Labradorhündin Sally immer tat, wenn Mr Waldrip ihr eine Frage stellte. Der Mann schüttelte den Kopf und rieb seine Füße am Herd.

Nach einer Minute stand er auf und ging zur Kommode. Er stöberte darin herum und förderte schließlich ein rosa T-Shirt zutage, das mit einem Bild von einem weißen Pferd vor einem blauen Schloss bedruckt war. Außerdem gab er mir ein Paar gelbe Socken und eine glitzernde dunkelviolette Strumpfhose, die die Zeitungen später als Spandexleggings bezeichnen sollten. Hier, sagte er und legte sie auf den Tisch. Er drehte sich um und schaute in eine Ecke der Hütte, um mir etwas Privatsphäre zu geben.

Ich bedankte mich und schlüpfte aus Terrys Jacke. Da stand ich nun in meinen zerlumpten und feuchten Kleidern, dem abgenutzten Pullover mit dem Zickzackmuster und der Bluse und dem zerfetzten Rock. Ich zögerte.

Ich schaue nicht hin, sagte er.

Ich zog meine schmutzige Kleidung aus und legte sie auf den Tisch. Er hatte mich bereits splitternackt gesehen, aber ich sage Ihnen was: Ich fand es immer noch mächtig aufregend, mich in einem Raum zu entkleiden, in dem ein Mann anwesend war, der nicht Mr Waldrip war. Ich nahm die trockenen Sachen vom Tisch und zog sie an. Sie waren zu klein, selbst für eine zierliche Frau wie mich. Als ich das T-Shirt überzog, war mir, als könne ich das kleine Mädchen riechen, das es hier vergessen haben musste. Ein Geruch wie Äpfel und frisch gemähter Rasen. Damals dachte ich mir nichts dabei.

Als ich ein kleines Mädchen war, träumte ich immer davon, einmal viele Kinder zu haben. Nachdem Mr Waldrip und ich geheiratet hatten, schritten wir sofort zur Tat. So machte man das damals. Mary Martha Hart, eine meiner Bekannten von der Women's Historical Society, war schon wenige Wochen nach ihrer Hochzeit schwanger. Sie war siebzehn. Ihr Sohn war später ein beliebter Sänger in Las Vegas. Er hatte eine Frisur wie ein Kakadu und gab Songs über Einsamkeit zum Besten. Eine andere Frau aus meiner Gemeinde, Joycie Farwell, brachte sogar Zwillinge zur Welt, einen Jungen und ein Mädchen. Der Junge drehte später vollkommen durch und hielt in einem Red-Lobster-Restaurant irgendwo in North Dakota mehrere Leute als Geiseln, bis eine der Geiseln feststellte, dass er gar keine Pistole in der Hand hielt, sondern eine mit schwarzer Schuhcreme angemalte Karotte. Was ich damit sagen will: Kinder zu bekommen ist nicht immer unbedingt etwas Gutes. Umgekehrt ist es vielleicht also auch nicht unbedingt etwas Schlechtes, keine Kinder zu bekommen.

Fertig, sagte ich.

Der Maskierte drehte sich wieder um und sah mich an. Es war ein drolliges Outfit. Ich staune immer wieder darüber, wie sich junge Menschen kleiden. Wahrscheinlich ergibt die Kleidung, die manche Leute tragen, auch nur für sie selbst einen Sinn. Er sagte nichts zu meinem seltsamen Aufzug.

Dann setzte er sich mit dem Rücken zum Herd und las in einem gebundenen Buch, das aussah, als wäre es ins Wasser gefallen. Ich fragte ihn, worum es gehe, und er sagte, es würde mir sicher nicht gefallen. Ich erzählte ihm, dass ich lange Jahre Bibliothekarin gewesen war und mich für Literatur interessierte. Ich sah, wie sich unter der Maske die Form seines Mundes änderte. Er hielt das Buch hoch, damit ich den Titel auf dem Schutzumschlag lesen konnte. Der goldfarbene Schriftzug verhieß: *The Joy of Lesbian Sex. A Tender and Liberated Guide to the Pleasures and Problems of a Lesbian Lifestyle.* Die Autorinnen hießen Dr. Emily L. Sisley und Bertha Harris.

Das lag in der Kommode, sagte er und hielt sich wieder das Buch vor die Maske und las weiter.

Ich saß da und lauschte, wie der Wind Schnee gegen den Schornstein peitschte und durch die Ritzen in den unverkleideten Wänden pfiff. Der Schein der Petroleumlampe spielte auf dem Gesicht des Mannes, und zum ersten Mal, seit unser kleines Flugzeug abgestürzt war, stellte ich mir vor, wie es wäre, nach Texas zurückzukehren. Zunächst einmal würde ich mit dem Schlüssel, den Mr Waldrip unter dem kuhförmigen Stein versteckt hatte, die Haustür aufschließen. Meine Farne und meine Korbmarante würden vertrocknet sein wie alte Ziegen. Unsere arme Katze Trixie hätte alles aufgefressen, was wir ihr hingestellt hatten, und hätte anschließend Mäuse gefangen, um nicht zu verhungern, aber so recht traute ich ihr das nicht zu. Wahrscheinlich wäre sie nur noch Haut und Knochen und läge regungslos hinter der Haustür, das arme Ding.

Ich dachte daran, was für ein Leben ich ohne Mr Waldrip führen würde. So recht sinnvoll kam mir das nicht vor. Sich jede Nacht im Bett zu ihm umzudrehen, nur um festzustellen, dass er verschwunden war, und sich dann wieder an die ganze furchtbare Geschichte zu erinnern. Zu Arztterminen in einem dieser städtischen Busse voller uralter Trottel fahren zu müssen. Allein zu der Weide hinunterzuspazieren, auf der der schwachsinnige Stier mit der Maiskolbenpfeife im Maul angebunden ist.

Nein, ohne Mr Waldrip hatte es keinen Sinn, wieder nach Hause zu kommen, und ich fürchtete langsam, nach allem, was ich im Bitterroot Forest erlebte, wäre ich in Texas bloß noch fehl am Platz.

Zwei Tage lang lag draußen Schnee. Der Maskierte und ich saßen wie Hunde vorm warmen Ofen und aßen Bohnen und Rote Bete aus Dosen. Wir redeten kaum. Wenn es Zeit zum Schlafen war, wünschten wir uns eine gute Nacht, unsere Zähne rot wie Rosen.

Ich schlief unten im Etagenbett und er oben. Er bewegte sich im Schlaf kaum, man hätte glauben können, er wäre überhaupt nicht da, hätte nicht der Lattenrost über mir durchgehangen. Ich hatte seit vielen Jahren nicht mehr so nahe bei einem Mann geschlafen, der nicht Mr Waldrip war. Trotzdem schlief ich gut. Es war schön, auf einer weichen Unterlage zu liegen.

In der zweiten Nacht hörte ich draußen ein Geräusch und ging zum Fenster. Im Mondlicht sah ich den Berglöwen von neulich. Er schlich rückwärts um die Hütte herum. Ich alarmierte den Mann, und er sagte, er habe den Berglöwen auch schon einmal gesehen. Er glaubte, das Biest habe eine Ohrenentzündung gehabt und leide seitdem unter Gleichgewichtsstörungen. Er sagte, es sei bestimmt einsam und verwirrt und insgesamt ein ziemlich armseliges Exemplar.

Tagsüber saß der Maskierte am Ofen und schnitzte mit seinem Messer rätselhafte kleine Figuren und warf sie ins Feuer. Ich las das Buch über homosexuelle Beziehungen zwischen Frauen, das er gefunden hatte. Es ist ein interessantes Buch über ein delikates Thema. Ich verstand zwar nicht alles, aber heute bin ich froh, dass ich es trotzdem gelesen habe. Ich hatte lange Jahre gar nicht gewusst, dass so etwas wie lesbische Liebe überhaupt existiert. Über solche Dinge sprach man damals nicht. Es waren andere Zeiten. Da war ein Mädchen, das mit uns in Clarendon aufwuchs, Edith Pearson, sie spielte Baseball mit den Jungen und hatte keine Lust, ein Kleid zu tragen. Mir ist bewusst, dass sie damit noch nicht automatisch eine Lesbierin ist, aber später lebte Edith mit einer anderen Frau zusammen, Beth Stout. Sie wohnten in Perryton, Texas, in einem großen Wohnwagen. Die feinen Damen von der First Methodist zogen immer mächtig über Edith her. Heute kann ich das nicht mehr nachvollziehen.

An einem wolkigen Nachmittag, als der Schnee vor der Hütte

bläulich grau schimmerte, musste ich daran denken, wie Mr Waldrip und ich eines Abends in der Clarendon Elementary School, wo ich vor Kurzem als Lehrerin angefangen hatte, eine Aufführung besuchten. Wir saßen im Halbdunkel und sahen zu, wie die Kinder ein zauberhaftes Theaterstück über die ersten Viehzüchter von Texas darboten. Keine fünf Minuten nachdem das Stück begonnen hatte, rutschte Mrs Craddock, die Bibliothekarin, die ich irgendwann einmal ersetzen sollte, tot von ihrem Sitz. Sie war damals ungefähr so alt wie ich jetzt in dieser Blockhütte. Ihr gebrechlicher Gatte kniete sich hin, beugte sich über sie und flüsterte ihr etwas ins Ohr. Er vergoss keine Träne. Andere standen herum und falteten die Hände. Dr. Gainer versuchte, sie wiederzubeleben, er legte ihr eine Handfläche auf die Stirn und schüttelte sie sanft an den Schultern. Es nützte nichts. Die Kinder, Cowboyhüte auf dem Kopf und Schnurrbärte ins Gesicht gemalt, waren verstummt und sahen von der Bühne aus zu, was im Zuschauersaal vor sich ging – alle, bis auf den leicht beschränkten Rotschopf Merritt Sterling, der das Präriegras spielte und sich in seinem Kostüm noch eine ganze Weile im Wind hin und her wiegte, da er nicht mitbekommen hatte, was geschehen war.

Irgendetwas an Mrs Craddocks Tod ängstigte mein junges Herz damals auf eine ganz besondere Weise. Ich hatte mit einem Mal Angst davor, alt zu werden und zu sterben, Angst davor, dass ich mich durchs Leben lavieren und dabei die falschen Prioritäten setzen würde. Ich hatte Angst, dass nichts so sein würde, wie ich es mir immer vorgestellt hatte. Glücklicherweise musste ich darüber nicht allzu lange grübeln, denn schon am nächsten Tag stellte sich Mrs Taylor, eine kleine Frau, die unter der Zitterkrankheit litt, vor die versammelte Gemeinde der First Methodist und sprach ein Gebet für Mrs Craddock und ihre Familie. Sie wackelte wie eine elektrische Haarschneidemaschine, und plötzlich schwand meine

Angst, denn mir wurde klar, dass ich in Gott und als Teil dieser Gemeinschaft immer geborgen sein würde. Nun aber, in dieser Blockhütte, als nichts mehr war, wie es einmal gewesen war, und während ich das Hemd über dem Gesicht dieses mysteriösen Mannes betrachtete, das über seinem Mund ganz feucht war – nun kehrte die Angst von damals zurück, und ich fragte mich, ob es nicht ein gewaltiger Fehler gewesen war, im Leben nur an die bequemen Dinge zu glauben.

An unserem dritten Tag in dieser schmuddeligen alten Hütte ging der Maskierte hinaus, um Wasser aus einer nahe gelegenen Quelle zu holen und seine Fallen aufzustellen, und ich stellte einen Stuhl vor die Tür, setzte mich in die Nachmittagssonne und sah zu, wie der schmelzende Schnee von den Bäumen tropfte. Ich atmete die kühle, klare Luft ein, und meine Angst war verschwunden. Es ist erstaunlich, was der menschliche Geist zu ertragen in der Lage ist. Man kann sich sogar dann an eine Situation gewöhnen, wenn einem diese Situation vorher unerträglich schien.

Nachdem ich eine Weile dort gesessen hatte, kam der Maskierte durch den Wald zurück zur Hütte gerannt. Er richtete seine Maske. Ich rief Hallo, und er legte einen Finger auf die Stelle, an der sein Mund war, und bedeutete mir, still zu sein.

Er ging vor mir in die Hocke und zeigte in die Richtung, aus der er gerade durch die Bäume gekommen war. Er war außer Atem. Er sagte: Gehen Sie geradeaus in diese Richtung, und rufen Sie Ihren Namen.

Ich stand vom Stuhl auf und fragte ihn, ob er irgendjemanden gesehen habe.

Erzählen Sie denen nichts von mir, sagte er. Sagen Sie ihnen, dass Sie allein waren.

Ich muss denen von Ihnen erzählen, sagte ich. Sie haben mir das Leben gerettet.

Er sagte, bitte, und blickte über die Schulter in die Richtung, aus der er gekommen war.

Kommen Sie doch mit, sagte ich.

Er flehte mich regelrecht an. Aus den Augenlöchern der Maske schauten lange braune Haare heraus, die aussahen wie die Schnurrhaare einer Katze. Ich sagte ihm, ich würde tun, worum er mich bat.

Er dankte mir.

Meinen Sie, man wird mir glauben?, fragte ich. Es ist nicht so recht glaubwürdig, dass eine Frau in meinem Alter hier draußen allein überleben kann.

Sie müssen sie einfach nur überzeugen, sagte er. Er berührte meinen Arm mit einer behandschuhten Hand. Dann rannte er an mir vorbei in die Hütte und kam eine Minute später mit seiner Umhängetasche wieder heraus und machte sich auf den Weg in die entgegengesetzte Richtung.

Ich sah ihm nach, bis er zwischen den Bäumen verschwand.

Ich ging durch den Wald und rief meinen Namen. Nach knapp zehn Minuten kam ich an eine Lichtung und hörte auf zu brüllen. Hinter der Lichtung lag eine felsige Schlucht mit schneebedeckten und mit Fichten und Kiefern bestandenen Granithängen. In einiger Entfernung sah ich einen orange gekleideten Trupp durch das Grasland marschieren. Die Leute hatten einen Hund dabei. Ich hörte das Echo ihrer Stimmen. Sie riefen meinen Namen.

Ich gehe nicht davon aus, dass viele von Ihnen verstehen werden, was für ein Gefühl es war, dort in den Bergen meinen Namen zu hören und festzustellen, dass diese gütigen Menschen eigens gekommen waren, um meiner Tortur ein Ende zu bereiten. Nicht vielen Leuten wird in ihrem Leben die Erfahrung zuteil, wie es ist, gerettet zu werden. Zu diesem Zeitpunkt hatte ich fast einen Monat im Bitterroot Forest verbracht. Sicherlich wird kaum jemand, der dies hier liest, nachvollziehen können, was in meinem Herzen geschah und welche Entscheidung ich nun traf. Zweifellos werden viele von Ihnen das Buch anbrüllen: Dreh um, geh zurück, du alte Närrin! Ich muss zugeben, dass ich es selbst nicht ganz verstehe. Aber man muss sein Verhalten wohl vor allem vor sich selbst rechtfertigen und dann weitermachen.

Ich stand vollkommen still. Ich tat überhaupt nichts. Ich hob nicht die Arme und ruderte nicht mit ihnen in der Luft herum.

Ich rief nicht um Hilfe.

Eine entsetzliche Traurigkeit ergriff mich, und in diesem Augenblick fiel mir trotz all der Momente der Verzweiflung, die ich dort draußen im Bitterroot erlebt hatte, kein Grund ein, wieder nach Hause zurückzukehren. Ich konnte mir beim besten Willen nicht vorstellen, dass sich Clarendon noch genau dort befinden würde, wo ich es in den Ebenen von Nordtexas zurückgelassen hatte. Irgendwie glaubte ich nicht einmal, dass unser Haus noch dort stand, wohin nachmittags der Schatten des Wasserturms fiel, oder dass in der First Methodist Gottesdienste abgehalten wurden oder dass sich die Gemeinde versammelt hatte, um für mich und Mr Waldrip zu beten. In diesem Augenblick war ich mir nicht einmal sicher, ob jenseits dieser gewaltigen farbenfrohen Wildnis überhaupt irgendetwas existierte. Ich fürchtete, wenn ich nach Hause zurückkehrte, würde ich dort gar nichts mehr vorfinden.

Ich hatte Angst vor einem Leben, das dem ähneln würde, welches ich heute lebe. Seit meinem einundachtzigsten Geburtstag vor elf Jahren wohne ich in einer Einrichtung für betreutes Wohnen in einer kleinen klimatisierten Einzimmerwohnung. Die meiste Zeit bin ich allein. Ich bekomme nur selten Besuch, und wenn doch einmal jemand vorbeikommt, bin ich mir immer weniger darüber im Klaren, was diese Leute mir bedeuten – oder ich ihnen. Eigentlich habe ich für Gesellschaft gar nicht mehr viel übrig. Ich denke immer wieder, dass das Mitgefühl in dieser Einrichtung doch recht oberflächlich ist, aber vielleicht ist es das heute ja fast überall auf der Welt, nur dass das noch niemand mitbekommen hat. Dennoch gibt es einige neue liebe Menschen in meinem Leben, die ich durch meine damalige Tortur kennengelernt habe, und dafür bin ich auf eine ganz melancholische Art und Weise dankbar. Ihr, meine Lieben, wisst, dass ihr gemeint seid. Nun, damals konnte ich der Vorstellung, wieder in die zivilisierte Welt zurückzukehren, schlichtweg nichts mehr abgewinnen. Psychologen haben mir erzählt, dass ich in Trauer war und dissoziativ und traumatisiert, aber sie waren nicht dabei. Für sie sind das nur Begriffe aus einem Buch. Ich versichere Ihnen, das traf überhaupt nicht zu.

Ich beobachtete den Suchtrupp, bis er im Wald verschwand. Dann ging ich zurück zur Blockhütte. Ich warf meine dreckigen, zerfetzten alten Kleider in den Ofen und verbrannte sie.

Der alte Hund humpelte hinter dem Suchtrupp her. Alle vier hatten orangefarbene Westen an und trugen Rucksäcke und zusammengerollte Schlafsäcke. Sie gingen langsam und im Gänsemarsch: Lewis, Claude, Jill und, ein Stück dahinter, Pete. Lewis führte sie unter Ästen und Felsvorsprüngen hindurch. Sie massierte die großen blauen Flecken auf ihrem Unterarm und hielt immer wieder nach einer Rauchwolke in der Ferne Ausschau. Sie trank Merlot aus der Thermosflasche, dann Wasser aus einer Feldflasche.

Claude schnippte mit den Fingern nach dem alten Hund, der herbeigelaufen kam, an den Spuren seiner Stiefel schnupperte und Spuckefäden auf der Erde hinterließ, die in der Sonne silbern glänzten. Ich würde sagen, das hier entwickelt sich nicht so, wie du dir das vorstellst, Debs, sagte Claude.

Jill ging hinter ihm und kaute auf dem Stummel einer halb heruntergebrannten Zigarette herum.

Pete schnaufte und zog am Riemen der Videokamera. Er schlug sich mit der Faust auf seine verformte Brust. Wie weit noch?

Über den Daumen zwei Meilen, sagte Lewis.

Pete schüttelte den Kopf und hustete in seine Hand und betrachtete mit großen Augen den Schleim, den er ausgehustet hatte.

Claude schob seinen Rangerhut zurück und suchte den Himmel ab. Ich würde sagen, wir sollten umkehren, Debs. Sieht so aus, als würden wir es nicht mehr bis zur Hütte und zurück zu den Fahrzeugen schaffen, bis es dunkel wird. Es ist zu Fuß einfach zu weit.

Wir kehren nicht um, sagte Lewis.

Claude blieb stehen, und die anderen taten es ihm gleich. Ich dachte, die Schlafsäcke wären nur eine Vorsichtsmaßnahme.

Lewis lehnte sich gegen eine Kiefer. Wenn wir Mrs Waldrip finden, funken wir, dass sie uns einen Heli schicken sollen, sagte sie.

Was, wenn wir sie nicht finden?

Dann stell dir vor, es wäre ein gottverdammter Ausflug.

Jill drückte die Zigarette an einer Kiefer aus. Vielleicht werden die Morde an uns im Fernsehen nachgestellt, mit Schauspielern, die so aussehen wie wir.

Pete tupfte sich das Gesicht mit der Haube ab. Was, wenn wir da oben stattdessen auf einen ganz üblen Typen treffen? Diesen Arizona Kisser. Ich hab nur gesagt, ich schau mich mit euch um. Auf so was bin ich nicht vorbereitet. Nicht, wenn mein Herz so unregelmäßig schlägt wie jetzt.

Das ist Cloris, die da oben ist, sagte Lewis.

Claude ging zu Lewis und nahm sie beiseite und flüsterte: Alles klar, Debs?

Mir geht's gut. Du musst mich nicht ständig fragen.

Trinkst du etwa gerade Wein?

Nein.

Ich muss schon sagen, wenn du von vornherein geplant hattest, dass wir über Nacht bleiben, hättest du nicht das Mädchen mitnehmen sollen. Von Pete ganz zu schweigen.

Ich glaube nicht, dass wir über Nacht bleiben werden.

Claude musterte sie.

Lewis nahm an, dass er die halb herausgewaschenen Flecken betrachtete und die Stellen, an denen an ihrer Uniform Knöpfe fehlten. Sie steckte ihr Hemd in die Hose.

Debs, ich mache mir Sorgen, sagte er.

Ach, komm. Sei nicht albern.

Ich glaube, wir sind nicht mehr dieselben Menschen, die wir waren, als wir angefangen haben. Findest du nicht?

Kann schon sein.

Lewis ging weiter, und der Rest folgte.

Pete schloss zu Jill auf und hievte sich die Videokamera auf die Schulter und nahm sie in den Sucher.

Tust du das hier für deine College-Bewerbungen?

Nein, sagte das Mädchen.

College ist bestimmt eine gute Sache. Ich war nicht auf dem College. Und sieh mich an.

Warum soll ich Sie ansehen?

Pete ließ die Kamera wieder sinken. Ich bin vierzig Jahre alt und hab mich freiwillig gemeldet für eine Suche nach jemandem auf einem Berg, damit ich mich mit meinem gebrochenen Herzen nicht umbringe. Mein bester Kumpel von der Highschool ist wie ein Verrückter hinter einem einäugigen Gespenst her und seine Kollegin hinter einer verschollenen Alten. Ich hab niemanden mehr in meinem Leben, der mich tröstet. Ich wäre längst durchgedreht, wenn ich nicht schon vor Jahren Jesus ans Steuer gelassen hätte.

Klingt so, als wäre er hinterm Steuer eingeschlafen, sagte das Mädchen.

Pete kratzte sich im Nacken und verdrehte die Augen in Richtung seiner Brauen, als stünde die Antwort auf der Innenseite seines Schädels. Du hast einen klugen Kopf auf deinen Schultern, sagte er.

Die vier gingen eine Zeit lang wortlos weiter, man hörte nur ihr rhythmisches Atmen, den Hund, der den Erdboden beschnüffelte und dessen Marke am Halsband klapperte, und das Geräusch des schmelzenden Schnees, der von den Bäumen zu Boden fiel. Hin und wieder brüllte Lewis den Namen der verschollenen Frau. Es wurde langsam dunkel, und der Himmel nahm die Farbe der Rauchsäule an, der sie gefolgt waren.

Lewis holte eine Taschenlampe aus dem Rucksack, blieb stehen und leuchtete die drei Gestalten an, die ihr folgten. Sie blinzelten ihr entgegen, und in diesem Moment sahen sie aus wie die unheilbar kranken Hunde und Katzen, die in den Zwingern hinter der Klinik ihres Vaters darauf warteten, eingeschläfert zu werden. Sie sagte zu ihnen dieselben seltsamen Worte, die ihr Vater immer zu diesen armen Tieren gesagt hatte: *Alea iacta est.*

Sie waren schon tief im Wald, als ein Paar Fenster in Sicht kam, hinter denen ein schwacher Lichtschein auszumachen war. Lewis roch brennendes Kiefernholz. Der Himmel war dunkel und hoch und die Luft kalt, und die Taschenlampen warfen Lichtkegel auf Bäume und Granitfelsen. Lewis blieb stehen und lehnte sich gegen einen Felsen. Die anderen blieben hinter ihr stehen. Keiner sagte ein Wort. Zu ihren Füßen hechelte der alte Hund.

Im Schatten vor ihnen schlich eine bläuliche Gestalt, gebückt und langsam. Lewis ging auf sie zu. Plötzlich spürte sie unter der Spitze ihres Stiefels einen Gegenstand. In einer Pfütze aus geschmolzenem Schnee lag ein kleiner Adler aus Bronze. Als Lewis wieder aufsah, war die Gestalt verschwunden. Sie richtete den Blick auf die Schutzhütte. Sie nahm einen Schluck aus der Thermosflasche, lief voraus und rief, Cloris, Cloris, Cloris, Mrs Waldrip!

Von hinten rief Claude ihr zu, sie solle still sein und langsamer gehen.

Lewis erreichte die Hütte und legte ein Ohr an die Tür. Frau Waldrip, wir sind vom United States Forest Service, sind Sie hier?

Claude trat neben sie. Jill folgte und zündete sich eine neue Zigarette an. Pete blieb stehen, wo er war.

Lewis zog den Revolver, richtete ihn nach oben und hielt mit der anderen Hand die Taschenlampe dagegen. Sie lehnte sich gegen die Tür, und sie schwang auf.

Vorsicht, Debs.

Kümmer dich verdammt noch mal nicht um mich.

Sie ging langsam in die Hütte hinein und richtete Revolver und Taschenlampe auf den Boden. In einem eisernen Ofen brannten ein paar verkohlte Stücke Holz. Cloris?, sagte sie. Sie hob die Taschenlampe. Das Licht glitt über die Holzwände und die wenigen Möbel, den Staub und Rauch in der Luft. Ansonsten war die Hütte leer. Lewis steckte den Revolver in das Holster und nahm ihren Rangerhut ab und wischte sich den Schweiß von der Stirn. Quer durch den Raum war eine Wäscheleine gespannt, an der ein Paar schmutzige grün gestreifte Socken hingen. Lewis biss auf das Ende eines ihrer Handschuhe und zog ihn sich von der Hand, dann betastete sie eine der Socken und stellte fest, dass sie feucht war. Sie ging vor dem Ofen in die Knie und schaute ins Feuer. In der Glut leuchteten mehrere Messingknöpfe.

Claude zog den Kopf ein und betrat die Hütte, und der Hund kam hinterher, die Nase am Boden. Ich sag mal, wir haben hier ganz knapp jemanden verpasst, sagte er.

Jill blieb in der Nähe der Tür stehen und sah sich im Raum um.

Lewis stand auf, setzte sich den Rangerhut wieder auf und steckte ihre Handschuhe ein. Gottverdammt. Was glaubst du, warum sie weggegangen ist?

Ich sag mal, die hier sehen mir nicht aus wie die Socken einer alten Dame, Debs.

Das gefällt mir gar nicht, sagte Pete von der Tür aus.

Lewis nahm ein gebundenes Buch mit gewellten Seiten in die Hand, das auf dem Tisch lag. *The Joy of Lesbian Sex: A Tender and Liberated Guide to the Pleasures and Problems of a Lesbian Lifestyle* von Dr. Emily L. Sisley und Bertha Harris. Sie legte es wieder hin. Sie bat Jill um ihr Feuerzeug und zündete die Lampe an, die auf dem Tisch stand, dann ging sie zu einem Fenster und sah durch die schmutzige Scheibe. Bäume knirschten in der Dunkelheit.

Lewis wandte sich wieder ihrem Team zu. Alle lehnten sich irgendwo an, die orangefarbenen Westen leuchteten im Dunkeln. Der Hund hatte sich bereits vor dem Ofen zusammengerollt.

Lewis zog einen Stuhl vom Tisch und setzte sich. Mit dem Zeigefinger zeichnete sie eine Spirale in den Staub auf der Tischplatte. Wir bleiben heute Nacht hier.

Nein, sagte Jill. Das möchte ich nicht.

Lewis holte die Thermosflasche aus ihrem Rucksack und trank. Sie wischte sich den Mund ab. Keine Sorge, sagte sie. Wir sind nicht in Gefahr.

Und was, wenn die zurückkommen?, sagte Jill.

Pete tat einen Schritt durch die Tür. Wer? Was, wenn wer zurückkommt?

Jetzt reicht's, Debs, sagte Claude. Ich helfe dir nicht mehr, sie zu suchen. Ist mir egal, ob wir John überreden können, uns einen Helikopter zu besorgen. Ich mache nicht mehr mit. Das ist doch nicht normal.

Wenn man jemandem helfen kann, dann sollte man ihm helfen, Ranger Lewis, sagte Pete, aber wenn man ihm nicht helfen kann, dann nicht. Das hab ich auf die harte Tour gelernt, als Opfer häuslicher Gewalt.

Sie vereinbarten, dass sie sich bei Tagesanbruch wieder auf den Heimweg machen würden. Pete und Claude lehnten neben dem Ofen an der Wand wie Hühner auf der Stange. Lewis und Jill nahmen das Etagenbett, und Lewis beobachtete von der unteren Liege aus, wie Claude einschlief. Pete starrte zur Tür, das Licht des Ofens spiegelte sich in seinen Augen. Claude wimmerte durch seine blaue Nase, im Traum sprach er leise unverständliches Zeug.

Jill lag im Bett über ihr. Sie rührte sich nicht und gab keinen Laut. Lewis konnte nicht feststellen, ob das Mädchen schlief oder nicht. Lewis schlief nicht. Hellwach trank sie den letzten Rest Merlot aus der Thermosflasche und lauschte dem leisen Knacken des Kiefernholzes, mit dem sie vorhin den Ofen bestückt hatten, bis das Feuer erlosch. Der Revolver lag auf ihrer Brust.

Ein paar Stunden nachdem sie die Augen geschlossen hatte, öffnete sie sie wieder. Es war mitten in der Nacht. Jill stand neben dem Bett.

Stimmt was nicht?

Das Mädchen kam näher, und ihre dunklen Locken und die Narben auf ihrem Gesicht schimmerten im Mondlicht, das durch das kleine Fenster schien. Kann ich bei Ihnen schlafen?

Lewis setzte sich auf, stützte sich auf die Ellbogen, lutschte Merlot von ihren Zähnen und sah das Mädchen an. Sie musste an ein fleckiges Gemälde von Artemis denken, das neben dem Waschbecken in der Toilette in der Klinik ihres Vaters gehangen hatte. Was?

Kann ich bei Ihnen schlafen?

Hier drin?

Ich will nicht alleine da oben sein.

Warum nicht?

Mir ist kalt, und ich habe Angst.

Bist du für so was nicht zu alt?

Ich bin nicht zu alt dafür, dass mir kalt ist, und ich bin nicht zu alt dafür, Angst zu haben.

Lewis musterte das Mädchen und sagte: Okay.

Sie rutschte zur Seite, und Jill nahm ihren Schlafsack von oben und legte ihn auf das Bett. Sie kletterte hinein und drückte ihren Rücken gegen Lewis, und ihr Haar breitete sich aus und roch wie die blutigen Katzen, die nach einer Operation shampooniert worden waren.

Hören Sie das?

Höre ich was?

Es klingt wie, als wenn es welche miteinander treiben.

Lewis hob den Kopf und horchte. Das ist wahrscheinlich nur irgendein gottverdammtes Tier.

Ich kann schlecht einschlafen, wenn keine Musik an ist, sagte Jill.

Wieso?

Weil ich dann über jedes kleine Geräusch nachdenke. Musik überdeckt die Geräusche.

Hier gibt es leider keine Musik, und ich fange bestimmt nicht an zu singen.

Als Kind hatte ich eine Kassette von Jimmy Durante. Wenn eine Seite zu Ende war, bin ich aufgewacht und habe sie umgedreht.

Du bist immer noch ein gottverdammtes Kind.

Einige Minuten schwiegen sie, und Lewis vermutete, Jill sei eingeschlafen, da sie langsam atmete und immer wieder leicht zuckte. Lewis berührte das Haar des Mädchens und roch an seinem Nacken. Die Dielen knarrten, und sie schaute in die Dunkelheit. Pete stand am Ofen, die Videokamera über der Schulter. Das schwarze Auge der Linse starrte sie an. Das Band lief im Dunkeln. Lewis rührte sich nicht.

Pete nahm das Auge vom Sucher und blinzelte. Er stellte die Videokamera auf dem Boden ab, und in der Ecke des Raums, in der sie das Brennholz gestapelt hatten, kniete er sich hin.

Die anderen schliefen noch, als Lewis in Jacke und Hut aus der Hütte in die kalte Morgendämmerung trat. Sie stapfte zwischen den Bäumen hindurch, leckte sich die Reste des Merlots von den Zähnen, lehnte sich mit dem Rücken gegen einen breiten Baum und zog sich die Hose herunter. Dampf stieg auf, und sie atmete ihn ein.

Ein Schrei durchbrach die Stille, und der Hund bellte.

Sie zog sich die Hose hoch und rannte zurück zur Schutzhütte, schloss beim Laufen ihren Gürtel und sah Jill, die aus dem Wald kam. Das Mädchen sackte in der Tür zusammen, und der Hund sprang auf und leckte dunkles Blut von ihren Händen.

Lewis sagte dem Hund, er solle abhauen, und verpasste ihm einen Tritt, und er japste und verzog sich. Was ist passiert?, fragte sie.

Jill hob eine blutige Hand und wies in Richtung Wald. Ich habe jemanden gesehen. Da.

Claude erschien in der Tür. Er trug seinen Rangerhut. Er hatte eine Dose Bärenspray in der Hand. Wen?

Pete rieb sich die Augen und schaute über Claudes Schulter. Greift uns jemand an?

Lewis kniete sich hin und ergriff die blutigen Hände des Mädchens und drehte sie, um nach der Wunde zu suchen. Wo bist du verletzt?

Das Mädchen streckte die linke Hand aus. Ich bin rausgegangen, um zu pinkeln, und da habe ich jemanden gesehen. Ich bin losgerannt und über einen Metalladler gestolpert. Ich bin mit der Hand darauf gelandet.

Claude hielt den alten Hund, der mehr von dem Blut auflecken wollte, am Halsband fest. Einen Metalladler?

Eine Statue, sagte Jill. Auf dem Boden.

Pete schüttelte den Kopf. So was findet man eigentlich nicht hier draußen, oder, Ranger Lewis?

Lewis fand ein rundes Loch in der Handfläche des Mädchens. Du blutest ziemlich stark, sagte sie. Geht's dir gut?

Ja.

Tut es weh?

Nein, sagte das Mädchen. Da ist jemand, da draußen.

Cornelia Åkersson.

Verdammt noch mal, Claude. Führ dich nicht wie ein Trottel auf, und hilf mir.

Claude holte einen weißen Plastikbehälter aus seinem Rucksack und gab ihn Lewis. Sie öffnete ihn und holte ein Fläschchen Jod heraus. Das tut jetzt gleich kurz weh. Sie öffnete die Kappe mit den Zähnen und goss den gesamten Inhalt des Fläschchens auf die Wunde. Jill zuckte zusammen. Lewis legte eine Wundauflage auf das Loch. Einen Verband gab es nicht. Hier. Geben Sie mir das gottverdammte Ding. Lewis schnappte Pete die Haube vom Kopf und bandagierte Jill die Hand. Was meinst du damit, du hast jemanden gesehen?

Ich habe ein Geräusch gehört, und dann habe ich gesehen, dass sich etwas bewegt. Da. Mit einem blutigen Finger zeigte Jill auf eine Stelle zwischen den Bäumen.

Pete hob die Videokamera hoch und richtete sie auf Jills Hände. Was, wenn das dieser Kisser ist?

Lewis sah zu den Bäumen, die im Zwielicht lagen. Die Sonne war noch hinter dem Gebirgszug verborgen. Wartet hier.

Ich komme mit, sagte Claude.

Du bleibst bei ihr, gottverdammt noch mal, sagte Lewis. Sieh zu, ob du die Blutung stoppen kannst. Gottverdammt.

Mit Blut besprengt und von Merlot befleckt, den Rangerhut schräg auf dem Kopf, schritt sie mit schiefem Gang voran wie ein kriegsmüder Soldat und lutschte an ihren Zähnen. Sie zog den Revolver und hielt ihn in den blutverschmierten Händen, und so ging sie, bis sie an einen Abgrund kam. Von den Bäumen aus schaute sie hinab auf die weiten Wälder und das Buschland. Sie war allein und konnte die anderen nicht sehen.

Mrs Waldrip? Mrs Waldrip? Cloris?

Ein Windstoß fegte durch den Wald, und Lewis hörte, wie er über ihr durch die Baumkronen fuhr. Sie blickte hoch. Ein silberfarbener Luftballon hatte sich oben in einer ausgeblichenen toten Kiefer am Rand des Abgrunds verheddert. Auf dem Ballon stand in rosa Druckbuchstaben *Gute Besserung*. Lewis blinzelte und kniete sich hin. Sie hockte dort eine Weile und sah andächtig zu, wie der Ballon in der aufgehenden Sonne leuchtete, bis er brannte wie die Flamme eines Schweißgeräts.

Als sie ihr Gesicht berührte, war es nass, und sie nahm an, dass sie geweint hatte.

Hinter ihr rief jemand ihren Namen, und sie wischte sich die Wangen ab und beschmierte sie dabei mit dem Blut des Mädchens. Dann stand sie auf und steckte den Revolver in das Holster.

Sie kehrte zu den anderen in der Hütte zurück, wo alles voller Blut war. Die beiden Männer standen vor der Tür, ihre Hände waren rot. Claude knöpfte seine Uniform auf. Jill saß in der Tür, den Rücken am Türrahmen. Um die linke Hand hatte sie Claudes Unterhemd gewickelt, und Pete trug wieder seine Haube, die nun dunkelrot war. Jill rauchte. Der Hund leckte Blutflecken von den Dielen.

Jill säuberte sich die heile Hand mit ihren Locken. Was haben Sie gesehen?

Nur einen gottverdammten Luftballon in einem Baum.

Ohne Zweifel werden viele von Ihnen mich für eine verrückte alte Kröte halten, dass ich vor meinem eigenen Suchtrupp Reißaus nahm. Vielleicht bin ich ja verrückt. Es ist ziemlich schwierig, den eigenen Geisteszustand zu beurteilen. Das ist, wie wenn der kurzsichtige Mr Waldrip seine Brille verlegte. Dann stolperte er immer durch das Haus, mein armer Schatz, und berührte die Möbel wie ein verrückter Wunderheiler, während er einen Schwall Flüche vor sich hin murmelte. Ich musste dann die Brille suchen, schließlich bin ich mit einem guten Sehvermögen gesegnet. So ähnlich stelle ich mir das mit dem Verstand auch vor. Wenn man ihn verloren hat, dann braucht man jemanden, der seinen noch hat und einem hilft, ihn wiederzufinden.

Ich saß also in dieser kleinen alten Blockhütte und sah zu, wie meine schmutzigen alten Kleider im Ofen verbrannten. Es muss später Nachmittag gewesen sein, als ich aus einem der verdreckten Fenster schaute, um nachzusehen, ob der Maskierte wieder auftauchte. Ich hoffte, er würde zurückkehren, sobald er sicher war, dass der Suchtrupp mich gefunden hatte und wir den Weg zurück in die Zivilisation angetreten hatten. Ich wollte ihn überraschen und ihm mitteilen, dass ich beschlossen hätte, dort bei ihm zu bleiben.

Fast im selben Moment, als dieser Gedanke durch meinen Kopf gegeistert war, wurde mir klar, was für ein Unsinn das war. Die meisten Menschen wollen ja nicht die ganze Zeit ein und dasselbe; mit anderen Worten: Ich überlegte es mir sofort wieder anders. Grundgütiger, was um alles in der Welt hatte ich mir bloß dabei gedacht? Ich musste fort von hier und zurück nach Texas!

Mein Herz machte einen Satz wie eine Bohne in der Pfanne, und ich sprang vom Ofen auf. Ich nahm meine Handtasche und wickelte mich in Terrys Jacke und lief, so schnell ich konnte, aus der Blockhütte und rief meinen Namen.

Ein kurzes Stück in den Wald hinein trat ich gegen etwas Hartes und fiel mit dem Gesicht voran zu Boden, wobei mir die Lippe aufplatzte. Sonst tat ich mir nichts. Ich war über eine Adlerfigur aus irgendeinem angelaufenen Metall gestolpert. Ausgerechnet. Bis heute weiß ich nicht, wie dieses Ding damals dorthin gekommen ist. Ich schaute es mir kurz an, als ich mich aufrappelte, aber ich wurde nicht schlau daraus. Diese Figur beschäftigt mich heute noch. Vielleicht weiß ja einer meiner Leser, was es damit auf sich hatte.

Ich stand auf und lief weiter. Ich glaube, ich sah so albern aus wie Catherine Drewer, wenn sie auf einem ihrer kleinen Aerobic-Spaziergänge an den Fenstern von uns anderen Frauen vorbeihechelte. Meiner lieben Freundin Nancy Bowers, der Asthmatikerin, sagte ich einmal, dass ich fand, Catherine sehe aus wie ein Dorftrottel mit Hummeln im Hintern, und Nancy bekam einen Lachanfall, von dem sie so husten musste, dass sie nach Hause musste. Den Rest des Tages verbrachte sie im Bett. Meine liebe Nancy, vor einigen Jahren ist sie an einem Asthmaanfall gestorben.

Eine furchtbare Panik packte mich, als mir klar wurde, dass ich vielleicht die letzte Gelegenheit verpasst hatte, nach Clarendon zurückzukehren und bei der First Methodist mit einigen bekannten Gesichtern und lieben Freunden wie Nancy Bowers, Louise Altore und Pastor Bill um meinen Gatten zu trauern. Mit einem Mal hatte ich wieder großes Heimweh. Vielleicht hätte ich mich sogar gefreut, die dämliche alte Catherine Drewer wiederzusehen, aber ganz sicher bin ich mir da nicht.

Ich hatte gedacht, ich würde an die Stelle gelangen, von der aus ich den Suchtrupp in der Schlucht gesehen hatte, aber das tat ich nicht. Die Umgebung kam mir immer weniger bekannt vor. Auf dem Boden lagen überall vereiste, vom Schatten der höheren Bäume geformte Schneereste. Ich wusste nicht, wohin ich gehen sollte, und sank zu Boden und lehnte mich gegen eine frei liegende Baumwurzel, um Luft zu schnappen und an meiner aufgeplatzten Lippe zu saugen. Der Wind nahm zu, und die Bäume wankten und lehnten sich gegeneinander wie die betrunkenen Nachtschwärmer, die Mr Waldrip und ich immer samstagnachts vor dem Empty Cupboard Roadhouse sahen, wenn wir auf dem Heimweg vom Kino in Amarillo waren. Ich schloss kurz die Augen und stellte mir vor, ich säße jetzt genau dort mit Mr Waldrip im Auto. Wir reden kein Wort, fahren einfach nur nach Hause und lauschen dem Geräusch der Straße. Als ich die Augen wieder öffnete und mich umsah, sah ich nichts als Bäume. Ich wusste nicht mehr, aus welcher Richtung ich gekommen war und wie ich zur Blockhütte zurückfinden sollte.

Wie ich später erfuhr, war ich genau in die falsche Richtung gelaufen. Wenn ich nach links statt nach rechts gegangen wäre, als ich aus der Tür getreten war, dann wäre ich auf den Suchtrupp gestoßen, der später am Abend in der Blockhütte ankam.

Manchmal ist es unheimlich schwer, nicht zu erkennen, was für ein absurder Humor in solch einer ärgerlichen Situation steckt. Das gilt mitunter auch für ganz traurige Vorkommnisse. Ein bekannter Rodeoreiter aus Borger starb, als er in einer Bar in Dallas auf einem mechanischen Bullen ritt. Schlug sich an einer Deckenleuchte den Schädel ein. Natürlich ist das alles andere als lustig, aber wenn Mr Waldrip mir solche furchtbaren Dinge erzählte, musste ich immer kichern. Jetzt, da ich dies aufschreibe, muss ich sogar laut lachen. Dass die Mutter des Rodeoreiters jemals darüber gelacht hat, kann ich mir allerdings nicht vorstellen.

Ich hatte mich verlaufen. Also machte ich es mir kurzerhand zwischen den Wurzeln bequem, während der Wind auffrischte und es in den Bergen bereits dunkel wurde. Damals war mir überhaupt nicht nach Lachen zumute. Ich hatte noch keinen Sinn dafür, wie irrwitzig das Ganze war. Stattdessen verlegte ich mich wieder aufs Rufen und brüllte: Hilfe, ich bin Cloris Waldrip.

Ich mummelte mich in Terrys Jacke und zitterte und brüllte die ganze Nacht wie eine Verrückte, bis meine Stimme fort war und ich nicht einmal mehr flüstern konnte. Obendrein war meine Lippe ziemlich stark angeschwollen, und ich sabberte wie ein Muli. Als sich der Himmel wieder aufhellte und die Sonne direkt hinter dem Bergkamm stand, kam gerade noch rechtzeitig die Wärme zurück. Fast wäre ich erfroren.

Plötzlich hörte ich etwas durch den Wald schleichen. Was auch immer es war, wenige Yards von dort, wo ich saß, hielt es inne, aber ich konnte nicht sehen, was es war, die Bäume standen zu dicht. Dann vernahm ich ein Geräusch, als würde etwas auf den Boden plätschern. Ich dachte, vielleicht ist es ein grimmiger alter Bär oder der rückwärtslaufende Berglöwe, vielleicht aber auch jemand vom Suchtrupp. Es gelang mir, aufzustehen und um die Kiefern herumzuspähen, aber ich konnte nicht sehen, was es war. Ich wollte meinen Namen sagen, aber aus meinem Mund kam nur ein furchtbares Stöhnen. Das Plätschern hörte auf. Ich humpelte in die Richtung, aus der es gekommen war.

Was auch immer es war, es gab einen kurzen schrillen Schrei von sich und flitzte davon. Ich lief hinterher, aber es war furchtbar schnell, und im Dunkeln verlor ich es sofort aus den Augen. Ich ging weiter in die Richtung, in die es verschwunden war.

Ich sah nicht, dass es vor mir steil hinunterging.

Meine Beine hatten plötzlich keinen Halt mehr, und ich

rutschte einen Hang aus kaltem Schlamm und Steinen hinab. Ich krallte mich in einen Felsen, um meinen Fall zu bremsen, und riss mir dabei einen kompletten Fingernagel ab, aber ich rutschte trotzdem weiter, bis über den Rand eines Abgrunds. Es gelang mir, mich mit meinen blutigen Fingern an der Kante festzuklammern. Ich konnte den Kopf nicht drehen, um zu sehen, wie weit es nach unten war. Meine Beine baumelten frei umher, und ich streckte sie aus, so weit ich konnte, um den Boden zu erreichen, aber da war nichts. Meine Handtasche war mir von der Schulter gerutscht und lag vor mir oberhalb der Kante. Um nach ihr zu greifen, hätte ich loslassen müssen. Was für einen erbärmlichen Anblick ich geboten haben muss, wie ich da in diesen glitzernden lila Strümpfen und dem mit schwarzem Dreck beschmutzten rosa T-Shirt über dem Abgrund baumelte. Meine Finger brannten, Blut lief an ihnen herunter. Mir war klar: Ich konnte dort ewig so hängen, und niemand würde mich finden.

Also ließ ich los. Und ich muss sagen, es bereitet einem ein ganz besonderes Gefühl, wenn man sich erhobenen Hauptes dem Unvermeidlichen fügt.

Gottlob fiel ich nicht allzu tief, aber als ich auf dem Boden aufschlug, gaben meine Beine nach, und ich verdrehte mir den Knöchel und schlug mit dem Kopf gegen einen Felsen. Grundgütiger, tat das weh! Für eine Weile war ich ganz benommen. Ich war mir sicher, dass ich oberhalb des Abgrunds eine Frau meinen Namen sagen hörte, als die Sonne aufging. Ich lag mit gespreizten Beinen auf dem Rücken unterhalb eines Steilhangs zwischen Steinen und braunem Gestrüpp und rührte mich nicht.

Über mir wuchs ein rindenloser, sterbender Baum aus dem Abhang. An einem kahlen Ast steckte ein silberfarbener Luftballon, wie man ihn bei den abgepackten Blumen im Supermarkt oder an der Decke eines Krankenhauszimmers erwarten würde. Er war mit rosafarbenen Wörtern bedruckt, aber ich konnte sie nicht entziffern.

Als ich ihn erblickte, hielt ich ihn zunächst für einen Hubschrauber. Als ich merkte, dass es nur ein Ballon war, war ich mächtig enttäuscht. Meine Schwägerin Rhonda Lee Waldrip brachte mir solch einen Ballon in die Klinik mit, als mir im September 1978 die Gallenblase entfernt wurde. Ich ließ ihn aus Versehen los, als ich vom Krankenhaus zum Auto ging. Wie so oft in Texas war es ein windiger Tag, und der Luftballon verschwand sofort in Richtung Himmel. Mir kam der komische Gedanke, dass dies vielleicht der Ballon von damals war. Es ist schon erstaunlich, was für Entfernungen diese Dinger mitunter zurücklegen.

Ich lag still und versuchte zu spüren, ob ich mir etwas Ernsthaftes getan hatte, aber, wie bereits erwähnt, hatte ich robuste Knochen. Im Jahr zuvor war ich im Supermarkt gestürzt und hatte dabei einem sehr netten jungen Paar einen mächtigen Schrecken eingejagt, aber verletzt hatte ich mich nicht.

Nach einer Weile setzte ich mich auf und versuchte, meinen Knöchel zu belasten, aber es bereitete mir furchtbare Schmerzen, und ich fiel wieder hin. Ich lag auf dem Rücken wie eine traurige Schildkröte und dachte darüber nach, was ich dort draußen in der Wildnis alles falsch gemacht hatte. Dass ich überhaupt so lange überlebt hatte, grenzte an ein Wunder. Ich sah hinauf zu den Bäumen, die von mir aus gesehen auf dem Kopf standen, und stellte mir vor, dass anstelle des Luftballons Mr Waldrip dort hing, wie totes Holz, das noch nicht zu Boden gefallen war. Aber da war nur dieser silbern glänzende Ballon, der im Wind flatterte, und dahinter tat sich der Himmel auf und füllte sich mit Wolken, während es endlich Tag wurde.

Ich richtete mich auf und krabbelte unter die Kante des Abhangs. Ich lehnte mich gegen eine Wand aus Schlamm und freigelegten Wurzeln und streckte die Beine aus und sah auf meine blutigen Finger. Ich hatte großen Hunger und großen Durst. Ich sagte mir aber, ich müsse nur warten, der Suchtrupp würde mich schon finden. Diese Leute waren auf der Suche nach mir. Ich hatte sie mit eigenen Augen gesehen.

1983 kaufte uns jemand ein Stück Land von unserer Ranch ab. Es war höchstens ein, zwei Morgen groß, und der Boden war völlig verkalkt. Auf diesem Stück Land errichtete dieser Mensch ein eigenartiges kleines Bauwerk, eine Schwitzhütte, wie die amerikanischen Ureinwohner sie benutzen. Tierhäute und bemaltes Leder flatterten laut im Wind. Dabei war er überhaupt kein Ureinwohner. Er war ein weißer Mann, weißer geht es gar nicht. Er trug eine weiße Hose und kein Hemd und ein Hütchen, das aussah wie ein bunter Napfkuchen.

Jeden Donnerstagnachmittag fuhr Mr Waldrip zur Ranch hinaus, um sich bei der Viehzuchtanlage auf der Ostweide mit unserem Ranchverwalter Joe Flud zu treffen. Ich kam mit, wenn wir im El Sombrero zu Mittag aßen und er hinterher keine Zeit hatte, mich nach Hause zu bringen. Also wartete ich im Auto, während Mr Waldrip und Joe draußen im Gras standen und palaverten.

Von dort aus, wo Mr Waldrip geparkt hatte, konnte ich die merkwürdige Behausung beobachten. Und jedes Mal, wenn ich da saß, kam von Norden her eine junge hübsche Frau, die hübscheste, die ich je gesehen habe, auf einem Fahrrad angeradelt und zog eine Staubwolke hinter sich her. Sie trug immer ein dünnes Baumwollkleid, immer in demselben Blauton, und ihr flachsblondes Haar trug sie immer akkurat auf den Rücken gekämmt. An jedem Donnerstag, an dem ich dort im Wagen saß, kam sie vorbei, immer um Punkt halb zwei. Dann verschwand sie in dieser seltsamen Hütte hinter einer Büffelhaut, die als Tür diente, und kam erst nach einer Stunde wieder zum Vorschein. Ich konnte mir damals nicht erklären, was da vor sich ging. Warum stattete dieses hübsche Mädchen, so jung und so vital, einem so unattraktiven und seltsam gekleideten älteren Mann einen Besuch ab?

Ich hatte stets den furchtbaren Verdacht, dass sie dort hineinging, um sich dem Mann für Geld hinzugeben. Als ich nun da draußen im Bitterroot lag, kam mir erstmals der Gedanke, dass das Mädchen vielleicht nicht zu ihm ging, weil er sie dafür bezahlte, sondern dass sie es aus freien Stücken tat. Es konnte doch sein, dass sie diesen ungewöhnlichen kleinen Mann begehrte. Wenn es überhaupt so etwas wie einen freien Willen gibt, war sie freiwillig dorthin geradelt. Allerdings frage ich mich oft, ob wir nicht alle auf festgelegten Pfaden unterwegs sind, die wir nicht sehen können, versklavt von Herren, die wir nicht kennen. Ich bin inzwischen zu der Überzeugung gelangt, dass wir keine Wahl haben, wen oder was wir begehren. Von dem Moment an, da wir wissen, was wir wollen, sind wir verloren. Ich möchte den Menschen mitnichten vorwerfen, dass sie wissen, was sie wollen. Ich werfe ihnen höchstens vor, dass sie alles dafür tun, es zu bekommen, ohne sich über die Konsequenzen Gedanken zu machen.

Um hier in meinem Bericht nicht irgendwelche haltlosen Behauptungen aufzustellen, habe ich seither einige Nachforschungen angestellt und mich mit ein paar Leuten getroffen, die mir weiterhelfen konnten, daher weiß ich heute, dass der Mann Tom Calyer hieß und das Mädchen Lucy Calyer. Sie war seine Tochter und lebte mit ihrer Mutter ein Stück die Straße hinunter. Ich habe Lucy sogar persönlich kennengelernt. Sie war so nett, mich hier in Vermont zu besuchen, wo ich nun seit fast zwanzig Jahren lebe. Nach dem Bitterroot Forest bin ich nur kurz nach Clarendon zurückgekehrt, um meine Angelegenheiten zu regeln. Wie ich erwartet hatte, war Texas ohne Mr Waldrip unerträglich. Ich zog nach

Vermont, das mich fasziniert hatte, seit ich als kleines Mädchen in einem Bilderbuch über unsere Vereinigten Staaten Aquarelle der verschiedenen Jahreszeiten in Vermont gesehen hatte. Ich wohnte in einer Wohnung in Burlington, bis meine Hüfte nicht mehr mitspielte und ich vor etwas über zehn Jahren ins River Bend Assisted Living in Brattleboro zog. Wie dem auch sei, die besagte Lucy Calyer war zufällig nach Connecticut gezogen, und sie versicherte mir, es sei gar nicht weit und dass sie mich gerne besuchen würde; immerhin war ich seit dieser Tortur im Wald fast so etwas wie eine Prominente. Es war ein ausgesprochen netter Besuch. Sie ist noch genauso hübsch wie damals, ist verheiratet und hat zwei Kinder mit dunkler Haut und den niedlichsten Nasen, die man je gesehen hat. Sie beteuerte, ihr Vater sei ein sanftmütiger und friedfertiger Mann, der sich einfach nur selbst versorgen wollte und so leben, wie es die Leute ganz früher einmal taten.

Ich habe diese Anekdote hier eingebaut, weil ich finde, dass man niemals über das Wesen einer Angelegenheit spekulieren oder ein Urteil darüber fällen sollte, wenn man sie bloß bequem vom Fenster aus betrachtet. Es ist traurig, aber wahr: Oftmals sehen wir bei anderen Menschen genau das, wovor wir bei uns selbst gerne die Augen verschließen.

Lewis lenkte den Wagoneer den Berg hinunter, und Jill hielt den Stoff auf das Loch in ihrer Hand gepresst, und gegen neun Uhr abends trafen sie im Marcus Daly Hospital am Fuße der Berge ein. Das Gebäude war zweistöckig und grau, und davor standen drei betrunkene und blutüberströmte Männer, die mit winzigen Scherben von Autoscheiben gespickt waren, Zigaretten rauchten und im Licht einer Straßenlaterne funkelten wie Figuren aus Kristall. Aus einer der Merlotflaschen auf der Ladefläche füllte Lewis ihre Thermosflasche nach. Dann öffnete sie Jill die Beifahrertür, und sie gingen zusammen unter einem flackernden Neonschriftzug hindurch, der *Em gency* verhieß.

Sie saßen nebeneinander in einem kleinen Wartezimmer mit einem Aquarium mit blassen Fischen. Das Blut auf ihren Kleidern hatte sich in unergründliche braune Hieroglyphen verwandelt. Eine Stunde warteten sie, bevor eine junge Frau sie wortlos durch eine Tür winkte. In einem länglichen, mit dünnen Kunststoffwänden unterteilten Raum begrüßte sie ein Mann in einem fleckigen Baumwollkittel. Er stellte sich als diensthabender Arzt vor und wusch sich die Hände an einem Waschbecken. Er trug eine Sonnenbrille und einen Spitzbart. Jill saß auf einer Liege mit Papierauflage, und Lewis schwankte und lehnte sich gegen eine Trennwand und sah zu, wie sich der Arzt mit seinem Rollhocker zwischen die Beine des Mädchens schob und ihm den Verband von der Hand wickelte. Er drehte die Hand herum, als inspizierte er beim Metzger ein Stück Fleisch, und sagte, bei einer Punktion sei nur ein einziger Stich nötig. Er sagte, er sei gleich zurück, und ging.

Tut mir leid mit deiner Hand, sagte Lewis.

Glauben Sie, Sie sehen Ihren Ex-Mann jemals wieder?

Hoffentlich nicht. Wieso?

Jill schüttelte den Kopf. Ob ich auch mal Freunde hab und sie dann irgendwann nie wiedersehen werde?

Denke ich mal. Das ist ganz normal.

Aber ob ich die dann nicht mehr sehen will? Oder ob die mich dann nicht mehr sehen wollen? Oder sind wir uns einfach irgendwie egal?

Na ja, Dinge ändern sich, sagte Lewis. Hat deine Mutter deinem gottverdammten Vater das nie erzählt?

Gibt es keine Leute, die Sie früher mal gekannt haben, mit denen Sie jetzt keinen Kontakt mehr haben und bei denen es für Sie praktisch keinen Unterschied machen würde, wenn die tot wären?

Ich will ja nicht, dass die tot sind, Jill, sagte Lewis. Ich wüsste gerne, dass es ihnen gut geht, selbst wenn ich nichts von ihnen höre.

Auch Ihrem Ex-Mann?

Zumindest wünsche ich dem gottverdammten Kerl nicht den Tod an den Hals.

Aber Sie wollen ihn nie mehr wiedersehen?

Nein, will ich nicht.

Glauben Sie, Sie würden herausfinden, ob er tot ist oder ob es ihm gut geht?

Gottverdammt noch mal, keine Ahnung.

Jill schlug vor sich ins Nichts, und Blutstropfen landeten auf dem Linoleum. Vielleicht finden Sie es ja gar nicht heraus, sagte sie. Kann ja sein, dass er schon tot ist. Es würde für Sie keinen Unterschied machen.

Gottverdammt, wenn ich nichts davon weiß, dann macht es wohl keinen.

Alle über dreißig, die ich kenne, sind Psychopathen, sagte das Mädchen.

Plötzlich schrie am anderen Ende des Raums ein junges Mädchen, das ein Bein in Gips hatte. Sie starrte entsetzt auf das Bett neben sich, wo sich ein dürrer bärtiger Mann nackt auf dem Rücken herumwälzte, sich selbst ins Gesicht urinierte und dabei ein Lied sang, in dem es um irgendwelche zerfurchten Straßen ging. Mehrere gelangweilte Krankenschwestern griffen seine Arme und Beine und schnallten ihn fest und sprachen in freundlichem Tonfall mit ihm, als ob sie ihn gut kannten. Sie stellten die Trennwand wieder ordentlich hin, damit der Rest der Station das Schauspiel nicht mitansehen musste.

Der Arzt kam zurück und nähte Jills Hand mit einem Stich, und sie zuckte nicht einmal, und er nannte sie ein liebes Mädchen und rollte auf seinem Hocker hin und her. Er drückte seinen Schritt an ihr Knie. Bitte schön, liebes Mädchen, sagte er. Das wird schon wieder, meine Hübsche.

Jetzt reicht's, gottverdammt noch mal, sagte Lewis, und sie nahm Jill am Arm, und sie gingen.

Der Wagoneer schlängelte sich wieder den Berg hinauf. Alle Viertelmeile erhellten die Scheinwerfer ein Schild an der asphaltierten Straße, das vor Steinschlag warnte. Jill hatte die Knie an die Brust gedrückt und hing am Ende einer Rauchfahne, die durch das einen Spaltbreit geöffnete Fenster ins Freie gesaugt wurde.

Lewis trank aus der Thermosflasche. Ich hab vergessen, von der Klinik aus deinen gottverdammten Vater anzurufen. Ich denke mal, er macht sich Sorgen, dass wir noch nicht zurück sind.

Jill streifte die Zigarettenkippe an der Öffnung einer Getränkedose ab, die zwischen ihren Oberschenkeln steckte. Sie sagte kein Wort.

Lewis fuhr weiter und kam an einem Supermarkt namens Crystal Penguin vorbei. Drei Teenager hatten es sich auf der Ladefläche eines geparkten blauen Pick-ups bequem gemacht. Im Licht der Natriumdampflampen sah es aus, als würden sie von der untergehenden Sonne beschienen. Fettiges Haar, zartgliedrig und feminin. Die Jungen grinsten sie an. Sie hoben dickwandige braune Flaschen und grölten im Tonfall einer langsamen Sirene vor sich hin. Ein dürrer Junge mit Irokesenschnitt und einer Brille mit Drahtgestell winkte ihnen zu und streckte ihnen seine Zunge heraus, in der ein funkelnder Knopf steckte.

Jill winkte mit ihrer bandagierten Hand zurück und sagte: Ich frage mich, wie lange wir uns kennen werden, Ranger Lewis.

Sie waren noch ein gutes Stück entfernt, als Lewis im Schein der Lampen der Veranda Bloor sah, der auf sie wartete. Er saß reglos in einem Schaukelstuhl, die Arme verschränkt und die Stiefel auf dem Geländer.

Es war kurz nach Mitternacht, als Lewis den Wagoneer vor der weißen Hütte zum Stehen brachte. Bloor erhob sich von seinem Stuhl.

Lewis wandte sich Jill zu. Vielen Dank für deine Hilfe. Tut mir leid, dass du dir wehgetan hast.

Mir tut's leid, dass wir nicht gefunden haben, wonach Sie gesucht haben, sagte das Mädchen.

Sie gingen zusammen zu der weißen Hütte, und Bloor hob drohend einen kreideweißen Zeigefinger.

Wir mussten in der Schutzhütte übernachten, sagte Lewis.

Was ist mit deiner Hand passiert?

Sie hat sich ziemlich übel gepikst. Musste mit ihr ins gottverdammte Krankenhaus.

Bloor ging seiner Tochter entgegen. Sie trafen sich unten vor der Treppe zur Veranda, er ergriff ihre Hand und inspizierte den Verband. Koojee. Geht's dir gut?

Ja.

Bloor betrachtete sie beide und brachte sie in die Hütte. Lewis und Jill saßen auf der weißen Couch, und Bloor bereitete in der Küche Lachs und Spargel zu und rezitierte Verse von Gedichten, die er geschrieben hatte, weil er sich solche Sorgen um sie gemacht und schon geglaubt hatte, er habe sie beide verloren. Die drei aßen am Esstisch und tranken gemeinsam zwei Flaschen Merlot leer, Bloor fragte sie, was vergangene Nacht in der Hütte passiert sei, und sie erzählten ihm nicht viel, nur dass Cloris Waldrip nicht da gewesen sei.

Nachdem sie aufgegessen hatten, räumte Bloor den Tisch ab, und Lewis und Jill gingen mit einer weiteren Flasche Merlot auf die Veranda hinter dem Haus. Sie saßen auf den Gartenmöbeln und tranken Wein unter dem klaren Himmel.

Jill steckte sich eine blutbefleckte Zigarette in den Mund und zündete sie an. Warum nennt man ihn den Arizona Kisser?

Hat ein paar kleine Mädchen in Arizona geküsst, hab ich gehört, sagte Lewis. Viel mehr weiß ich nicht darüber. Will ich auch gar nicht.

Bloor kam durch die Glasschiebetür und hatte eine weitere Flasche Wein dabei. Er küsste zweimal die Luft und ging zum Whirlpool, hob den Deckel ab und stellte die Flasche auf den Rand. Ein schwarzes haariges Knäuel wirbelte im Wasser herum. Ach, Koojee!

Angetrunken schielte Lewis von ihrem Platz aus hinüber. Was denn nun, gottverdammt noch mal.

Sieht aus, als wäre ein Stinktier reingekrabbelt.

Bloor verteilte Kreide auf seinen Handflächen und zog das Ding am Schwanz aus dem Wasser. Er hielt es vor ihnen in die

Höhe. Die schlaffe, verfilzte Kreatur dampfte in der Kälte, und dunkles Wasser tropfte auf die Dielen. Das Tier roch nicht, Lewis roch lediglich das Chlor. Der Tod hatte, wie ein durchgedrehter Tierpräparator, dem Stinktier die Augen weit aufgerissen und das Maul zu einem verrückten Knurren verzogen. Das Fleisch löste sich aus dem Fell des Schwanzes, und der Körper des Tiers plumpste auf die Dielen, und Bloor hielt ein langes Stück Fell in der Hand, als wäre es eine Krawatte.

Hoppla, sagte er, ging in die Knie und hob den Rest des Kadavers auf, lachte kurz und warf das Ding über das Geländer in einen Baum, wo es an einem hohen Ast hängen blieb.

Was soll das bringen?, fragte Lewis. Jetzt stinkt es hier draußen nach totem Stinktier.

Ich hole es morgen wieder runter.

Jill stand auf und stellte ihr leeres Glas auf einem kleinen Holztisch neben den Stühlen ab. Sie ging zur Glastür, und bevor sie die Hütte betrat, fixierte sie Lewis mit ihren blau geschminkten Augen und lächelte auf eine Art und Weise, die Lewis nicht zu deuten vermochte.

Bloor klatschte in die Hände und zeigte auf den Whirlpool. Komm mit in die Wanne, Ranger Lewis.

Da drin hat gerade eben noch ein gottverdammtes totes Stinktier gelegen.

Das Wasser ist voller Chlor. Meine Frau hat immer gesagt, dass Chlor alles töten kann.

Warum hat sie dir immer solche merkwürdigen Sachen erzählt?

Bloor zog sich aus und ließ seinen nackten Körper Zentimeter für Zentimeter in das grüne Wasser sinken, bis nichts mehr zu sehen war als das dünne Haar oben auf seinem Kopf. Lewis betrachtete den Mann einen Moment, leerte ein weiteres Glas Merlot, zog sich ebenfalls nackt aus und stieg hinterher.

Sie schaukelten im Wasser auf und ab, und Lewis erzählte leise, dass sie glaube, Cloris Waldrip sei in der alten Schutzhütte gewesen. Sie war's, sagte sie.

Bloor antwortete nicht, er summte lediglich vor sich hin. Der Wind ließ die Kiefer schwanken, in der das Stinktier hing, die aufgerissenen Augen schimmerten matt im Licht, das durch das Küchenfenster fiel, und Lewis musste daran denken, wie sie Mr Waldrip vorgefunden hatten, ganz oben in einer Fichte.

Bloor verstummte und packte ihre Schultern und zog sie an sich. Lass das, sagte sie.

Er ließ sie los. Was ist?

Sie nahm die Flasche Merlot, nahm einen großen Schluck und stellte sie wieder auf dem Rand der Wanne ab. Okay, sagte sie.

Bloor ergriff erneut ihre Schultern und küsste sie. Er streichelte die blauen Flecken an ihren Armen und kniff sie. Meine Leopardin, sagte er. Er drehte sie herum und drang beinahe in sie ein und presste sich ein paarmal an ihren Hintern. Sie beobachtete einige verkrustete schwarze Stinktierhaare, die auf der Oberfläche des blubbernden grünen Wassers tanzten. Kaum eine Minute später stieg er aus der Wanne und ergoss sich vom Rand der Veranda aus ins Dunkle. Sie zog sich an und setzte sich den Rangerhut auf das feuchte Haar.

Willst du nicht bleiben, Ranger Lewis?

Ich muss nach Hause, sagte sie.

Ich hätte wirklich gerne, dass du bleibst.

Ich muss die Uniform wechseln. Schauen, ob das Blut rausgeht. Morgen früh komme ich deine gottverdammte Tochter abholen.

Die Natriumdampflampen waren erloschen, als Lewis wieder am Crystal Penguin vorbeikam. Sie fuhr ganz langsam und hielt den

Kopf aus dem Fenster in die warme Nacht. Sie lenkte den Wagoneer hoch auf den Berg zum Egyptian Point und hörte sich die nächtliche Wiederholung von *Fragen Sie Dr. Howe* an. Der Empfang war schlecht. Bei einem Anruf, den sie schon kannte, sprach der Anrufer mit dunkler Stimme über die Relativität von Schmerzen und Leid, und warum manche Menschen weinen, wenn ein Hund stirbt. Wissen diese Leute nicht, was wahrer Verlust ist?, fragte die Stimme. Lewis trank aus der Thermosflasche, die sie in Bloors Hütte noch einmal mit Merlot gefüllt hatte, bevor sie losgefahren war. Außerdem hatte sie eine volle Flasche aus der Speisekammer gestohlen und neben dem Beifahrersitz festgeklemmt, wo sie dumpf klapperte, während Lewis die unbefestigte Straße hinauffuhr.

Als sie den Wanderpfad erreichte, parkte dort der blaue Pick-up, bei dem die Heckklappe fehlte. Sie klappte die Sonnenblende herunter und rieb sich im Spiegel mit dem Daumen über die Zähne, dann leckte sie den Daumen ab und wischte sich damit über die Ränder ihres Mundes und über die Augenbrauen. Sie nahm den Rangerhut ab und fuhr sich mit den Fingern durchs Haar. Sie löste das Holster vom Gürtel und schloss den Revolver im Handschuhfach ein. Die Uhr am Armaturenbrett zeigte 2:40 Uhr, als sie den Schlüssel von der Zündung abzog.

Im Dunkeln trug sie die Flasche Merlot den Pfad hinauf. Sie lauschte nach Stimmen zwischen den Bäumen und hielt Ausschau nach dem Schein eines Lagerfeuers. Sie kam an eine Lichtung, auf der eine Horde junger Männer um ein Feuer saß und verrückt gackerte wie Hexen in der Walpurgisnacht. Sie blieb am Rand der Lichtung stehen und hörte zu. Sie presste die Flasche Merlot an ihre Brust.

Die jungen Männer redeten durcheinander, ihre Stimmen waren hoch und atemlos. Einer von ihnen prahlte damit, was er sich für einen tollen Gebrauchtwagen gekauft habe, und ein anderer redete darüber, dass die Telefone in zwanzig Jahren Gedanken lesen würden und dass die Ehe überholt sein werde und dass die Psychotherapeuten bald von Automaten abgelöst würden, die man mit Kleingeld füttern werde und die in Bars und Tankstellen aufgestellt werden würden.

Dann drang eine Stimme durch die anderen wie ein Eispickel: Sie wird jede Minute hier sein.

Nein, wird sie nicht. Sie kommt überhaupt nicht, Schwuchtel. Das alles ist nur ein Hirngespinst für kleine Mädchen, die Cola light trinken und Jungs mit Schwuchtel-Frisuren küssen.

Wenn wir lange genug hier oben sind, kommt sie ganz bestimmt.

Mein Opa hat gesagt, er hat sie hier einmal gesehen. Sie ist die Felsen runtergekommen und auf einem riesigen Gürteltier geritten und hat gestöhnt. Sie hatte nur ein Auge und keine Zähne und rote Haare und hatte die Titten und den Schwanz raushängen und alles. Er sagte, sie wär ein ganz scharfes Luder gewesen, auch wenn sie war, was sie war.

Warum hat sie denn gestöhnt?

Weil sie gegen ihren Willen einen Orgasmus hatte, als sie gestorben ist. Deshalb hallt ihr Stöhnen in alle Ewigkeit von den Bergen wider, sagt meine Opa.

Das ist doch Quatsch, oder? Gegen den Willen zum Orgasmus?

Ich hab so was auch schon mal gehört.

Lewis hielt die Flasche Merlot fest an sich gedrückt. Sie holte Luft, ging ein paar Schritte und wäre beinahe ins Licht getreten, sodass die Männer sie hätten sehen können. Doch dann machte sie kehrt und ging zurück zum Wagoneer.

VI

Eine nette junge Reporterin von einer Zeitung aus Boston mit einem zauberhaften Akzent hat mich einmal gefragt, ob ich während meiner Tortur im Bitterroot jemals daran gedacht hätte, mir das Leben zu nehmen. Meine damalige Antwort lautete: Nein. Doch da dies ein ganz und gar ehrlicher Bericht sein soll, möchte ich sie an dieser Stelle um Entschuldigung bitten und gestehen, dass ich nicht nur daran dachte, mir das Leben zu nehmen, sondern es tatsächlich versuchte. Und es war nicht das erste Mal.

Im Sommer 1941 war ich eine ganze Weile mächtig traurig, nachdem mir Dr. Josiah Dove mitgeteilt hatte, dass ich niemals schwanger werden würde. Ich war siebenundzwanzig, und es war mir unheimlich peinlich, und ich war wahnsinnig neidisch auf die Frauen in meinem Bekanntenkreis, die es geschafft hatten. Ich kam mir vor, als wäre ich keine richtige Frau. Heutzutage machen sich Frauen ums Kinderkriegen nicht mehr ganz so viele Sorgen, aber damals in Texas war Mutter zu sein eine der ganz wenigen respektablen Rollen, die es für uns Frauen in der Gesellschaft gab.

Und so fuhr ich in einer Sommernacht mit Mr Waldrips Pick-up-Truck zum Hauptquartier unserer Ranch, wo die Cowboys in einer schmutzigen alten Schublade die Arzneimittel für Rinder aufbewahrten. Nachdem ich so viele Fläschchen ausgetrunken hatte, wie ich nur konnte, wurde mir schlecht, und ich schlich zur Weide und kollabierte an einem Zaunpfahl wie eine Vogelscheuche. Als ich am nächsten Morgen aufwachte, fühlte ich mich ausgeruht, und ich war überrascht und erleichtert, am Leben zu sein. Ich stieg sofort in den Wagen und fuhr zum Supermarkt und holte ein paar Eier, falls Mr Waldrip mich fragen würde, wo ich gewesen sei. Der Gute, er hat kaum jemals gemerkt, was ich in meinem verrückten Kopf so alles ausheckte. Falls doch, hat er sich das nicht anmerken lassen.

Da draußen im Bitterroot saß ich die ganze Nacht gegen die ausgewaschene Erdwand gelehnt und spürte, wie irgendwelche kleinen Viecher über mich hinwegkrabbelten. Ich rief meinen Namen, bis hinter den Wolken die Sonne aufging. Ich konnte mein rechtes Bein nicht belasten, ohne dass es höllisch wehtat. Fortbewegen konnte ich mich nur auf dem Bauch wie eine Schlange. Aber ich wusste ohnehin nicht, in welche Richtung ich hätte krabbeln sollen, und meine Handtasche lag oberhalb des Abgrunds, wo ich sie nicht erreichen konnte. Die nützlichsten Gegenstände darin waren das Beil, die rote Feldflasche und der Kompass. Ich war vor allem traurig, dass auch Mr Waldrips Stiefel fort war. Mir kam der Gedanke, wie einfach doch alles wäre, wenn ich einen Monat zuvor mit Mr Waldrip und Terry in dem kleinen Flugzeug umgekommen wäre.

Das war der Zeitpunkt, da ich beschloss, mir dort in der Wildnis das Leben zu nehmen. Mir kamen furchtbare Bilder in den Kopf, vom armen Mr Waldrip, mit Fliegen übersät, von einem leeren Bett und von Todesanzeigen im *Amarillo Globe* und im *Clarendon Tribune*. Gütiger Himmel, ich sah unsere tragischen Namen, ganz banal auf billigem Zeitungspapier gedruckt, und stellte mir vor, wie der Boden der Hundehütte, die eine Familie für ihren ersten Welpen gebaut hat, mit dem Artikel über unser Ableben ausgekleidet ist und unser Foto mit Kot befleckt ist, sodass man uns kaum erkennen kann. Mir ist bewusst, dass viele der Damen von der First Methodist an dieser Stelle den Kopf schütteln werden, schließlich gilt Selbstmord als Sünde. Aber daran kann ich nun auch nichts mehr ändern.

Ich beschloss, mir aus der glitzernden Strumpfhose einen Strick zu knüpfen. Ich zog sie aus und drehte sie und verknotete sie zu einer Schlinge, und dann sah ich mich eine Minute lang um. Nebel waberte über den Boden, und Tau hing in den Bäumen. Ich schleppte mich zu einem niedrig hängenden Ast, schlang die Strümpfe darum und steckte den Kopf durch die Schlinge. Ich wollte so nicht gefunden werden, halb nackt an den albernen Kleidern eines Kindes erhängt. Was für ein furchtbarer Anblick! Aber wenn Sie fertig sind mit dieser Welt, kann Ihnen das, was ohne Sie in ihr vor sich geht, herzlich egal sein.

Ich hielt mich am Baum fest. Jetzt musste ich nur noch mit den Beinen einknicken, und die Schlinge würde den Rest erledigen. Ich hielt den Blick auf den silbern leuchtenden Ballon oben in der Kiefer gerichtet, hinter dem der Himmel immer grauer wurde. Ich ließ mich fallen. Mein Gesicht wurde heiß und fühlte sich taub an. Mir wurde schwarz vor Augen.

Als ich zu mir kam, lag ich flach auf dem Rücken und hatte Schaum im Mund. Ich setzte mich auf und rieb mir den Hals. Er tat mächtig weh. Die Strumpfhose hing noch am Ast.

Ich beschloss, solange ich konnte, über den Boden zu kriechen. Das wäre dann irgendwann mein Ende, Schluss, aus. Ich holte die Strümpfe vom Ast und zog sie wieder an und drehte mich auf den Bauch. Ich krallte die Finger in die Erde, zog mein kaputtes Bein hinter mir her und kroch in die Richtung, die am wenigsten mühsam erschien und in der es ein wenig bergab ging. Über eine Stunde krabbelte ich so vor mich hin und wartete darauf, dass mich die Lebensgeister verließen. Hin und wieder bekam ich solch einen Durst, dass ich innehielt und an einem Stück Eis lutschte, das im Schatten lag und noch nicht fortgeschmolzen war.

Ich gelangte zu einer Reihe großer Felsen. Unter einem öffnete sich eine dunkle Höhle, die groß genug war, um mit einem Fuhrwerk hineinzufahren. An der Mündung befand sich ein kleines Felsplateau mit einer dunklen Stelle, die vor Teeröl glänzte und an der, wie ich vermute, einst zahllose Feuer brannten. Ich stellte mir vor, wie viele Indianer diese Höhle über die Jahrhunderte benutzt hatten. Da war auch eine glatte Vertiefung im Felsen, von der ich inzwischen erfahren habe, dass so etwas den Indianern als Mörser diente. Jetzt schwamm trübes Wasser darin, in dem Frösche gelaicht hatten.

Ich kroch über das Plateau zur Höhle und legte mich vor die Öffnung. Die Sonne war aufgegangen, und es wurde warm. Eine kühle Brise wehte vom Eingang nach draußen, wie bei einem klimatisierten Kaufhaus. Ich rief hinein, aber meine Stimme war nach meinem Strangulierungsversuch noch angeschlagen und ziemlich leise. Ich weiß ohnehin nicht, was ich erwartet hatte. Ob ich wirklich geglaubt hatte, dass mir jemand antworten würde. Meine Stimme hallte an den Wänden der Höhle wider, als winde sie sich mitten durch den Berg und weiter bis nach Fernost, wo die Orientalen wohnen und zurückriefen. Ich hatte zu viel Angst, als dass ich mich weiter hineingewagt hätte. Es war sehr dunkel, und die Luft im Inneren roch nach feuchtem Teppich. Ich lag den Rest des Tages vor der Höhle und dann die ganze Nacht. Ein bemooster Baumstamm diente mir als Kissen, und ich hatte Hunger, und mir war sehr kalt. Obendrein machte ich mir Sorgen, ein Bär oder dieser einsame, rückwärtslaufende Berglöwe könne in die Höhle zurückkehren und mich zum Abendessen verspeisen.

Am nächsten Tag wollte ich Feuer machen, um ein wenig von dem fauligen Wasser aufzukochen. Vielleicht würde auch jemand den Rauch sehen. Das Problem war nur: Ich hatte weder Streichhölzer noch ein Feuerzeug.

Ich überlegte, was ich noch besaß. In der Brusttasche von Terrys Jacke fand ich die Bibel und Mr Waldrips Brille. Ich musste daran denken, wie Mr Waldrip an heißen Tagen draußen saß und las. Wenn die Sonne durch seine Brille schien, begann sein Buch irgendwann zu rauchen, falls er zu lange auf ein und dieselbe Seite starrte.

Um es kurz zu machen: Mit viel Mühe gelang es mir, im Laufe des Tages mit Mr Waldrips Brille und ein paar Seiten des Ersten Buchs Mose ein Feuer zu entzünden. Ich weiß, manche Leute werden jetzt den Kopf schütteln und mich der Blasphemie zeihen, aber denen würde ich gerne entgegnen, dass man die Regeln, die die Geschichte für uns aufstellt, in der Praxis nicht immer befolgen kann. Ich war durchaus zufrieden mit mir. Ich lehnte mich neben meinem Feuer zurück und fand, ich sei eine würdige Nachfahrin der Höhlenfrau aus dem Diorama im Panhandle Plains Museum.

Am Nachmittag sah es nach Regen aus. Ich kroch auf dem Bauch herum und sammelte alles trockene Feuerholz ein, das ich finden konnte, und schichtete es am Eingang zur Höhle auf. Das dauerte eine ganze Weile.

Dann fasste ich mir ein Herz und war plötzlich so mutig, ich hätte mit einer Klapperschlange Schach spielen können. Ich benutzte ein Stück Holz vom Lagerfeuer als Fackel und krabbelte in die Höhle hinein.

Die Höhle war trocken und leer, zumindest so weit, wie der Schein meiner Fackel reichte. Die Wände waren glatt, und auf dem Boden wuchsen weiße Kristalle, groß wie Nudelhölzer. Ich bekam meinen Holzstapel gerade noch rechtzeitig in die Höhle geschoben. Dann goss es mit einem Mal wie aus Kübeln. Ich zündete das Holz mit meiner Fackel an, und es wurde schön warm in der Höhle. Der Rauch wehte hinaus in das Unwetter. Den Rest des Tages über regnete es.

Als die Nacht hereinbrach, hörte der Regen auf, und die Sterne kamen heraus. Ringsum war es still wie der Tod. Ich hatte mächtigen Hunger. Ich hatte nichts mehr gegessen, seit ich am Tag zuvor die Hütte verlassen hatte. Plötzlich erfüllte die Höhle ein furchtbares Quieken. Ich nehme an, dass ich damals gleich wusste, was es war. Fledermäuse. In Clarendon hatten wir kaum Fledermäuse, ich hatte in meinem Leben vielleicht zwei Stück gesehen. Ich war mit den Nerven am Ende. Aber vor allem hatte ich Hunger.

Ich krabbelte mit meiner Fackel tiefer in die Höhle hinein und erhellte diese unermessliche Dunkelheit. Ich schaute an die Decke, sie war übersät von schlafenden Fledermäusen. Meinen Recherchen zufolge heißt diese Art Große Braune Fledermaus, was mir doch wenig einfallsreich vorkommt. Es handelt sich nicht um die unheimliche Sorte, die Blut trinkt und um die sich Gruselgeschichten ranken. Doch gütiger Himmel, es müssen Hunderte gewesen sein! Und ich hatte mittlerweile solchen Hunger, dass dieser Anblick nur einen Wunsch in mir weckte: einer davon auf den Kopf zu schlagen und sie über dem Feuer zu rösten und zu verspeisen.

Auch wenn Sie es mir vielleicht nicht glauben werden: Genau das tat ich. Ich suchte mir eine schön saftige, pralle Fledermaus aus, stemmte mich auf einem Bein empor und lehnte mich gegen die Wand. Ich erschlug die Fledermaus mit einem losen Stein. Sie fiel mir zu Füßen, und plötzlich kreischten die anderen und schwirrten um mich herum. Ich verlor den Halt und landete auf meinem Hintern, und die Fledermäuse flogen aus der Höhle.

Ich hob meine Beute auf, spießte sie auf einen Kiefernzweig und hielt sie ins Feuer. Die ledrigen Flügel knackten, und der Körper blähte sich auf und platzte. Zu meiner Schande stellte sich heraus, dass es sich bei dem armen Geschöpf um ein trächtiges Weibchen handelte. Alle Fledermäuse dort waren trächtig. Ich war über eine sogenannte Wochenstube gestolpert, wie Chiropterologen das nennen.

Ich aß die komplette Mutterfledermaus und ihr ungeborenes Junges auf und nagte die Knochen ab. Das Tierchen tat mir leid, aber es tat mir nicht so sehr leid, dass ich auf mein Abendessen verzichtet hätte. Es fiel mir nicht ganz leicht, sie zu zerkauen, da ich ja nur die Backenzähne benutzen konnte, seit ich meine Prothese im Fluss verloren hatte. Fledermaus schmeckt gar nicht schlecht, muss ich sagen. Ein wenig wie Wachtel.

Alles in allem verbrachte ich fast zwölf Tage in dieser Höhle. Nach einer Weile kam es mir vor, als wäre ich schon seit Monaten dort. Bald war ich in der Lage, wieder aufzustehen und umherzuhumpeln. Ich hatte einen knorrigen Ast mit einem Haken am Ende gefunden, den ich als Gehstock benutzte. Damit klapperte ich über den felsigen Boden wie ein erbarmungswürdiger Hirte, der Fledermäuse und Ungeziefer hütet. Mein Haar war vollkommen durcheinander. Ich glaube, ich muss wie eine verrückte Höhlenhexe ausgesehen haben, aus einer Epoche, die die Geschichtsschreibung ausgelassen hat.

Immer nach Einbruch der Dunkelheit kehrten die Fledermäuse in die Höhle zurück, und wenn sie eingeschlafen waren, schlich ich mich an und erschlug eine von ihnen mit dem Ende meines Gehstocks. Nach einigen Tagen wachten die anderen nicht einmal mehr auf, wenn ich mein allabendliches Blutbad anrichtete. Auch ihre Zubereitung gelang mir immer besser. Ich legte ein flaches Stück Kalkstein über das Feuer, auf dem ich sie briet, anstatt sie bloß am Stock direkt in die Glut zu halten. Und ich trank Wasser aus der Vertiefung vor der Höhle, das ich abkochte, indem ich Steine hineintat, die ich vorher im Feuer erhitzt hatte. Später erfuhr ich, dass diese Technik bereits von den Urmenschen angewendet wurde. Dabei kochte ich ein paar Kaulquappen mit, die ich ebenfalls aß.

Ich kann mich nicht erinnern, dass ich während meiner Zeit in der Höhle in nennenswertem Maße über irgendetwas nachgedacht hätte. Ich funktionierte einfach nur, so ähnlich, wie die

Lunge funktioniert oder das Herz. Ich hatte beschlossen, zu überleben, aber ich weiß nicht mehr, wie ich zu der Entscheidung gelangt war. Ich ging meinem verzweifelten Tagesgeschäft nach, als hätte ich mein Lebtag Fledermäuse gegessen und abgestandenes Wasser mit Steinen abgekocht. Schwach, wie ich war, verbrachte ich den Großteil des Tages an die Wand der Höhle gelehnt und sah zu, wie die Sonne über die Felsen wanderte.

Ungefähr eine Woche nachdem ich die Höhle bezogen hatte, weckte mich mitten in der Nacht ein Schrei, der klang wie ein Kind, das Schmerzen hat, oder ein verstörter Vogel. Auf meinen Gehstock gestützt, schaute ich aus der Höhle hinaus in den dunklen Wald. Es war still, und der Nebel leuchtete im Mondlicht. Nach einer Weile war der Schrei wieder zu hören, diesmal war er lauter als vorher. Ich weiß, wie Kälber schreien, die abgestillt werden. Ich erinnere mich daran, wie ein kleines Gelbviehkalb brüllte, das eine üble Wucherung am Kopf hatte und sich nicht bewegen konnte. Unser Ranchverwalter Joe Flud musste ihm mit dem Revolver vom Kaliber .22, den er stets im Stiefel trug, den Gnadenschuss geben. Eine ganz ähnliche Furcht und Trauer vermeinte ich in dem Schrei zu hören, der aus dem Wald erscholl.

Ich packte meinen Spazierstock fester. Da kam aus der Dunkelheit eine kleine sandsteinfarbene Bergziege angelaufen, kaum größer als eine Katze. Ihre kleinen Knie knickten ein, und sie sank auf dem Felsen nieder und pfiff mich an. Ein durchaus glaubwürdiger Zoologe hat mich vor Kurzem aufgeklärt, dass Bergziegen als einzige Art ihrer Gattung keine echten Ziegen sind. Sie sind enger mit Antilopen verwandt, und wenn sie klein sind, pfeifen sie wie Vögel. Ich zögerte zunächst, doch dann tat ich einen Schritt auf sie zu. Das kleine Bündel war so bemitleidenswert, dass es selbst dem übelsten Grobian zu Herzen gegangen wäre. Meine Güte, war es niedlich! Es lag ganz still da und bewegte sich nicht, als ich mich ihm näherte.

Na du, sagte ich. Warum weinst du denn?

Das Zicklein starrte wie gebannt ins Feuer. Sein winziger Körper ging bei jedem Atemzug auf und ab, es sah aus wie ein Blasebalg. Ich setzte mich direkt daneben und griff langsam nach seinem Fell. Weder scheute es, noch hatte es irgendwelche sichtbaren Verletzungen. Es konnte kaum älter sein als ein paar Tage. Ich vermutete, dass es seiner Mutter abhandengekommen war, bevor es gelernt hatte, ohne sie zurechtzukommen. Das Gleiche war einem der Cowboys von Mr Waldrip passiert, und dadurch war er zu einem schlecht erzogenen und aufbrausenden jungen Mann herangewachsen, der brünette Frauen hasste. Später landete er in einer Strafanstalt in Illinois, weil er eine Bankangestellte erschlagen hatte, die ihn nicht hatte heiraten wollen.

Ich stand auf und winkte dem Zicklein, es solle mit mir kommen, und setzte mich ans Feuer. Nach einer Weile kam es näher und legte sich neben mich. Ich war die ganze Nacht auf und ließ es aus meiner Hand trinken und streichelte ihm das Fell. Ich sprach mit ihm und nannte es Erasmus, weil es offenbar ein Männchen war und das ein schöner Name ist. Erasmus schien es im Laufe der Nacht immer besser zu gehen, und er wurde ruhiger, je mehr ich mit ihm sprach. Ich erzählte ihm von dem Flugzeugabsturz und Mr Waldrip und Terry und davon, wie der maskierte Mann mir geholfen hatte, so lange zu überleben.

Kurz vor Tagesanbruch schlief ich ein, und als ich aufwachte, stand Erasmus auf seinen kleinen Hufen und fraß das wenige Gras, das in den Ritzen zwischen den Felsen wuchs. Ich wünschte ihm einen guten Morgen, und er schien mich zu verstehen, und er kam zu mir und legte sich wieder hin. Ich hatte zum ersten Mal seit einigen Tagen Gelegenheit, mich daran zu erinnern, dass ich Cloris Waldrip hieß, dass ich viele Jahre mit einem mächtig guten Ehemann verheiratet gewesen war und dass ich einmal ein vollkommen anderes Leben gehabt hatte als jetzt.

Der nun folgende Abschnitt meines Berichts wird manche Leser zweifellos veranlassen, lautstark zu verkünden, ich hätte mein Seelenheil verwirkt, aber das ist mir ganz egal. Tatsache ist doch, dass wir ohnehin alle einmal sterben müssen, und dann ist es an denen, die nach uns kommen, zu entscheiden, ob wir gute oder schlechte Menschen waren. Ich kannte einmal eine Frau namens Carol Sanders. Ich lernte sie beim Kuchenbasar an der Clarendon Elementary kennen. Ich mochte Carol, und sie kam hin und wieder vorbei, und dann saßen wir auf der Veranda hinter dem Haus und sahen von Weitem zu, wie unsere Männer auf Wachteln schossen, deren orangefarbene Federhauben im Gras auf und ab hüpften. Aber nach einer Weile merkte ich, dass mit der Art und Weise, wie Carol über andere sprach, etwas nicht stimmte. Über sich selbst konnte sie reden und reden, bis in Texas kein Windhauch mehr übrig war, aber wenn sie über andere redete, selbst über ihre eigenen Kinder, war sie immer ganz kurz angebunden.

Manche Leute machen nur das Allernötigste, um so zu tun, als ob ihnen jene am Herzen liegen, von denen sie behaupten, dass sie ihnen am Herzen liegen. Aber wenn es darauf ankommt, benutzen sie die anderen nur und beuten sie aus. Dr. Ungerstaut, ein großartiger Psychologe, zu dem ich eine Zeit lang ging, hat mir gesagt, dass man solche Leute als Soziopathen bezeichnet. Ich weiß nicht, ob Carol eine Soziopathin war, und langsam fürchte ich, dass wir alle hin und wieder so sind wie sie. Später kam heraus, dass sie ihren Kindern mit heißen Glühbirnen wehtat. Als ich nun in dieser Höhle neben dem kleinen Erasmus an sie dachte, kam mir der furchtbare Gedanke, dass Gott wie Carol Sanders ist, nur dass Carol definitiv existiert, ihr Name steht im Telefonbuch. Früher war ich eine gläubige Methodistin, doch heute kann ich nicht mehr mit Gewissheit sagen, was ich von Gott halten soll. Umso besser weiß ich, was ich von Carol Sanders halte.

Ich schaute hinunter auf Erasmus. Er sah mich nicht an, aber das erwartete ich auch gar nicht von ihm. Ich nahm das flache Stück Feuerstein zur Hand, das ich zu einer Art Messer zurechtgeklopft hatte, mit dem ich die Fledermäuse zubereitete, und hielt Erasmus an den Hörnern fest und schnitt ihm die Kehle durch. Es war ein warmer Tag, und das Blut trocknete schnell auf dem Felsplateau, und ich schob Erasmus in den Schatten, um ihn später zu Abend zu essen.

Ich beschloss, das Tageslicht zu nutzen, um ein Signalfeuer mit schwarzem Rauch zu entzünden und die untere Hälfte meines Hemdes in Stücke zu reißen, um sie als Bänder in die Bäume zu hängen. Als ich damit fertig war, sah mein T-Shirt aus wie jenes, das unsere Großnichte immer trug und das so kurz war, dass man die kleine blaue Kugel in ihrem Nabel sah. Ich hängte die Bänder rings um die Höhle auf und verbrannte einige feuchte Stücke Holz, was ordentlich qualmte. Zu diesem Zeitpunkt dauerte meine Tortur im Bitterroot bereits fast sechs Wochen.

Nach ungefähr zwei Tagen hatte ich den kompletten Erasmus vertilgt und seine Knochen verbrannt. Ich trug sein Fell wie eine Stola um meinen Hals. Es wärmte ganz wunderbar. Später ließ ich mir ein Kissen daraus machen, das heute noch hier im River Bend Assisted Living mein Bett ziert.

Mittlerweile konnte ich auch wieder längere Zeit stehen, ohne mich auf meinen Gehstock stützen zu müssen, und ich humpelte herum und entzündete den ganzen Tag und die ganze Nacht lang immer wieder Signalfeuer. Dann hörte ich eines warmen Nachmittags Schritte im Wald. Ich rief meinen Namen, und dass ich mich verlaufen hätte. Die Schritte kamen näher. Ich erhielt keine Antwort, aber ich ahnte schon, wer es war.

Lewis war nackt und ließ sich bis zum Kinn in den Whirlpool gleiten. Von ihrem Scheitel stieg Dampf auf. Mit blutunterlaufenen Augen blickte sie auf die Berge jenseits der Veranda, die in der Dunkelheit blau aufragten wie versteinerte Tsunamis. Über ihnen stand der volle Mond. Hinten zwischen den Bäumen sah sie den Schein zweier Taschenlampen, und sie hörte Stimmen. Wahrscheinlich waren das Claude und Pete auf der Suche nach dem Geist von Cornelia Åkersson.

Gottverdammte Trottel, sagte sie und schüttelte den Kopf. Das tote Stinktier hing noch immer in der hohen Kiefer, und sie schnupperte, roch aber nichts außer Chlor. Sie schaute wieder zur weißen Hütte.

Jill war herausgekommen und setzte sich auf den Rand des Whirlpools, mit dem Rücken zum Wasser. Sie zündete sich eine Zigarette an, zitterte vor Kälte, zog einen Arm in ihr Sweatshirt hinein und hielt die Zigarette in ihrer bandagierten Hand. Der Wind bewegte ihre Locken und stahl den Rauch aus ihrem Mund.

Es ist kalt, sagte Lewis in ein fast leeres Glas hinein. Du solltest reinkommen.

Ich zieh mich nicht aus.

Ich habe nicht gesagt, dass du dich ausziehen sollst.

Warum sind Sie nackt?

Ich weiß nicht, Jill. Hatte vielleicht zu viel Merlot. Tut mir leid. Das gehört sich nicht.

Jill rauchte die Zigarette zu Ende und schnippte den Stummel über das Geländer. Sie zog sich bis auf BH und Slip aus und stieg ins Wasser. Die verbundene Hand hielt sie hoch.

Lewis leckte den letzten Tropfen Merlot aus dem Glas und stellte es beiseite. Die Taschenlampen bewegten sich zwischen den Bäumen, und sie hob eine Hand aus dem Wasser und sah zu, wie ihre Finger dampften. Ich glaube nicht, dass ich schon mal einen Orgasmus hatte.

Das Mädchen schwieg einen Moment und sagte dann: Woher wissen Sie das?

Ich gehe einfach davon aus.

Ich auch nicht.

Ich nehme an, das heißt, wir beide haben noch nie einen gehabt, sagte Lewis, und sie nahm das leere Glas und versuchte, daraus zu trinken.

Bloor, der in der Küche das Geschirr spülte, beobachtete sie vom Fenster aus.

Manche Frauen haben welche, sagte Lewis. Ich weiß das. Das sieht man in den gottverdammten Filmen. In der Highschool war ein Mädchen, das schwor, sie hätte einen gehabt, mit einem Jungen namens Hamin, der hat Posaune gespielt. Gottverdammte Prahlerei. Aber ich kriege das nicht hin. Wie sehr ich es auch versuche.

Vielleicht hat keine Frau jemals einen. Vielleicht ist das eine Verschwörung, damit wir weiter Sex haben.

Dein Vater traut dir wirklich zu wenig zu, sagte Lewis. Ich glaube, bei mir liegt es daran, dass ich mich nie richtig fallen lassen kann. Ich kann mir nicht einmal einen gottverdammten Film ansehen, ohne darauf zu achten, ob man irgendwo in einem Spiegel die Kamera sieht. Ich kann nichts mal einfach so genießen, wie es ist.

Ich auch nicht.

Ich glaube, alle anderen können das ganz gut. Muss man wohl auch, wenn man mit den Leuten zurechtkommen will. Muss man vielleicht, um jemanden zu lieben.

Ich glaube, da steckt mehr dahinter.

In den seltenen Fällen, wenn ich mich wirklich fallen lassen kann, tue ich ganz verrückte Dinge, sagte Lewis. Dann gerate ich völlig außer Kontrolle.

    Sind Sie deshalb nackt?

    Wahrscheinlich. Wer weiß schon, warum er tut, was er tut? Manchmal tue ich auch verrückte Dinge. Wahrscheinlich habe ich zu viel Merlot getrunken.

    Schon okay, sagte das Mädchen.

    Vielleicht ist es ganz gut, dass wir uns begegnet sind.

    Haben Sie mich gern?

    Na klar.

    Glauben Sie, Sie werden jemals lernen, sich fallen zu lassen, wenn Sie sich fallen lassen wollen?

    Lewis schüttelte den Kopf. Dafür bin ich zu alt. Aber du kriegst das vielleicht noch hin. Dann beugte sie sich über den Rand der Wanne und erbrach sich auf die Dielen.

Lewis stand am Geländer der Terrasse im Obergeschoss. Vom Schatten aus beobachtete sie Jill im Whirlpool. Das Mädchen saß noch immer im Wasser, klein und blass hinter dem Dampf, und starrte jenseits der Veranda auf das tote Stinktier und zündete sich eine Zigarette nach der anderen an. Stundenlang hatten die Taschenlampen in den Bäumen hinter der Hütte geleuchtet, und jetzt waren sie in Richtung Straße unterwegs.

    Bloor kam durch die Schiebetür und gesellte sich zu Lewis. Er streckte seine mit Kreide bemalten Hände aus. Er drehte sie und betrachtete sie im Mondschein von allen Seiten. Der Bewegungssensor war ausgeschaltet. Willst du morgen wieder hoch zur Hütte?

    Lewis nickte. Das FBI schickt einen Heli.

    Schon witzig, wenn man nach einer Sache sucht und eine andere findet, sagte Bloor.

Wir haben noch gar nichts gefunden. Sie haben Gaskell nur gesagt, dass ich ihnen die Schutzhütte zeigen soll. Die Veranda putze ich morgen. Tut mir leid.

Ich meinte uns.

Was soll mit uns sein?

Du bist eine faszinierende Frau, Ranger Lewis. Ich bin hier hochgekommen, um ein abgestürztes Flugzeug zu suchen, und gefunden habe ich dich. Willst du nicht reinkommen? Es ist kalt.

Noch nicht.

Bloor rieb sich die Hände und pustete darauf. Sag ihnen morgen, sie sollen unter den Bodendielen nachschauen, sagte er. Koojee. Vielleicht habt ihr direkt über dem vermissten Mädchen geschlafen.

Es geht nicht um das Mädchen.

Weißt du, meine Frau hat immer gesagt, wir sind alle Wespen in einer Gardine. In heller Panik wollen wir uns aus etwas befreien, das so gewaltig ist, dass wir es überhaupt nicht begreifen können.

Lewis beobachtete Jill und den Rauch, den sie ausatmete.

Eine Wespe weiß nicht, was eine Gardine ist, sagte Bloor.

Ist ja schon gut, gottverdammt noch mal.

Und sie hat immer gesagt, ich soll mir nehmen, was ich will, solange ich es noch kriegen kann.

Das sagen viele.

Bloor lächelte. Nicht so, wie sie es gesagt hat. Er ergriff Lewis' Schultern und küsste sie auf den Mund. Was kann ich für dich tun?, fragte er.

Was?

Was willst du machen?

Egal.

Bloor lehnte sich gegen das Geländer und sah nach unten. Lewis nahm an, dass er seine Tochter beobachtete. Zwischen den Stäben des Geländers wurde sein Penis halb steif. Er drehte sich zu Lewis und sah ihr in die Augen und atmete aus. Ich liebe dich, Ranger Lewis, sagte er.

Lewis wartete vor Sonnenaufgang auf dem Flugplatz unten am Berg. Sie trank im Wagoneer einen Becher Kaffee und füllte die Thermosflasche mit Merlot. Sie beobachtete den Highway.

Die Uhr am Armaturenbrett zeigte 5:16, als eine schwarze Limousine mit drei Männern in Windjacken vorfuhr. Lewis leckte sich über die Handfläche und strich ihr dunkles Haar glatt. Sie setzte sich den Rangerhut auf und stieg aus dem Wagoneer in die Kälte. Ein Mann mit Schnurrbart, kleiner als die anderen beiden, trug einen Arm in einer Schlinge und stellte sich als Special Agent Polite und die anderen als seine Kollegen Jameson und Yip vor. Sie sagten nichts, nickten nur und murmelten vor sich hin, schauten drein wie trotzige Kinder und blickten zu den Bergen auf.

Sie bestiegen einen Hubschrauber und flogen zu einer Lichtung in der Nähe vom Alten Pass, dann folgten die Männer Lewis in den Wald. Als sie die Schutzhütte fanden, ging gerade die Sonne auf. Jameson und Yip zogen ihre Handfeuerwaffen, und Yip stieß die Tür auf und ging langsam hinein. Polite folgte ihm, die Hand unter der Windjacke am Kolben seiner Pistole.

Lewis zog den Revolver aus dem Holster und ging den Männern hinterher. Die Hütte war genau, wie sie meinte, sie verlassen zu haben. Die gestreiften Socken hingen noch immer an der Wäscheleine. Auch die Spirale, die sie in den Staub auf dem Tisch gezeichnet hatte, war noch da.

Das sind die Socken aus Ihrem Bericht?, fragte Polite.

Ja.

Einer der Männer nahm eine Kamera, die um seinen Hals hing, und fotografierte die Socken. Das Blitzlicht piepste, und er ging zum Tisch und fotografierte die Spirale.

So haben Sie die Hütte vorgefunden?

Ja. Aber das da habe ich gemacht.

Warum?

Keine Ahnung. Haben Sie nie was gemacht und wussten später nicht, warum?

Polite sah sie an. Ist irgendwas anders, seit Sie hier waren?

Ich glaube nicht.

Schauen Sie sich genau um.

Es ist alles wie neulich.

Polite ging umher und blieb bei den Socken stehen. Er blickte auf das Buch auf dem Tisch und las laut vor: *The Joy of Lesbian Sex: A Tender and Liberated Guide to the Pleasures and Problems of a Lesbian Lifestyle* von Dr. Emily L. Sisley und Bertha Harris. Ich glaube, wir kommen hier nicht weiter. Es ist unwahrscheinlich, dass er ganz hier draußen ist. Hier scheinen andere Leute am Werk gewesen zu sein.

Es ist Cloris.

Was ist ein Cloris?

Vor etwa fünf Wochen hat Cloris Waldrip unweit von hier einen Flugzeugabsturz überlebt, sagte Lewis. Sie steckte ihren Revolver wieder ein.

Was für ein Name ist das, Cloris? Niederländisch? Irisch?

Keine Ahnung.

Klingt irisch.

Ich weiß es nicht.

Wieso glauben Sie, dass sie überlebt hat, Ranger Lewis? Wo ist sie?

Sie hat sich verlaufen. Zwölf Meilen westlich von hier hat sie ihren Namen in einen gottverdammten Baumstumpf geritzt.

Einen Baumstumpf?

Ja.

Cloris?

Ja.

Na ja, vielleicht war sie wirklich hier, sagte Polite. Er ließ seinen Blick durch den Raum schweifen. Er fuhr sich mit seiner heilen Hand über den dicken schwarzen Schnurrbart. Jetzt ist sie nicht hier. Bisher kann ich hier nichts entdecken, das mit meiner Untersuchung zu tun hat. Jameson, mach noch ein Foto von den Socken.

Jawohl. Sollen wir sie einpacken?

Ich wüsste nicht, warum. Trägt Ihre Cloris Waldrip solche Socken, Ranger Lewis?

Keine Ahnung. Ich glaube nicht, dass sie solche Socken tragen würde, nein.

Liest sie gerne Bücher über alternative Lebensstile?

Ich weiß es nicht. Ich glaube eher nicht.

Dann denke ich mal, dass das hier für uns beide eine Sackgasse ist.

Da ist Blut auf dem Boden, Sir, sagte Yip und machte ein Foto von den Dielen.

Das ist von jemandem aus meinem Team, sagte Lewis. Sie hat sich die gottverdammte Hand verletzt, als wir letzten Dienstag hier waren.

Das ist eine ganze Menge Blut, sagte Polite. Hat sie die Hand verloren?

Nein, sie hat sich etwas hineingestochen. Es geht ihr gut.

Haben Sie oder ein Mitglied Ihres Teams sonst irgendetwas getan, über das wir Bescheid wissen sollten, als Sie letzten Dienstag hier waren, oder etwas zurückgelassen?

Wie gesagt, ich habe das gottverdammte Ding da auf den Tisch gemalt.

Sonst noch was?

Da draußen liegt eine gottverdammte Adlerskulptur im Dreck. Daran hat sie sich die Hand verletzt.

Sie haben eine Adlerskulptur hier mit hochgebracht?

Nein, die war schon da.

Wissen Sie, ich weiß einfach nicht, was ich mit der Situation hier anfangen soll, sagte Polite.

Lewis ging zum Etagenbett an der gegenüberliegenden Wand. Sie legte eine Hand auf die untere Liege, zupfte eine Haarsträhne von der Matratze und hielt sie mit zwei Fingern gegen das Morgenlicht, das durch das kleine Fenster fiel. Dann ließ sie sie auf die Dielen fallen und ging hinaus. Sie nahm die Thermosflasche mit Merlot aus dem Rucksack und trank im Nebel, der zwischen den Bäumen lag.

Polite kam hinaus und stellte sich neben sie. Er strich sich über den Ellbogen in der Schlinge. Alles okay mit Ihnen, Ranger Lewis?

Ja. Warum?

Sieht so aus, als trinken Sie Rotwein aus einem Vakuumbehälter.

Lewis schraubte die Kappe wieder auf die Thermosflasche und ließ sie sinken.

Kann ich irgendwas für Sie tun, Ranger Lewis?

Das glaube ich kaum.

Wetten, dass?

Lewis warf einen Blick auf den Mann. Er sah müde aus. Sie schraubte den Deckel der Thermosflasche ab, und sie standen da und lauschten, wie in der Hütte das Blitzlicht piepste. Ist Ihnen schon mal aufgefallen, dass man mit sich selbst nie wirklich intim werden kann, sagte Lewis, geschweige denn mit jemand anderem?

Das ist mir auch schon aufgefallen, ja. Darf ich Ihnen was erzählen? Ich war letzten Sommer auf einer Karibik-Kreuzfahrt, um neue Leute kennenzulernen, und ich bin die ganze Zeit allein in meiner Kabine geblieben und habe siebenundfünfzig Ausgaben des *Life*-Magazins durchgelesen. Hinterher habe ich mich sogar noch mehr gehasst, als bevor wir abgelegt hatten.

Ich schätze, ich hab ein Alkoholproblem.

Wenn man zu viel trinkt, kann das ein Problem sein. Auf der Kreuzfahrt habe ich auch zu viel getrunken. Viel zu viel. Hat aber keiner gesehen. Hatte die Kette vor der Tür.

Lewis trank aus der Thermosflasche. Ich glaube, ich möchte gerade jemanden näher an mich heranlassen, aber ich weiß nicht, ob er der Richtige dafür ist. Tut mir wahrscheinlich nicht gut. Ich weiß auch gar nicht genau, was für eine Art Nähe das sein soll.

Inwiefern?

Gottverdammt. Tut mir leid. Das ist echt unprofessionell.

Ich habe doch gefragt. Kann ich Ihnen noch etwas erzählen? Am letzten Tag der Kreuzfahrt war ich mit einer Frau im Bett, die bestimmt die unattraktivste Frau auf dem Schiff war. Vielleicht auf allen Schiffen überhaupt. Sie hatte sich hinten über den Steiß ein Porträt ihres tot geborenen Sohns tätowieren lassen. Genau hier, sehen Sie? Ich habe in meinem Leben kaum jemals so etwas Trauriges gesehen. Colton hatte sie ihn genannt. Furchtbarer Name. So etwas will man nun wirklich nicht anschauen müssen, wenn man gerade, na ja, Sie wissen schon.

Wohl wahr.

Agent Polite seufzte und lächelte. Es tut gut, mit jemandem zu reden. Soll ich Ihnen noch etwas erzählen, das ich noch nie jemandem erzählt habe? Ich habe mir bei einem Autounfall wegen zu viel Alkohol die Schulter ausgekugelt. Bin raus aus der Bar und frontal in eine Astronautenstatue gefahren. Saudumm. Aber alle denken, ich bin einem Hund ausgewichen.

Danke, dass Sie mir das erzählt haben. Ich denke mal, wir sollten wieder reingehen.

Ist gut. Stimmt. Ich beneide Sie nicht, wenn Sie sich für jemanden interessieren, mit dem Sie nicht wirklich zusammen sein können oder wollen. Aber Sie müssen selbst entscheiden, wie sehr Sie sich entweder von Impulsen oder von Reue leiten lassen wollen.

Sie tun etwas, und es kann das Richtige sein oder das Falsche oder eben auch nicht. Vielleicht stellt sich heraus, dass es das Richtige war. Aber woher wollen Sie das jemals wissen? Vielleicht stellt sich ja irgendwann heraus, dass wir nie Richtig von Falsch unterscheiden werden, weil wir nicht bei allem, was wir tun, die Konsequenzen überblicken können, und deshalb gehen manche Menschen mittleren Alters auf Kreuzfahrt.

Ich bin einfach verdammt unzufrieden.

Agent Polite nickte und holte aus einer Tasche seiner Windjacke ein kleines Plastikschwert, wie man es verwendet, um Cocktails zu dekorieren, und kaute darauf herum. Er schaute auf seine polierten Schuhe und dann zum Himmel. Dazu kann ich nicht viel sagen, Ranger Lewis. Außer, dass ich genauso unzufrieden bin.

Der Hubschrauber hob von der Lichtung ab, als die Sonne unterging, und Lewis saß schweigend und mit zusammengekniffenen violetten Lippen neben Agent Polite, während die Nacht die Berge mit einem sinnlosen Nebel überzog und die Wildnis unter ihnen ins Dunkel hüllte. Sie trank aus der Thermosflasche und wischte sich den clownfarbenen Mund am Ärmel ab. Im Fenster konnte sie Polites Blick zu ihr herübergleiten sehen.

Als sie den Flugplatz erreichten, stolperte sie aus dem Hubschrauber und erbrach sich in einen Mülleimer. Sie ging davon aus, dass Polite sie nicht ans Steuer ihres Autos lassen würde. Doch er tat es, und sie fuhr im Dunkeln den Berg hinauf, das Licht ihrer Scheinwerfer fegte über die schwarze Straße, und die Augen der überfahrenen Tiere am Straßenrand leuchteten auf wie zerbrochenes Glas. Sie hatte beim Fahren eine Hand am Radio und drehte den Knopf auf der Suche nach einem Sender. Hin und wieder warf sie einen Blick auf den Beifahrersitz und das zerfledderte Buch, das dort lag: *The Joy of Lesbian Sex*.

Ich dachte, Sie wären längst wieder zu Hause, sagte der Maskierte. Er war dünner als vierzehn Tage zuvor, und seine Kleidung war zerlumpter. Er trug eine neue Maske, diese hatte er sich aus einem Hemd mit Knöpfen gebastelt, das mit bunten Ostereiern bestickt war. Bestimmt bot ich einen jämmerlichen Anblick, wild und schmutzig, bedeckt von getrocknetem Blut und Dreck. In der albernen Strumpfhose und dem bauchfreien rosa Oberteil muss ich ausgesehen haben wie ein Teenager aus einer Gruselgeschichte. Obendrein hatte ich mir angewöhnt, mich an einer Stelle am Eingang der Höhle, wo ich mich anlehnen konnte, zu erleichtern, und inzwischen war das Ganze zu einem furchtbaren schwarzen Kegel von der Größe eines dicken Kleinkinds angewachsen. Ungeziefer hatte sich hineingebohrt und wohnte darin. Es ist schon seltsam, dass mir mein Zustand nicht peinlicher war. Ich stand einfach nur da und stützte mich verwegen auf meinen Gehstock und schüttelte den Kopf.

Er fragte mich, was passiert sei, und ich erzählte ihm, dass ich mich verlaufen hätte und mir den Knöchel verletzt und Fledermäuse gegessen hätte.

Ist es schlimm?, fragte er.

Die schmecken gar nicht viel anders als Wachteln.

Ich meinte den Knöchel.

Der ist schon besser geworden, danke, sagte ich.

Sind die Leute neulich nicht in Ihre Richtung gekommen?

Ich schüttelte wieder den Kopf und wollte wissen, wie er mich gefunden hätte.

Ich habe Sie nicht gesucht, sagte er. Ich bin zurückgekommen, weil ich etwas in der Hütte vergessen hatte. Dann sah ich den Rauch. Ich hatte schon befürchtet, dass Sie das sind.

Was haben Sie denn in der Hütte vergessen?

Nichts.

War es noch da?

Ja, sagte er, und dann meinte er, dass er Angst habe, mich dort zu lassen. Er wolle mir helfen, sagte er, aber es habe sich nichts geändert, und er könne immer noch nicht mit mir mitgehen. Er sagte, er könne mir ein wenig Trockenfleisch als Wegzehrung mitgeben, und wenn ich weiterginge in Richtung Osten, würde ich auf den Wanderpfad stoßen, der zur Straße führe.

Wie weit ist es bis zur Straße?

Sie schaffen das wahrscheinlich in ein paar Tagen, sagte er. Wo ist Ihre Tasche?

Ich sagte ihm, dass ich sie verloren hatte. Und wohin gehen Sie?, fragte ich.

Wohin ich gehe?

Ich nickte.

Besser, Sie wissen das nicht.

Gehen Sie zur Hütte zurück?

Nein, sagte er. Kann ich nicht.

Darf ich Sie begleiten? Himmel, ich fragte ihn das, bevor ich mir überhaupt Gedanken darüber machte, was das bedeutete!

Einen Moment lang sagte er nichts und dann: Wollen Sie denn nicht nach Hause?

Ich sagte ihm, ich wolle vor allem nicht allein sein.

Er dachte darüber nach und klopfte sichelförmig getrockneten Schlamm von der Ferse seines Stiefels. Tut mir leid, sagte er.

Bitte, sagte ich. Ich weiß nicht mehr, was ich tun soll, selbst wenn ich es nach Hause schaffe.

Er verstummte wieder und blickte mich an. Der Wind ließ

seine Maske flattern. Man wird Sie nicht finden, sagte er schließlich. Wenn Sie mit mir mitkommen, wird man Sie nicht mehr finden.

Das ist in Ordnung, sagte ich.

Er legte den Kopf schief und hielt ihn dann wieder gerade und sagte nichts weiter. Er warf mehr Holz ins Feuer, und in einer kleinen eisernen Bratpfanne, die an der Tasche hing, die er auf dem Rücken trug, kochte er Schiffszwieback weich. Wir aßen, als die Sonne unterging, und bald lehnte ich an der Höhlenwand und beobachtete, wie das Feuer den Schatten des Maskierten auf den Felsen warf, als wäre ich Zeugin des Ursprungs der Menschheit. Mir wurde klar, dass er genauso wenig allein sein wollte wie ich, und mit diesem Gedanken schlief ich ein.

Als ich am nächsten Morgen erwachte, war er bereits auf und löschte gerade das Feuer, das ich länger als eine Woche am Laufen gehalten hatte. Wenn Sie wirklich mitkommen wollen, sagte er, dann kommen Sie.

Ich folgte ihm mit meinem Gehstock in den Wald. Wir marschierten den ganzen Tag, und als es dunkel wurde, ließen wir uns im trockenen Sand unter einer Fichte nieder, die von furchtbaren kleinen roten Käfern befallen war. Zum Abendessen kochten wir wieder Zwieback und pelziges Trockenfleisch und Streifen eines Grauhörnchens, das so langsam gewesen war, dass er es unterwegs totgetrampelt hatte. Wir schliefen. Am Morgen machten wir uns wieder auf den Weg, und keiner von uns sagte ein Wort.

Den Tag über gingen wir weiter, und bei Einbruch der Dunkelheit kamen wir an eine flache Schlucht. Ein dünner, kalter Bach rann hindurch und glänzte silbern im Mondschein. Zwischen Gras und Geröll ragten Weißkiefern auf, kahl und krumm.

Vor der Schlucht hielt der Maskierte an. Er zeigte mit seinem Handschuh auf eine besonders große tote Kiefer. Sie war schief gewachsen, und fünf knochenweiße dicke Äste berührten den Boden. Sie sahen aus wie eine riesige skelettierte Hand. Ein Unterschlupf, so lang wie ein Schulbus, war in diese Hand hineingebaut. Er bestand aus Zweigen, die mit gelben Seilen und bunten Stoffstreifen zusammengehalten wurden, aber er sah einigermaßen stabil aus. Als Tür diente ein Bettlaken, das wohl einst einem Kind gehört hatte, denn es war über und über mit einer muskulösen Cartoonfigur bedruckt, die ich von den Schachteln einer bestimmten Sorte Frühstücksflocken aus dem Supermarkt kannte.

Der Maskierte führte mich einen schmalen Pfad zu der Hütte hinunter. Er zog das Laken beiseite. Drinnen war es so dunkel wie im Hintern einer Kuh. Er machte Feuer in einem kleinen Ofen, der einst eine riesige Dose entsteinter Oliven gewesen war, und er zündete eine Art Laterne an, die er aus dem Schädel irgendeines Tiers mit vielen Zähnen gemacht hatte. Jetzt konnte ich mich endlich umsehen. An einem Ende befand sich ein Lager aus Zweigen und Stoff, auf dem er, wie ich vermutete, schlief. In der Ecke daneben lagen diverse Kleidungsstücke auf einem Haufen, und an einem Zweig der Kiefer hing ein ulkiger Hut, wie die Schweden ihn tragen. In einen der tragenden Sparren waren Buchstaben eingemeißelt, die das Wort *Russland* ergaben. Die Hütte sah aus, als würde dort schon eine ganze Weile jemand wohnen.

Er nahm die Kleidung, räumte sie in die gegenüberliegende Ecke der Hütte und rollte auf dem Boden eine Decke aus, die mit Zeichnungen eines irre dreinschauenden Delfins bedruckt war. Heute Nacht können Sie mein Bett nehmen, sagte er. Morgen mache ich Ihnen ein eigenes.

Ich sagte ihm, ich hätte überhaupt kein Problem damit, auf dem Boden zu schlafen, und zwar nicht etwa, weil ich höflich sein wollte. Ich hatte mich mittlerweile einfach daran gewöhnt. Trotzdem bestand er darauf, dass ich auf dem Bett schlief. Ich dankte ihm.

Wir aßen etwas Trockenfleisch, das er in einem zusammengefalteten Pullover aufbewahrte. Es war nett von ihm, daran zu denken, dass ich nicht mehr alle meine Zähne hatte, und alles, was wir aßen, kochte er, bis es weich war. Es schmeckte wunderbar. Aber ich hatte ja auch wochenlang nur Fledermaus gegessen. Dazu kochte er ein paar wilde Knollen und Beeren, wegen der Vitamine. Ich war sehr müde und schlief sofort nach dem Essen ein. Ich kann mich nicht einmal daran erinnern, die Augen geschlossen zu haben.

Als ich morgens aufwachte, war er fort, aber im Ofen brannte das Feuer, und ein Topf mit Fleisch köchelte darauf, als Frühstück. Auf dem Boden hatte er mir mit Steinchen eine Botschaft hinterlassen, die verhieß, dass er bald wieder zurück sei. Den Tag über ging ich mit meinem Gehstock am Ufer des Flusses entlang in der Hoffnung, im flachen Wasser einen langsamen Fisch erschlagen zu können. Fisch konnte ich gut essen, aber ich erwischte keinen.

Am Abend befand ich mich ein gutes Stück den Fluss hinunter und war gerade dabei, mich gegen eine Felswand gelehnt zu erleichtern, als hinter der Biegung plötzlich der Mann auftauchte. Er hatte seinen Angelkasten dabei, die Angelrute und drei Forellen an einer Schnur. Er trug keine Maske. Gütiger Himmel, haben wir beide uns erschreckt!

Er ließ die Forellen fallen und verbarg sein Gesicht, bevor ich es deutlich sehen konnte. Ich versuchte, mich, so gut es ging, zu bedecken, ohne meine Kleidung zu beschmutzen.

Tut mir leid, sagte er mit dem Rücken zu mir und band sich das Hemd um den Kopf.

Ich richtete meine Kleidung und stand auf. Sie können nicht einfach so kommen und gehen, wie es Ihnen gerade gefällt, schimpfte ich. Ich weiß nie, wo Sie sind!

Er bat erneut um Entschuldigung.

Ich nahm seine Entschuldigung an und sagte, es täte mir leid, dass ich ihn angefahren hatte.

Ich briet die Forellen auf dem Ofen mit ein paar wilden Zwiebeln, die er im Wald oberhalb der Schlucht gefunden hatte. Ich war überzeugt, noch nie so etwas Köstliches gerochen zu haben. Der Mann saß in der Ecke der Hütte und beobachtete mich durch seine Maske. Ich hatte mich in eine Decke gewickelt, die er mir gegeben hatte. Es war kalt, seit die Sonne untergegangen war und der Wind draußen in der großen alten Kiefer mit den seltsamen Fingern seine merkwürdigen Lieder sang.

Wir aßen schweigend unser Abendessen. Das Innere der Hütte war spärlich beleuchtet, aber der Ofen und die Laterne spendeten genug Licht, dass wir Schatten an die Wände warfen. Als wir aufgegessen hatten und ich das Stück Schiefer weggestellt hatte, das ich als Teller benutzt hatte, schaute der Mann mich wieder an. Seine lebhaften grünen Augen lagen genau hinter den Löchern seiner Maske, und darunter zuckte sein Mund. Er stand auf, ging in eine Ecke der Hütte und holte hinter einem Stapel Feuerholz eine große grüne Glasflasche hervor. Er hielt sie hoch und schwenkte sie.

Was ist das?, fragte ich.

Gin, sagte er. Deshalb bin ich zur Schutzhütte zurück. Gibt nicht viele Freuden hier draußen. Die, die wir haben, sind schnell ziemlich wertvoll.

Ich sagte ihm, ich tränke nur selten Alkohol. Clarendon liegt in einem County, in dem Alkohol verboten ist, und Mr Waldrip war Abstinenzler. Soweit ich mich erinnere, hatte ich nur ein einziges Mal in meinem Leben Alkohol getrunken, an Heiligabend 1969. Mr Waldrip und ich verbrachten das Weihnachtsfest bei meiner Nichte Mary und ihrem Ehemann Jacob in Albuquerque, New Mexico, und ich trank ein Glas Champagner, machte eine unschöne Bemerkung über ihre Katze und ging zu Bett.

Der Mann schraubte den Deckel ab und schob sich den unteren Teil seiner Maske hoch bis unter die Nase, sodass ein kurzer buschiger Kinnbart zum Vorschein kam, und nahm einen Schluck aus der Flasche. Ich hätte gar nicht sagen können, ob er das Zeug mochte oder nicht, aber er setzte ab und hielt einen kurzen Moment inne, wie jemand, der in einem Orchester ein Holzblasinstrument spielt, und dann nahm er noch einen Schluck.

Ich fand, dass ich in Anbetracht meiner Situation genauso gut auch trinken konnte. Ich streckte die Hand nach der Flasche aus. Er stand auf und brachte sie mir. Ich nahm sie und trank. Der Alkohol brannte in meinem Hals, und ich musste husten. Ich nehme an, Gin aus der Flasche zu trinken muss man lange üben, bevor man es einigermaßen würdevoll hinbekommt.

Er brachte mir Wasser im Ziegenhorn. Ich trank es, und dann nahm ich wieder einen Schluck aus der Flasche und hustete wieder. Es dauerte nicht lange, bis ich die Wirkung spürte. Ich tupfte mir das Gesicht mit Erasmus' Fell ab. Der Mann saß mit überkreuzten Beinen neben mir am Ofen, und wir tranken abwechselnd aus der Flasche und lauschten dem Wind, als wären wir zwei Cowboys auf Viehtrieb.

Ich bemühte mich, möglichst klar und deutlich zu sprechen, als ich ihm sagte, ich wüsste gar nicht, wie ich ihm für alles danken solle, was er für mich getan hätte.

Ist schon in Ordnung, sagte er und nahm noch einen Schluck.

Er gab mir die Flasche, und ich trank und hustete, und meine Ohren wurden heiß. Dann fragte ich ihn, warum er hier draußen lebe, unter solch widrigen Umständen.

Lange Geschichte, sagte er.

Ich habe Zeit, sagte ich.

Er erwiderte nichts.

Was ist mit Ihren Eltern?, fragte ich.

Was soll mit denen sein?
Besuchen Sie die mal?
Nein.
Die vermissen Sie bestimmt.
Glaub ich nicht.
Doch, ganz sicher.
Sie haben ja keine Ahnung.
Doch. Sie sind ein Engel mit einem ganz großen Herzen. Ich wäre schon lange nicht mehr am Leben, wenn Sie nicht so nett gewesen wären, auf mich aufzupassen.

Er nahm mir die Flasche wieder ab und trank. Er schaute auf das Feuer im Ofen und atmete durch die Nase und trank dabei. Mit einem lauten Schmatzer riss er sich die Flasche von den Lippen. Ich hab Ihr Flugzeug abstürzen gesehen, sagte er. Ich war gerade dabei, im Tal Fallen aufzustellen, und sah, wie es über den Berg kam. Hab den Aufprall gesehen, bevor ich ihn gehört habe. Wie ein Blitzschlag. Dachte nicht, dass das jemand überleben würde. Ich bin zwei Nächte da draußen geblieben, um zu sehen, ob eine Rettungsmannschaft kommt. Als niemand gekommen ist, wollte ich schnell hinauf und schauen, ob ich aus dem Wrack irgendetwas Nützliches bergen könnte, bevor jemand auftaucht. Dachte, vielleicht kann ich das Funkgerät mitnehmen. Von einem Stück weit weg beobachtete ich den Berg mit meinem Fernglas. Ein paar Tage nach dem Absturz bin ich morgens losgegangen, den Berg hinauf, und ich hätte es bis zum Einbruch der Dunkelheit fast geschafft, aber unterwegs hab ich Ihr Feuer gesehen. Dann kam dieses Unwetter, und dann sah ich Sie.

Ich Sie auch, sagte ich. Zwischen den Bäumen.

Er sagte, das habe er mitbekommen, und er sagte, er habe das Unwetter abgewartet und sei mir am nächsten Morgen an den Fluss gefolgt und habe mich beten gehört. Er sagte, in dem Moment hätte er begriffen, warum ich das kleine Flugzeug verlassen hatte. Das Lagerfeuer, das ich im Tal gesehen hatte, war seins gewesen.

Insofern bin ich ja irgendwie schuld, dass Sie noch immer hier draußen sind, sagte er. Eigentlich hatte ich im Freien kein Feuer machen wollen, falls doch eine Rettungsmannschaft käme. Aber nach dem Regen war mir am Morgen so kalt, dass ich dachte, ich werde krank, wenn ich mich nicht aufwärme.

Ich fragte: Warum wollen Sie nicht, dass jemand weiß, dass Sie hier draußen sind?

Hier draußen sollte eigentlich überhaupt niemand sein, sagte er.

Sie hätten mich dalassen und weiter bis zum Flugzeug gehen können, sagte ich.

Ich fühlte mich verantwortlich.

Ihre Eltern haben Sie gut erzogen. Sie sind ein anständiger Mensch.

Anständig, sagte er. Klar, das wird's sein.

Ich sah ihm ein, zwei Minuten lang zu, wie er im Schein des Ofens Gin trank, und stellte ihm dann noch einmal die Frage, die mir immer noch im Kopf herumspukte: Warum wollen Sie nicht, dass jemand weiß, dass Sie hier draußen sind?

Ich würde lieber nicht mehr darüber reden, sagte er.

Na schön, sagte ich. Aber wenn Sie nicht gefunden werden wollen, was hätte Ihnen dann das Funkgerät genützt?

Der Mann nahm wieder einen großen Schluck. Hier draußen ist man echt einsam. Manchmal denke ich, dass sich das alles gar nicht lohnt. Wenn ich ein Funkgerät hätte, könnte ich wenigstens mal eine andere Stimme hören, wenn ich ein Signal reinbekomme.

Das Funkgerät haben Sie nicht bekommen.

Nein. Aber dafür Sie.

Ich lächelte, und soweit ich es erkennen konnte, lächelte er auch. Vom Alkohol beflügelt, setzte ich mich auf und griff mit beiden Händen nach seiner Maske.

Er schreckte zurück und ergriff meine Handgelenke. Was tun Sie denn da?

Ich möchte Ihr Gesicht sehen, sagte ich.

Das ist keine gute Idee.

Sind Sie auf der Flucht?

Der Mann sah mich an, sagte aber nichts.

Ich gehe nirgendwo mehr hin, sagte ich, und Sie können doch nicht die ganze Zeit den albernen Fetzen da tragen. Das ist bestimmt alles andere als bequem, und wahrscheinlich ist es sogar ungesund.

Er hielt meine Handgelenke immer noch fest. Ich glaube, Sie haben genug getrunken, sagte er.

Da hatte er sicherlich recht. Mir war schwindelig und heiß. Ich sagte: Zeigen Sie mir Ihr Gesicht, junger Mann.

Er lächelte wieder. Ich nehme an, er amüsierte sich köstlich darüber, was für eine verschrobene alte Närrin ich war. Er hatte ein schönes Lächeln, das ich wohl nie mehr vergessen werde. Er stand vom Ofen auf und gab mir die Flasche. Er sah einen Moment lang auf mich herab. Dann zog er sich die Maske vom Kopf und ließ sie zu Boden fallen.

Endlich konnte ich diesem jungen Mann ins Gesicht sehen. Es war ein hübsches Gesicht. Er war achtundzwanzig Jahre alt, wie ich später erfuhr, doch er hatte eines jener Gesichter, die einem in jedem Alter jung vorkommen. Auf seiner Stirn befand sich eine daumennagelgroße Narbe, und im Licht der Schädellampe erkannte ich, dass dieses Gesicht einem Menschen gehörte, der Sorgen und Not gewohnt war.

Er setzte sich wieder hin und rieb sich die Augen.

Fühlt sich das jetzt nicht besser an?, fragte ich.

Er musste mir beipflichten.

Sie erinnern mich an einen hübschen jungen Mann, den ich kannte, als ich eine junge Frau war, sagte ich ihm.

Was war das für einer?

Er hieß Garland. Er sah gut aus, und er war anständig wie Sie, und er hatte mich gern.

Der Mann trank und gab mir die Flasche. Gut, dass ich wie jemand anderes aussehe.

Ich finde, Sie sehen ihm sehr ähnlich. Ich nahm einen Schluck aus der Flasche, und diesmal hustete ich nicht. Bitte erzählen Sie mir, warum Sie hier draußen sind, sagte ich.

Der Mann schüttelte den Kopf. Mich möchte niemand um sich haben.

Das ist doch Unsinn.

Er hielt den Blick auf das Feuer im Ofen gerichtet. Draußen zerrte der Wind an der Plane, die am Dach befestigt war. Sie wissen doch, wie die Leute sind, sagte er. Niemand ist jemals irgendwo willkommen. Wenn doch, wüsste keiner, wie er damit umgehen soll.

Er stand auf und nahm mir die Flasche ab und legte sich auf sein Lager. Er hatte mir auch eines gebaut, aus Kiefernnadeln, Gras und Bettzeug. Ich setzte mich ans Fußende und schaute ihn an. Wir waren keine zehn Fuß voneinander entfernt. Er lag eine Weile einfach so da. Seine Augen funkelten.

Ich fragte ihn nach seinem Namen.

Den kann ich Ihnen nicht verraten, sagte er.

Wie soll ich Sie dann nennen?

Er zögerte. Schließlich sagte er: Nennen Sie mich einfach Garland, wenn Sie wollen.

Ich nehme an, das muss reichen, sagte ich.

Er drehte sich auf die Seite und legte die Hände unter seinen Kopf. Dann drehte er sich in die andere Richtung, sodass er mir den Rücken zuwandte, und sagte, ich solle die Lampe löschen, wenn ich schlafen wolle.

Ich hatte Schwierigkeiten einzuschlafen. Regen hatte eingesetzt, und ich lag auf meinem Lager und lauschte, wie er auf die Plane prasselte. Der Mann schlief auf dem Rücken, eingewickelt in diese ulkigen Decken. Das Licht aus dem Ofen flackerte über sein attraktives Gesicht. Er hatte so freundliche Züge. Mir kam sein Antlitz vor wie eine Mischung aus Erinnerungen an mehrere hübsche junge Männer, von denen ich wusste, dass sie alle schon lange nicht mehr da waren. Männer sterben meistens früher als Frauen. In Hedley, keine fünfzehn Meilen von Clarendon entfernt, gibt es eine Baptistenkirche, die ausnahmslos alte Witwen besuchen.

Ich setzte mich auf und wickelte mich in meine Decke. Soweit ich mich erinnern kann, geschah nun Folgendes: Ich erhob mich, so leise ich konnte, von meinem Lager und kniete mich neben ihn. Ich beugte mich ganz nah über ihn und küsste diesen jungen Mann, der dort vor mir lag und schlummerte. Ganz leicht, auf seine Unterlippe. Ich kann nicht mit nachvollziehbaren Worten erklären, was über mich kam, ich vermute, es lag am Alkohol und meiner wachsenden Zuneigung für ihn. Ich kann mir gut vorstellen, dass viele Frauen von der First Methodist wegen eines Großteils dessen, was ich hier niedergeschrieben habe, so tun würden, als kennten sie mich nicht. Aber wenn sie mit ihren Gedanken allein sind, hoffe ich, dass sie merken, was aus mir geworden ist, und dass sie irgendwo einen Funken davon in sich selbst finden, bevor es zu spät ist.

Der junge Mann regte sich, aber er wachte nicht auf, und ich krabbelte zurück zu meinem Lager und schlief sofort ein. In jener

Nacht im Bitterroot habe ich nicht geträumt, aber gestern Nacht zog hier über Brattleboro, Vermont, ein Unwetter hinweg und füllte die Straßen mit Hagelkörnern, und ich lag in meinem warmen Bett im River Bend Assisted Living und träumte. Ich träumte, dass viele Tausend Jahre, nachdem unsere doch alles in allem recht enttäuschende Zivilisation den Bach hinuntergegangen war, ein neues Menschengeschlecht auf den Plan trat. Ich träumte, dass sie unsere Ruinen entdeckten und nichts damit anfangen konnten. Ich träumte, dass sie uns aus versteinerten Präservativen in der Kanalisation unserer größten Metropolen genetisch wiederbelebten und uns zu Studienzwecken in die Häuser und Hütten steckten, um herauszufinden, was wir einander die ganze Zeit angetan hatten. Ich träumte, dass ich schon immer eine dieser Testpersonen gewesen war und dass sie mit mir erst recht nichts anfangen konnten.

VII

Sie saßen in einem Diner am Fuße des Berges. Jill trank eine Limonade und Lewis Kaffee und Merlot, und sie aßen Hamburger, und durch das Fenster sahen sie, wie ein Bettler mit gelblicher Haut am Straßenrand im Regen stand. Er hielt ein Pappschild hoch, das sie nicht lesen konnten, da die Schrift bereits verlaufen war. Als sie aufgegessen hatten, gab Lewis der Kellnerin mit der Lücke zwischen den Vorderzähnen ein Zeichen, und sie brachte ein Stück Apfelkuchen mit einer brennenden Kerze darauf, und die Kellnerin und eine kinnlose Köchin sangen. Lewis murmelte das Lied mit und füllte unter dem Tisch ihre Tasse mit Merlot aus ihrer Thermosflasche auf. Jill blies die Kerze aus.

Die Köchin applaudierte, und die Kellnerin legte ihre tintenbefleckte Hand auf den Rücken des Mädchens und beugte sich über sie. Lewis nahm an, dass sie ihre Narben beäugte. Wie alt bist du denn geworden, Kleine?

Achtzehn, murmelte Jill.

Was hast du gesagt, Sweety?

Sie ist achtzehn geworden, sagte Lewis.

So eine schöne junge Frau, sagte die Köchin und pfiff anerkennend. Mein Gott, du hast dein ganzes Leben noch vor dir.

Die Kellnerin wandte sich an Lewis. Sie müssen aber eine stolze Mama sein. Lewis fixierte die Frau mit einem roten Auge. Ich bin nicht ihre Mama.

Sie ist neu, Ranger Lewis, sagte die Köchin.

Schon okay, gottverdammt noch mal.

Die Kellnerin blinzelte, und sie und die Köchin verschwanden hinter einer Schwingtür.

Lewis stellte eine Schachtel auf den Tisch, die in weißes Papier gewickelt war. Alles Gute zum Geburtstag, sagte sie.

Soll ich es aufmachen?

Was willst du denn sonst damit machen?

Jill riss das Papier auf, und Lewis schnitt die Schnur mit einem Taschenmesser durch.

Ich war vor ein paar Tagen unten im Tal, sagte Lewis. Da hab ich das hier in dem Antiquitätengeschäft neben der Tankstelle gesehen. Traute meinen gottverdammten Augen nicht. Musste es einfach kaufen. Sei vorsichtig, das Ding ist schwer.

Jill öffnete die Schachtel und holte mehrere zusammengeknüllte Blatt Zeitungspapier heraus. Darin eingepackt war die Bronzefigur eines Adlers auf einem Ast mit ausgebreiteten Schwingen.

Klar, dass du dir da oben die Hand verletzt hast, war nicht so schön, sagte Lewis. Aber ich dachte, das erinnert dich vielleicht auch an die schöneren Momente.

Das Mädchen zeigte ihre Handfläche mit der weißen Stelle in der Mitte. Es ist verheilt, sagte sie. Kann ja sein, dass das derselbe Vogel ist, und die Zeit ist anders.

Ich hab da unten was eingravieren lassen.

Jill las vor: *United States Forest Service Volunteer Forest Ranger Jill Bloor 1986.*

Zwei gottverdammte Monate als Ehrenamtliche. Darauf kannst du echt stolz sein.

Aber Ihre alte Dame haben wir nicht gefunden.

Lewis fluchte und schüttelte den Kopf. An jenem Morgen hatte Chief Gaskell sie um neun Uhr in der Bergstation angefunkt und ihr mitgeteilt, dass die Behörden Cloris Waldrip offiziell für tot erklärt hatten. Das meiste, was man sich vornimmt, klappt nicht, sagte Lewis. Man kann einfach nur sein Bestes geben, das ist alles.

Glauben Sie, dass sie tot ist?

Wenn nicht, ist sie mittlerweile wahrscheinlich nicht mehr wiederzuerkennen.

Wollen Sie noch weiter nach ihr suchen?

Ich werde zumindest die Augen offen halten.

Der Regen hörte auf, und Lewis fuhr das Mädchen zu einem Outlet-Laden in einer trostlosen Ecke der Stadt. Lewis schlenderte durch die Regale mit den Funktionshemden, und Jill probierte in der Umkleidekabine Polyesterkleider an. Lewis stand Wache und behielt den Vorhang im Auge. Sie bedachte einen schlaksigen Jungen, der dort mit den Händen in den Taschen herumlungerte, mit einem finsteren Blick, und sagte ihm, er solle das Weite suchen. Er gehorchte. Als Jill fertig war, kaufte Lewis ihr eine Hose und ein blaues Baumwollkleid, sie selbst erstand ein Kakihemd. Dann fuhren sie zu einem Spirituosengeschäft und holten zehn Flaschen Merlot, der gerade im Angebot war. Sie lud die Flaschen in den Wagoneer und fuhr den Berg hinauf. Die Abendsonne tauchte die letzten Telefonmasten in ein blutiges Rot, und die Verkehrsschilder warfen lange Schatten.

Sie hob eine Flasche Merlot auf, die zu ihren Füßen umherkullerte, und bedeutete Jill, sie mit einem Korkenzieher aus dem Handschuhfach zu entkorken. Sie parkte den Wagoneer am Anfang des Wanderpfads, der zum Egyptian Point führte, und sie saßen auf ihren Sitzen und sahen zu, wie der letzte Nebel des Abends von den Bergen aus in die dunklen Täler drang. Silk Foot Maggie ging im Garten hinter ihrem Wohnwagen auf und ab, wo sie aus gebrauchten Tampons und Bierdosen dunkelrote Burgen gebaut hatte.

Es war Montag, und es war ganz still, und außer ihnen parkte dort niemand. Lewis stellte den Motor ab und ließ die Stille auf sich wirken. Sie trank aus der Flasche. Wollte dich nicht sofort wieder nach Hause bringen. Hoffe, das ist okay?

Jill nickte und kurbelte die Scheibe herunter und zündete sich eine Zigarette an. Sie tranken beide aus der Flasche, und Jill rauchte und blies den Rauch aus dem Fenster. Eine Wolke verhüllte den Mond, sodass man nur noch den roten Schimmer der Glühbirne auf der Veranda hinter Silk Foot Maggies Wohnwagen sah. Das Haar des Mädchens glänzte. Lewis griff hinüber und berührte es.

Was tun Sie da?

Dachte, dein Haar wäre nass. Es ist wirklich hübsch. Willst du immer noch weggehen? Jetzt, wo du achtzehn bist?

Morgen bin ich weg, sagte Jill.

Und was sagt dein Vater dazu?

Er will hierbleiben.

Du kannst auch hierbleiben, wenn du willst, sagte Lewis. Sie zog ihre Hand zurück. Du musst nicht bei ihm wohnen. Du kannst zu mir ziehen. Ich hab ein Zimmer übrig, in dem nur ein paar gottverdammte Kartons stehen. Das war das Arbeitszimmer von meinem Ex-Mann. Da kannst du gerne wohnen.

Ich habe Sie angelogen, sagte Jill. Mein Vater hatte keinen Sex mit meiner Mutter mehr, nachdem sie gelähmt war.

Okay? Warum hast du gelogen?

Wissen Sie immer bei allem, was Sie tun, warum?

Nein, gottverdammt, wahrscheinlich nicht.

Eines Tages mögen Sie mich nicht mehr so sehr, sagte Jill.

Mir ist egal, dass du mich angelogen hast. Wir alle haben unsere albernen Gründe dafür, warum wir tun, was wir tun, Jill. Auch wenn wir sie nicht immer kennen.

Ich kann nicht bei Ihnen wohnen.

Lewis sah das Mädchen noch einen Moment an, wandte sich wieder zum Lenkrad und ließ den Motor an.

Lewis, die Oberlippe im Flaschenhals, saß betrunken auf der weißen Couch und machte ein mürrisches Gesicht. Motten klopften ans Fenster wie Regentropfen. Im runden Gaskamin glühten die Plastikholzscheite wie die Glieder der Katzen und Hunde, die hinter der Klinik ihres Vaters eingeäschert wurden. Jenseits des Kamins lehnte der Homunkulus trocken und faulig in einer Ecke und starrte sie durch die Flammen mit seinen Tennisballaugen an. In einem Loch in seinem Schädel zirpte eine Grille.

Hinter ihr öffnete sich eine Tür, und ein ausladender Schatten fiel ins Wohnzimmer. Sie zog sich die Flasche von der Lippe und drehte sich um. Da stand Bloor in einem gelben Nachthemd.

Alles okay bei dir, Ranger Lewis?

Was hast du denn da an?

Das hat Adelaide gehört.

Gut. Lewis nickte in Richtung des Homunkulus in der gegenüberliegenden Ecke des Zimmers. Wirf das gottverdammte Ding lieber auf den Müll, bevor es komplett auseinanderfällt.

Danke, dass du sie heute mitgenommen hast.

Achtzehn ist schon was Besonderes. Dachte, sie würde gerne mal einen Tag von diesem gottverdammten Berg runterkommen.

Bloor ließ das Nachthemd von den Schultern gleiten, und es fiel zu Boden. Im Schein des Feuers schob er kokett eine Hüfte vor. Sein nackter Körper war lang und haarlos und sein Penis fest und klein. Seine goldene Vokuhila-Frisur wirkte wie eine Art japanischer Kopfschmuck. Er ließ ein Stück Kreide von Hand zu Hand wandern und legte es schließlich auf dem Beistelltisch ab. Dann ließ er sich neben ihr auf die Couch sinken. Das Kunstleder quietschte an seiner Haut, und er nahm ihr die Flasche ab und trank sie leer. Er kniff ihr leicht in die Seiten. Als Lewis keinen Laut von sich gab, kniff er fester zu. Sie legte sich eine Hand auf den Mund. Er kniff sie noch fester, und er wieherte, und sie fluchte zwischen ihren Fingern hindurch.

Was willst du machen?, fragte er.

Ich würde gerne etwas ausprobieren, sagte Lewis.

Was denn?

Leg dich auf den Boden und mach den Mund auf.

Willst du dich nicht erst mal ausziehen?

Nein, sagte sie. Das ist dafür nicht nötig.

Bloor sah sie an, rutschte dann zu Boden und lag nackt auf dem Rücken, wie ihm geheißen.

Jetzt mach den Mund auf, sagte Lewis von der Couch aus.

Bloor tat es, und Lewis stand auf und stellte sich über ihn. Er blickte zu ihr hoch. Sie fand, er sah aus wie ein zu großes und deformiertes Mädchen. Sie ließ sich auf ihm nieder und hielt ihr Gesicht ganz nah vor das seine.

Streck die Zunge raus, sagte sie, und er tat es. Lewis schürzte die Lippen und ließ Spucke hinabtropfen. Bloor wandte den Kopf. Sie sagte: Nein, und er drehte den Kopf wieder zurück. Sie spuckte ihm gezielt in den Mund. Lass ihn offen, sagte sie und sammelte wieder Spucke. Ich sag dir, wann du schlucken darfst. Sie ließ Spucke in seinen Mund tropfen, bis er voll war und seine Augen tränten, dann setzte sie sich auf und befahl ihm zu schlucken. Er tat es und würgte und stützte sich auf die Ellbogen, und Lewis kletterte von ihm herunter und lehnte sich gegen die Couch.

Er sah einen Moment lang ganz durcheinander aus, und in seiner Kehle gluckste es, und er wischte sich den Schweiß vom Kopf. Er wirkte wie ein Wasservogel, der an die Oberfläche kommt, um nach Luft zu schnappen. Dann stellte er sich breitbeinig und mit steifem Glied vor das Feuer. Er brachte sich zum Höhepunkt und spritzte auf die künstlichen Holzscheite, und das Sperma zischte und verbrannte, und wässriger Rauch stieg auf. Er sagte, das sei das beste sexuelle Erlebnis seines Lebens gewesen, und dass er sie liebe, und er nahm ein Glas Wasser vom Couchtisch und trank es leer, nackt, wie er war.

Lewis sah ihm eine Zeit lang zu und sagte dann: Mir geht's nicht gut.

Bloor stellte das Glas ab. Wirst du krank?

Nein, ich möchte unsere Beziehung beenden, beruflich und auch anderweitig.

Du hast ein paar Flaschen Merlot intus.

Ich hab vier gottverdammte Flaschen intus, aber ich weiß trotzdem, was ich sage. Das weiß ich jetzt genauso gut wie sonst auch.

Das glaube ich kaum.

Sag mir nicht, was ich weiß oder nicht weiß. Du kannst deine gottverdammte Nummer auch ohne mich abziehen. Welche wie mich findest du da draußen reichlich. Ich bin nur eine von vielen, die alle irgendwie gleich sind.

Nein, das bist du nicht. Ich liebe dich.

Deine gottverdammte Liebe ist auch nichts Besonderes, sagte sie. Sie räusperte sich und spuckte aus, und die Spucke landete im Feuer des Kamins, der von dort, wo sie saß, ein ganzes Stück entfernt war. Glaub das bloß nicht. Es ist dieselbe Marke, die alle anderen auch benutzen.

Bloor schauderte. Er trat einen Schritt vor. Koojee. Lass uns morgen darüber sprechen, wenn du nüchtern bist.

Lewis setzte sich auf das Sofa und richtete das Pistolenhalfter am Gürtel. Ich finde, wir sollten es einfach dabei belassen.

Du musst wenigstens mit mir darüber reden.

Kannst du vielleicht man ein paar gottverdammte Klamotten anziehen?

Wieso haben sich deine Gefühle für mich so plötzlich verändert?

Ich glaube nicht, dass sich da irgendwas verändert hat.

Bloor setzte sich neben sie auf die Couch. Ich verstehe dich nicht.

Zieh dir gottverdammt noch mal was an.

Er hob das Nachthemd vom Boden auf und schlüpfte hinein. Meine Frau hat immer gesagt, dass Gott winzige Füße hat und auf Zehenspitzen durch die Zeit läuft, aber im Weltraum macht er damit einen gewaltigen Lärm.

Verdammt noch mal, sagte Lewis. Jedes zweite Mal, wenn du mir erzählst, was deine gottverdammte Frau immer gesagt hat, habe ich keine Ahnung, was zum Teufel sie dir damit sagen wollte. Und die übrigen sind Sätze, die jeder zweite gottverdammte Mensch schon mal gesagt hat, und die haben schon beim ersten Mal keinem geholfen. Ich weiß wirklich nicht, warum wir einander immer wieder die gleichen gottverdammten Dinge sagen und erwarten, dass daraus etwas Neues und Gutes entsteht. Ich finde dich nicht attraktiv, und ich mag den Sex mit dir nicht. Wenn man das Sex nennen kann.

Tut mir leid, sagte Bloor. Ich dachte, es gefällt dir.

Dann hast du falsch gedacht.

Ich hatte gehofft, dass wir in einem sicheren Rahmen einige unserer Fantasien miteinander austesten können. Ich dachte, du hast ein gesundes Selbstbewusstsein und bist eine starke, progressive Frau.

Bin ich nicht. Progressiv am Arsch. Manche von euch, die behaupten, dass sie ach so progressiv sind, sind erst recht rückwärtsgewandt.

Ich hatte den Eindruck, du wärst eine Frau, die sexuell aufgeschlossen und abenteuerlustig ist.

Bin ich aber nicht, gottverdammt noch mal.

Bloor nahm die Kreide vom Tisch und drehte sie in den Händen. Dann hättest du das vielleicht mal etwas früher sagen sollen.

Da hast du wahrscheinlich recht, sagte Lewis. Aber da ist immer dieses gottverdammte Glücklichsein. Dies soll glücklich machen, das soll glücklich machen. Ich glaube nicht, dass mich jemals irgendetwas glücklich gemacht hat. Ich bekomme nicht oft, was ich will, aber ich dachte, ich muss es wenigstens probieren.

Ich werde eine Therapie machen. Ich werde weniger Kreide benutzen, und wir können mehr darüber reden, was dir gefällt. Was wir heute Abend getan haben, können wir tun, sooft du willst.

Ich gehe, Steven. Und du solltest auch gehen. Du solltest zurückgehen nach Missoula oder Tacoma, oder wo auch immer du herkommst. Ist mir egal.

Bloor rutschte von der Couch auf die Knie. Er legte seinen Kopf in ihren Schoß und weinte.

Das Nachthemd war ihm auf die Hüften hochgerutscht. Die Höcker seiner Wirbelsäule verschwanden in der haarlosen Falte seines blassen Hinterns. Ich wünschte, du würdest aufhören, so gemein zu mir zu sein, sagte er. Koojee. Ich leide unter Angstzuständen.

Nenn es, wie du willst, sagte Lewis. Tatsache ist, dass ich nicht gerne mit dir zusammen bin. Es tut mir leid, dass du bist, wie du bist. Aber du bist mir einfach nicht wichtig genug, als dass ich dir helfen will.

Was ist mit Jill?

Lewis sagte nichts.

Sie sieht dich schon als Teil der Familie an, weißt du, sagte Bloor. Ich will nicht behaupten, dass sie schwer von Begriff ist, aber –

Lewis hob eine Hand, dann berührte sie den Kopf des Mannes und strich über eine Strähne seines goldenen Haars. Diese ganze gottverdammte Sache hat mit einem gottverdammten Flugzeugabsturz begonnen, sagte sie.

Bloor wischte sich über das Gesicht und rieb die kreideweißen Hände zusammen. Mir ging es ziemlich schlecht, bevor ich herkam, sagte er. Wusstest du, dass ich bei der Abteilung freigestellt war?

Steh endlich vom gottverdammten Fußboden auf.

John rief mich an und sagte, er hätte einen Job für mich, oben in den Bergen. Ich nahm ihn an, um meiner Angst zu entkommen, und dachte, hier oben zu sein würde eine heilsame Wirkung haben. Dann habe ich dich kennengelernt und wollte nicht wieder weg. Ich will auch jetzt nicht weg, Ranger Lewis.

Lewis verdrehte die Augen und lutschte den Merlot von ihren Zähnen und musste aufstoßen. Etwas Saures kam mit hoch. Sie schluckte es herunter und stand auf und sah auf den Mann hinunter und sagte: Die gottverdammte Mrs Waldrip wäre besser dran gewesen, wenn sie in einem anderen Gebirge in diesem Land runtergekracht wäre, egal, in welchem. Wenn du irgendwann vom gottverdammten Fußboden aufstehst, sag Jill Lebewohl von mir.

Lewis ging und fuhr zu ihrer Holzhütte zurück. Sie parkte in der Einfahrt und blieb im Auto sitzen. Es war spät, aber in der blau getünchten Hütte nebenan brannte noch Licht. Die Tür ging auf, und Claude ließ den alten Hund in den Wald hinaus. Lewis bemerkte er nicht. Nach einer Weile ließ er den Hund wieder hinein und ging ins Haus. Lewis lehnte sich im Sitz zurück und schlief ein.

Sie wachte auf, als es an die Scheibe der Fahrerseite klopfte, und öffnete die Augen. Draußen stand eine dünne Gestalt, die Sonne im Rücken. Sie stellte ihren Sitz aufrecht, kurbelte die Scheibe hinunter, hielt sich gegen die Sonne eine Hand vor die Augen und sah hinaus. Dort stand Jill mit ihrem Gepäck. Der Bronzeadler klemmte unter dem Gurt ihres Koffers.

Jill?

Ich bin's. Mein Vater ist weg. Er fährt zurück nach Missoula und dann nach Tacoma.

Lewis zog die violetten Lippen ein und setzte sich hinterm Lenkrad auf.

Gottverdammt.

Ich hab mich entschieden, ich bleibe hier.

Hast du Wasser dabei?

Nein.

Was hat er gesagt?

Er hat gesagt, Sie wollen nichts mehr mit uns zu tun haben, und wir müssten nach Hause.

Lewis musterte das Mädchen.

Er hat gesagt, wir hätten schon zu viel Zeit auf diesem verfluchten Berg verschwendet und es wäre nicht gut für mich.

Und was hast du gesagt?

Dass ich erwachsen bin und selbst entscheide, was gut für mich ist und wo ich meine Zeit verschwenden will. Ich bin jetzt achtzehn. Jetzt muss jeder respektieren, dass ich meine, was ich sage.

Jill sagte zu Lewis, dass sie gerne bei ihr wohnen würde, bis sie sich entschieden habe, wohin sie gehen wolle. Lewis schüttelte die leere Thermosflasche über ihrer Zunge aus und warf sie auf den Rücksitz. Sie blinzelte das Mädchen ein paarmal an und sagte ihr, dass das Angebot mit dem Gästezimmer noch stehe.

Er will Sie nicht wiedersehen, sagte Jill. Er meinte, Sie sind eine gefährliche und verdrehte Frau.

Ich weiß schon, warum er das gesagt hat.

Wieso schlafen Sie im Auto?

Lewis rieb sich das Gesicht, öffnete die Tür und kletterte aus dem Wagoneer. Sie hielt sich an der Tür fest und erbrach sich im Schatten des Autos in den Kies. Gestern Abend ist es ein wenig ausgeartet.

Er war echt wütend, sagte das Mädchen. Er dachte nicht, dass Sie mich aufnehmen würden, wenn er mich hier absetzt, also hat er mir Geld für eine Busfahrkarte nach Hause gegeben. Dann hat er dieses widerliche Ding aus dem Fenster des Pick-ups geworfen.

Lewis richtete sich auf, wischte sich den Mund ab und schaute, worauf das Mädchen zeigte. Ein Haufen aus Katzenknochen und Müll schimmerte auf der Straße. Ein halbierter Tennisball lag neben dem kaputten Schädel eines Luchses, und Fetzen einer schmutzigen Uniform flatterten im Wind. Lewis blinzelte gegen die Sonne, die in den Bäumen und auf dem Granit brannte. Sie holte den Rangerhut aus dem Wagoneer und setzte ihn auf.

Gut. Auf zur Bergstation, wir sind spät dran.

Nur einen Monat lang durfte ich diese kleine Hütte mein Zuhause nennen. Der Mann und ich aßen dort jeden Abend zusammen, und jede Nacht schliefen wir wenige Yards voneinander entfernt. Ich verbrachte viel Zeit damit, ihm im Licht der Schädellampe Geschichten zu erzählen. Ich nannte ihn Garland. Wir wurden ziemlich gute Freunde.

Wir erlebten auch ein paar kleine Abenteuer. Eines Abends hatten wir eine Auseinandersetzung mit einem Schwarzbärjungen, das einen Finger der toten Weißkiefer heruntergeklettert kam und durch das Dach fiel. Wie man so sagt, hatte es mehr Angst vor uns als wir vor ihm. Trotzdem jagte es uns einen mächtigen Schrecken ein, und ich warf ihm mein Abendessen ins Gesicht. Der Mann versetzte dem Tier mit einer aufgerollten Ausgabe von *National Geographic*, von der er sagte, er habe sie mehr als eine Million Mal von vorne bis hinten gelesen, ein paar Schläge und jagte es hinaus. Wir saßen in jener Nacht noch eine ganze Weile wach und warteten darauf, ob die Bärenmutter kommen würde, um sich zu rächen, aber zum Glück tat sie das nicht.

Ein andermal hörten wir, als wir gerade unser Abendessen beendet hatten, draußen im Dunkeln etwas ganz Seltsames, wie ein Wimmern oder einen Klagelaut. Ich war mir ganz sicher, dass es von einer Frau herrührte. Es war dasselbe Geräusch wie damals, als ich im Wald auf dieses leere blaue Zelt gestoßen war. Wir saßen eine Zeit lang da und hörten zu und hofften, dass es bloß der Wind in den Bäumen war. Dann fasste sich der Mann ein Herz und ging mit seiner Axt und seinem großen Messer hinaus, um zu sehen, was da vor sich ging. Er blieb ungefähr eine halbe Stunde fort, und als er zurückkam, hatte sein Gesicht die Farbe von Meerwasser, und er zitterte. Das Wimmern verstummte erst kurz vor Sonnenaufgang. Er hat mir nie verraten, was er da draußen gesehen hatte.

Die meisten Abende saßen wir am Ofen, und ich erzählte ihm Geschichten über Clarendon und Mr Waldrip. Ich berichtete, wie ich auf dem Lande aufgewachsen war und wie ich zwei Weltkriege miterlebt hatte, auch wenn ich mich an den Ersten kaum erinnern kann, denn ich war erst drei Jahre alt, als Vater nach Frankreich ging und unter General Pershing gegen die Deutschen kämpfte und mit einer faltigen rechten Hand nach Hause kam, die er nicht mehr zur Faust ballen konnte. Ich erzählte ihm von den Rationen und den Kautschuksammlungen während des Zweiten Weltkrieges und davon, wie Mr Waldrip wegen seines schlechten Sehvermögens ausgemustert worden war und wie bei der Invasion der Normandie sein widerlicher Cousin gefallen war, der ständig seine Frau verprügelt hatte und nun trotzdem als Held in Erinnerung blieb. Ich erzählte ihm, wie ich zunächst an der Grundschule von Clarendon unterrichtet hatte und dann über vierzig Jahre lang die dortige Bibliothek geleitet hatte, und wie sehr ich gehofft hatte, selbst Kinder zu bekommen, es mir aber nicht vergönnt gewesen war, und über die First Methodist Church und die Pastoren, die wir im Laufe der Jahre gehabt hatten, zum Beispiel Pastor Jacob, der später der Kirche abgeschworen und im Rahmen einer agnostischen Zeremonie in El Paso seine mexikanische Haushälterin geheiratet hatte.

Mein Begleiter war nicht gerade redselig, und er erzählte kaum etwas von sich. Ich bin eine notorische Plaudertasche, und ihm gelang es jedes Mal, das Gespräch von sich weg zu lenken und mich so lange weiterreden zu lassen, bis der Redestoff erschöpft war. Immerhin erfuhr ich, dass er irgendwo im Osten des Kontinents geboren worden und seit dem achten Lebensjahr mit seiner Mutter um die Welt gereist war und eine Weile in Deutschland gelebt hatte. Trotzdem hatten sie immer sehr wenig Geld, und er wusste nicht, woher sein Vater stammte, er kannte nicht einmal dessen Namen.

Seine Mutter war anscheinend eine jener unsteten Frauen, die glaubten, dass sie keinen Ehemann benötigten, und war, wie er es ausdrückte, immer auf der Suche nach der Zuneigung von Fremden. Er sagte, sie habe stets bis zur Sperrstunde in den örtlichen Bars gesessen und nie die Nacht daheim verbracht, wenn sie es vermeiden konnte. Nach seinen Schilderungen zu urteilen, war sie eine ziemliche Narzisstin. Wenn sie ihm doch einmal ein wenig mütterliche Fürsorge zukommen ließ, sagte er, dann nur, weil sie in ihm eine Art Erweiterung von sich selbst sah. Da sie oft auf dem Lande wohnten, verbrachte er einen Großteil seiner Freizeit allein in der Natur. So wurde aus ihm nach und nach ein kompetenter Angler und Jäger.

Er erzählte mir auch eine ganz furchtbare Geschichte, die viele meiner Leser zweifellos für relevant halten werden. Ich gebe sie hier aber nicht wieder, weil ich damit irgendetwas über seinen Charakter andeuten will. Sie ging mir halt einfach zu Herzen. Als Jugendlicher wohnte gegenüber von ihm ein hübsches junges Mädchen, dessen Familie aus Russland eingewandert war. Sie war eine Klasse über ihm, und er sah sie immer auf dem Gang in der Schule. Eines Tages kam dieses Mädchen nach dem Unterricht zu ihm und fragte ihn, ob er sie auf den Jahrmarkt begleiten wolle. Sie gingen zusammen hin, und er kaufte ihr ein Eis. Sie nahm ihn beiseite und hielt ihren Mund einen Fingerbreit vor seinen, und dann lachte sie ihn plötzlich aus und meinte, ob er sie etwa habe küssen wollen. Sie nannte ihn einen Schlappschwanz und sagte, sie würde ihn niemals küssen, nicht mal in einer Million Jahren. Er sagte, er habe bloß den Zucker in ihrem Atem riechen können, und damit habe er sich zufriedengeben müssen.

Ich nehme an, wir erzählen nicht zuletzt deshalb Geschichten, weil wir sie immer und immer wieder erzählen können. Man lernt eine Geschichte dabei sehr gut kennen, jedes kleine Detail. Aber was wir von früher erzählen, gründet immer nur teilweise auf der Wirklichkeit, der größte Teil entspringt unserer Fantasie. So bekommt man eine Geschichte in den Griff, wie es so schön heißt. Ich glaube, die jungen Leute sind heutzutage deshalb so durcheinander, weil sie kaum noch den Unterschied erkennen zwischen etwas, das sie erzählt bekommen, und dem, was da draußen in der Welt tatsächlich geschieht. Über kurz oder lang stellt man dann aber fest, dass man insgeheim selbst das Drehbuch für den eigenen Niedergang verfasst. Jede Wahl, die wir im Leben treffen, führt irgendwann einmal zu einem unwiderruflichen Ende.

Ich glaube, es war der fünfte November, als das Feuer ausbrach. Das Wetter war schön, und ich verbrachte den Tag unten am Fluss. Ein kalter Herbst lag in der Luft, aber noch schien die Sonne warm genug, um ihn in Schach zu halten. Ich saß auf meinem Lieblingsfelsen und flocht für keinen bestimmten Zweck Schilf, während der Mann die Fallen überprüfte, die er am anderen Ufer aufgestellt hatte. Er ging die Schlucht hinunter, bis er zwischen den Sträuchern und Steinen verschwand. Er hatte gesagt, er wolle uns langsam auf den Winter vorbereiten. Im Großen und Ganzen war der Tag wie so ziemlich jeder andere da draußen. Als er zurückkam, zog er einen verstümmelten Dachs am Schwanz hinter sich her. Das arme Tier war schon sehr alt, und von seiner faltigen grauen Schnauze tropfte Blut. Ich pflückte ein paar Rohrkolben, um sie mit dem Dachsfleisch zu schmoren.

An jenem Abend ging die Sonne früher unter als bisher, und ich weiß noch, wie ich anmerkte, der Herbst nähere sich mit ganz großen Schritten. Der Mann säuberte den Dachs vor der Hütte im

Licht der Schädellampe, und drinnen machte ich Feuer im Ofen und lauschte, wie die Innereien der armen Kreatur ins Gras fielen. Ich schob das alte Laken zur Seite, das uns als Tür diente, und sah, wie er das Tier mit seinem langen Messer bearbeitete. Eine Bö kam auf und fuhr in sein langes Haar und seine blaue Jacke, sodass er mir mit einem Mal vorkam wie jemand aus einer anderen Zeit, aus einer Zeit, in der der Wind aus unerforschten Gegenden blies und die Sprachen weniger Wörter hatten.

Er kam mit dem fertig gesäuberten Dachs in die Hütte und machte sich daran, ihn in Stücke zu schneiden. Er fragte: Wissen Sie, worüber ich da draußen gerade nachgedacht habe?

Nein, sagte ich. Worüber denn? Ich wollte nicht zu eifrig erscheinen, aber es war doch recht ungewöhnlich, dass er von sich aus eine Unterhaltung begann.

Ich dachte, wäre es nicht toll, wenn ich mein Aussehen verändern könnte, wenn ich will? Ich könnte dauernd jemand anderes sein. Ich könnte jeden Tag ein anderes Leben führen. An einem Tag verwandele ich mich in eine schöne Frau und gehe in die große Stadt und sehe mich da um. Und an einem anderen Tag bin ich ein ganz normaler Schüler in der Highschool und gehe zum Abschlusstanz. Oder ich bin ein Kind und treffe mich mit meinen Freunden, und wir gehen ins Kino. An einem Tag bin ich ein weißer Mann mit grünen Augen am Strand, am nächsten eine schwarze Frau mit braunen Augen. Das alles könnte ich sein.

Ich hatte ein paar Fragen. Würde sich nur Ihr Aussehen verändern?, fragte ich ihn. Oder würden Sie selbst sich ebenfalls verändern? Müssten Sie sich nicht auch immer anders benehmen, weil Sie ja nicht wirklich einer dieser anderen Leute sind?

Wenn man so oder so aussieht, sagte er, muss man sich gar nicht groß verstellen, um so zu sein, wie die anderen einem sagen, dass man es bereits ist.

Ich fragte ihn, warum er denn überhaupt anders aussehen wolle als jetzt.

Er hörte auf, den Dachs klein zu schneiden. Er nahm ein Stück Stoff, wischte sich das Blut von den Händen und sagte: Manche Leute dürfen bestimmte Dinge erleben, andere nicht. Ich würde gerne so viel erleben wie Sie. Und irgendwie fand ich immer, dass ich so vieles auf einmal bin, dass niemand akzeptieren kann, dass das alles zu ein und demselben Menschen gehört. Wissen Sie, was ich meine? Zum Beispiel hab ich früher mal einen Typen gekannt, der gesagt hat, er fühlt sich manchmal wie eine Frau. Die meisten Menschen wollen, dass Sie nur eine einzige Sache sind, und erlauben Ihnen nicht, was anderes zu sein. Ich denke mal, das ist dann einfacher für die.

Wir aßen zu Abend und gingen schlafen. In der Nacht frischte der Wind wieder auf und blies durch die Ritzen der Hütte und weckte mich. Der Mann schlief zusammengerollt auf seinem Lager. Ich stopfte mir Erasmus' Fell um den Hals und schürte das Feuer im Ofen. Ich wärmte mich und lauschte dem Wind, und bald war ich wieder eingeschlafen.

Mitten in der Nacht wachte ich erneut auf, aber diesmal nicht, weil ich fror, sondern weil mir heiß war.

Grundgütiger, es kam mir vor, als schiene mir die texanische Sonne ins Gesicht. Ich öffnete die Augen, und über mir sah ich einen gewaltigen Wirbel aus Rauch und Flammen.

Feuer! Ich schwöre Ihnen, ich konnte keine Handbreit hindurchsehen. Ich hustete wie eine alte Dampflok und hielt mir die Hände vors Gesicht. Ich wollte rufen, um meinen Freund zu warnen, aber ich konnte nur husten.

Dann hörte ich durch den Lärm des Feuers, wie er meinen Namen rief. Mrs Waldrip! Mrs Waldrip!

Ich drehte mich um die eigene Achse und versuchte, ihn in

dem ganzen Chaos auszumachen. Gütiger Himmel, ich konnte ihn nirgends sehen!

Plötzlich nahm ich seinen Umriss wahr, er taumelte inmitten der Flammen umher wie eine Ausgeburt der Hölle und brüllte vor Schmerzen. Er kam auf mich zu und warf mir Terrys Jacke über und eine Decke und hob mich hoch, und dann trug er mich hinaus, als wäre ich ein kleines Kind. Ich spürte kühle Luft in meinem Gesicht, und der Wind wehte die Hitze fort.

Mit geschlossenen Augen lag ich auf dem Rücken im Gras. Es fiel mir schwer, wieder zu Atem zu kommen.

Ich hörte einen dumpfen Schlag. Ich hustete immer noch, als ich die Augen öffnete und sah, wie die Hütte in einem gewaltigen Feuerball aufging. Schwarzer Rauch und riesige Flammen tanzten wild drum herum wie die Pfingstler, wenn sie ihre verrückten Gottesdienste feiern. Die Weißkiefer stand ebenfalls in Flammen und brannte in der Dunkelheit wie eine große Hand aus Feuer, so schön und so furchtbar, es sah aus, als wäre es wirklich und wahrhaftig die Hand Gottes. Ich nehme an, so kommt es einem vor, wenn man kein reines Herz mehr hat. Mitunter frage ich mich heute noch, ob das Feuer auch ausgebrochen wäre, wenn ich damals nicht so viel Brennholz in den Ofen gesteckt hätte. Ob dann nicht einiges anders gekommen wäre. Doch inzwischen weiß ich, dass ein mächtig großer Teil des Lebens darin besteht, zu lernen, wie man seine Schuldgefühle in andere Empfindungen ummünzt, damit sie einen nicht dermaßen plagen, dass man sein Leben nicht mehr leben kann.

Ich tastete meinen Körper ab. Wie durch ein Wunder schien ich unverletzt zu sein. Ich schaute nach meinem Freund. Er lag neben mir auf dem Rücken. Sein Gesicht war schwarz und zu einer furchtbaren Grimasse verzogen, er sah aus wie eine Trockenpflaume. Seine Kleidung dampfte, und ein Bein seiner Bluejeans war bis zum Knie weggebrannt. Der Stoff war voll mit glühenden Flecken. Unterhalb des Knies war sein Fleisch verbrannt und schwarz, und ich musste unwillkürlich daran denken, wie Mr Waldrip am liebsten seinen Frühstücksspeck gegessen hatte.

Ich sprang auf und erstickte die Reste der Glut an ihm mit bloßen Händen.

Er stöhnte. Er hatte die Augen immer noch geschlossen, als er fragte, ob es mir gut gehe. Ich sagte ihm, es gehe mir gut, und fragte, wie es ihm gehe.

Nicht so gut, sagte er.

Ihr Bein ist ziemlich schlimm verbrannt.

So fühlt es sich auch an.

Ich sagte ihm, ich wäre gleich zurück. Er grunzte nur. Ich lief zum Fluss und tastete im Dunkeln nach dem alten Plastikeimer, den wir dort verwahrten. Als ich ihn fand, füllte ich ihn und ging damit zurück. Ich goss das Wasser über seine Beine und dann über sein Gesicht und wusch den Ruß fort. Er stöhnte erneut auf, und dann verlor er das Bewusstsein. Ich legte meinen Kopf an seine Brust und lauschte seinem Atem und seinem langsam pumpenden Herzen. Den Rest der Nacht bis zum Sonnenaufgang lag ich wach und hörte ihm beim Atmen zu. Die Hütte und die weiße Kiefer, die hinter uns brannten, heiß wie die Hölle, hielten mich warm.

Das Feuer brannte bis in den Morgen hinein. Ich erinnere mich noch gut daran, wie die Flammen blasser wurden, als die Sonne über den Bergen aufging und auf die graue Asche und die Rauchsäule schien. Die Weißkiefer mit den fünf Fingern war nicht mehr weiß, sondern schwarz und rauchte und war übersät mit glühenden Adern wie der letzte Rest eines eingeäscherten Riesen in einem Märchenbuch. Das Gras war feucht von Tau an diesem Morgen, und es war mächtig kalt, und ich saß mit dem Mann so nah an der letzten Glut, wie ich mich gerade noch traute. Wir waren weiß von Asche wie zwei Gespenster. Mit dem Finger fühlte ich seinen Puls.

Als er schließlich wieder zu sich kam, setzte er sich auf und betrachtete sein Bein. Es sah furchtbar aus. Das Fleisch war voller Blasen und Quaddeln und offener Stellen, die glitzerten und glühten wie die seltene Gesteinsformation, die ich einmal mit Mr Waldrip im Panhandle Plains Museum gesehen hatte. Der Mann schüttelte den Kopf und sank zurück ins Gras.

Ich fragte, wie es ihm gehe, und er sagte, ganz okay.

Ich erinnerte mich daran, wie Grandma Blackmore immer einen Umschlag aus trockenem Gras und frischen Wurzeln machte, wenn Davy sich die Knie aufschlug. Ich sagte dem Mann, ich würde in den Wald gehen und Pflanzen sammeln, um sein Bein zu versorgen.

Und wenn Sie sich verlaufen, was dann? Nach alldem hier.

Nein, ich möchte nur etwas Wasser, bitte.

Ich ging zum Fluss und füllte den Eimer wieder und brachte ihn zurück. Er griff danach, und ich half ihm trinken.

Ich sagte, er hätte mir schon wieder das Leben gerettet.

Er sagte nichts.

Keine Sorge, sagte ich. Ich bekomme Sie schon wieder hin.

Ich ging zu dem schwelenden Haufen unter der Kiefer, wo nur noch Hitze war und es kaum noch brannte, und ich nahm einen Stock auf und stocherte damit in der Asche, dort, wo ich annahm, dass sein Lager gewesen war. Die Asche stieb hoch und flog mir ins Gesicht. Endlich fand ich, wonach ich gesucht hatte, und gab dem Messer einen Tritt, sodass es aus der Asche herausflog. Der feine Eichengriff war fortgebrannt, übrig war nur noch die Klinge mit der historischen Gravur. Nachdem die Klinge einigermaßen abgekühlt war, schnitt ich dem Mann die Bluejeans vom Leib. Es war das erste Mal, dass ich ein männliches Geschlechtsteil zu Gesicht bekam, seit dem von Mr Waldrip und dem des vulgären Obdachlosen, der sich immer zwischen den Kisten neben dem Lebensmittelladen versteckt. In jenem Moment dachte ich nicht weiter darüber nach, aber gewissermaßen war es ausgleichende Gerechtigkeit, dass ich meinen Freund nackt sah, hatte er mich doch bereits ebenfalls gesehen, wie Gott mich schuf. Mit der Decke, die wir vor dem Feuer gerettet hatten, deckte ich ihn zu.

Den Rest des Tages verbrachte ich damit, ihm Wasser zum Trinken zu bringen und zuzusehen, wie die Reste der Kiefer vollends niederbrannten. Anschließend sammelte ich Holz und warf es in die Glut, um das Feuer über Nacht am Laufen zu halten.

Ein krummbeiniger kleiner Mann schlenderte die Straße entlang. Es wurde bereits dunkel. Als Lewis' Scheinwerfer ihn anstrahlten, sah sie, dass es Pete war. Die Videokamera hing ihm um den Hals, und er trug immer noch die blutbefleckte Haube. Er ruderte mit den Armen. Lewis lenkte den Wagoneer auf den Randstreifen am Aussichtspunkt, wo er stehen geblieben war. Sie kurbelte die Scheibe herunter. Hinter einem hoch aufragenden Holzschild, auf dem man nur noch mit Mühe *US Forest Service Black Grass Vista* entziffern konnte, standen münzbetriebene Teleskope herum, gebeugt und mit kruden Zeichnungen weiblicher Geschlechtsteile bekritzelt. Die Bergkette glühte rot im Sonnenuntergang.

'N Abend, Ranger Lewis. Nach Ihnen hab ich gesucht.

Was ist denn, Pete?

Officer Bloor hat heute Morgen was gesagt, das hat mich zum Nachdenken gebracht. Ich hab beschlossen, dass ich Ende der Woche wieder nach Hause fahr.

Reicht's langsam?

Mein Herz ist auf dem Weg der Besserung, und ich glaub, es ist langsam mal an der Zeit, dass die Dinge wieder normal laufen.

Viel Glück.

Danke, Ranger Lewis.

Sie sah den Mann an und wartete. Ist noch was? Ich soll Jill noch eine Schachtel Zigaretten holen, bevor der Penguin schließt.

Ich wollte Ihnen nur was geben. Na ja, ich will ganz ehrlich sein. Zuerst wollte ich das den Behörden oder Officer Bloor geben. Ich war mir aber nicht sicher, ob das richtig wäre oder nicht. Koojee.

Benutzen Sie bloß nicht dieses gottverdammte Wort, Pete. Es ist ja nicht mal ein richtiges Wort.

Wirklich nicht?

Gottverdammt noch mal, Pete, es war ein langer Tag.

Pete holte eine Videokassette hervor, die ihm hinten im Gürtel gesteckt hatte. In der Nacht, als wir in der Schutzhütte waren, fand ich es so unheimlich, dass ich gefilmt hab, ich dachte, vielleicht zeigt sich Claudeys einäugiger Sexgeist. Aber die Kamera hier scheint einen eigenen Willen zu haben. Pete hielt die Kassette vor das offene Fenster.

Lewis stellte den Motor ab und nahm die Kassette entgegen. Sie hielt sie und drehte sie um. Was ist da drauf?

Sie und Jill beim Kuscheln im unteren Etagenbett.

Ich weiß nicht, wovon Sie reden.

Ich hab Sie gefilmt. Sah so aus, als wäre da mehr zwischen Ihnen beiden, als ein Durchschnittskerl bemerken würde. Auf dem Band ist nicht viel zu sehen, dafür war's zu dunkel, aber es reicht. Sie geben Ihr einen Kuss, während sie schläft.

Lewis blickte den kleinen Mann scharf an. Was zum Teufel wollen Sie damit sagen?

Pete schüttelte den Kopf. Ich hab hier oben wirklich hart daran gearbeitet, mit meinem Herzen ins Reine zu kommen. Deshalb bin ich ja überhaupt zum alten Claudey gefahren, auch wenn er einen kleinen Dachschaden hat. Man muss an sich arbeiten und herausfinden, wer man ist, um zu wissen, was man will, sonst gibt man am Ende ein ganz übles Beispiel für einen selbst ab und tut sich was an, sich selbst oder irgendwem, der zufällig gerade in der Nähe ist. Bei mir muss keiner so tun, als wäre er jemand anderes, Ranger Lewis. Ich richte über niemanden.

Lewis nahm die Thermosflasche vom Beifahrersitz und trank. Gottverdammt noch mal, was wollen Sie von mir, Sie Knalltüte?

Verstehen Sie mich nicht falsch, Ranger Lewis, sagte Pete. Ich will überhaupt nichts. Ich hab, während ich hier oben war, keinen seltenen Sexgeist oder so was vor die Linse bekommen, aber ich hab das hier, und das scheint mir auch ziemlich selten. Und wie gesagt, ich wusste zunächst nicht, was ich damit anfangen soll. Sie sind beide Frauen, und sie ist erst siebzehn und eine Untergebene von Ihnen in Ihrem Freiwilligenprogramm.

Sie ist achtzehn.

Ist sie nicht erst gestern achtzehn geworden?

Ja.

Trotzdem ist die Macht doch nicht gleich verteilt. Wie auch immer, dann hab ich mir das Band noch ein paarmal angesehen, und dann dachte ich, ihr beide seht darauf gar nicht so schlimm aus. Als wäre das alles gar nicht so verkehrt, dass Sie sie berührt haben und Sie beide Frauen sind und sie noch so jung ist und in Ihrer Obhut. Und letztlich geht es doch immer um Macht, nicht wahr? Egal, bei wem. Egal, wann. Egal, wie alt jemand ist. Einer hat immer die Oberhand.

Ich hatte nie die Oberhand, sagte Lewis.

Der Punkt ist, das hier sieht mir nicht so aus, als ob was Schlimmes vor sich geht oder was ohne Herz. Teufel auch, wenn Ihnen jemand einen Film von mir und meiner Frau vorspielen würde, würden Sie sofort sagen, kann die beiden mal bitte jemand steinigen, bevor sie noch eine Sekunde zusammen verbringen und uns alle damit anstecken, dass sie keine Ahnung haben, was Liebe ist. Ich hab Sie beide heute auf der Station beobachtet, und ich hab gemerkt, dass sie Ihnen richtig am Herzen liegt. Was ich eigentlich sagen will, ist: Danke, Ranger Lewis. Danke, dass Sie mir so was Schönes gezeigt haben.

Lewis sah hinunter auf die Kassette und drehte sie erneut um. Sie schüttelte sie. Haben Sie das hier Claude gezeigt?

Nein, Ma'am.

Ihm davon erzählt? Oder sonst wem?

Nein, Ma'am, ich fand, das steht mir nicht zu.

Sie schaute Pete durch das offene Fenster an. Er machte einen Buckel und hatte die Hände in den Jackentaschen. Lewis schüttelte den Kopf. Das ist so typisch Mann, zu glauben, er sei von gottverdammten Lesben umzingelt.

Pete lächelte und legte eine Hand auf seine verformte Brust. Ich weiß es wirklich zu schätzen, dass Sie dafür gesorgt haben, dass ich beim Freiwilligenprogramm mitmachen durfte, Ranger Lewis. Eine bessere Therapie hätte einer wie ich mir gar nicht wünschen können. Ich hab in den letzten Monaten gemerkt, dass ich sexuell frustriert bin und Frauen hasse. Und zwar, weil ich keine Selbstachtung habe, aber vielleicht gibt es ja doch noch Hoffnung für mich. Ich weiß, dass ich ein seltsamer Typ bin, aber ein schlechter Mensch bin ich nicht, da bin ich mir ziemlich sicher.

Nein, Sie sind kein schlechter Mensch, Pete.

Als die Scheinwerfer das verrottete Holzschild mit der Aufschrift *Egyptian Point* anleuchteten, stellte sie den Schaltknauf des Wagoneers auf «Parken» und stellte den Motor ab. Als sie die Scheinwerfer ausschaltete, war es ringsum dunkel.

Vom Beifahrersitz aus stieg Jills Zigarettenrauch als blaue Fahne im Mondschein auf. Das Mädchen nahm eine Flasche Merlot vom Rücksitz, öffnete die Tür und stieg aus.

Sie gingen den Pfad zum Egyptian Point hinauf. Lewis ließ den Schein einer Taschenlampe über den Weg gleiten und spuckte zur Seite aus. Sie kamen an die Lichtung, aber diesmal brannte kein Feuer. Es war windstill und ruhig. Sie sahen nichts als den Mond über sich und die Umrisse zweier großer Figuren aus Kerzenwachs und Merlotflaschen mit Gliedmaßen aus Elektrokabeln und Suppenschalen als Brüsten. Eine der Figuren trug einen alten Rangerhut, den Lewis als den ihren wiedererkannte, und die andere hielt ein Karaoke-Mikrofon in der Hand, dessen Kabel in seinem Rektum steckte.

Gottverdammt noch mal, Maggie.

Jill ließ sich auf einem der Baumstämme nieder, die um die Feuerstelle herum angeordnet waren. Sie hatte sich wieder eine Zigarette angesteckt und hatte die Flasche Merlot zwischen den Knien und entkorkte sie mit einem Korkenzieher, den sie im Wagoneer gefunden hatte. Lewis schleppte von einem nahe gelegenen Stapel Brennholz zur Feuerstelle. Sie holte ein Fläschchen mit Feuerzeugbenzin aus der Jackentasche und übergoss das Holz. Sie warf ein Streichholz hinein, und ihr Hosenbein fing Feuer, und sie trat es im Dreck wieder aus. Der Schein der Flammen schien auf das vernarbte Gesicht des Mädchens, das auf dem Baumstamm saß und ihr zusah.

Lewis setzte sich neben sie und nahm die Flasche Merlot. Sie trank und sagte: Es tut mir so leid.

Was?

Ich denke mal, dass dein Vater heute Morgen weggefahren ist, war nicht ganz einfach für dich.

Jill nahm ihr die Flasche wieder ab und trank. Keine Beziehung ist eine Burg. Beziehungen sind Zelte.

Lewis musterte das Mädchen. Dein gottverdammter Vater schätzt dich wirklich komplett falsch ein.

Zusammen tranken sie die Flasche Merlot aus, und dann trank Lewis den Rest aus der Thermosflasche. Aus einer Tasche ihrer Jacke holte sie die Videokassette, die Pete ihr gegeben hatte. Sie schüttelte sie kurz und warf sie ins Feuer.

Was war das?, fragte Jill.

Nichts, sagte Lewis.

Sie sahen zu, wie die Kassette zwischen den Holzscheiten unter dichtem, giftigem Qualm zerschmolz.

Vom Pfad her hörten sie Stimmen, und Lewis legte eine Hand auf den Kolben des Revolvers an ihrer Hüfte. Es waren die drei jungen Männer, die sie vor dem Crystal Penguin gesehen hatten. Einer von ihnen trug einen Rollkragenpullover und hatte einen Karton mit Bierdosen unterm Arm. Der magere Knabe mit dem Irokesenschnitt führte die Gruppe in den Schein des Feuers, seine runden Brillengläser sahen so undurchsichtig aus wie zwei Silbermünzen.

Na, Ladys, genießt ihr den Abend?, fragte er. Der Knopf in seiner Zunge blitzte auf.

Lewis erhob sich und bürstete sich die Hose ab. Hier oben ist Sperrgebiet für euch Jungs. Ich nehme an, das ist euch klar.

Und was ist mit Ihnen?

Ich bin eine gottverdammte Rangerin vom United States Forest Service.

Der junge Mann mit dem Rollkragenpullover nickte Jill zu. Na, und wer ist die da? Die ist bestimmt keine Baumpolizistin.

Das geht euch nichts an, sagte Lewis. Wenn ihr nicht abhaut, kriegt ihr ein paar gottverdammte Strafzettel.

Der Knabe mit dem Irokesenschnitt schlich auf die gegenüberliegende Seite des Feuers und nahm auf einem Baumstamm Platz. Die beiden anderen setzten sich links und rechts neben ihn. Das einzige Geräusch kam vom Feuer, der Wind war abgeflaut, und das Holz brannte langsam. Die Jungen öffneten ihre Bierdosen.

Der Knabe mit dem Irokesenschnitt öffnete den Reißverschluss einer großen Tasche und holte einen braunen Sandwichbeutel und eine Kaminuhr aus dunklem Holz mit goldenen Intarsien hervor.

Die Uhr von meiner Mom, sagte der Junge.

Sie ist gestorben, sagte ein anderer und hielt den Sandwichbeutel hoch. Wir sind hochgekommen, um an sie zu denken und ihre Asche zu verstreuen.

Der Knabe mit dem Irokesenschnitt stellte die Uhr auf einem Baumstumpf neben sich ab, und alle schwiegen einen Moment und lauschten dem lauten Ticken. Als mein Dad und sie so alt waren wie ich jetzt, sagte er, haben sie ihre Namen in den großen Felsen da drüben gekratzt, der aussieht wie eine Möse. Ihre Uhr ist hier garantiert besser aufgehoben als bei mir im Wohnwagen. Würde bei mir im Wohnwagen total fehl am Platz aussehen.

Die geht doch kaputt in dem Wetter hier oben, sagte Lewis.

Ist schon okay. Macht einen ja sowieso alles irgendwann kaputt, oder?

Lewis spuckte ins Feuer. Tut mir leid mit deiner gottverdammten Mutter, sagte sie, und dann sagte sie ihnen, dass sie ihnen gestatte, die Asche zu verstreuen und der Mutter kurz zu gedenken, aber dann müssten sie wieder gehen.

Die Jungen murmelten untereinander und erhoben sich mit ihren Bierdosen wie drei Marionetten. Der Knabe mit dem Irokesenschnitt nahm den Sandwichbeutel und ging zu einem Felsvorsprung, der über den Abhang hinausragte, öffnete den Beutel und hielt ihn an zwei Ecken fest und schüttelte ihn aus, in die windstille Dunkelheit hinein. Er kam zu seinen Gefährten zurück, Hemd und Hose waren mit grauem Staub bedeckt, und hinter den Reflexionen in seiner Brille sah man seine Augen nicht. Die beiden anderen jungen Männer legten ihm eine Hand auf die Schulter und tranken aus ihren Dosen.

In Ordnung, sagte Lewis.

Der Knabe mit dem Irokesenschnitt nickte, nahm die Uhr vom Baumstumpf und platzierte sie in einer Vertiefung an der breiten

Felswand unter den Namen seiner Eltern. Er drehte sich um, hängte sich die leere Tasche über die Schulter und ging den Pfad hinunter. Die anderen taten es ihm gleich, und der Junge im Rollkragen bückte sich, um die übrigen Bierdosen aufzuheben.

Die lasst ihr mal schön hier, sagte Lewis.

Wieso das?

Alkohol ist auf Gelände, das dem gottverdammten Staat gehört, verboten. Ich sollte euch Trotteln doch noch Strafzettel ausstellen. Lass sie einfach stehen. Ich kippe sie später weg.

Das wette ich, dass Sie die wegkippen, sagte der andere. Genau wie Sie den Wein da weggekippt haben.

Sie sind echt 'ne tolle Baumpolizistin, sagte der andere. Missbrauchen Ihre Macht und nutzen uns aus, weil wir uns nicht trauen, uns mit einer beschissenen Oma zu streiten.

Sie ist siebenunddreißig, sagte Jill.

Echt 'ne ganz tolle Baumpolizistin, eine dämliche alte Lesbe, sagte der Junge mit dem Rollkragen. Ich hoffe, dieser Zwittergeist kaut Sie so durch, dass Sie tot umfallen, und dann nimmt er Ihre Seele mit zum Neptun.

Lewis befahl ihnen erneut, sich fortzuscheren, und sie sahen einander an und dann Jill, und dann schlurften sie den Pfad hinunter, ihrem Kumpanen mit dem Irokesenschnitt hinterher.

Lewis stand auf und stolperte in schrägem Winkel auf den Karton mit dem Bier zu und schleppte ihn zu Jill hinüber, die auf der anderen Seite des Feuers saß. Sie öffnete eine Dose und reichte sie dem Mädchen, dann öffnete sie sich ebenfalls eine und erhob sie. Auf uns, sagte sie.

Sie setzte sich neben Jill auf den Baumstamm, und sie tranken Dose für Dose.

Glaub bloß nicht den Quatsch mit Cornelia, sagte Lewis. Die gottverdammten Menschen sind ohnehin viel gruseliger als irgendwelche Geistergeschichten. Ich werd dich vor allen beschützen.

Sie wollen mich beschützen?

Natürlich.

Warum?

Lewis glitt vom Baumstamm und legte sich vor dem Feuer auf die warme Erde. Im Liegen hob sie einen Stiefel, zerdrückte damit eine leere Dose und trat sie in die Feuerstelle. Sie war betrunken. Ich wüsste gerne, was für eine Frau du wirst, wenn du groß bist.

Ich werde nicht mehr größer. Ich bleibe so, bis ich sterbe.

Du wirst nicht sterben. Wenn du erst mal in meinem Alter bist, gibt es garantiert eine gottverdammte Pille dagegen.

Gegen das Sterben?

Vielleicht macht sie dich sogar wieder jung. Wir werden ein Land voll unsterblicher Teenager haben.

Jill krabbelte vom Baumstamm herunter und legte sich neben Lewis. Ich will nicht sterben.

Ich werde nicht zulassen, dass du stirbst, sagte Lewis. Ich werde nicht zulassen, dass du aufhörst, mich anzurufen. Wir bleiben in Kontakt. Und ich werde nicht zulassen, dass du stirbst. Wir werden uns nie mehr aus den Augen verlieren.

Jill machte ein Geräusch, das Lewis für ein Lachen hielt. Da bin ich ja mal gespannt, sagte sie.

Lewis rollte auf die Seite und sah das Mädchen an. Sie legte eine Hand auf ihre Wange und fuhr mit dem Daumen über die Narben, die das Gesicht des Mädchens zeichneten. Jill beugte sich vor und berührte Lewis' Kinn mit den Lippen. Lewis bewegte den Kopf und brachte ihre Lippen an Jills. Die Uhr in der Felswand schlug, und die beiden lagen am Feuer unter ihren Jacken.

Als Lewis aufwachte, war es noch dunkel. Das Feuer schwelte unter geschwärzten Dosen und der Weinflasche. Die Kaminuhr schlug fünfmal. Die Wachsfiguren ragten über ihr in den Himmel. Von den Bäumen kam ein Stöhnen, das dann wieder verstummte. Lewis stemmte sich auf die Ellbogen hoch und blinzelte im Schein der Glut auf ihre Hände. Feuerameisen liefen auf ihren Fingern auf und ab. Ein besonders fettes Exemplar biss sie, und sie schleuderte es fort. Plötzlich hörte sie wieder das Stöhnen, und im Schatten schwankten die Bäume. Schwarze Nachtvögel flatterten um sie herum und verschwanden in Richtung der schwarzen Berge.

Gottverdammt noch mal. Ist da jemand?

Lewis richtete sich langsam auf. Sie taumelte, als stünde sie in einem Kanu. Sie griff nach dem Revolver und knöpfte das Holster auf. Das Stöhnen wurde lauter, und ein Stein kam aus den Bäumen geflogen. Er verfehlte sie. Sie zog den Revolver und zielte auf die Bäume und fiel hin.

Das Stöhnen hörte auf. Sie wartete. Nichts.

Sie hörte das Mädchen weinen und sah sich um. Jills Kopf ragte unter der grauen Jacke hervor, mit der sie zugedeckt war, und sie zitterte. Ameisen krabbelten über ihr Gesicht und verhedderten sich in ihren Locken. Lewis holsterte den Revolver und beugte sich über sie. Sie wischte die Ameisen weg und berührte das Mädchen an der Schulter und schüttelte sie, dass sie aufwachte.

Das Mädchen hörte auf zu weinen und setzte sich auf. Es hatte rote Flecken auf den Wangen und am Mund.

Es blinzelte müde und wischte sich den geschwollenen Mund. Was ist das denn?

Wir haben auf einem gottverdammten Ameisenhaufen geschlafen.

Jill sagte, ihr sei kalt und es gehe ihr nicht gut, und fragte, ob sie nach Hause fahren könnten. Lewis leuchtete mit ihrer Taschenlampe, und sie stolperten den Weg hinunter zum Auto. In die Fahrertür hatte jemand mit einem Schlüssel das Wort L E S B E geritzt.

Lewis fuhr die kurvige Bergstraße hinunter. Sie beugte sich vor und presste die Finger ins Lenkrad.

Unterwegs hielt sie an, und Jill erbrach sich aus der offenen Beifahrertür in die Wildblumen am Straßenrand. Lewis öffnete die Fahrertür und erbrach sich ebenfalls.

Eine halbe Stunde später erreichten sie die Holzhütte. Jill war wieder eingeschlafen. Lewis parkte und ging zur Beifahrertür, öffnete sie und hob das Mädchen aus dem Auto. Sie trug sie die Einfahrt hinauf und wäre fast über die Nase der Hirschkuh gestolpert, deren Kopf sie dort verscharrt hatte. Zu ihren Stiefeln schauten zwei glasige Augen zwischen den Kieseln hervor. Sie ging weiter und erwischte mit einem Finger den Türgriff und trug das Mädchen hinein. Das Wohnzimmer war dunkel, und Lewis ließ Jill auf die Couch sinken. Das Mädchen regte sich, wachte aber nicht auf. Lewis sah zu, wie es im Licht der aufgehenden Sonne schlief, das durch das Küchenfenster hereinfiel.

Bald erwachte das Mädchen, setzte sich auf und weinte in die Hände.

Stimmt was nicht?

Ich will nach Hause.

Ich dachte, du wolltest bei mir wohnen.

Kann ich meinen Vater anrufen, damit er mich abholt?

Lewis kniete sich vor sie. Ich dachte, du wolltest hierbleiben.

Das Mädchen hörte auf zu weinen und trocknete sich die Augen mit dem Ärmel ihres Sweatshirts. Sie hob ihr geschwollenes und vernarbtes Gesicht und sah Lewis an. Glaubst du, wir alle schikanieren uns ständig gegenseitig, ohne dass wir es überhaupt merken?

Keine Ahnung.

Ich habe letzte Nacht die ganze Zeit diese Uhr gehört und an diese alte Frau gedacht.

Cloris Waldrip?

Sie hat ihren Ehemann verloren. Ich nehme an, man braucht ein weiteres ganzes Leben, um über den Verlust von jemandem hinwegzukommen, mit dem man ein Leben lang zusammen gewesen ist. Sie hat definitiv nicht genug Zeit gehabt. Meinst du, es tut den Leuten gut, wenn sie so lange zusammen sind?

Ich weiß nicht, Jill. Ich möchte nicht, dass du gehst.

Ich glaube, es wäre nicht gut für mich, hier oben auf dem Berg mit dir zu sein.

Wir könnten woandershin, sagte Lewis. Wir könnten nach Tokio gehen.

Jill schlug ins Nichts und presste ihre kleinen Hände auf Lewis' Wangen. Bitte versteh mich, sagte sie. Als ich geboren wurde, warst du so alt wie ich jetzt. Und wenn ich so alt bin, haben wir 2005. Dann wird alles ganz anders sein.

Das weiß ich.

An manchen Leuten gehen die Jahre spurlos vorbei, aber an dir nicht.

Es ist der Altersunterschied. Ich komme dir vor wie eine Mutter.

Ich glaube, ich bin ziemlich behütet aufgewachsen. Und ich bin noch jung. In ein paar Jahren bin ich jemand ganz anderes. Zumindest möchte ich in ein paar Jahren jemand ganz anderes sein.

Das ist ganz normal, nehme ich an, sagte Lewis. Aber ich weiß nicht, was du von mir willst. Was soll ich tun?

Meine Eltern haben mir gesagt, mein Gesicht wäre schon so gewesen, als ich auf die Welt gekommen bin, sagte das Mädchen. Aber ich weiß, was wirklich passiert ist. Jeder verändert sich, von

Anfang an. Wir alle verändern uns ständig. Du hast Dinge um die Ohren, mit denen ich noch gar nichts anfangen kann. Ich bin noch nicht so verzweifelt wie du. Und darüber freue ich mich natürlich. Aber wenn ich es eines Tages bin, und ich weiß, irgendwann wird es so weit sein, dann hoffe ich, dass ich anständig genug bin, Angst davor zu haben, was ich anderen damit antue.

Lewis nahm die Hände des Mädchens von ihrem Gesicht und hielt sie an den Handgelenken fest. Verdammt, Jill. Dein gottverdammter Vater traut dir echt zu wenig zu.

Jill glitt von der Couch auf den Fußboden und schlang die Arme um Lewis' Taille. Lewis legte ihre Arme um das Mädchen und roch an ihrem Haar. Sie hielten einander, bis die Sonne aufgegangen war.

Ich glaube nicht, dass man einen anderen Menschen wirklich durch und durch kennen kann. Ich kannte Mr Waldrip besser als irgendjemand sonst, aber nach meiner Tortur im Bitterroot fand ich heraus, dass er sich mit einer Frau in Little Rock, Arkansas, geschrieben hatte. In unserem gemeinsamen Testament hatten wir all unser Hab und Gut der First Methodist Church vermacht, und nachdem Mr Waldrip und ich in Abwesenheit für tot erklärt worden waren, erklärte sich meine liebe Freundin Sara Mae Davis bereit, unsere Unterlagen zu ordnen. Als sie den Schreibtisch in Mr Waldrips Arbeitszimmer ausräumte, tauchten diese Briefe auf, und nachdem sie sie gelesen hatte, beschloss sie, sie aufzubewahren. Ich werde den Namen der Frau aus Arkansas hier nicht nennen, denn ich nehme an, dass sie verheiratet ist, so sie denn überhaupt noch lebt, während ich dies hier niederschreibe.

Soweit ich es nachvollziehen kann, muss Mr Waldrip, als er 1965 in Little Rock war, um sich ein paar Rinder anzusehen, in den Kleinanzeigen einer dortigen Tageszeitung auf ihre Kontaktanzeige gestoßen sein. Er war damals dreiundfünfzig. Ich weiß, dass manche jungen Leute heutzutage Brieffreunde im Internet haben. Damals nahm man Papier dafür. Sicherlich werden einige von Ihnen mir nicht glauben, aber ich habe mich über die Briefe keineswegs geärgert. Ich glaube, ich habe sie alle gelesen, und ich bin mir dennoch nicht sicher, ob sie einander jemals persönlich begegnet sind. Das ist mir gleich. Aber so war es: Mr Waldrip schrieb einer anderen Frau, und aus der Art und Weise, wie sie ihm zurückschrieb, konnte ich herauslesen, dass er viel für sie empfand. Es wäre ihm unendlich peinlich gewesen, hätte er gewusst, dass Sara Mae diese Briefe einmal lesen würde.

Wahrscheinlich kannte ich Mr Waldrip gut genug, um zu wissen, dass ich niemals einen netteren und anständigeren Mann zum Gatten bekommen hätte. Ich liebe ihn, und ich vermisse ihn sehr. Er war ein starker, warmherziger Mann, und diese Frau muss irgendetwas an sich gehabt haben, das seiner Zuneigung würdig war, und ich habe nichts gegen sie.

Heute weiß ich, dass die meisten Leute viel komplizierter sind, als wir es gerne zugeben würden. Wir haben alle unser eigenes Leben, und ich glaube nicht, dass es auch nur einen einzigen Menschen auf dieser Welt gibt, der nicht mindestens ein Geheimnis hat, das er mit ins Grab nehmen möchte. Ich glaube, dass fast jeder eine verschlossene Tür in seinem Herzen hat, zu der er allein einen Schlüssel besitzt. Wir alle haben etwas zu verbergen. Und sosehr ich mich in diesem Bericht entblättert habe, so gibt es doch immer noch einiges, das ich einfach für mich behalten muss.

An dem Tag, nachdem die Hütte niedergebrannt war, stocherte ich in der Asche herum und fand die alte Olivenbüchse. Ich brauchte ungefähr eine Stunde, um mit etwas Glut von der Brandstelle Feuer zu machen und mit der Büchse Wasser aus dem Fluss abzukochen. Ich gab es dem Mann zu trinken. Er sagte kein Wort. Er lehnte an einem Felsbrocken unter einem großen Baum. Die meiste Zeit starrte er in den Himmel.

Zwei Nächte verbrachten wir im Freien. Dem Himmel sei Dank regnete es nicht. Wir waren beide mächtig hungrig, und ich fror so sehr, dass ich kaum schlafen konnte, aber ich musste ohnehin das Feuer im Auge behalten, damit es nicht ausging.

Das Bein des Mannes wurde schlimmer. Es verfärbte sich und roch wie einer der furchtbaren Pilzaufläufe von Catherine Drewer. Grundgütiger, dieses Weibsbild konnte weder Zucker von Salz noch

Etikette von Redlichkeit unterscheiden. Später war sie anscheinend nicht einmal mehr in der Lage, Parfüm und Katzenurin auseinanderzuhalten.

Die Fallen, die der Mann aufgestellt hatte, waren ein ganzes Stück weit fort, und ich traute mich nicht, allein auf die Suche zu gehen, immerhin waren sie versteckt. Aber da ich kein Tier schreien gehört hatte, waren sie wahrscheinlich ohnehin leer. Am zweiten Tag versuchte ich, uns ein paar Fische zu fangen. Das Angelzeug war verbrannt, also machte ich mir einen Speer, indem ich die Klinge des Messers am Ende eines Astes befestigte. Der Mann beobachtete mich von seinem Platz im Schatten des Baumes aus. Mehrere Stunden stach ich im Fluss auf Fische ein, und ob Sie es glauben oder nicht, schließlich erwischte ich einen langsamen, unaufmerksamen Schlammfisch. Ich bohrte ihm die Klinge in den Rücken und schleuderte das Vieh aus dem Wasser! Ich war mächtig stolz auf mich. Ich nahm den Schlammfisch aus und briet ihn über dem Feuer. Ich warf die Innereien in die Glut, sie zischten, als sie verbrannten, und schwarzer Rauch stieg auf. Es war schon später Nachmittag, als das Essen fertig war. Mein Freund aß nicht viel. Zum Fisch gab es noch ein paar Rohrkolben.

Nachts, wenn er glaubte, ich sei eingeschlafen, hörte ich mehrmals, wie er sich stöhnend erhob und hinter den großen Felsbrocken kroch, um sich zu erleichtern. In der zweiten Nacht versuchte er, leise zu brüllen. Das ist ein Geräusch, das man nur selten zu Gehör bekommt: ein Mann, der im Dunkeln versucht, leise zu brüllen, und glaubt, dass ihn niemand dabei hört. Mir läuft es kalt den Rücken herunter, wenn ich daran denke, ich wüsste nicht, womit ich es vergleichen sollte. Ich ließ ihn nicht merken, dass ich wach war, und stand auch nicht auf, um ihm Mut zu machen. Ich ahnte wohl, dass es ihn zu sehr in Verlegenheit bringen und alles noch schlimmer machen würde, als es das bereits war.

Am dritten Tag nach dem Brand, nach meiner Zählung am achten November, bekam der Mann Fieber. Er glühte richtig und war schweißgebadet und sprach überhaupt nicht mehr, und oft waren seine Augen halb geschlossen. Sein Gesicht war ganz fahl, und seine Lippen waren rissig und bluteten. Mir war klar, dass ich etwas unternehmen musste, sonst würde er schon bald das Zeitliche segnen.

Als an jenem Tag die Sonne unterging und der Wind purpurroten Schnee vom höchsten Gipfel des Gebirges wehte, wurde mir klar, dass ich ihn selbst den Berg hinunter und zu einem Arzt bringen musste. Ich hatte noch keine Ahnung, wie ich das anstellen sollte, aber ich beschloss, mich von diesem unbedeutenden Detail nicht aufhalten zu lassen. Bevor es dunkel wurde, ging ich zu ihm hinüber. Seine Augen waren geschlossen, und ich flüsterte ihm ins Ohr: Ich werde Sie in Sicherheit bringen.

Lewis lief im Stechschritt über niedrige Hecken und eine kleine Mauer aus Schiefer hinter ihrer Holzhütte in den Wald hinein. Als Ballast schwang sie auf Hüfthöhe eine schwere Flasche Merlot, und sie murmelte wütend vor sich hin über ein Mädchen mit verhuschter Stimme, das vorhin bei *Fragen Sie Dr. Howe* angerufen und erzählt hatte, dass es dauernd von den Knien seines Großvaters träumte. Ihr Mund war rot verschmiert, und ihr wirres Haar steckte unter einem zur Seite gerutschten Rangerhut. Sie kam an einen Felsvorsprung aus Granit, der über der grauen Wildnis thronte, und setzte sich hin und sah zu, wie die Nacht hereinbrach. Als es ganz dunkel war und sie die Flasche geleert hatte, warf sie sie den Abhang hinunter. Sie konnte nicht sehen, wo sie zerbrach.

Sie tastete ihre Jacke nach ihrer Taschenlampe ab, aber offenbar hatte sie sie in der Hütte gelassen. Sie saß im Dunkeln und schmollte und wimmerte, und sie legte sich auf die Granitplatte, und ihr wurde klar, dass sie nie wieder etwas von Jill Bloor hören würde. Sie dachte daran, wie Jill am Nachmittag in den schwarzen Pick-up-Truck ihres Vaters gestiegen war, als er sie bei ihr abgeholt hatte. Bloor war gar nicht erst ausgestiegen. Das Letzte, was Lewis von dem Mädchen gesehen hatte, war der Zigarettenrauch, der aus dem Fenster der Beifahrerseite aufstieg, als sie losfuhren.

Sie setzte sich auf und machte sich auf den Weg zurück zur Hütte. Wolken verdeckten den Mond. Durch die Bäume konnte sie gerade eben noch die Lampe auf der Veranda ausmachen, die sie angelassen hatte. Sie war erst ein paar Schritte gegangen, als sie ein leises Geräusch hörte. Sie hielt inne. Es erinnerte sie an den uralten Ventilator, der jahrelang auf dem Schreibtisch ihres Vaters stand und einen dissonanten Klang von sich gab, den nur er allein ertragen konnte.

Plötzlich verstummte das Geräusch, und der Wald war wieder still, und dann erscholl das Stöhnen, das sie schon einmal gehört hatte, traurig und sexuell. Zu ihrer Linken hörte sie schlurfende Füße. Lewis zuckte, und sie knöpfte ihr Holster auf, zog den Revolver und presste den Rücken gegen einen Baum. Sie streckte den Arm mit dem Revolver aus und wedelte damit herum.

Wer da?

Es kam keine Antwort, und das Schlurfen kam näher.

Wer ist da, gottverdammt noch mal? Ich bin Forest Ranger. Ich bin bewaffnet.

Keine Antwort.

Wenn Sie nicht Cloris Waldrip sind, gehen Sie weg. Gehen Sie dahin, wo Sie hergekommen sind.

Das Ding zwischen den Bäumen wurde schneller, und Lewis richtete die Waffe auf einen dunklen Fleck zwischen zwei Kiefern. Dort funkelte etwas Kleines, Rundes, das aussah wie ein einsames Auge. Sie schluchzte, wie sie es seit Kindertagen nicht mehr getan hatte.

Gottverdammt noch mal, nun mach schon und zeig dich, du gottverdammtes Etwas.

Das dunkle Wesen kam zwischen den Bäumen hervorgesprungen. Lewis brüllte einen Fluch und feuerte alle fünf Kugeln ab, die in der Trommel steckten.

Nach dem Aufblitzen des Mündungsfeuers war der Wald noch dunkler als zuvor. In ihren Ohren dröhnte es.

Taub und blind setzte sie sich hin und atmete die pulvergeschwängerte Luft ein. Sie ließ den Revolver sinken. Einen Moment lang blieb sie so sitzen, dann stemmte sie sich hoch und hielt sich am Ast einer Kiefer fest. Die Wolken waren weitergezogen, jetzt bedeckten Nebel und Pulverrauch den Mond.

Lewis wischte sich mit einem Ärmel über die Augen und rief in die Dunkelheit hinein: Hallo?

Keine Antwort.

Als sie die Trommel des Revolvers aufklappte, verbrannte sie sich den Daumen. Sie drückte die Stange des Auswurfmechanismus gegen die Handfläche und ließ die Patronenhülsen auf ihre Stiefel fallen. Sie griff sich an den Gürtel, drückte fünf Patronen aus der Halterung, bestückte die Trommel neu und schloss sie mit einem Druck gegen ihr Hosenbein. Sie ging langsam auf die Bäume zu und wartete, dass sich ihre Augen an das Mondlicht gewöhnten. Sie suchte den Boden ab.

Sie blieb stehen.

Der Hund lag ausgestreckt auf der Seite, die rosa Zunge hing ihm aus dem Maul. Schwarzes Blut floss in die Kiefernnadeln und bildete Pfützen im Schlamm.

Gottverdammter Mist, sagte sie. Sie kniete sich hin und stupste den Hund mit dem Lauf ihrer Waffe an. Sie blinzelte und sah, dass der Schädel offen stand. Gottverdammter Mist. Sie griff nach dem Halsband und hielt den blutnassen, herzförmigen Anhänger ins Mondlicht. Darauf stand der Name *Charlie*.

Lewis schüttelte den Kopf und sackte zu Boden. Sie wischte sich am Hosenbein Blut und Hundehaare von der Hand.

Jeden Herbst kamen die Damen der First Methodist einmal pro Woche im Keller der Kirche zusammen und nähten Steppdecken für Bedürftige und diskutierten über die Heilige Schrift und den wöchentlichen Klatsch. Seit jener Zeit kann ich sehr gut Steppdecken nähen. Und ich weiß, wie man einen Zopf flicht.

Bevor ich Bibliothekarin wurde, flocht ich hin und wieder das dunkle Haar eines zappeligen kleinen Mädchens aus meiner Klasse. Ihr Haar zu flechten war die einzige Möglichkeit, sie so lange ruhig zu halten, dass ich ihr aus *Betty und ihre Schwestern* oder *Die Abenteuer des Huckleberry Finn* vorlesen konnte. Sie war ein wunderhübsches kleines Ding. Grundgütiger, wie neidisch ich auf ihre Mutter war, eine furchtbare Frau, die aussah wie ein Dodo und die sie nach der Schule immer abholte. Eine stinkende Zigarette im Mund starrte sie ihre Kinder finster an, als wären sie etwas unberechenbar Böses. Ich übernahm den Posten der Bibliothekarin nicht zuletzt, weil mich Schüler wie dieses kleine Mädchen immer wieder schmerzlich daran erinnerten, dass es mir nicht vergönnt war, selbst Kinder zu bekommen. Wie Sie wissen, hat mich dieser Umstand damals mächtig mitgenommen.

Ich erzähle Ihnen das aus einem ganz bestimmten Grund: Als ich am neunten November – so meine Zählung – im Bitterroot aufwachte, hatte ich eine Idee. Ich suchte alles Brauchbare zusammen, das nicht dem Feuer zum Opfer gefallen war, und machte mich daran, ein Floß zu bauen. Aus Schilfrohr flocht ich Seile und band damit Kiefernäste zusammen, zu einem Gitter von der Größe einer großen Matratze. Dann nahm ich das Schilf und die Klinge und nähte Stücke der verkohlten Bettdecken zusammen und kleidete damit die Oberseite meines seltsamen Gefährts aus. Es war eine mühsame und umständliche Arbeit, aber ich ließ mich nicht beirren, und bei Sonnenuntergang war ich fertig. Das Floß war nicht sonderlich hübsch anzuschauen, aber ich hoffte, es würde wenigstens schwimmen. Ich nehme an, dass viele von Ihnen es nicht für sonderlich wahrscheinlich halten werden, dass eine kleine alte Frau ernsthaft glaubte, einen ausgewachsenen Mann auf ein krudes Floß setzen und mit ihm auf einem Fluss mitten im Gebirge in Sicherheit paddeln zu können. Aber genau das hatte ich vor.

Eines Sommers brach sich eine Färse in einem Viehrost die Hinterläufe. Unser Ranchverwalter Joe Flud fand sie auf der Weide. So schmächtig, wie Joe war, so clever war er, und ihm gelang es, aus einem Zaunpfahl und einer Plane, die er in seinem Pick-up aufbewahrte, eine provisorische Hebevorrichtung zu basteln. Er brachte die Färse ganz alleine zurück zu den Stallungen am Haupthaus und schiente der armen Kreatur die Beine mit einem Schöpflöffel und einem Spatel, die er aus der Küche seiner Frau entwendete. Cassidy war gerade auf Besuch bei ihren Eltern, und Joe erzählte, als sie nach Hause kam und feststellen musste, dass ihre Küchenutensilien einer Färse an die Hinterläufe gegipst waren, hätte sie sich unmäßig aufgeregt. Aber Joe rettete der Färse das Leben, und später kalbte sie und brachte einen fairen Preis ein. Ich fand, wenn der schmächtige Joe mit etwas Einfallsreichtum und Standhaftigkeit einer Kuh das Leben retten konnte, sollte ich in der Lage sein, meinen verletzten Freund vor dem Tod zu bewahren, der dasselbe so oft für mich getan hatte.

Der Mann sagte den ganzen Tag über kaum etwas, außer dass er hin und wieder um Wasser bat. Sein Gesicht war jetzt nicht mehr hellgrün, sondern hatte einen furchtbaren Orangeton angenommen, und sein Atem klang wie der von Judith Ellery, einer passionierten Raucherin, die in der First Methodist jahrelang auf der Bank hinter mir gesessen hatte und deren Bronchien rasselten wie Kiesel im Radschacht eines Lastwagens. Schließlich wurde das Geräusch immer schlimmer, bis sie eines Sonntags nicht mehr zum Gottesdienst erschien. Ihr taubstummer Sohn fand sie mit dem Gesicht nach unten in ihrem Petersiliengarten liegen.

Bevor es zu dunkel dafür war, zog ich das Floß den glitschigen, schlammigen Hang hinunter zum Fluss, um festzustellen, ob es schwamm. Das tat es, Gott sei Dank! Allerdings war ich mir nicht ganz sicher, ob es immer noch schwimmen würde, wenn wir beide uns darauf befänden. Ich zog es wieder in den Schlamm und sammelte alles zusammen, was ich aus der niedergebrannten Hütte geborgen hatte. Dazu zählten ein Feuerzeug, ein Feueranzünder und die reich verzierte Messerklinge. Ich wickelte alles in ein Bettlaken und band das Bündel am Floß fest. Ich vertäute auch den langen Kiefernast, den ich gefunden hatte und den ich als Stakholz benutzen wollte. Ich beschloss, dass wir am nächsten Morgen aufbrechen würden.

In jener Nacht lag ich mit meinem Freund Rücken an Rücken am Feuer und schaute in die Flammen. Ich fand nicht viel Schlaf. Schon dämmerte es, und es war kalt, und ich schloss den Reißverschluss von Terrys Jacke und wickelte mir Streifen einer halb verbrannten Decke um die Hände, um in der Kälte das Stakholz besser greifen zu können. Der Himmel war grau und voll dünner Wolken, und die Vögel wollten nicht singen.

Im blassen Licht der Morgendämmerung weckte ich ihn. Ich teilte ihm mit, dass wir jetzt losmüssten, dass wir ihn auf das Floß bekommen müssten und dass ich ihn stützen würde und wir ganz langsam, Schritt für Schritt, zum Fluss gehen würden.

Er öffnete die Augen, sagte aber kein Wort. Das Floß lag nur ein paar Yards von uns entfernt oberhalb des Flussufers. Er sah es an, ohne den Kopf zu bewegen, und zog sich dann an der Fichte hoch, unter der er saß, bis er auf seinem heilen Bein stand. Er brüllte ein ganz furchtbar ungehöriges Wort und verzog vor Schmerzen das Gesicht. Er tat mir mächtig leid, aber diese flegelhafte Ausdrucksweise fand ich dennoch nicht angemessen. Er stützte sich auf mich und meinen Gehstock, und ich zählte jeden Schritt laut mit, und Stück für Stück hüpften wir zum Fluss. Als er auf das Floß sank, fluchte er noch einmal, und Tränen liefen ihm über die Wangen. Er legte sich auf den Rücken und schloss die Augen und war wieder still.

Ich holte tief Luft und schob das Floß mit aller Kraft durch den Schlamm in Richtung Wasser. Das ging leichter, als ich gedacht hatte, denn ich hatte das Gewicht des Mannes nicht mit einberechnet. Grundgütiger, es schoss regelrecht auf das Wasser zu! Ich humpelte so schnell, wie eine alte Frau es eben kann, hinterher, aber es erreichte vor mir den Fluss. Gleich würde die Strömung das Floß erfassen, und ich war nicht mit an Bord! Hatte ich diesen schwer verletzten Mann wirklich gerade unfreiwillig auf eine einsame Flussfahrt geschickt? Ich trat ein paar Schritte zurück, und dann rannte ich los, meinen Gehstock in der Hand, und ich sprang. Ich flog durch die Luft und landete direkt auf seinem Bein. Er schrie wie am Spieß! Ich warf meinen Gehstock neben ihn und kletterte auf das Floß.

Das Gewicht war ungleichmäßig verteilt, und kaltes Wasser schwappte über uns. Er zuckte und zitterte, hielt aber die Augen geschlossen. Außer Atem teilte ich ihm mit, wie leid es mir täte, dass ich auf seinem kaputten Bein gelandet war, aber dass er sich keine Sorgen machen solle und wir ihn zu einem Arzt bringen würden, bevor es zu spät sei. Ich kauerte mich zwischen seine Beine und balancierte auf dem kleinen Floß, bis es mehr oder weniger gerade im Wasser lag.

Anfangs war die Strömung nicht sonderlich stark, und das Floß war recht langsam und blieb immer wieder in den Untiefen stecken. Ständig musste ich uns mit dem Stakholz befreien. Nach einer Weile wurde der Fluss breiter und schneller, und die Schlucht öffnete sich und wurde zu einem großen, bunten Tal aus Kalkstein und rosafarbenem Granit. Es war ein ungewöhnlich warmer Tag, und die Sonne schien. Wir wurden ein wenig schneller, und der Mann schlief, und nach einer Weile kamen wir an einer Stelle vorbei, die ich wiedererkannte: Hier hatte ich meinen Namen in den Baumstumpf geritzt.

Der Fluss mäanderte durch den Kiefernwald. Nachdem wir eine Weile friedlich an den Bäumen vorbeitrieben, nahm die Strömung zu, und das Wasser wurde weiß und rauschte über schroffe Felsen hinweg. Das kleine Floß drehte sich! Wir schauten auf einmal nach hinten, und von der Steuerbordseite löste sich ein Ast. Der Mann sank teilweise in das kalte Wasser und verzog das Gesicht, öffnete aber nicht die Augen. Ich hatte Angst, wir würden kentern und ertrinken. Wasser spritzte mir ins Gesicht und lief mir in die Augen. Ich wischte es fort und drehte mich um, um wieder nach vorne zu schauen. Ich zitterte ganz furchtbar. Vor uns im Fluss tauchte eine Stromschnelle auf, bei der es ein paar Fuß hinunterging. Ich war mir sicher, wenn wir dort hineingelangten, würde unser Floß das nicht überleben. Ich benutzte mein Stakholz als Ruder, um uns ans Flussufer zu lenken.

Ich versichere Ihnen, ich brachte all meine Kraft auf, um das kleine Floß zu manövrieren. Mit einem Mal war ich gar nicht mehr erschöpft. Meine Arthritis war fort. Ich habe von Frauen gehört, die unglaubliche Anstrengungen meistern und ganz außergewöhnliche Kraft entwickeln, um ihre Kinder zu schützen. Das soll nicht heißen, dass ich den Mann für meinen Sohn hielt, aber ich hatte ihn doch inzwischen mächtig gern. Mein Arzt hier beim River Bend Assisted Living, ein freundlicher und penibler Orientale namens Dr. Laghari, hat mir erzählt, mein Körper hätte damals extrem viel Adrenalin produziert. Mit zusammengebissenen Zähnen gelang es mir, uns so zu steuern, dass wir unbeschadet das Flussufer erreichten.

Das erbarmungswürdige kleine Floß lief auf Grund, und ich grub meine Fersen in den Schlamm, und mit dem letzten bisschen Kraft, das ich aufbringen konnte, hievte ich den Mann auf das steinige Ufer, und dann sank ich neben ihm zu Boden. Zitternd und durchnässt lagen wir beide da und ließen uns von der warmen Sonne trocknen. Keiner von uns sagte ein Wort.

Bald würde die Sonne untergehen, und so zwang ich mich aufzustehen. Ich suchte Holz für ein Lagerfeuer zusammen. Meine Hände zitterten so sehr, dass es aussah, als würde ich auf einem unsichtbaren Klavier ein schwieriges Stück spielen. Mit dem letzten Feueranzünder, den wir noch hatten, und dem Feuerzeug zündete ich das Holz an. In der Nacht wurde es kalt, und ich kuschelte mich eng an den Mann. Er hatte solches Fieber, er glühte wie ein Ofen.

Der Morgen kam, und mein Freund saß aufrecht mit dem Rücken an einer Kiefer, die Beine ausgestreckt. Der Arme, er hatte seinen Darm in die Hose entleert, und seine Bluejeans waren ganz schwarz. Ich tat so, als würde ich es nicht bemerken. Er war wach und hatte den Blick auf die Berge gerichtet.

Ich wünschte ihm einen guten Morgen und setzte mich auf. Wie geht es Ihnen?, fragte ich ihn.

Besser, sagte er.

O mein Gott, das ist ja wunderbar, sagte ich. Und ich stand auf und ging zum Flussufer. Ich sagte ihm, ich würde uns ein paar Rohrkolben zum Frühstück garen und dann unser treues Wasserfahrzeug wieder instandsetzen. Am Nachmittag würden wir weiterfahren können, sagte ich. Ich bringe Sie schneller zum Arzt als ein Blitz mit Rückenwind.

Ich komme nicht mit, sagte er.

Lassen Sie den Blödsinn. Wir müssen Sie zu einem Arzt bringen.

Ich will keinen Arzt, sagte er.

Ich sagte ihm, das sei einfach nur dumm.

Ich kann nicht ins Krankenhaus.

Warum nicht?, fragte ich.

Das wird schon wieder, sagte er.

Schauen Sie mal, Sie sind schwer verletzt, sagte ich ihm. Sie müssen zum Arzt.

Er starrte auf den Fluss. Ich kann nicht ins Krankenhaus, sagte er. Ich werde vom FBI gesucht.

Eine ganze Weile brachte ich kein Wort heraus. Die Frage, die ich ihm dann stellte, war reichlich dumm, aber ich hatte ja auch mein Lebtag noch nie ein Gespräch geführt, das mich auf diese Situation vorbereitet hätte. Ich fragte ihn, ob er auf der Flucht sei.

Er sagte: Ich möchte, dass Sie wissen, dass ich nicht getan habe, was die mir vorwerfen.

Was werfen die Ihnen denn vor?

Die behaupten, dass ich ein zehnjähriges Mädchen entführt habe.

Warum sagen die denn so etwas Dummes?

Ein Missverständnis, sagte er.

Ein Missverständnis?

Es sah aus, als würde er unter der Kiefer ein Stück in der Erde versinken. Ich habe mich einmal in ein jüngeres Mädchen verliebt, sagte er. Jemand hat mich bei der Polizei angeschwärzt. Sie haben mich nicht festgenommen oder so, aber sie wussten Bescheid. Später wohnte ich in derselben Straße wie dieses Mädchen, das verschwand. Das muss der Grund sein, warum die glauben, ich hätte ihr etwas angetan. Ich bin eines Morgens aufgewacht und sah eine

Zeichnung von meinem Gesicht in den Nachrichten, aber sie wussten nicht, wie ich heiße oder wer ich bin. Ich weiß bis heute nicht, wie mein Gesicht da hingekommen ist.

Ich fragte ihn, wie alt das Mädchen gewesen sei, in das er sich verliebt hatte.

Zwölf Jahre alt, sagte er und packte seinen Oberschenkel. Ich würde niemals irgendwem etwas antun, sagte er.

Wieder wusste ich eine Zeit lang nicht, was ich sagen sollte. Ich erinnere mich, wie ich meine schlammverkrusteten Hände im Schoß faltete und zusah, wie das Wasser den Fluss hinabfloss. Was haben Sie mit ihr angestellt?

Mit wem?

Der Zwölfjährigen.

Ich habe gar nichts mit ihr angestellt, sagte er. Wir haben uns im Einkaufszentrum kennengelernt. Ich habe dort im Kino gearbeitet. Immer, wenn sie kam, um sich einen Film anzusehen, redete sie mit mir. Anschließend sind wir manchmal gegenüber zum Chinesen gegangen.

Haben Sie sie berührt?

Wie meinen Sie das?

Haben Sie sie auf unschickliche Weise berührt?

Eines Tages haben wir uns zusammen einen Film abgeschaut und uns geküsst. Das kam dann öfter vor. Wir hielten Händchen und küssten uns, mehr haben wir niemals getan. Ich sah sie überhaupt nur im Kino. Ich war so verliebt in sie, ich hätte ihr niemals wehgetan.

Einen Moment lang war ich wieder still. Ich dachte daran, was ich von diesem Mann alles mitbekommen hatte.

Die Gummizüge aus Unterwäsche, die er um seine Handgelenke gewickelt hatte, und der Slip, den ich in seiner Jackentasche gefunden hatte. Der Schlüssel, der aussah wie von einem alten Vorhängeschloss. Die Glitzerstrümpfe und das rosa Hemdchen, die er mir gegeben hatte. Woher stammten die? Mein Herz klopfte wie ein Schmiedehammer. Ich rückte ein Stück von ihm weg.

Schließlich sagte ich: Warum tut man so etwas mit einer Zwölfjährigen?

Er atmete aus und sackte vor Schmerzen ein wenig zusammen. Wenn ich Leute in meinem Alter sehe, dann erkenne ich mich in denen nicht, sagte er. Sie sehen viel älter aus. Ich denke dann immer, der Mensch da kann doch unmöglich so alt sein wie ich.

Das verstehe ich nicht.

Ich fühle mich nicht zu ihnen hingezogen, sagte er. Es ist schwer, wenn Sie innen anders sind als außen. Die Leute akzeptieren einen nicht, wenn man nicht so ist, wie man sein soll.

Wir werden zum Arzt gehen und dann zur Polizei und das alles klären. Wenn Sie unschuldig sind, müssen Sie nicht hier draußen bleiben.

Doch, sagte der Mann. Unschuldig oder nicht.

Ich sagte zu ihm: Jetzt hören Sie mal zu, Garland.

Ich heiße nicht Garland.

Sagen Sie mir bitte die Wahrheit. Bei Gott, ob es ihn nun gibt oder nicht und wer oder was auch immer er ist, seien Sie jetzt bitte ganz ehrlich: Haben Sie das kleine Mädchen entführt?

Nein, sagte der Mann. Habe ich nicht.

Ich beobachtete ihn eine Minute lang.

Er sagte: Sie wollen wissen, warum ich mich hier in der Wildnis durchschlage? Ich bin hier draußen, weil ich nichts dafürkann, wie ich bin oder worauf ich stehe. Ich glaube nicht, dass ich mich da sehr von allen anderen Leuten unterscheide.

Er saß in sich zusammengesunken an der Kiefer, die weiß leuchtete. Das Fleisch an seinem Bein war voller Blasen und bunter Quaddeln. Er zitterte ganz furchtbar und schaute mir nicht in die

Augen. Ich wusste nicht so recht, was ich von ihm halten sollte. Aber ich kann Ihnen sagen, in meinen zweiundneunzig Jahren auf Erden habe ich kaum jemals mehr Mitleid mit einem Menschen gehabt. Mir ist klar, dass viele von Ihnen mich für eine unmoralische alte Hexe halten werden, dass ich mit einem solchen Mann Mitleid hatte. Allerdings werden die meisten von Ihnen nicht erlebt haben, wie es ist, den eigenen Tod zu überleben und sich zurück ins Leben zu kämpfen, in eine Welt, deren Bewohner und all das, was sie erschaffen haben, einem erbärmlich und lächerlich vorkommen und ohne Bedeutung oder Konsequenz. Wer das nicht erlebt hat, wird es nie ganz verstehen können. Ich glaube nicht, dass ich es hinreichend beschreiben kann. Aber ich möchte an dieser Stelle immerhin festhalten, dass mir seither eines klar geworden ist: Moral ist nicht der Anker des Guten, und jeder einzelne Mensch ist viel mehr als das, wozu wir ihn zum Zwecke unserer eigenen Bequemlichkeit machen möchten. Was auch immer es sonst mit diesem Mann auf sich haben mochte, in diesem Punkt hatte er recht.

Ich nahm seine schmutzige Hand und hielt sie. Er drehte sich zu mir, und ich nehme an, dass er in meinem Gesicht etwas sah, das ihn tröstete, denn er drückte meine Hand und seufzte tief.

Ich sagte ihm, ich würde noch ein paar Rohrkolben sammeln und Wasser abkochen, bevor wir wieder aufbrechen würden, denn was auch immer er getan oder nicht getan hatte, ich würde ihn keinesfalls dort liegen lassen. Er schloss die Augen und lehnte den Kopf gegen die Kiefer.

Ich ging ein Stück flussaufwärts, um in ruhigerem Wasser die Dose zu füllen. Ich hoffte, dabei auch ein paar kleine Fische und Kaulquappen zu fangen. Ein kühles Lüftchen wehte. Der Wind klang fast so wie damals in Texas. Grundgütiger, wie gut das klang! Ich schloss die Augen und sah die Ebenen mit wogendem gelben

Gras vor mir und die Staubwolken der Autos über den Landstraßen. Ich sah unser kleines Haus und den Wasserturm, dessen Schatten wie der Zeiger einer riesigen Sonnenuhr über den Boden wanderte und uns die Tage zumaß, bis zum ersten Sonntag dieser seltsamen, furchtbaren Trinitatiszeit, als ich in Missoula ein kleines Flugzeug bestieg und aus dem strahlend blauen Himmel heraus in die Bitterroot Mountains fiel.

Ich öffnete die Augen und holte die Dose aus dem Wasser. Ich schaute hinein, ob sich vielleicht eine Elritze, ein Flusskrebs oder ein anderes unglückliches Tierchen hineinverirrt hatte. Aber in der Dose fand ich bloß eine seltsame kleine Feder, die auf dem Wasser schwamm. Als ich aufsah, umwehten mich büschelweise Federn, sie wirbelten im Wind und landeten auf dem Fluss wie weiße und graue Eintagsfliegen. Es war ein mächtig seltsamer, aber dennoch wunderschöner Anblick.

Ich schaute mich um, woher die Federn kamen, und ich spähte durch die Bäume zu der Stelle, wo ich den Mann gelassen hatte. Er saß ungefähr zehn Yards flussabwärts, ich konnte zwischen den Bäumen seine Stiefel sehen. Die vielen kleinen Federn machten alles ringsum weiß wie Meeresschaum.

Ich ging mit der Dose Wasser unter dem Arm zu ihm zurück und stützte mich auf meinen Gehstock. Immer mehr von diesen kleinen Federn kamen herbeigeweht. Sie landeten in den Bäumen und auf den Granitfelsen und im Gras, bis es so aussah, als wäre Schnee gefallen, ein ganz seltsamer, jenseitiger Schnee.

Ich rief dem Mann zu: Sehen Sie das?

Ich umrundete einen Baum und sah ihn auf der anderen Seite in der Sonne. Seine Daunenjacke war an einem Ast hängen geblieben und zwang ihn zu einer Haltung, in der seine Arme wie bei einem Orchesterdirigenten einen Zoll über dem Boden schwebten. Die Jacke war aufgerissen und verlor ihre Daunen, und der

Wind trug sie in großen Klumpen davon. Ich ließ meinen Gehstock fallen und lief zu ihm, so schnell ich konnte. Ich ging neben ihm in die Hocke und löste ihn vom Ast. Dann rollte ich ihn auf den Rücken und strich ihm die Federn aus dem Gesicht.

Ich habe schon oft gehört, dass Sterbende angeblich so aussehen, als wären sie bloß eingeschlafen. Ich glaube nicht, dass irgendjemand, der das behauptet, jemals einen Toten gesehen hat. Wenn Sie das Gesicht des Sterbenden kennen, können Sie den Tod in der Art und Weise ablesen, wie das Gesicht zur Ruhe kommt oder so aussieht, als sei es bei einem ganz bestimmten Gedanken stehen geblieben, der uns auf immer unbekannt bleiben wird. Als Davy starb, wurde er zur Totenwache in einem offenen Sarg aufgebahrt. Ich war ein kleines Mädchen, aber ich erinnere mich heute noch daran, wie mein kleiner Bruder da in seinem kleinen Sarg lag, still und starr, und wie ich glaubte, jemand wolle mir einen Streich spielen. Er sah nämlich überhaupt nicht aus wie der kleine Junge, den ich kannte und den ich so gernhatte. Ich war überzeugt davon, dass das eine Wachsfigur war, angefertigt von einem ausgemachten Trottel, der ihn überhaupt nicht gekannt hatte.

Ich habe mich mit einer sehr freundlichen Ärztin in Michigan, Dr. Rebecca Alcott, ausgetauscht, und sie glaubt, dass der Mann hatte aufstehen wollen, was seinen bereits septischen, traumatisierten Organismus so stark belastet hatte, dass kurzerhand sein Herz stehen geblieben war. Er war bereits tot, als er zu Boden fiel, aber seine Jacke blieb an einem niedrigen, spitzen Ast hängen, und der Wind wehte ihr Inneres fort.

Ich saß eine ganze Weile in der Sonne mit seinem toten Körper und den glänzenden Gänsedaunen und dem Wind. Als ich wieder aufstand, nahm ich ihm alles ab, was ich gebrauchen konnte, und ließ ihn liegen.

VIII

Von einem Haken im Dachvorsprung einer Jagdhütte hing der Kadaver eines Elchs. Er war halb enthäutet und sah aus wie jemand, der nur einen Arm in der Jacke hat. Lewis stellte den Motor ab, hupte und beugte sich über den Beifahrersitz und kurbelte die Scheibe hinunter. Sie rief einen Namen.

Ein dunkler Kopf schaute hinter der Hütte hervor, dann kam der Rest eines großen Mannes zum Vorschein. Ohne Schuhe an den Füßen und in einem zu kleinen Smoking hüpfte er auf den Wagoneer zu. Sein drahtiges Haar war zu zwei Zöpfen geflochten, und er trug einen altmodischen Schnurrbart mit gezwirbelten Enden. Ranger Lewis, sagte er, als er den Wagoneer erreichte und einen Unterarm auf das offene Fenster an der Beifahrerseite legte. Sie arbeiten am Sonntag?

Ich hätte Sie fast nicht erkannt, Eric.

Ja, ich probier mal was aus, für eine Frau, die ich letzte Woche unten im Tal kennengelernt hab. Den schnieken Anzug hier hab ich einem mittellosen Bürgerbeauftragten in Missoula abgekauft.

Sieht gut aus.

Danke, Ranger Lewis. Sie sehen auch gut aus.

Fühle mich aber beschissen. Hab an diesem Wochenende mit dem Trinken aufgehört. Ich hab Ihretwegen schon wieder einen Anruf bekommen, Eric.

Was hab ich dieses Mal angestellt? Das war keiner aus den Zelten, über die ich letzte Woche gestürzt bin, oder? Die müssen endlich dafür sorgen, dass die Leute in dem Bereich für die Zelte bleiben. Wenn ich nachts rausgeh, um was zu trinken, was ja wohl mein gutes Recht ist, dann seh ich die genauso wenig wie einen Hut auf einem Floh.

Nein, das war es nicht. Jemand hat angegeben, Sie hätten in der Nähe eines der Zeltplätze nackt gebadet.

Wo genau?

Clover, glaube ich.

Sie wollen mir also sagen, dass ich hier oben nicht nackig baden darf? In welchem Jahrhundert ist der nackte Körper denn so anstößig geworden? Wenn man sich hier oben nicht nackig machen darf, was soll das Ganze dann überhaupt?

Es gibt so was wie Sitte und Anstand, und dazu haben wir Gesetze, die bundesweit für alle Parks und Erholungsgebiete gelten. Vor allem, wenn Kinder in der Nähe sind. Gottverdammte Sitte und Anstand.

Eric schüttelte den Kopf und zwirbelte ein Ende seines Schnurrbarts. Mein großes Katzenklo, sagte er. Warum soll das eine alberne Delikt wichtiger sein als das andere? Ich weiß langsam nicht mehr, wo der Sinn anfängt und der Unsinn aufhört.

Halten Sie sich einfach von den Zeltplätzen fern. Mehr müssen Sie doch gar nicht tun, gottverdammt noch mal. Okay?

Schon gut, schon gut, sagte Eric. Hey, habt ihr eigentlich die alte Dame gefunden, nach der ihr gesucht habt?

Nein. Die ist nicht mehr aufgetaucht.

Das ist aber schade. Alte Menschen haben es immer gerne, wenn da, wo ihre Knochen liegen, ihr Name steht, dann können ihre Kinder sie besuchen.

Lewis lehnte sich zurück und ließ den Motor an und spuckte aus dem Fenster. Können Sie mir mal was verraten?

Ich hoffe schon.

Warum leben Sie so, hier draußen?

Na ja, Ranger Lewis, für gewöhnlich mögen mich die Leute nicht.

Lewis nickte. Sagen Sie mal, haben Sie in letzter Zeit irgendetwas Außergewöhnliches gesehen?

Eric drehte sein fettiges Gesicht zum Himmel und blinzelte in die kalte Herbstsonne hinein. Seine dunklen Augen wurden feucht. Ich hab so viele außergewöhnliche Dinge gesehen, ich weiß schon gar nicht mehr, was gewöhnlich ist.

Aber was ist mit Rauch, haben Sie mal da drüben am Alten Pass Rauch aufsteigen sehen?

Von da drüben kommt auf jeden Fall mehr Rauch als früher. Fast, als wären da Leute, die da zelten gehen, wie in den Sechzigern, als die Leute noch keine Angst davor hatten, sich so weit in die Wildnis zu wagen, dass sie den letzten Funkturm aus den Augen verlieren. In einer Nacht hab ich was gesehen, das muss ein verflucht großes Feuer gewesen sein, aber hallo. Da.

Lewis schaute in die Richtung, in die der Mann zeigte. Sie sah Gipfel, hoch in den Wolken, auf denen der Schnee in der Sonne glänzte, und darunter einen Saum von Bäumen, an dem der endlose Wald begann, und dort erspähte sie etwas Weißes, das im Tageslicht kaum zu erkennen war.

Der gottverdammte Rauch da?

Jup. Das wird er sein.

Lewis schüttelte den Kopf. Sie schaltete von P in D, ergriff das Lenkrad und lehnte sich vor. Wer weiß, wer da oben ist, sagte sie.

Am nächsten Tag kam sie schon früh in die Bergstation und schaltete den Heizlüfter und die Kaffeemaschine ein, und während hinter dem breiten Fenster der Morgen dämmerte, las sie im Schein der schwachen Glühbirne an ihrem Schreibtisch den *Missoulian*.

Die Zeitung war einen Tag alt, vom Sonntag, dem 9. November 1986. Auf der Titelseite befand sich neben einem Artikel über den Iran ein Foto des vermissten Mädchens. *Sarah Hovett immer noch vermisst, Behörden gehen vom Schlimmsten aus.*

Als Lewis mit der Zeitung fertig war, warf sie sie in den Papierkorb zu ihren Füßen. Sie holte eine Pappschachtel aus dem Wagoneer und räumte ihren Schreibtisch leer. Sie nahm einen Müllsack und warf die leeren Weinflaschen hinein, die sie zwischen dem Schreibtisch und der Wand versteckt hatte, und dann ging sie zum Waschbecken in der Küchenzeile und kippte ihre Thermosflasche aus. Der Merlot bildete über dem Abfluss einen Strudel, und sie musste daran denken, wie sie ihrem Vater immer geholfen hatte, nach einer Operation in der Klinik die Knochensägen und Skalpelle abzuspülen.

Die Wanduhr zeigte 9:05 Uhr, als Claude eintraf. Er blieb in der Tür stehen. Machen wir das nicht normalerweise im Frühjahr?

Lewis ließ den feuchten Lappen sinken, mit dem sie gerade den Schreibtisch abwischte. Claude, du warst ein gottverdammt guter Kollege, sagte sie. Aber mir macht dieser Job einfach keinen Spaß mehr.

Spaß?

Ich ziehe in eine Großstadt. So was wie Seattle oder Boston.

Dann ist die Bergstation aber unterbesetzt.

Ist Pete schon weg?

Schon vor dem Wochenende abgereist, sagte Claude und sah aus dem Fenster hinter ihr. Ich würde sagen, er ist inzwischen wieder in Big Timber. Claude berührte den ausgefransten Schal um seinen Hals. Hat mir das alberne Ding hier dagelassen, hat er selbst gestrickt.

Er ist ein netter Typ, sagte Lewis.

Der ist schon in Ordnung.

Ein seltsamer Vogel.

Ja, das auch.

John hat gesagt, er schickt meinen Nachfolger am Donnerstag hoch, sagte Lewis. Einen Typen namens Sokolov.

Sokolov? Ist das ein Russe?

Denke ich mal.

So richtig überrascht bin ich ja nicht, dass du gehst.

Du wirst schon klarkommen, sagte Lewis. Eric Coolidge und die gottverdammte Silk Foot Maggie werden dir in den nächsten drei Tagen schon nicht allzu viel Ärger machen. Und dann kommt ja schon Sokolov.

Was willst du in Boston machen?

Ich weiß ja gar nicht, ob es Boston wird. Gottverdammt noch mal, ich hab keine Ahnung. Ich denke mal, ich finde irgendwo einen Job beim City Park Service.

Claude nahm den Rangerhut vom Kopf und strich sein schwarzes Haar glatt. Hast du mitbekommen, dass irgendwer Charlie erschossen hat?

Wie bitte?

Ja. Vor ein paar Tagen. Hat sie in Stücke geschossen.

Sie?

Charlie war eine Hündin.

Lewis sah aus dem Fenster. Ein Schwarm Gänse warf seinen Schatten auf das Tal. Das hatte ich ganz vergessen.

Hab sie ein Stück hinterm Haus gefunden. Sie hatte Probleme mit der Verdauung, falls du dich erinnerst. Ich habe sie allein rausgelassen, damit sie für sich sein kann. In Stücke geschossen. Wie sehr muss man Hunde hassen, um so was zu tun?

Hast du nichts gehört?

Ich war wohl gerade unter der Dusche.

Es tut mir so leid, Claude.

Ich dachte, du hättest vielleicht, sagte Claude.

Was?

Na, was gehört, bei dir da drüben.

Nein, tut mir leid.

Tja, das wird hier oben ziemlich einsam ohne dich. Claude drückte das blaue Ende seiner Nase.

Lewis nahm sich das Abzeichen von der Brust und platzierte es auf der sauberen Schreibtischplatte, auf der sich jetzt nur noch das Holster mit dem Revolver und das Funkgerät befanden. Das Licht vom Fenster spiegelte sich im Lack. Lewis berührte die Schreibtischplatte mit den Fingerspitzen, hielt einen Moment inne, dann schwang sie sich den Müllsack mit den Weinflaschen über die Schulter und ging zur Tür. Die Flaschen klirrten. Kannst du den Karton nehmen?

Claude setzte seinen Rangerhut wieder auf, griff sich den Karton und ging hinter ihr her zum Wagoneer. Er stellte den Karton auf die Rückbank, verschränkte die Arme und sah zu, wie Lewis den Müllsack auf die Ladefläche fallen ließ.

Über ihnen donnerte es, und sie sahen beide nach oben. Tut mir leid, dass du immer noch keinen Beweis dafür gefunden hast, dass es Cornelia Åkersson gibt, sagte Lewis.

Ich hab sie gesehen, Debs. Mir muss niemand irgendwas glauben. Ich weiß, dass ich sie und das Glyptodont gesehen hab. Für mich ist das alles, was wirklich zählt.

Okay. Dann ist ja gut.

Claude deutete mit dem Kopf die Straße hinunter. Tut mir leid, dass das mit dir und Officer Bloor nichts wurde.

Egal, sagte Lewis. Das war ohnehin nicht so ganz das Richtige.

Nein, kam mir auch nicht so vor.

Nein?

Nein, sagte Claude. Der war erst recht ein seltsamer Vogel.

Lewis ging um den Wagoneer herum und lehnte sich gegen die Motorhaube. Egal, wohin es mich verschlägt, ich würde mich freuen, wenn du mich mal besuchen kommst.

Du kennst mich schlecht, wenn du denkst, ich würde nach Boston fahren.

Elf Jahre, Claude.

Claude schnalzte mit der Zunge und sah weg. Tja, die Leute kommen und gehen, sag ich mal. Kann man nichts dran ändern. Er schaute auf seine Stiefel. Der Saum seiner Hosenbeine war blutbefleckt. Wenn man versucht, irgendwas festzuhalten, kriegt man nur Schwierigkeiten. Ich glaube, was man liebt, darf man nicht allzu fest halten.

Das ist bestimmt richtig, sagte Lewis. Du bist mein bester Freund, Claude. Ich will, dass du das weißt.

Danke.

Ehrlich. Ich hatte noch nie einen besseren gottverdammten Freund. Tut mir leid, dass ich nicht immer für dich da war.

Claude schüttelte den Kopf. Er richtete seine Uniform, streckte den Rücken durch und tippte an die Krempe seines Rangerhuts. Im Dienste der Natur und der Menschen, sagte er.

Lewis salutierte zurück. Im Dienste der Natur und der Menschen.

Claude lächelte und berührte sie am Arm. Mach's gut.

Lewis nickte und stieg in den Wagoneer, und Claude ging zurück zur Station. Sie wartete einen Moment, dann hupte sie. Claude war bereits an der Tür. Er drehte sich um. Sie beugte sich vor und kurbelte die Scheibe an der Beifahrerseite herunter. Ich habe deinen Hund erschossen, Claude, rief sie. Es tut mir unendlich leid.

Claude stand da und sah hoch zur Krempe seines Rangerhuts.

Dachte ich mir, rief er zurück. Ist schon in Ordnung. Mach's gut, sagte er noch einmal und betrat die Hütte.

Lewis sah noch, wie sich die Fliegengittertür hinter ihm schloss, dann fuhr sie los.

Der Donner hallte von den nächtlichen Bergen wider, und Regen prasselte auf die Windschutzscheibe. Lewis steuerte den Wagoneer mit wachen Augen die kurvenreiche Bergstraße hinab. Mit einem Finger polierte sie ihre Vorderzähne. Als sie um eine Kurve bog, kam ihr ein verbeulter Oldtimer entgegen, der den Berg hinauffuhr. Für eine Sekunde wurde die Frau am Steuer vom Licht der Scheinwerfer angestrahlt. Sie sah furchterregend aus. Sie war leichenblass, hatte einen breiten Mund, und ihr Haar stand zu allen Seiten ab. In diesem Moment war jede der beiden Fremden der wichtigste Mensch im Leben des jeweils anderen, fand Lewis, denn alles, was sie vom sicheren Tod trennte, waren eine gelbe Linie und der Glaube an das System.

Lewis schaltete das Radio ein und hörte zu, wie eine Anruferin mit Kehlkopfkrebs, deren Stimme wie eine Maultrommel klang, von Dr. Howe wissen wollte, was es mit der Trauer auf sich habe und warum ihre Schwester es auf der Beerdigung ihrer Mutter darauf angelegt hatte, dass bloß alle mitbekamen, wie sie weinte. Den allermeisten Leuten dient Trauer dazu, den anderen zu zeigen, dass man ein Mensch ist, sagte Dr. Howe. Dass man ein ganzes Universum von Gefühlen und Gedanken in sich trägt, ein Universum, das nur man selbst wirklich kennt und zu dem sonst niemand Zugang hat.

Bald hatte Lewis den Fuß des Berges erreicht und bog auf die Florida Avenue ein, die durch das flache Land führte. Sie fuhr nach Norden und erreichte in etwas mehr als einer Stunde Missoula, sie fuhr im warmen Licht der Straßenlaternen und lauschte weiterhin der Radiosendung und dem Regen. Ein Mann mit tiefer Stimme rief an und fragte Dr. Howe nach der Liebe, und wie man sicher sein könne, dass man sie gefunden habe. Liebe ist ein wunderbarer, aber auch sehr schwer fassbarer Zustand, sagte Dr. Howe. Es ist naturgemäß schwierig, jemandem zu erklären, was Liebe ist, der sie noch nie kennengelernt hat. Man weiß erst, was Liebe ist, wenn man sich verliebt hat.

Lewis schüttelte den Kopf und bog in eine kleine Straße ein, die von geschlossenen Läden gesäumt war und von der mehrere dunkle Gassen abgingen. Dr. Howe war immer noch dabei, dem Mann mit der tiefen Stimme zu erklären, was Liebe ist.

Lewis sah ein regennasses Münztelefon, das neben einer Bushaltestelle an der Wand eines Backsteinbaus befestigt war. Es leuchtete orange im Licht einer Straßenlaterne. Sie parkte den Wagoneer in Höhe des Münztelefons halb auf dem Bürgersteig. Sie rutschte über die Sitze, drehte das Radio lauter und trat auf der Beifahrerseite in den Regen hinaus.

Sie fischte zwei Vierteldollarmünzen aus der Tasche und schob sie in den Schlitz des Münzfernsprechers. Sofort war sie nass bis auf die Haut, und ihr dunkles Haar war platt und saß ihr auf dem Kopf wie ein Strohhut mit ausgefranster Krempe. Die Nummer kannte Lewis auswendig. Sie sagte der quäkenden Stimme am anderen Ende ihren Mädchennamen. Die Stimme sagte ihr, sie sei die nächste Anruferin, die ins Studio durchgestellt würde.

Durch den prasselnden Regen hörte Lewis dem Autoradio zu.

Liebe ist etwas, auf das es sich zu hoffen lohnt, auf das es sich zu warten lohnt, sagte Dr. Howe. Sie ist das Heilmittel für jede Not und Angst, nur leider ist es ziemlich schwierig, sie zu finden, und noch schwieriger, sie zu behalten. Ich hoffe, Sie finden sie. Vielen Dank für Ihren Anruf, Mr Hopscotch, und viel Glück.

Und schon haben wir unsere nächste Anruferin in der Leitung, Miss Silvernail. Sie sind auf Sendung, Miss Silvernail, wie kann ich Ihnen helfen?

Ich glaube nicht, dass Sie auch nur ansatzweise wissen, was Liebe ist, Dr. Howe, sagte Lewis.

Möchten Sie mir verraten, warum Sie dieser Meinung sind?

Ja. Ich war mir sicher, dass ich mich in ein Mädchen verliebt hatte, das viel jünger ist als ich. Sie ist achtzehn. Ich bin älter.

Definieren Sie sich selbst als Lesbierin, Miss Silvernail?

Das ist unwichtig. Aber ich erzähle Ihnen gerne, was ich über die Liebe rausgefunden habe, als ich mich in dieses gottverdammte Mädchen verliebt hab. Es hatte kaum was mit ihr zu tun. Ich war gerne um sie herum und fühlte mich zu ihr hingezogen. Eine Weile wusste ich nicht so recht, ob ich vielleicht Muttergefühle für sie hatte oder ob da mehr war. Ich wusste auch nicht, was sie für mich empfand. Und ich spürte den Drang, sie zu umarmen und zu küssen und ihr zu zeigen, wie gern ich sie hatte, und sie zu beschützen. Ich dachte, das wäre Liebe.

Was war es denn, wenn nicht Liebe?

Lewis seufzte. Der Regen fiel auf ihr Gesicht und auf ihre Hand, die den Telefonhörer hielt. Ich weiß es nicht, gottverdammt noch mal. Das ist doch der Punkt. Vielleicht Verzweiflung? Ich war noch nie gut darin, viel für andere zu empfinden. Aber ich habe beschlossen, dass ich das, was ich nicht verstehe, nicht mehr mit irgendwelchen Wörtern versehen werde. Wörtern wie Liebe. Die Freuden der Liebe. Freude am Sex. Richtig oder falsch, gut oder schlecht. Ich finde, das sollte niemand mehr tun.

Wie sollen wir denn über etwas wie Liebe sprechen, wenn wir kein Wort dafür haben?

Wir wissen ja gar nicht, was das ist, Dr. Howe. Das ist doch der Punkt, gottverdammt noch mal. Wie kann man überhaupt darüber reden, egal, wie man es nennt? Hinter all diesen gottverdammten Wörtern steckt doch immer dasselbe.

Bitte keine unflätigen Ausdrücke, wenn möglich, Miss Silvernail.

Ich habe gerade beschlossen, dass ich ohne solche Wörter leben will. Oder hat irgendjemand da draußen was dagegen? Wegen Leuten wie Ihnen, die diese Scheiße immer und immer wieder sagen, mit den ewig gleichen bedeutungslosen Wörtern, wird es trotz allem immer wieder Leute geben, die miteinander was anfangen, weil es sich halt gut anfühlt, diese Wörter jemandem zu sagen. Die sagen, sie sind verliebt. Und dann glauben sie plötzlich, dass sie ganz andere Menschen sind, und steigern sich da hinein, nur weil sie nicht mehr alleine zu Hause sitzen und sich Gedanken darüber machen müssen, was sie alles *nicht* sind. Gottverdammt noch mal. Wir sind nun mal keine gottverdammten Rudeltiere, Dr. Howe, sosehr wir auch versuchen, uns das einzureden.

Vielleicht drücken Sie einfach nur Ihre eigenen antisozialen Gefühle aus.

Irgendwie hat diese Achtzehnjährige das alles verstanden. Kann sein, dass sie ein Genie ist, auch wenn ihr gottverdammter Vater sie für zurückgeblieben hält. Ich bin gespannt, ob ihre Generation oder vielleicht die Generation danach es besser hinbekommt als wir, mit Wörtern wie Liebe umzugehen. Und, Mr Hopscotch, falls Sie immer noch zuhören, es tut mir leid, aber ich glaube nicht, dass die Liebe, wie Sie sie sich vorstellen, existiert. Die finden Sie nur in Büchern und Filmen. Ich glaube, dass es so etwas wie Liebe überhaupt gibt, ist nur wieder eine dieser Lügen, von der wir uns selbst nie eingestehen werden, dass sie eben das ist: eine Lüge. Etwas, das uns in Atem hält und dafür sorgt, dass wir ständig nach etwas Ausschau halten, das es gar nicht gibt. Eine gottverdammte dämliche Geistergeschichte.

Es hört sich so an, als hätten Sie großen Kummer, Miss Silvernail.

Am Ende der Straße sah sie eine alte Frau mit einem Regenschirm, allein, gebeugt und seltsam deformiert. Um sie herum fiel der Regen im Schein der Straßenlaternen. Nein, noch nicht, sagte Lewis. Es fängt gerade erst an.

Sie hängte den Hörer auf die Gabel und ging der alten Frau hinterher in den Regen. Der Ton aus dem Radio wurde leiser, als sie die dunkle und stille Straße entlangging: *Nach diesen leider wenig inspirierenden Worten sind wir mit unserer Sendung für heute leider schon wieder am Ende. Ich wünsche Miss Silvernail all die Liebe dieser Welt ...*

Entschuldigung, rief Lewis der alten Frau zu. Entschuldigen Sie, Ma'am. Die alte Frau drehte sich um. Lewis erkannte ihr Gesicht nicht. Tut mir leid. Gottverdammt noch mal. Ich dachte, Sie wären jemand anderes.

Es gibt alle möglichen außergewöhnlichen Perversionen. Das erste und einzige Mal, dass ich ohne die Hilfe unserer lieben Großnichte in diesem Internet war, las ich einen Artikel über einen jungen Mann namens Daniel Plant, der behauptet, Geschlechtsverkehr mit zweitausenddreihundertsiebenundsechzig Katzen und Hunden und mit einhundertzwölf Huftieren gehabt zu haben. Offenbar ist er mächtig stolz auf diese Leistung, denn er hat beantragt, ins *Guinness-Buch der Rekorde* aufgenommen zu werden. Soweit ich weiß, wurde daraus nichts. Nun, was soll irgendjemand, erst recht jemand in meinem Alter, davon halten? Seit einer ganzen Weile lese ich Bücher und Artikel über die sexuellen Sitten und Gebräuche verschiedener Kulturen im Laufe der Geschichte, und mir sind dabei bestimmte Praktiken untergekommen, die mich zutiefst verstört haben, insbesondere im alten Griechenland. Auf einigen Inseln im Pazifik haben Frauen auch heute noch mehr als einen Ehemann, und auf anderen Inseln gehen ältere Menschen angeblich mit Kindern ins Bett, all das gilt dort als akzeptabel. Andererseits finden Menschen anderswo auf der Welt sicherlich auch das, was wir so tun, abartig. Und je nachdem, wie zurzeit die Dinge stehen, fallen manche von uns in dieser Hinsicht mehr auf als der Rest.

Wenn man einmal darüber nachdenkt, ist es schon komisch, wie wir beschließen, was die zivilisierte Welt tolerieren sollte und was nicht und wie sich das im Laufe der Zeit ändert. Ich kann nicht immer nachvollziehen, warum wir das tun. Wir alle haben Wünsche und Sehnsüchte. Letztendlich ist es an uns, uns das, wonach wir uns sehnen, zu beschaffen, ohne jenen wehzutun, die nicht dasselbe wollen wie wir. Das Problem bei Mr Plant ist, dass wir nicht wissen können, ob diese Tiere das, was er mit ihnen angestellt hat, gut fanden. Ich gehe davon aus, dass das nicht der Fall war. Ich kenne Mr Plant nicht, aber ich habe noch nie davon gehört, dass es einem Mann gelungen ist, ein Schwein zum Geschlechtsverkehr zu überreden. Ich kenne ja kaum Männer, denen das bei einer Frau gelingt.

Dennoch liegen die Dinge bei Mr Plant nicht so einfach, wie man vielleicht denkt. Wir billigen einem Schwein ja auch ansonsten nicht zu, seine eigenen Entscheidungen zu treffen. Ich glaube nicht, dass sich Schweine freiwillig zum Bacon-Dienst melden. Und doch haben die meisten Menschen in diesem Land überhaupt kein Problem, diesen Dienst in Anspruch zu nehmen. Inzwischen glaube ich, dass wir die Dinge in der Regel so beurteilen, wie es am bequemsten für uns ist. Und ich neige dazu zu glauben, dass die barbarische Befriedigung, die die meisten Leute empfinden, wenn sie den ersten Stein werfen, am Ende unsere Zivilisation zerstören wird. Aus diesem Grund fürchte ich, dass wir auch weiterhin Probleme haben werden, einander zu verstehen, und ich wage keine Prognose abzugeben, wo das alles enden wird. Mein einziger Trost ist, dass ich wohl nicht mehr lange genug hier sein werde, um mitzuerleben, wie schlimm es noch werden wird.

In den Wochen nach meiner Rückkehr in die Zivilisation unterhielt sich ein junger FBI-Agent namens Derek Ellery mit mir. Ich erzählte ihm von meinem Freund im Bitterroot Forest. Danach habe ich nie wieder etwas von Agent Ellery gehört. Er war kurz angebunden und von oben herab, und ich bin mir nicht ganz sicher, ob er mir geglaubt hat. Jahre später stieß ich bei den Recherchen für meinen Bericht hier auf einen inzwischen pensionierten Special Agent des FBI namens James Polite. Es war mächtig anständig von ihm, die vielen Fragen einer sehr hartnäckigen und sehr alten Frau zu beantworten. Ich erzählte ihm alles, was ich erlebt hatte, und er geht davon aus, dass es sich bei dem Mann, der mir im Bitterroot zu Hilfe kam, um Benjamin Merbecke gehandelt haben könnte.

Nach Angaben des FBI betrat Merbecke am Sonntag, dem 27. Juni 1986, um ungefähr 1:35 Uhr in der Nacht durch eine nicht abgeschlossene Hintertür das Haus von Michael und Paula Hovett in Phoenix. Sie gehen davon aus, dass Merbecke die Treppe zum oberen Stockwerk hinaufstieg und ins Kinderzimmer schlich. Es wird vermutet, dass er die zehnjährige Sarah, das einzige Kind der Hovetts, mit einem Lappen betäubte, der mit einem schnell wirkenden Betäubungsmittel getränkt war, und sie von dort aus an einen unbekannten Ort brachte, wahrscheinlich irgendwo in der Wildnis von Idaho. Jetzt, zwanzig Jahre später, da ich diese Zeilen schreibe, kann ich leider nicht umhin, Ihnen mitzuteilen, dass man die arme Sarah Hovett nie gefunden hat. Möge Gott über sie wachen, wo auch immer sie sich befindet. Es gibt kaum etwas Grausameres als ein vermisstes Kind.

Noch mehrere Monate nach der Entführung konnten sie den Verdächtigen nicht identifizieren. Schließlich beschloss das FBI, bei dem Mann, den sie und die Zeitungen den Arizona Kisser nannten, müsse es sich um Benjamin Merbecke handeln. Seine Beschreibung entsprach der eines Mannes, der seit einer Weile sein Unwesen trieb und junge Mädchen küsste, und jemand, der ebenfalls seiner Beschreibung entsprach, hatte in verschiedenen Läden Mädchenunterwäsche gekauft.

Special Agent Polite machte seinem Namen alle Ehre: Er war so freundlich, mich hier in Brattleboro, Vermont, im River Bend Assisted Living zu besuchen – natürlich inoffiziell. Er zeigte mir eines dieser Phantombilder, die sie beim FBI anfertigen. Dieses hier war nach den Angaben einer Frau erstellt worden, die berichtete, sie habe am Abend des 27. Juni einen verdächtig wirkenden Mann gesehen, der in der Gegend, wo die Hovetts wohnten, um eine Mittelschule herumschlich. Grundgütiger, die Zeichnung zeigte ohne jeden Zweifel das Gesicht meines tapferen Freundes. Wäre die Zeichnung farbig gewesen, hätte er vermutlich smaragdgrüne Augen gehabt. Insofern muss ich davon ausgehen, dass es sich bei meinem Freund im Bitterroot tatsächlich um diesen Merbecke handelte.

Viele Leute glauben, dass Merbecke Sarah Hovett entführt hat. Doch auch zwanzig Jahre später ist die Untersuchung nicht abgeschlossen. Special Agent Polite konnte mir nicht genau verraten, was sie an Beweisen gegen Merbecke in petto haben, aber soweit ich es mitbekommen habe, handelt es sich bloß um oberflächliche Indizien. Special Agent Polite hat mir das bestätigt. Es ist eine wahre Schande, dass sie keine DNA-Proben haben, wie sie heute als Beweismittel so beliebt sind. Ich gehe davon aus, dass sich dann schnell zeigen würde, dass Merbecke mit der Entführung nichts zu tun hatte, ganz gleich, was er sonst auf dem Kerbholz hatte. Aber Merbecke ist nicht mehr unter uns, auch wenn seine sterblichen Überreste nie gefunden wurden. Sicher, einige übergeschnappte Leute wollen mir nicht glauben, dass er gestorben ist, und meinen, dass ich das alles erfunden habe.

Ich werde hier einmal festhalten, was allgemein bekannt ist.

Merbecke wohnte in einem Schuppen in der Nähe des Hauses der Hovetts. Er war Kartenabreißer im Cine Desert, dem Kino, das Sarah und ihre Freundinnen öfter besuchten. Man weiß aber nicht, ob Sarah ihn kannte. Er hatte einige Jahre zuvor seinen Job in einem Sommerlager verloren, weil er dort unangemessenen Umgang mit einer Zwölfjährigen pflegte, und das Kino kündigte ihm aus ähnlichen Gründen. Er wurde nie verhaftet oder wegen irgendeines Vergehens angeklagt, aber die Polizei unterhielt sich mit ihm, und so wurde er aktenkundig. Man wusste auch, dass er Mädchenunterwäsche kaufte. Der Vollständigkeit halber will ich hier anmerken, dass ich Special Agent Polite nach der albernen Kleidung gefragt habe, die Merbecke mir zum Anziehen gegeben hatte, und ob sie Sarah Hovett gehört hatte. Er konnte mir darauf keine Antwort geben.

Ich kann nicht mit Sicherheit sagen, ob Benjamin Merbecke dieses arme Mädchen entführt hat oder nicht. Es gibt heute nicht mehr viel, bei dem ich mir vollkommen sicher bin, aber ich glaube einfach nicht, dass er es getan hat. Einige von Ihnen werden dieses Buch nun sicher zuklappen und es anbrüllen, was für eine dumme alte Frau ich doch sei. Dass meine Wahrnehmung nach der Tortur in der Wildnis und dem Verlust meines Gatten vollkommen verzerrt sei. Und dass ich weniger Verstand hätte, als Gott einem Schwein gegeben hat. Glauben Sie gerne, was Sie glauben möchten.

Trotzdem bin ich mir nicht so ganz sicher, was ich von alldem halten soll. Aber ich bin überzeugt davon, dass sich dieser Mann gar nicht so sehr vom Rest von uns unterschied. Soweit ich das beurteilen kann, nehmen wir alle in Kauf, dass wir andere Menschen in Schwierigkeiten bringen, wenn wir nur bekommen, was wir haben wollen. Alles, was wir tun, gereicht irgendjemandem zum Nachteil, ob wir wollen oder nicht. Wir alle werden hin und wieder auf einem geheimen Altar festgeschnallt, und im nächsten Moment liegt dort jemand anderes, und dann haben plötzlich wir das Opfermesser in der Hand. Mir ist klar, dass das auch für mich gilt und dass Mr Waldrip sich durchaus eine bessere Gattin hätte aussuchen können. Ich habe in meinem Leben mehr bekommen, als ich jemals zurückgeben kann, und allein, indem ich draußen einen kleinen Spaziergang mache, sorge ich dafür, dass der Wind anders weht, als er es täte, wenn es mich nicht gäbe.

Keine Frage, die kaltherzigen Moralisten da draußen, die diese

Geschichte lesen, werden für Benjamin Merbecke nichts als Verachtung übrighaben. Ich werde ihnen das bestimmt nicht vorwerfen. Vor meinem Abenteuer hätte ich mich genauso über diesen erbarmungswürdigen Mann erhoben. Doch so pervers er auch gewesen sein mag, er war zugleich ein Held, der sein Leben riskierte, um das meine zu retten. Ich bin mir sicher, Catherine Drewer hätte nichts von dem getan, was dieser Mann da draußen im Bitterroot für mich tat. Wahrscheinlich hätte sie mir eins auf den Kopf gegeben, mich auf kleiner Flamme geröstet und anschließend verspeist.

Ich bin mir vollkommen sicher, dass Merbecke kein böser Mensch war. Das einzig wirklich Böse, das ich bei Leuten erkennen kann, beginnt stets damit, dass sie andere Leute als böse bezeichnen. Nichts ergibt immer genau den Sinn, den wir gerne hätten. Es gibt immer Menschen, die einfach nicht so sind, wie es uns hier und heute in den Kram passt, das ist einfach so. Ich glaube, da bin ich ganz ähnlicher Meinung wie Merbecke.

Ich befürchte aber, dass Außenseiter wie Merbecke unsere geringste Sorge sind. In den jungen Leuten von heute sehe ich eine große Leere. Sie scheinen innerlich wie tot. Manchmal mache ich mir Sorgen, dass in den Menschen heutzutage kaum mehr steckt als der Wunsch, an einem ganz seltsamen kollektiven Fiebertraum teilzuhaben, der letztlich nur aus leeren Versprechungen, falschen Vorstellungen und aufgesetztem Gehabe besteht. Vielleicht bin ich einfach zu alt und kenne die Spielregeln nicht mehr. Vielleicht ist es immer so, dass die, die diese Welt verlassen, darüber jammern, wie schlecht jene dran sind, die zurückbleiben. Die gute alte Zeit, sagt man dann gerne. Vielleicht bin ich aber auch einfach nicht in der Lage nachzuvollziehen, was die jungen Leute von heute mit ihren wachen Augen sehen, wenn sie in all diese unmöglichen Lichter schauen.

In der Nacht nach Merbeckes Tod begann es zu regnen. Ich suchte Schutz unter einem Felsvorsprung und machte Feuer mit etwas trockenem Holz, das ich dort fand, und dem Feuerzeug. Ich stellte die Dose hinaus, um Regenwasser einzufangen. Ich wickelte mich in Terrys Jacke und rollte mich unter dem Felsen zusammen, und dann schlief ich, wenn auch schlecht.

Es war noch stockdunkel, als ich wieder aufwachte. Von den Bäumen her hörte ich gewaltige Schritte, wie von einem Riesen im Märchen. Ein Elchbulle, groß wie Mr Waldrips Pick-up-Truck, tauchte auf. Er war räudig und alt, und sein Geweih sah aus, als wäre es ihm zu schwer geworden. Hier und da waren Stücke abgebrochen, und es war voller Kratzer, wie ein alter Tisch, der mal wieder lackiert werden muss. Ich fand, er sah aus, als sei er so alt wie ich, in Elchjahren. Und Grundgütiger, war er riesig!

Ich rührte mich nicht. Er ließ sich keine zwei Yards von mir nieder und lehnte sich gegen den Felsen. Ich hätte nur den Arm ausstrecken müssen und hätte ihn berühren können. Ich saß bis zum Sonnenaufgang da und lauschte dem unregelmäßigen Atem des alten Tieres und dem Geräusch des Regens auf seinem Fell, und dann stand ich auf, ganz langsam und so leise, wie ich nur konnte, nahm die Dose und ging hinein in den zarten Regen. Ich folgte dem kleinen Fluss stromabwärts. Es regnete immer noch, als die Sonne herauskam. Wenn das geschah, pflegte Mr Waldrip zu sagen: Der Teufel verprügelt seine Frau.

Die Nächte waren dunkel und feucht und kalt, und jede Nacht regnete es, zumindest zeitweise. Gott sei Dank schneite es nicht. Ich schlief nicht viel, doch wenn ich schlief, träumte ich von heißen Bädern und hohlen Menschen aus Glas, die sich mit heißem Wasser füllten. Jeden Morgen machte ich mich erneut auf den Weg und ging mit meinem Gehstock weiter den Fluss hinunter. Ich aß, was ich in die Finger bekam. Meistens grub ich Knollen aus, und einmal verspeiste ich eine Handvoll Würmer aus einem verrotteten Bienenstock. Ich machte nur selten halt, um einen Fisch zu erlegen. Mir war klar, dass ich in Bewegung bleiben musste.

Nach meiner Zählung war ich fünf Tage und vier Nächte allein flussabwärts unterwegs, als ich an ein von Tau feuchtes kleines Zedernwäldchen kam. Der Himmel war immer noch wolkenverhangen, doch es blieb trocken, und besonders kalt war es auch nicht. Ich ließ mich unter einem verkrüppelten Wacholderstrauch nieder, um mich ein wenig auszuruhen. Ich ließ meinen Gehstock zu Boden fallen, trank Wasser aus der Dose und beobachtete die Berge.

Später, als ich schließlich aus der Wildnis herausfand, tauchte ich in den Schlagzeilen der Zeitungen auf, die Leute kannten meinen Namen, ich wurde fast so etwas wie eine Berühmtheit. Ich habe in den letzten zwanzig Jahren viele bemerkenswerte Menschen kennenlernen dürfen. Ein solcher Mensch war eine lebhafte, charismatische Frau mit kurz geschnittenen braunen Locken, die ganz merkwürdige Narben im Gesicht hatte, die beinahe aussahen wie Kaninchendraht. Sie hieß Jillian, wenn ich mich recht entsinne. Ich lernte sie Anfang dieses Jahres kennen, als ich im Explorer's Club in New York über einen Artikel sprach, den ich zum zwanzigsten Jahrestag meiner Tortur für ein Magazin geschrieben hatte. Der Artikel hatte die Überschrift «Trinitatiszeit – die Reise einer 72-jährigen Frau und eines maskierten Mannes durch die Wildnis des Bitterroot Forest». Auf jeden Fall kam diese Jillian auf mich zu und erzählte mir, sie habe damals alles über mich gewusst. Während meiner Tortur hatte sie als Siebzehnjährige ehrenamtlich beim Forest Service in Montana gearbeitet. Ihr Vater hatte den Suchtrupp geleitet, der mir auf der Spur gewesen war, und sie erwähnte eine Rangerin namens Debra Lewis, die noch nach mir gesucht hätte, nachdem alle anderen längst aufgegeben hatten. Jillian sagte, sie hätte viele Jahre nicht an damals gedacht und hätte auch keinen Kontakt mit der Rangerin mehr gehabt, aber was sie mir erzählte und wie sie mir diese Frau schilderte, hat bei mir einen bleibenden Eindruck hinterlassen.

Ich habe versucht, Debra Lewis aufzuspüren, aber bislang hatte ich kein Glück. Es gab zwei Hinweise, einen Ranger namens Claude Paulson, mit dem sie zusammengearbeitet hatte, und ihren ehemaligen Chef John Gaskell. Ersterer hatte nach ihrer Abreise nichts mehr von ihr gehört, und Letzterer ist leider verstorben. Debra Lewis ist nach wie vor eine Fremde für mich, auch wenn ich von Zeit zu Zeit an sie denke. Ich kann schwerlich ermessen, was für eine Rolle sie bei meinem Abenteuer spielte. Vielleicht waren ihre sämtlichen Bemühungen am Ende sinnlos. Vielleicht war es letztlich wie bei Benjamin Merbecke. Und wie bei mir. Ich hatte keine echte Daseinsberechtigung mehr, nachdem ich vor zwanzig Jahren aus dem kleinen Flugzeug gekrabbelt war. So schlimm das klingt, aber vielleicht hat überhaupt kein Wesen auf Erden eine Daseinsberechtigung. Aber wir sind nun einmal da, auch wenn wir guten Grund hätten, es nicht zu sein, so unvermeidlich, wie Trennungen und Trauer für uns sind. Schauen Sie sich nur einmal den Schaden an, den wir überall anrichten! Falls Rangerin Lewis Gelegenheit hat, diesen Bericht zu lesen, hoffe ich, dass sie findet, dass ich den damaligen Vorkommnissen gerecht geworden bin.

Ich war mächtig müde, als die Sonne unterging. Nach meiner Zählung war es meine siebenundsiebzigste Nacht da draußen im Bitterroot. Ich schaute durch die Bäume zu den Bergen hinter mir, die so alt waren wie diese Welt. Ich pickte mir jenen heraus, von dem ich wusste, dass dort das kleine Flugzeug abgestürzt war, und stellte mir vor, wie Mr Waldrips Leichnam noch immer dort baumelte. Die ganze Gegend erschien mir jetzt viel kleiner. Durch eine Lücke in den Wolken schien die untergehende Sonne und färbte den Berg rot. Dahinter folgte die blaue Nacht.

Es begann wieder zu regnen, und so baute ich mir ein behelfsmäßiges Zelt, indem ich über die verkrüppelten Äste des Wacholderstrauchs eine schmutzige Decke legte, die ich aus der Hütte geborgen hatte. In jener Nacht machte ich kein Feuer. Ich mummelte mich in Terrys Jacke und umklammerte meine Beine, und ich schlief.

Ich erwachte vom Rauschen des Meeres und dem Sonnenschein auf meinem Gesicht. Irgendwo brachen Wellen am Strand. Ich hatte dieses Geräusch seit zweiunddreißig Jahren nicht mehr gehört. Das letzte Mal war ich kurz nach meinem vierzigsten Geburtstag am Meer gewesen. Wir hatten Mr Waldrips Bruder in Florida einen Besuch abgestattet, um zuzuschauen, wie er dahinschied. Er lag in einem Krankenhaus in Strandnähe, und hinterher gingen Mr Waldrip und ich zum Wasser hinunter und saßen mit geschlossenen Augen in der Sonne. Ich erinnere mich, wie ich den Wellen lauschte, und als ich die Augen öffnete, standen da Mr Waldrips Alligatorlederstiefel und darin seine zusammengerollten Socken. Er hatte sich die Jeans bis zum Knie hochgeschoben und watete im Wasser. Wie ein kleiner Junge spielte er in den Wellen, und ich weiß noch, wie furchtbar lieb ich ihn in diesem Moment hatte und wie sehr ich mich davor fürchtete, ihn eines Tages zu verlieren.

Ich öffnete die Augen. Die Sonne schien mir ins Gesicht. Irgendwann in der Nacht hatte der Wind die Decke fortgeweht, ich konnte sie nirgends finden. Der Regen hatte aufgehört und der Wind auch. Ich schaute in die Richtung, aus der ich die Wellen gehört hatte. Da war das Geräusch wieder. Ein friedvolles Rauschen jenseits der Bäume. Konnte es sein, dass ich die Zeit aus den

Augen verloren hatte? Dass ich dem Fluss bereits mehrere Monate gefolgt war, so weit, bis er sich in den Ozean ergoss?

Ich stützte mich auf meinen Gehstock und rappelte mich auf. Das Rauschen war so schnell verschwunden, wie es aufgetaucht war, aber zwischen den Bäumen fiel mein Blick auf etwas ganz anderes. Ich duckte mich unter einer Fichte hindurch und trat in meinen durchgetretenen Schuhen in das helle Sonnenlicht. Zuletzt hatte ich als junge Frau so langes Haar getragen, und meine Kleidung war so merkwürdig wie die eines Stadtmenschen und zerlumpt und bräunlich von der Erde. Aber dem Herrn sei Dank: Ich stand an einer zweispurigen, asphaltierten Straße!

Ich ließ meinen Gehstock fallen und fiel auf die Knie. Ich presste eine Handfläche auf den warmen Asphalt. Alles war totenstill. Ich schaute mich um, aber es war kein Auto zu sehen. Die schnurgerade Straße durchschnitt das bewaldete Tal und verschwand in beiden Richtungen zwischen den Bäumen. Ich stand wieder auf, den Gehstock brauchte ich nicht mehr. Ich blickte von einem Ende der Straße zum anderen.

Es dauerte keine zehn Minuten, bis in der Ferne zu meiner Linken ein verschwommenes Etwas auftauchte. Ich konnte die Augen nicht davon abwenden. Sie brannten, und Tränen liefen mir über die Wangen. Das Etwas kam immer näher, und nach einer Weile erkannte ich, dass es sich um einen Kombiwagen handelte. Selbst jetzt kann ich noch die Augen schließen und sehe genau vor mir, wie der Wagen auf der Straße immer größer wurde und schließlich wenige Yards entfernt von mir zum Stehen kam.

Eine junge Frau stieg aus. Sie hatte eine grüne Melone auf dem Kopf und trug einen schwarzen Ledermantel, wie ich ihn von Leuten kenne, die auf lärmenden Motorrädern herumfahren. Sie sah mich an, als wäre ich eine karierte Kuh. Sie fragte: Kann ich Ihnen helfen, Ma'am?

Sie können mich in die nächste Stadt mitnehmen, sagte ich.

Diese liebe junge Dame, von der ich später erfuhr, dass sie Sidney Wygant hieß, war eine mächtig nette und seriöse junge Frau. Sie studierte in Spokane, Washington, ein Fach mit dem kuriosen Namen Urbanologie und war unterwegs zu ihren Eltern in Colorado. Sie hatte die Route durch die Berge genommen, um die Landschaft zu genießen.

Sidney kam auf mich zu und bot mir ihren Arm an.

Sie führte mich zu ihrem Auto, öffnete die Beifahrertür und half mir hinein. Dann stieg sie auf der Fahrerseite ein und fuhr mit mir auf der asphaltierten Straße aus der Wildnis hinaus. Ich schaute vor mir durch die Windschutzscheibe und wartete darauf, dass am Horizont jenseits des kleinen tannenbaumförmigen Duftspenders, der an Sidneys Rückspiegel baumelte, Gebäude und Stromleitungen auftauchten.

Als ich später nach Clarendon zurückkehrte, musste mich Sheriff Daugharty in unser schönes kleines Haus unter dem Wasserturm hineinlassen. Der alte Schlüssel passte nicht mehr, da der Sheriff unsere Haustür hatte aufbrechen müssen. Er hatte nicht ahnen können, dass Mr Waldrip unter dem kuhförmigen Stein einen Schlüssel versteckt hatte. Das Haus war dunkel und leer. Nichts befand sich mehr darin als die Abdrücke der Möbel im Teppichboden. Bloß den Kalender der First Methodist für 1986, der an der Tür zur Speisekammer hing, hatte man vergessen mitzunehmen. Der Lichtschalter in der Küche war eingeschaltet, aber die Glühbirne war durchgebrannt, und die Kalenderblätter bewegten sich in dem Windzug, der durch die Haustür hereinwehte, an der der Sheriff auf mich wartete. Der Kalender zeigte noch August an. Mir wurde mächtig sentimental zumute, und ich zeichnete mit dem Finger den Kreis nach, den Mr Waldrip um den Einunddreißigsten gemalt hatte, den ersten Sonntag der Trinitatiszeit.

Später malte ich einen weiteren Kreis, um den letzten Sonntag der Trinitatiszeit, den 16. November 1986, jenen Tag, an dem ich dem furchtbaren Bitterroot entkommen war.

Aber nichts entgeht den Zeigern der Uhr. Und nichts im Leben bedeutet am Ende genau das, was Sie erwartet haben, und es ist auch nichts simpel oder einfach, vor allem, wenn Sie so alt sind wie ich. Auch wenn ich wenig für seine unflätige Ausdrucksweise übrighabe, muss ich an einen Satz denken, den Colonel Goodnight, der Vater des Texas Panhandle und Erfinder des Chuckwagon, einmal gesagt hat: Das Alter bringt eine gewisse Würde mit sich, aber es ist verdammt unpraktisch.

Wir haben jetzt 2006, es ist Winter, und ich möchte meinen Bericht an dieser Stelle beenden. Ich bin nicht mehr die Frau, die ich einst war. Was auch immer von mir übrig bleibt, es wird bald nach Clarendon zurückkehren. Ich lasse meinen Leichnam dorthin überführen. Ich hätte nicht einen Tag mehr in Texas leben wollen, aber ich habe nichts dagegen, dort begraben zu sein. Mein Körper wird auf dem Clarendon Citizens' Cemetery beigesetzt werden, unter einer kleinen Pappel, deren Samen im Sommer als weiße Flocken durch die Luft wirbeln. Direkt neben meinem lieben Mr Waldrip.

Danksagung

Der Autor bedankt sich bei James Hannaham, Doug Stewart, Ben George, Helen Garnons-Williams, Reagan Arthur, Craig Young, Ben Allen, Liz Garriga, Szilvia Molnar, Danielle Bukowski, Caspian Dennis, Ashley Marudas, Gregg Kulick, Oliver Gallmeister, Liv Marsden, Philippe Beyvin, Evan Hansen-Bundy, Alice Lawson, Joe Veltre, Amanda Lowe, Clarinda Mac Low, Don T. Curtis, Diane F. Curtis, Shanna Peeples, Deidre F. Schoolcraft, Rhonda LeGate, Madison David, Blair Pfander, Bob LeGate, Jessy Lanza, Winston Case, Ayse Hassan, Ahbra Perry, Taylor Higgins, Emma L. Beren, Penny Nicholes, Madeline und Lester Farrington, bei seiner Familie und seinen Freunden, der Diamond Tail Ranch und Emily «Mimi» LeGate.